有一种力量，叫文学；
有一种美好，叫回忆；
有一种感动，叫青春；
有一种生命，在鲁院！

鲁迅文学院·百草园文集

金石榴

钱国丹◎著

知識出版社

JIN SHILIU

个个人物的命运和故事，
读来让人心跳心动心痛。
新鲜得像刚刚摘下来的玫瑰，
你惊喜过后会感到回味无穷。

图书在版编目（CIP）数据

金石榴/钱国丹著. --北京：知识出版社，2017. 1

（鲁迅文学院百草园文集）

ISBN 978-7-5015-9401-6

Ⅰ. ①金… Ⅱ. ①钱… Ⅲ. ①中篇小说-小说集-中国-当代②短篇小说-小说集-中国-当代Ⅳ. ①I247. 7

中国版本图书馆 CIP 数据核字（2017）第 015542 号

金石榴

出 版 人 姜钦云
责任编辑 易晓燕
装帧设计 游栜渲
出版发行 知识出版社
地　　址 北京市西城区阜成门北大街 17 号
邮　　编 100037
电　　话 010-88390659
印　　刷 北京一鑫印务有限责任公司
开　　本 787mm×1092mm　1/16
印　　张 16.75
字　　数 280 千字
版　　次 2017 年 2 月第 1 版
印　　次 2020 年 2 月第 2 次印刷
书　　号 ISBN 978-7-5015-9401-6

定　　价 46.00 元

目录 Contents

洁　癖

何岑洁大夫做梦也没有想到，她们家竟然会遭遇劫匪！

曙光花园是本世纪初完工的品牌工程，不管是外形设计还是内部装修，都是上上之作。入住的业主们非富即贵，他们对安保的要求尤其苛刻。年复一年，这里连失物事件都没发生过，何况何大夫家境非常一般，匪徒找她家打劫，真是瞎了眼睛！

这是春天里一个晴好的正午，和煦的阳光从树叶的间隙里筛落下来，活泼的光斑就在地上跳动。樱花、木桃和垂丝海棠都按捺不住生命的躁动，开得张扬而灿烂；麻雀、画眉们在枝头撒欢，被碰落的花瓣优雅地飘落在地上，小区显得格外的宁静和祥和。

吃罢中饭，何岑洁就跟平日一样提着垃圾桶下楼去了。小区住户们大多都把一天的垃圾集中到晚上一并倒掉。何岑洁不，她每天都要为这事上下五层楼好几次。她片刻也不能忍受垃圾在家里，就像从前不能忍受贝多汉身上的汗水一样。

门和把手是不可以弄脏的。所以她每每倒垃圾时，总是用干净的手先把房门打开，然后去厨房拎了垃圾桶下楼。倒掉垃圾回到楼上时，她便可以长驱直入，那手自然就碰不着门了。然后她洗垃圾桶，换上新的垃圾袋，然后又洗手。水龙头被脏手拧过了，所以在洗手的同时，必须捧着水去洗水龙头，这样反复几次，何岑洁才舒了口气，把水龙头关上。

这次下楼，她在东边单元的花坛边待了五六分钟，因为贝多汉单位的老领导招手让她过去。老局长大名张芳颐，退休后人家都叫她张姨。张局长为人热情、关心下属，当初若没有她的鼎力相助，贝多汉是无法跻身这个小区的。现今赋闲在家的张姨不甘寂寞，关心四邻的婚姻也成了她发挥余热的内容之一。半个月前，她也是这样招呼何岑洁过去，说："何岑洁你都单身十年了，女儿长大了也未必靠得住，趁着现在年纪尚轻姿色尚好，赶紧找个人嫁了吧，省得老来孤苦伶仃无依无靠。"当晚，张姨居然把一个叫鲁贯中的男人领到何岑洁家。当着两人的面，张姨说了一大堆双方的好话，然后出门撤退，让两个素不相识的人待在一起，好不尴尬。

春风荡漾，身旁迎春花的枝条心不在焉地摆动着。张姨问："你们在联系吧？"何岑洁一时没反应过来——作为一名儿科医生，何岑洁对业务精益求精，可在日常生活里，她有点马马虎虎有点傻。她反问张姨："和谁联系？"张姨夸张地双手一拍，说："鲁贯中鲁处长啊！今天我刚接到他电话，他的儿子这个夏天就毕业了，要留在北京工作。我说何岑洁啊，你到哪里找这样无牵无挂的钻石王老五啊！"

如果换一个人这样说话，何岑洁可能扭头就走，她的孤傲和不近人情曾得罪过不少人。可是张局长不一样，自从贝多汉走后，张姨事无巨细地关照她。她的絮絮叨叨让她温暖——虽然有时也让她烦，何岑洁又怎么能对张芳颐甩脸子呢？于是笑笑说："张姨，这事还是算了吧！"

"是担心你家的小精怪捣乱吧？"张姨问。"小精怪"是何岑洁的女儿贝藻藻。藻藻今年十三岁了，生得娇小而漂亮，又伶牙俐齿得不行。"小精怪"的外号是她三岁时得的。那一天，刚刚下班的何岑洁带着女儿遇上了刚刚下班的张芳颐局长，张局长拉着藻藻手说："到张奶奶家和佳佳玩耍吧！"藻藻一点都不怕生，噔噔噔地就上了张芳颐的楼。等何岑洁去接藻藻回家吃晚饭时，张局长说："你这女儿，绝对是个小精怪！"

何岑洁至今还记得清清楚楚，张局长当时笑得那叫一个前仰后合！她对自己说了藻藻和她孙女刚刚发生的故事：

藻藻一进张局长家就发现桌子上有块德芙巧克力，而且只有一块，佳佳也正想去拿这块巧克力。藻藻正经八百地对比她大半岁的佳佳说：“你这块巧克力是有毒的，不能吃。”张芳颐说，她被藻藻吓了一跳，她怎么会想出巧克力有毒的话呢？于是她躲到一旁，静观这小东西玩什么把戏。佳佳显然被镇住了，她不敢吃巧克力，而是心有不甘地盯着这块“有毒的”糖果。藻藻不慌不忙地继续说：“你看也没有用的，这巧克力有毒就是有毒的。”等到佳佳彻底死了心，藻藻就拿起这块巧克力，不慌不忙地剥了吃了。这时佳佳才回过神来，不满地嚷嚷道：“你说巧克力有毒，你怎么就吃了呢？”藻藻还是不急不缓地说：“我回家让妈妈帮我刷刷牙齿就没事了！”

张局长擦着笑出来的泪水，意味深长地说：“何岑洁啊，你这女儿绝对是个小精怪，将来你说不定要吃她的亏！——还有我说啊，你们家从来不买零食吗？你看你家藻藻，为了一块巧克力，把聪明劲儿都使尽了！”

可是何岑洁不认为那是聪明。相反，藻藻身上的某些东西让她非常不安。

何岑洁出身于一个严谨的教育世家，从小就把“非礼勿视，非礼勿听，非礼勿言，非礼勿动”背得烂熟。那天何岑洁带着藻藻回到家里，她把一盒巧克力推到女儿面前，说：“藻藻，我就不懂了，你干吗要编出那些话来骗佳佳？要知道我最讨厌撒谎的孩子，你这谎撒大了，有天那么大！下次再这样，我就不要你了！”

藻藻哇地一声就哭了。她并没有认错，而是跑到贝多汉的大照片下面，眼泪婆娑地哭喊着：“爸爸下来，抱抱宝贝！”那小模样谁见了都会感到心酸。藻藻怎么会对着贝多汉的照片哭泣撒娇？她根本就没见过他啊！或许那只是孩子寻求庇护的本能？或者，她的生父有几分像贝多汉？当时何岑洁的心像被刀子划了一下，痛得滴血。她意识到自己的话太重了，伤着了女儿也伤着了自己。再说，藻藻才多大呢？

那以后，藻藻一挨批评就在贝多汉的遗像下喊爸爸，哭着说“抱抱宝贝”。这让何岑洁有一种说不出的感觉。于是她趁女儿上幼儿园时把那照片摘了下来，藏到衣橱的最上层。

随着年龄渐长，藻藻会时不时地问何岑洁："妈妈你不会给我找个新爸爸吧？我可不要陌生人当爸爸。"丧偶的何岑洁当然寂寞，里外一把手的操持也非常劳累，如果她铁了心要找个男人，女儿是拦不住的。问题是她有洁癖，她无法委身另一个男人；还有一点是，一个贝多汉已经够让她伤心、够让她麻烦了，她还要再给自己添乱吗？

张姨扯了一朵半萎的迎春花，说："女人就跟这花儿一样，没开多久就凋谢了，何况你也四十出头了。那鲁贯中，我看就挺好，和你尤其般配。"何岑洁只得敷衍说："我还真担心那小精怪不答应，她一直说不要陌生人当爸爸。再说她的身体也不太好，我不想让她受刺激。"张姨说："你也太娇宠她了，女儿的情绪要照顾，自己的终身大事也别耽误啊……"

等到何岑洁拎着垃圾桶回到五楼，发现自家原本开着的房门被关上了。

她想，一定是藻藻起身拿草莓——女儿唯一的"家务活"就是给自己拿喜欢的食物——顺手就把开着的门给碰上了，她才不管老妈在不在外面呢。于是何岑洁就喊藻藻开门。可是藻藻并不理会。藻藻来她家之前得过吸入性肺炎，她一感冒就咳嗽，一咳嗽就会咳出些血痰来。后来何岑洁在她的右下肺叶里找到些食物渣滓，然后吸掉。但因为耽误时间太长，肺部受损严重，藻藻一着急生气，肺立刻不堪重负。正因为如此，何岑洁还不敢管教她太严。就连吃饭，女儿说学校的饭菜都是垃圾，何岑洁就只得天天赶回家给她量身定做。

今天藻藻吃完中饭，和往常一样把筷子一扔，到自己的房间里上网去了。她太爱玩了，小学六年级时就曾经逃课去网吧。气急败坏的班主任把何岑洁叫了去，当着众多老师的面把她骂了个狗血淋头，这对于自尊心极强的何大夫来说简直是奇耻大辱。若不是一位老师认出了她是著名的儿科医生，那顿教训还不知要进行多久！又羞又气的何岑洁把肇事的女儿找回家，说："藻藻你太不像话、太让我丢脸了，都这么着，这日子可怎么过？"哪知藻藻却以非常冷漠的口气回应道："过得下去就过，过不下去就散伙！"

这是一个十三岁孩子说的话吗？何岑洁气得下巴掉下来半天都收

不上去。气归气，末了她还是严肃地说："不许去网吧，妈房里的电脑，你完成作业后可以用。"藻藻却说："我可不敢，连掉根头发在地上你都会唠叨半天，你就不怕我头发掉进你的键盘里吗？"何岑洁的确也担心藻藻会弄脏她的房间，考虑了几天，她为女儿买了台新电脑，装上宽带，省得她到外面去惹祸。

藻藻还有些异想天开的想法，比如去年暑假，她突然提出要去加拿大。何岑洁问："去加拿大干什么？"藻藻说："看白求恩去。"被弄得啼笑皆非的何岑洁说："我都没出过国，你一个乳臭未干的丫头……"还没等她说完，女儿就反唇相讥说："妈，你一个当医生的，不去加拿大学习白求恩是怎样炼成的，你不觉得可耻吗？"类似这样的无理取闹还不止一次，何岑洁虽然气急了，也只好无可奈何地说："贝藻藻你现在的任务是好好学习，以后有本事了，满世界任你飞！"

可是藻藻的学习成绩并不理想，为这，何岑洁又是给她请家庭英语老师，又是送她去少年宫补习数学。想想自己小时候，学校、家里两点一线，什么小灶也没开过，成绩在全校都是数一数二的。

上一个寒假里，何岑洁左等右等都等不到藻藻的成绩单，于是就给她的班主任老师打了个电话。对方说："贝藻藻的成绩单我早就邮寄到你家里去了的呀。"何岑洁就纳闷了。班主任补充说："差生的成绩单我们都不交给本人，因为他们会在路上'毁灭罪证'。"何岑洁又问："是不是地址弄错了？"老师说："地址是贝藻藻亲自填写的，应该不会错。"何岑洁就让老师把她们家的地址报一遍，结果是，藻藻填的那个地址根本就是无中生有！

何岑洁强压心中的怒火，放下身段来跟女儿说："藻藻，我们讨论一下，你认为成绩上不去的原因到底是什么？"藻藻想都没想，顺口就背了从电视里看来的一段词儿："作为祖国的花朵，我认为，学习上不去，是毒校服、三聚氰胺牛奶、苏丹红腌鸭蛋和瘦肉精猪肉惹的祸！"

何岑洁崩溃了，她懊悔自己怎么会领养这么个孩子！当初收养她，是有点草率了。遗传真是可怕，它能轻而易举地击败她的教育和观念！

把妈妈气成这样，藻藻很得意，她一边哼着黄龄的《high 歌》，“mountain top，就跟着一起来，没有什么阻挡着未来……”，一边玩她的游戏去了。

但藻藻也并非一无是处，她的动手能力就比何岑洁强。比如今天一大早，何岑洁发现洗脸池的放水塞子怎么都按压不动，急得直埋怨藻藻洗完脸没及时放水。藻藻就嚷嚷开了：“妈你弱智啊，按不按得动塞子跟有没有及时放水有什么关系？是塞子下面那个破弹簧周边长毛刺了！”于是指挥何岑洁说：“去，拿把榔头来，我教你怎么弄。”何岑洁便想起自家那把奶子榔头，那是贝多汉当初装修房子时买来的，后来没什么用，就丢弃在楼下的自行车房里了。可榔头和打开弹簧塞子有什么关系？但她还是说：“藻藻你去拿榔头吧。”可是藻藻又直着脖子叫唤起来：“老妈亏你想得出来！你不知道我的肺弱不禁风吗？你想让我上下五层楼气喘吁吁活活累死吗？”

幸亏贝多汉装修房子时加强了隔音效果，而对门又举家迁往美国去了，否则邻居们还以为她总是在虐待这个收养的孩子呢。等到何岑洁拿来榔头时，藻藻跑了过来，把铁榔头抓在手里，让木柄朝下，抵住那个弹簧塞子，只按压三两下，盖子起开，那水就哗哗地畅流无阻了。

现在藻藻不肯来开门，何岑洁只有叹气的份儿。幸好钥匙装在围裙的大口袋里，她伸进两根干净的手指头“叼”出了钥匙，将门打开。

她前脚刚套进了第一只拖鞋，就发现自家原本一尘不染的客厅地板上竟有几个陌生脚印，是男人运动鞋的大脚印。怎么回事？十年了，她们家少有男人走动，偶尔有贝多汉的乡下亲戚来求医问药，也一定是先换上拖鞋再进门的，他们都知道，何医生家的地比他们的脸还干净！

可能是藻藻同学来了！何岑洁想着，换上了第二只拖鞋。上个月藻藻过生日时，就来了四位女同学和两位男同学。虽然都只有十三四岁的年纪，可那脚大得跟成年人没什么区别。何岑洁不反对藻藻同学来，她气愤的是他们进屋竟然不换鞋子！

何岑洁正想数落几句，横空里猛地伸出一只胳膊，勒住了她的脖子！接着她身后的门被踢上了。何岑洁顿觉浑身的血流湍急，垃圾桶掉在地上，毫无心肝地摇滚了几下。

她被勒得透不过气来，本能地去掰那手，一柄冰凉的刀刃已经压在她的脸上，她听到一个阴沉的声音："老实点，要不就弄死你！"何岑洁这才明白，她们家进歹徒了。

何岑洁吓坏了，双膝软软的就要弯下去。匪徒用膝盖抵住了她的后腰，迫使她向餐厅挪移。餐厅电话座机被扯下了，电话线像受伤的蚯蚓痛苦地蜷缩着。她把目光转向女儿的房间，藻藻被绑在电脑椅上，留给她一个侧面和一双绑在椅背的手；藻藻的身旁站着个瘦高个子，他戴着黑头套，只露出两只灼灼如火的眼睛和一张没有胡须的嘴巴。他手拿一把匕首，在藻藻漂亮的脸蛋上比划着！

"别，别伤着孩子！"何岑洁终于喘出了一口气。她的声音嘶哑而陌生，听起来很怪异。那把挥舞着的匕首把她的神经晃乱了，如果这一刀下去，藻藻那张精致的小脸将彻底完蛋，以后再怎么整容，也整不回原来的样子了。倒是藻藻自己还比较冷静，她扭着头，也不顾面前闪亮的刀锋，只盯着妈妈和妈妈背后的那个歹徒。控制何岑洁的匪徒震怒了，他恶狠狠地吼道："臭丫头你看什么看？当心我挖了你的双眼！"那瘦高个儿立刻抓着藻藻的椅背，把她连人带椅转了 90 度，藻藻现在是面壁而坐，看不见妈妈了。

何岑洁身后的匪徒用脚挑起一个帆布包，抖出一捆绿色的尼龙绳子，把何岑洁反绑在餐厅的椅背上。他的动作熟练而凶狠，那一圈圈的绳索勒得何岑洁透不过气来。

现在她和藻藻是背对着背的，谁也看不见谁，何岑洁想：今天她们娘俩恐怕都活不成了！

"把钱和值钱的通通交出来！"声音短促而闷重，透着粗野的狠劲。这歹徒终于转到了何岑洁的面前，他同样戴着黑色的头套，高而壮的身材让何岑洁有着无形的压力。惊恐的何岑洁无法判断他的年龄，只觉得他嘴边的胡髭粗而且脏，应该不会太年轻。

"没什么钱。"何岑洁回答。绷得紧紧的心竟然放松了一点点。

她庆幸两名劫匪都戴着头套，这头套掩护了他们，同时也保护了她们娘俩。因为歹徒们不怕事后会被指认出来，就不一定非要置她们于死地。何岑洁拼命地告诫自己，冷静，镇静！——也许他们进来时，门卫已留神了，这小区的保安可是一流的！也许一会儿就有警察上门救她们了。再想想女儿刚才的样子，沉着着呢！她忽然为自己的临危而惧感到羞愧了。

心绪平静了些，嗅觉就恢复了正常。她闻到了屋里有股淡淡的、不易察觉的狐臭味儿。医生的本能告诉她，那是个做过腋下异常大汗腺切除术的人，手术比较成功，只有何岑洁这种特别敏锐的嗅觉，才能闻到一丝丝残留的异味。

她努力想着年轻歹徒的样子。虽然他举着刀，但他的手好像在微微发抖。他的肩膀有点窄，身子也单薄，他或许只是个大孩子。对，仅仅是个大孩子！如果能让他放下屠刀，局面也许会好多了。

壮硕的匪徒仿佛觉察出什么，喝道："你他妈的老实点，快说出藏钱的地方，不说就宰了你们娘俩！"那年轻歹徒赶紧纠正说："我们只要钱不要命！"年长的立即反驳道："屁话！惹怒了我老子就杀人！"他把刀在何岑洁脖子上蹭了蹭，说："我的刀可不是吃素的！"

何岑洁摇了摇头，说："我真的没有钱。"还没等她说完，一个巴掌猛扇了过来，何岑洁连人带椅晃了晃，觉得自己的鼻子和嘴巴都歪到一边去了。她执拗地继续摇头，说："打死我也没用，我们家只有几千块钱，要不都拿去。"话音刚落，她的右胸又重重地挨了一拳头。

与其说是肉体上的痛楚，还不如说是精神上的侮辱更让她痛心。何岑洁成长在一个氛围极好的家庭，她从小又自律上进，从来没挨过罚受过训，甚至连重一点的话也没听过，哪里经受过这样的折辱和伤害？她悲愤交加，暗暗地诅咒匪徒不得好死。这时候她才意识到，家里有个男人是多么重要啊。她幻想着贝多汉会突然开门进来，三拳两脚就打翻了歹徒。这么想着，贝多汉的形象就显现出来，可是他浮在半空，迷蒙而虚幻，遥不可及。她哀伤地想，如果贝多汉还在，她们母女俩就不至于这么倒霉，这么束手就擒了！

贝多汉其实是个不错的男人，他长相体面，有着一副运动员的身板，总是那么精神而帅气。脑子更是管用，十年前他就混上了他们单位的副局长。对于没有背景又送不起礼的人来说，贝多汉能跻身副处行列就够让同事们羡慕嫉妒了，何况他还有她这么个好老婆！何岑洁是名牌大学本硕连读的高材生，分配在市立医院，没几年就成了著名大夫。她冷艳的脸庞，无可挑剔的身材，自信和认真的工作状态，让许多知性男人为之倾倒。他们在背后悄悄地叫她“极品女人”。孩子有病没病，都要挂个号在何大夫面前坐坐，搭讪几句，却又不敢有太多的非分之想。在熟人和同事眼中，何岑洁和贝多汉就是天造地设的一对。

贝多汉唯一的缺点是多汗，哪怕吃碗面条，哪怕是做点无足轻重的家务，不冒些汗就仿佛对不起谁似的。何岑洁曾担心他有什么病，她陪着他在自己的医院从上到下、从里到外通通查了个遍，结果一切正常。贝多汉也就振振有词地说：“我的多汗是遗传的，我爷爷、我父亲都是如此，爷爷活到九十九岁无疾而终，而父亲七十多了还筋骨壮健骑着自行车满世界乱跑呢。”

背上的汗是“地下暗河”，它隐在衣服里别人不一定看得见，而脑门上的汗却“高屋建瓴”明明白白地摆在那里。贝多汉上中学时学校常组织些义务劳动，他的多汗让他占了好些便宜，老师常常表扬他“干得满头大汗”“忙得汗流浃背”，同学们却开玩笑说他是贝多芬的弟弟，并给他起了个外号叫“背多汗”，可是只有他自己清楚，他干活并没有比同学们多花一分力气。

白日里多汗没多大关系，只要他擦得勤，不影响观瞻也不影响潇洒。可一旦躺下，那“润物细无声”的汗水就渗入枕头和床单。何岑洁换床单比宾馆还勤，张姨就笑他们家阳台上总是“彩旗飘飘”。比较麻烦的是枕头，何岑洁每每换枕套时，就看到了枕芯上那些粗粗细细、纵横交错、如阡陌又如干涸的河床的汗迹，闻到一股酸馊味。她总是皱着眉头把枕芯扔了再买新的，所以他们家这项开支比别人家要多得多。

他俩的矛盾因枕芯而尖锐。当然，还有些别的，比如上床前的盥洗，贝多汉只要五分钟搞定，而何岑洁却要整整一个小时。完了何岑洁会批评他说："你这点时间，只够把身上的灰垢泡胀！"贝多汉就拍打着自己的胸大肌、肩下肌说："看看，哪块不干净？哪块不精彩？"何岑洁不欣赏他的肌肉，只是说："我搓洗了一个小时还能搓下细细的泥绳来。"贝多汉就回敬她说："贾宝玉说女人是水做的骨肉，男人是泥做的骨肉，嘿嘿，我们俩竟把红楼梦都给颠覆了！"

他们俩的性事倒也和谐。只是每每做爱之后，何岑洁就被老公的汗水湮没了，觉得自己活像一条刚刚捞上来的大马哈鱼。于是她赶紧起床，先是打开窗子，说是去去屋里的腥味。贝多汉抽抽鼻子，不以为然地问："有腥味吗？我怎么都没闻到？"何岑洁说："当然有，你鼻子不行！"贝多汉又问："你的还是我的？"何岑洁没理他，只管去洗手间，窸窸窣窣地鼓捣了半天才出来，好像她刚刚被歹徒强暴过一样。

这让贝多汉很是不爽，甚至还有被侮辱的感觉。他赖在被窝里，坚决不听从何岑洁的意见去冲冲身子。于是何岑洁也不愿回到那个湿淋淋的被窝了，她抱着自己的被子到另一间屋里去睡。何岑洁永远也不会明白，贝多汉这个时候是多么希望她像小猫一样乖乖地蜷缩在他的怀里啊。

结婚好几年，何岑洁的肚子一点动静都没有，何岑洁虽然有洁癖，但这并不妨碍她想要一个孩子，其实她是蛮喜欢孩子的啊。一直到了第六年，何岑洁才对贝多汉说："我们去上海"红房子"瞧瞧吧，那可是全国最有名的妇产科医院！"

可贝多汉哪个医院也不肯去。他说："瞧什么瞧，我们俩都没毛病，只是我冲锋陷阵的小蝌蚪都被你疯狂的冲洗谋杀了，哪有机会进占你神圣的子宫？"何岑洁说："你胡说八道什么？——还是去检查一下，有病就对症下药。"可是贝多汉死活不去。何岑洁想，男人在这方面远比女人脆弱，他们最怕查出什么，这比杀他们的头还要让他们觉得可怕。

一次在上海学习期间，何岑洁独自去了"红房子"。检查下来，除了左侧输卵管有轻度堵塞，子宫和附件则完全健康。回家后她对丈夫说："可能是你精子的成活率不太高吧？"贝多汉哼了一声，浮起一脸诡异的笑，笑得何岑洁莫名其妙。

有一次，下乡巡回医疗的何岑洁提前一天回来，打开家门时，却发现自家的沙发上坐着位陌生女孩。见女主人回家，那打扮前卫的女孩笑眯眯地站了起来，镇定自若地说："何老师好！"贝多汉介绍说："她是来我们局实习的小柳，她们家刚买了套房子，今天来参观、学习我们家装修的。"那时何岑洁夫妇搬到曙光花园不久，他们家艺术而简洁的装修被传为佳话，贝多汉说的这个理由无懈可击。何岑洁没事人般地点点头，只管从旅行箱里往外掏东西。她没有去打量这对男女的衣冠整不整齐，也没有去看看卧室的床铺是不是弄乱了。过了一会，小柳说："贝老师、何老师你们忙，我先告辞了。"

把小柳送出门以后，何岑洁对张开手臂要拥抱她的丈夫说："龌龊的东西，滚开！"贝多汉委屈地说："怎么啦？你总不至于小气得连让人坐坐都要吃醋的吧？"何岑洁说："无耻！你以为把床铺弄整齐了就能瞒天过海吗？你蒙得住我的眼睛却蒙不住我的鼻子，你以为我闻不到你们干那事的骚味儿吗？"

贝多汉冒汗了，除了额头和背上，手心和脚底都湿漉漉的了。对于做爱后的气味，他从来没闻到过，也一直以为何岑洁只是危言耸听。现在他有点后悔了，后悔没有及时打开窗子，让那些倒霉的气味随风而去。可是小柳事先"谆谆教导"过他："这种关系只要不是在床上被捉现行，就什么也不招，刀架在脖子上也不能招！"她还嘻笑着说："坦白从宽，新疆搬砖；抗拒从严，回家过年！"贝多汉曾说："你小小年纪怎么如此经验丰富？"小柳说："我妈教的！"于是贝多汉就对老婆赌咒发誓，说如果真有那事让他一出门就让车撞死。

何岑洁冷冷地看着他，只说了四个字："你真卑鄙！"从此，她的身体再也不让贝多汉碰一下了。

如果当时贝多汉认个错，说自己只是一时糊涂，以后再也不了，或者干脆流氓一把，说："我就是跟小柳睡了，我就是喜欢她，你看着办吧！"何岑洁在愤怒之余，也许会好受一点。可在往后的日子里，每提起此事贝多汉就指天画地赌咒发誓，把假话说得比真话还真，这太侮辱她的智商，太让她恶心了。

后来他俩达成共识：各自冷静一段时间，再对婚姻的走向做决定。当时他们俩都不想离婚，何岑洁是对婚姻失望了，离婚，再婚，她没这个精力也没这个心思，她的洁癖也让她不愿意接受第二个男人，她太怕“脏”了；而一旦离了婚，闻风而动的男人们就像苍蝇一样围上来，且不说嗡嗡声有多烦人，轰赶苍蝇更要脏了双手。贝多汉呢，当时上头正在考察他，他不能眼看着即将到手的副处位置让别人抢走，而婚外的绯闻往往是致命的。他们的冷战进行了大半年，直到贝多汉终于坐上了副局长的宝座，他才搬离了这个家。

壮健的匪徒见问不出什么，扯了条粉色毛巾塞进何岑洁的嘴里。毛巾太大，只塞了一半就塞得何岑洁直呕，还有一半拖在外头，那模样就像白无常拖着条巨大无比的舌头。劫匪先搜了何岑洁的拎包，把现金和手机揣进了口袋。接着他进了何岑洁的卧室，那个瘦高的匪徒大概怕他独贪财物，紧跟着也进了屋。接着就是翻箱倒柜、东西扔在地上乱七八糟的声音。何岑洁心里清楚得很，任凭他们怎么翻，除了工资卡上的几千块和两件不怎么值钱的首饰，他们什么也别想得到。事实上她们家也没有富余的钱。搜不到钱财，他们一定会恼羞成怒，说不定真会杀了她们，然而搜到钱财，他们为了灭口，也可能要杀她们的！她们娘俩到底能不能活着出去呢？想到这里，何岑洁忐忑极了。

她想动动身子，可是根本动不了，歹徒太狠，把她捆得死死的，如同一只青蟹。她稍一动弹，那绳子就越发往肉里勒，痛得不行。她忽然想起，藻藻的双手绑得好像不是太紧，如果藻藻能挣脱绳子跑出去报警就好了。她想告诉藻藻试试，可是她的嘴巴被塞着，什么也说不出来。何岑洁顽强地用身体挪动着椅子，忍着痛楚一点点地挪动着，待到椅子挪动了45度光景，再竭力扭过头去，她终于看到了藻藻的背。这一回她看清楚了，藻藻的双手果然绑得宽松，绳结就打在椅背的中间，还是个活结。只要藻藻动动手指，或许会抽开那个活结，那么她就可以恢复自由了。

何岑洁的心狂跳起来。她哼哼着，藻藻听到声音，也使劲地扭过头来，两人的目光终于对接上了，何岑洁用眼神暗示藻藻，让她找机会脱身。平日里很精怪很聪明的藻藻，今天的反应却十分迟钝，她只是睁着两只漂亮的眼睛，神色茫然。

年长的匪徒冲出卧室，他的手里拿着一张紫红色的工商银行存折，这是何岑洁的工资卡，里面也就五千多元。他找不到更多的东西，焦躁得又把刀架在何岑洁的脖子上，说："你若是个死抱着钱不要命的，就别怪我不客气了。"瘦高个则对藻藻威胁说："再不交出钱来，我便在你的小脸上试试刀锋！"藻藻哭了，唔唔地哼着，却扭着头，求救的眼睛看着母亲。

何岑洁晃着脑袋，毛巾塞得她太难受了。壮实男一把扯掉毛巾，吼道："说！银行卡、购物卡都藏在哪里？"何岑洁动了动麻木的舌头，说："我再没有别的卡了。"大个子匪徒说："哄鬼呢，没钱能住这样高档的房？"何岑洁说："这屋子是我老公在世时首付的，现在还没按揭完呢。"

十年前，也是一个春光烂漫的日子，正在上班的何岑洁接到一个陌生电话，说要接她去暴龙峡。何岑洁第一反应是，暴龙峡有孩子得了重病或受了重伤了。于是带上些应急的器械和药品就下楼了。一辆黑色奥迪车已经等在医院门口，从车上下来的却是张芳颐局长，张局长一反平日风风火火的样子，她脸色凝重地对何岑洁说："上车吧，坐在我身边。"何岑洁好生纳闷，怎么张局长也去暴龙峡？莫非是她山里亲戚的孩子病危了？

暴龙峡是新开发的旅游景区，以暴龙险滩和橡皮艇漂流吸引着四面八方的游客。那儿崖陡峡深，溪面上时而顽石对峙，时而漩涡诡谲。暴龙溪从上到下有百十条长短不一的飞瀑，又有几处危崖锁门，只有一米宽的橡皮艇才勉强挤得过来，也只有这种底部平坦、刚柔相济的橡皮艇才经得起这样的上下折腾。那些橙红色的小艇载着游客们一次次从险象环生的瀑上跌落，尖叫声和笑闹声响彻了整个峡谷。

奥迪车顺着山势逶迤上行，终于停在山腰一个人工劈出的平台上，已经有一帮人等在那里了。何岑洁下了车，发现平台的一角躺着个人，看模样并不是孩子。那人从头到脚被一条肮脏的被子覆盖着。

张局长拉着何岑洁向那条被子走去，说：“你来认认，这人是不是贝多汉？”

何岑洁像被雷击中似的。她的丈夫，她那英俊潇洒、才分居几个月的贝多汉，怎么会一个人躺在这冷冰冰的山地上？会不会弄错了？对，肯定是弄错了。有个身穿制服的人蹲了下来，替她掀起被子的一角，露出的却是一张面目全非的脸庞。那脸庞不可思议地肿胀着，左脸颊上有个不规则的、洋钱大的伤口，被水泡得惨白的肉外翻着，一只小蟹留恋那肉舍不得离开。总之，这张扭曲残破的脸，根本无法辨认了。

张局长紧紧攥着何岑洁的手，不住地叨叨说：“挺住挺住……看看，是不是贝多汉？”

何岑洁咬紧牙关，蹲下身子，把被子继续往下揭，往下揭，这个死去的男人肌肉发达，他的剑突下五厘米处，有颗薏米大的红痣。她记起贝多汉曾经和她开玩笑说：“可惜了这颗养在深闺人未识的美人痣呀，若长在你的眉心，你就会温柔无限了！”

到此刻她才明白，从前的她只知一味地注重业务，注重清洁卫生了，把温柔整个儿忽略了。其实她心底里还是爱着贝多汉的，爱得还很深，她只是找不到表达方式或不想表达罢了。眼前的惨状让她无法接受，贝多汉怎么能死了呢？而且死得这样惨！何岑洁双眼一黑，昏死了过去。

等她醒来时，已经躺在自己医院的内科病床上。张芳颐坐在她身边，絮絮地向她转告了从目击者那里听来的事件经过：贝多汉是去暴龙峡漂流的，他和一对母女合租了一条橡皮艇。途中，那个一直吃着花生米的小女孩落水了。女孩的妈妈扑出去抢救，她不会游泳，被溪流冲跑了。会游泳的贝多汉就跳进湍流中去救她们娘俩。可春汛的暴龙溪暴躁无比，贝多汉的游泳本事在这里很难发挥，最后，筋疲力尽的他被一袭飞瀑裹挟着从几十米的高处跌落，脑袋撞在嶙岩上，当即就昏了过去，然后他的身体磕磕碰碰地随波逐流一路而下……

何岑洁嘤嘤地问：“那对母女到底救上来了没有？”她想，如果她们活了，贝多汉也算没有白死，这对她，对死去的丈夫，多少是个安慰。张姨说："女孩被贝多汉举到了一棵长在溪里的树丫上。她被呛坏了，在我们到暴龙峡之前已被家人接走了。可女孩的妈妈和贝多汉一样，再也没有醒过来……"

对着匪徒说完这个故事，何岑洁长长地叹了一口气。接着她补充说："你们看，我一个寡妇独自一人付了十年房贷，还要再付五年才到头。你们没听人说吗，按揭按揭，非揭得你体无完肤。再说，我还养着个多病多灾的孩子，不举债就算不错了！"

她想，歹徒只要有一点点人性，多少会产生点怜悯，也许会放过她们孤儿寡母。可是她想错了，那个壮实男一个巴掌甩了过来，说："你编鬼话哄谁呢？老子可不是三岁尿炕娃！"年轻的歹徒也挺狡猾的，他说："你是医生，还是个名医吧？现在一些医生拿起病人的红包来毫不手软。你把你收的红包拿出来，我们就不难为你。"

何岑洁一惊，劫匪怎么知道自己是名医？莫非他们踩点都踩到这个份上了？可小区里有钱人太多了，他们为什么盯住一位儿科医生不放？或许，他们看病时被不良医生要过红包，从而恨上了所有的医务工作者？

提起红包，何岑洁一下子来了底气。她说："我有洁癖。地球人都知道，有洁癖的女人不拿肮脏钱，所以我没有灰色收入，更没有桃色收入。我从医十七八年，不是没人给红包，而是我坚决拒收，人家孩子有病有痛的够可怜的了，这费那费的负担也够重的了，我怎么能忍心收额外的钱？即使有患儿家属偷偷地把钱塞在我的抽屉里，我发现后也全给退回去了。"

"他妈的你是活观音啊，谁信呢？"又是一个耳光，何岑洁觉得左腮痛极，一颗牙齿动摇了，嘴里就有了咸腥的血味，她想把血吐出来，又觉得吐在地上够脏的。于是拿脚去拨刚才扔在地上的毛巾，然后把血吐在那粉色毛巾上。

窄肩膀的匪徒把藻藻拎转 180 度，扯掉她嘴里的抹布，问："你妈不说，你实话告诉我们，钱在哪里？"藻藻喘了口气，哇地哭出声来，"我不知道！我小孩子家家的哪里知道！"然后藻藻又冲着何岑洁说："妈！保命要紧，你把钱给他们吧！"何岑洁吃了一惊，说：

“藻藻你胡说什么？我们家哪里有钱？”藻藻说：“妈你就别再坚持了，我爸的赔偿金，那12万元的赔偿金，你全给他们吧！——我可不想死！”

何岑洁像是被打了一闷棍，呆了。她爸的赔偿金？她怎么知道贝多汉有赔偿金，而且知道准确数字？那时她还不到三岁，而且根本没进这个家！

没错，因漂流意外死亡，贝多汉的确得了12万元赔偿金，保险公司赔的。在何岑洁眼里，那不是钱，而是一把钝锯子，她一想到那笔钱，就觉得那锯子在锯着她的神经，锯着她的肉体，锯齿里嵌着她的肉丝，痛极，也血腥极。她永远也不去想那笔钱！

但事已至此，她不得不面对了。她说：“那笔钱，我给你奶奶了。”藻藻明显地愣了一下，然后跳了起来，她忘了自己是被绑着的，椅子一下子把她坠了下去。她直着脖子嚷嚷道：“老妈你骗谁呢，你怎么会把钱给奶奶呢？我爸没了，那钱是给我的抚恤金呀！”何岑洁看了女儿一眼，心中五味杂陈。但是她必须把事情说明白。她一字一顿地说：“那是你奶奶的抚恤金，不是你的抚恤金。”她很想说：“你并不是我的亲生女儿，那12万与你无关。”但是又怕把藻藻给伤了，她毕竟才十三岁！于是她说：“你奶奶在农村，她没工作也没医保，你爸死了，她一下子病倒了，所以我把钱全给了她老人家了！”

健壮的歹徒冷笑着，道：“你编，你编，你看我敢不敢割下你的舌头来！”

何岑洁冷静地说：“我没编，那12万确实给了我婆婆，你以为天下人都把钱当作性命吗？”

藻藻也不相信。她说：“妈，钱重要还是我们的命重要？你赶紧把钱拿出来吧。”何岑洁说：“藻藻我没骗你。那时候，这个家里还没有你，所以你也没见到你奶奶当时绝望的样子，可是我见到了，虽然12万元抵不了儿子，但对于一位失独的老人，多少是个安慰！”

藻藻还是不信。她对匪徒喊道：“给我解开绳子，我给奶奶打电话！”年轻的歹徒看着壮实的歹徒问：“给她解开吗？”那年长的点了点头。藻藻脱下了绳子，但是壮实的歹徒却拿刀指着她说：“你敢耍花招，我一刀捅死你！”年轻的匪徒叮嘱藻藻道：“你好好说，别让你奶奶听出什么异样来，如果你奶奶能送钱过来，我们就放了你们立刻走人。”

匪徒把拔了的电话线插回去，并在座机上按下免提键。藻藻拨通了老人的电话，对话开始了，“奶奶——”藻藻的奶奶虽然心脏不好，说起话来倒不糊涂，“今天是什么好日子啊，藻藻想起给奶奶打电话了？”“妈说，当年爸那12万元赔偿金给你了，到底是真是假？”老人苍老的声音再次响起，“藻藻啊，你妈是天下难得的孝顺媳妇，那笔钱全给我了。”藻藻的眉头皱了起来，她接着问：“奶奶你那钱还在吗？”话筒里的奶奶一声叹息，说：“那钱奶奶看病花了不少……”粗壮的歹徒打着手势，压低了声音对藻藻说：“你问她，还剩多少？”藻藻于是又对着话筒说：“奶奶，我有急用，你那里还有多少钱？”奶奶回答说：“还有一半吧，可是藻藻，你要钱做什么？——你妈呢？让你妈听电话！”

藻藻拿着话筒，不知怎么回答了。那年长的歹徒抓过话筒撂了，显然是考虑着对策。

何岑洁说：“你们明白了吧？我不爱财，更没聚财。你们到我家来弄钱，真的找错对象了！”

藻藻很颓然。她的脸色，甚至比刚刚遭遇匪徒时更难看。何岑洁想，藻藻一定恨她，如果家里放着12万，也许能救她们母女的命，现在钱没了，恼羞成怒的歹徒肯定不会放过她们的！

歹徒第二次把藻藻绑在她屋子的电脑椅上。气急败坏的藻藻突然发飙了，她尖叫着：“何岑洁，我早就知道，你不是我亲妈，你根本就不疼我。那是我的钱，是我爸拿性命换来的，你凭什么给了那个死老太婆？”

何岑洁惊愕极了，她以为自己听错了，可明明是藻藻在狂叫。何岑洁无论如何也想不到，自己含辛茹苦养了十年的女儿竟会说出这种毫无心肝的话来。她太自私，也太没有教养了，她根本就不像是何岑洁教育出来的孩子！“即使你不是这个家庭亲生的，即使对一位毫不相干的老人，也不应该如此无理如此疯狂啊！”何岑洁被气蒙了。

她定了定神，想，藻藻来她家时才三岁，那么点大的孩子，她能记得当初被收养的情形吗？于是就问藻藻道：“你听谁说我不是你亲妈，那谁是你亲妈？”藻藻胸有成竹地回答：“我亲妈早死了，我是你领养的，你不会生养，才抱了我。别以为我什么都不知道！”

“你还知道什么？”何岑洁问，她的心在颤抖，在哭泣。藻藻说：“我还知道，我有个能干的外婆。自从我上了小学一年级，我外婆就来找我了，只不过她没来过这个家，我们都在学校门口见面！”

何岑洁的心猛地一沉。她被算计了，被那个打扮妖艳的黄发女人给算计了。十年前，她把一个病儿丢给她，自己却躲到一边逍遥自在，待外孙女稍大，又出来操纵藻藻，离间她们母女感情。藻藻也真是匹喂不熟的白眼狼，她只爱自己不爱任何人。这以前，对于藻藻的任性和出言不逊，她都以为是孩子的叛逆期，哪知道她背后有着狼外婆、狼军师呢。

何岑洁这才懂得，一个人的素质，一半是遗传基因，一半是教育熏陶！怪不得藻藻处处和她对着干，她出生在狼窝、喝着狼奶长到三岁；到了上学的年龄，又有一个狼外婆在不断教唆。她何岑洁竟然是引狼入室、替人作嫁呢！可怜她一直被蒙在鼓里，她真是傻，傻到家了！

她被气糊涂了，一时忘了自己的险境，问：“你外婆叫什么名字？告诉我她的电话，我这就叫她来，把你还给她！”

藻藻撇撇嘴说：“我才不告诉你呢。”

年长的歹徒说：“妈的说这些顶个屁用！我们不要什么外婆，只找她奶奶，要她把那边的六万元掏出来！”年轻的歹徒问：“怎么掏？”年长的拍拍手里那张存折，说：“让她把钱打到这存折上来。”何岑洁说：“她不会打钱，就是从卡里取点钱，她不是去找村主任，就是去找妇女干部，一来二去的你们不怕闹得满世界的人都知道吗？”

何岑洁说的是实话，婆婆是文盲，她自己办不了这些事，同时她也是警告歹徒，不要偷鸡不着蚀把米。说到底，她不想把钱拱手让给劫匪们。匪徒果然不吭声了。

何岑洁的思绪却回到了十年前。贝多汉出事后不久的一天中午，她在急诊室里值午班。突然闯进了一位身穿橙色工作服的清洁女工，她焦急地喊着‘医生救命！医生救命！’她的手里抱着个三岁大的幼儿，那女孩咳得上气不接下气，眼看就要憋死过去了。于是何岑洁拨开了别的病人，忙给这女孩看。患儿满头虚汗，口唇紫绀，而且有新鲜的血浆从她嘴角冒出。何岑洁问那清洁工：“怎么弄成这样的?”清洁工摇着头说：“我也不知道啊，又不是我的孩子。——我正在你们医院外面扫大街呢，一个女人把她塞到我手里，说孩子病得不轻，让我先抱到急诊室找你何大夫，她回家拿病历去……我不敢耽误，就抱着找你来了……”

清洁工后面的话，何岑洁已经没时间听了，她让助手将患儿抱到隔壁的急救室吸上氧气，又给她静脉注射解痉。一会儿，孩子的呼吸顺畅了许多。缓过气的女孩哭着挥着手，推着清洁工说“不要不要”，一边哭喊着“外婆外婆，我要外婆……”何岑洁说：“好好，我们叫你外婆来——你会说外婆的电话吗?”病孩只是一个劲儿的“外婆外婆”，别的什么也问不出来了。

何岑洁叹了口气，她给孩子开了处方，让她的助手去药房拿药。孩子打上点滴后，何大夫嘱咐清洁工先看着，务必等她外婆来了才能离开。何岑洁自己就回急诊室看别的病人去了。过了一个小时，何岑洁放心不下那小女孩，又赶到急救室看看，患儿的情况好多了，就是不见她外婆的踪影。何岑洁问那个急得像热锅上的蚂蚁似的清洁工：“她外婆没说她家有多远吗?”清洁工道：“没说。”又问：“那外婆是不是很老了行动不太方便?”清洁工说：“哪里老?也就四十多吧?对了，她打扮得可时尚了，染着黄黄的头发，涂着红红的指甲，乍一看，还以为是孩子她娘呢……”

直到暮色四合，上白班的医生护士都换下白大褂下班了，也不见患儿的家长出现。清洁工更急了，她把刚刚拔掉针头的女孩往何岑洁的写字台上一放，说：“交给你了，我可不能再待了，大街没扫好，老板不但要扣工钱，还要开除我的。”何岑洁的助手一把拽住她说：

"你可走不得，我琢磨着这孩子就是你自己的吧？莫非你想把一个患病的女儿扔给我们医院不成？"

清洁工委屈地嚷嚷说："这可冤枉死我了！我都五十多了，怎么会有这么小的孩子？"

小女孩又哭开了，东张西望地喊着外婆。何岑洁想，她怎么光喊外婆不喊爹妈？于是又问："告诉阿姨，你叫什么名字？"女孩像大人一样叹了口气，回答说："藻藻。"何岑洁又问："藻藻，你爸你妈叫什么名字？你知道他们的电话号码吗？阿姨打电话喊他们来接你回家好不好？"哪知孩子张嘴又哭，这一回哭得更凶，又是打嗝又是咳嗽。何岑洁纳闷了，看这孩子三岁光景，模样也聪明，应该知道父母的姓名和电话，也应该会说自己的住址，她怎么什么都不说呢？看看女孩的衣裙，都是迪斯尼牌子。于是对助手说："这是个有钱人的孩子。"清洁工马上接话说："就是就是，那女人穿着可阔气呢，还戴着这么粗的金项链，这么大的金戒指。"何岑洁的助手说："她让你抱进来你就抱她进来，你这可是摊上大事了！"清洁工红了脸，顿了一下，说："她，她给了我一百元钱。"何岑洁想，既是有钱人家的宝贝，怎么能轻易交给一位陌生人？恐怕事情不会这么简单。她的助手说："莫非，这女人在回家拿病历的路上出了车祸？或许，她一着急就患病晕倒在自己家里？"

何岑洁翻翻女孩的口袋，却没有找到任何关于女孩的信息。清洁工转身要离开。何岑洁的助手又一把拽住了她说："你不能走，得帮我们把这孩子的来龙去脉搞清楚，你走了，我们找谁去？"

于是就打电话报了警。警察来了，听了故事始末，先打电话查询了交警队和各派出所，问今天有没有发生伤人的各类事故。结果是，今天是个难得的平安日，什么事都没有。民警又带着她们去了医院大门口。警察问那清洁工："小女孩的外婆是在哪里把孩子交给你的？"清洁工指指西边，说："在那个转角处。"一行人又到了西边的拐角，抬眼四望，这里并没有监控。于是一起到了公安局，调出了这个时段全市的监控视频。十年前监控设备并不像现在这么遍地开花，仅有的几个，清洁工看来看去，就是不见那女人的身影。最后，视频调到了长途汽车站，终于，在下午 1 点 46 分进站的旅客行列中，一个披着卷卷长发的女人出现了，清洁工喊了起来："是她，就是她！"警察问："你认准了？"清洁工说："认准了，这大波浪发型，这时尚裙子，绝对错不了。"警察这时候反倒为难了，说："她准是离开这个城市了，或者，她并不是本地人，那找起来可就麻烦了。"

警察看着小女孩，对何岑洁说："这应该是个被遗弃的病孩。找不到家长，我们只能把她移交给福利院了。"何岑洁着急地说："那怎么行？她病得很重，得留院观察治疗啊。"

于是，那小女孩就在何岑洁的医院住下了，何岑洁自己掏钱付了费用，又自费请了个手脚利索的陪护女工，日夜陪护这个可怜又倒霉的孩子。

第三天上班时，那陪护女工找到了何岑洁的门诊室，说："何大夫，昨晚我给孩子擦身子时，发现她肚兜里有张纸条，是写给你的呢！"

何岑洁接过那张纸条，只见上面写着：尊敬的何大夫！这是个父母双亡的孩子，又重病在身，我一个没有工作的女人，身体又不好，实在照顾不了。今把她交给你，一是因为你是全市最好的儿科医生，你有办法治好孩子的病；二是我听说你没生养过，请你把这苦命的孩子收作养女吧……

天，她倒是接了一个烫手山芋了！扔吧，她毕竟是个人呀，又病得这么重；接吧，也太唐突了，何况她独自寡居，连搭把手的人都没有，怎么照顾一个有病的孩子？

刚好这天上午，张芳颐局长带着她的孙女佳佳来看病。何岑洁就对张局说起这棘手的事儿。张局长说："带我瞧瞧孩子。"于是她们一起来到了患儿的病床边。小女孩正坐在床上抱着佛手玩儿。张芳颐默默地打量了她几分钟后，说："长得倒是漂亮。"女孩回过头来，睁大了双眼看着她们。张局长说："这眼睛滴溜溜的会说话呢，是个聪明孩子。哎呀——这眉眼有几分熟悉，倒好像是在哪里见过似的。"何岑洁忙问："在哪里见过的？"张局长摇摇头说："没印象了。"正说着，那孩子把佛手一扔，哭喊道："我爸我妈不要我了，外婆也不要我了，外婆嫌我老生病，把我扔掉了！”

原来她什么都知道！

这家长也太残忍、太不负责任了。何岑洁心里酸酸的，竟不知说什么好了。佳佳看着那金灿灿的佛手，感觉新奇。患儿竟说：“姐姐，让你玩玩吧。”说着就把佛手塞进佳佳怀里。突然，她对着佳佳哭喊起来：“姐姐姐姐，我不要打针，我不想待在这里，我跟你去你家里好吗？”

女人心里最柔软的地方被触动了，何岑洁和张芳颐的眼窝子都热热的，竟有想哭的感觉。回到了何岑洁的门诊室，张芳颐喝完了何岑洁给沏的一杯茶，开口了：“我说何岑洁，你孤身一人，她孤儿一个，你收养了她吧。”

“你就是这样到我家的。”何岑洁说完这些，好像完成了一个艰巨的任务，长长地吁了口气。

藻藻呆了一会儿，竟说道：“这是你们大人之间的事，我不想知道。现在，我只要你让奶奶把剩下的钱拿给这两人，我们活命要紧！”何岑洁反问道：“怎么拿？这给了奶奶的钱怎么能拿回来？”藻藻气得直跺脚，说：“怪你都怪你，你当初为什么要把钱给那死老太婆？我们现在没了钱，就赎不了命！”

何岑洁愤怒了，这孩子怎么能没心没肺到这步田地！她的嗓门也高了起来：“藻藻你既然早就知道你不是我亲生的，那么你爸也不是你的亲爸，那笔钱跟你就没有半点关系。奶奶才是正经的继承人！当时她失去儿子心脏病发作，我用那钱给你奶奶救命了，我做错了吗？”

藻藻翻着白眼，黔驴技穷了。歹徒终于失去耐心了，说：“他妈的净说废话！来点真金白银！”又对藻藻说：“你的亲外婆呢？打电话，让她打钱过来！”

藻藻说：“怎么扯到我外婆身上了？”年长的歹徒说：“谁有钱，我们就找谁！”藻藻说：“我外婆早已嫁到加拿大去了。当年就是为了去加拿大结婚，才把我……”

身材壮硕的歹徒笑了，笑得叫人毛骨悚然。他一把捏住藻藻的腮帮子，说："小妞，你那点鬼心眼我还不知道呀，你外婆嫁人了？你妈嫁人还差不多！外国佬会要一个臭老太婆当老婆？你骗鬼去吧。"藻藻说："我外婆才不是臭老太婆呢，她今年才五十多，又漂亮又洋气，还是那边中老年时装队的模特呢！十年前她更年轻更好看，为什么不能嫁？"何岑洁愣了一下，说："你不是说你上小学时，你们就联系上了吗？"藻藻说："是啊，她一回国就来学校找我了！可她现在是在加拿大没在国内，我也没有她的电话！"

何岑洁终于明白，藻藻常说要到加拿大找白求恩，其实是找她的外婆！自己的脑袋真是缺根筋，被一个小女孩给耍了。

年轻的歹徒泄气了，也可能是怕时间长了会被人发现，就对那年长的说："榨不出什么油水了，我们，我们把这存折上的钱领出来算了吧？"

何岑洁立即报出了存折密码。此刻，她是多么希望这两个家伙赶紧走人啊。瘦高歹徒盯着壮实的歹徒说："那，我去取？"

粗壮的匪徒弹了弹那张红色纸片，说，"才他妈的五千多块，打发叫花子啊？"

何岑洁想，这贪婪的歹徒。怎么办呢？

她倾听着门外，怎么都没人来呢，哪怕来个送快递的也好啊。她想起热情的张芳颐，想起小区里找她看过病的患儿家长。她看了看窗外，外面阳光灿烂，南面的一间屋子里似乎有人影晃动，一只小鸟欢叫着在眼前掠过。何岑洁想，只要她能来到阳台上，做点什么动作，弄出些什么声响，或许就会引起人们的注意。或者哄着劫匪去阳台，只要有人发现她们家的异常，拨打110电话，她和女儿就有救了。

"到阳台去，到阳台去……"她在心里急急地念叨着。她瞥见阳台一角挂着的那个废弃鸟笼，这鸟笼待在那里已经有三四年了。也算是急中生智吧，她对两个歹徒说："我家还有个好东西，在阳台上，你们去拿吧。"壮实的歹徒说："你他妈的耍什么花招？好东西会放阳台上？"何岑洁说："信不信由你。这玩意儿扔在路上未必有人拾捡，可在内行人眼中就是个宝贝。要不，我带你们一起去阳台取吧？"那劫匪冷笑了一声说："想诳我们去亮相吧？我可不傻！"何岑洁说："不诳你，那个东西叫墨洗，很值钱的。"年轻的歹徒就问："什么磨——洗？"何岑洁解释说："就是一个盛水的器皿，一个精致的古董，古代的画家、书法家洗毛笔用的。"

生的希望让何岑洁的心狂跳着，电视里的一个镜头让她来了灵感，她继续往下编："那墨洗是明朝洪武年间的青花瓷，现在的市场价值几万块呢。"

贼人显然不懂什么是"青花瓷"，更不知何为"洪武年间"，他们被糊弄住了，一时不知如何决断。藻藻也被忽悠了，她惊奇不已地问："妈，就是那个喂鸟的小盏儿？"何岑洁说："是啊，那可是皇宫里流出来的，是我娘家的传家宝啊。你九岁那年非要买只画眉，买回后你就拿那墨洗给它喂水。当时我不让，你又哭又闹的，我拗不过你，就让你拿了。后来画眉死了，那精致的鸟笼我舍不得扔，就和那墨洗一起挂在阳台那个钩子上了。"

年轻的劫匪跃跃欲试。年长的说："你这个样子出去，生怕别人不知道你是劫匪吗？"年轻的就想扯下头套，但立即被年长的制止了。这悍匪并不怎么相信何岑洁的话，但贪婪又让他不想放弃任何可能发财的机会。于是他命令何岑洁说："你出去拿。"

"那钩子太高，我够不着。"何岑洁说。年长的歹徒立即反驳说："你他妈的当初能挂上去，现在怎么就摘不下来？"何岑洁说："不是我挂的，那天来了个高个子男同事，我请他挂的。他当时也是踩着椅子才够得着的。"

歹徒解掉何岑洁的绳子，说："别他妈的废话，搬张椅子出去！——可不许耍花招。"他回身指着藻藻对何岑洁说："你若是敢喊人，我先宰了她！"

这歹徒躲在阳台门侧的阴影里，监视着何岑洁的一举一动。何岑洁想，如果张姨能发现阴影里的歹徒就好了。可是何岑洁家在西单元五楼，张芳颐家在东单元三楼，她永远也发现不了我家里的异动啊。

何岑洁沮丧地搬出张椅子，她站了上去，伸手去够那个鸟笼。可是够了几次都没够着，果然还差那么一截。

年长的劫匪命令年轻的说："去屋里找个小凳子来！"那小子转

了一圈回来说："没有小凳子。"年长的骂了声"废物!"自己进屋寻去了。恰巧就在这时，张姨出现在她家的阳台上，伸手到栏杆外晾晒衣服。这可是千载难逢的机会，但是何岑洁不敢喊，藻藻可是在刀尖下呢。何岑洁只是拼命的挥着胳膊想引起张姨的注意。可遗憾的是，张姨只管忙自己的，根本没往她这边看一眼。何岑洁急得双手在兜里乱摸，她摸到了两枚硬币，就瞄准张姨的阳台扔了过去，可惜她太慌张了，没扔准，硬币掉到楼下花坛里，声息全无。

大个子歹徒回到了阳台门口，滚出了一个塑料脸盆，示意何岑洁用它垫脚。何岑洁下了椅子，捡起那个红色的塑料盆，倒扣在椅上，然后她先踩到椅上，再踩上塑料盆站了起来。

这时她看见张姨正在甩佳佳的一条湿裙子，甩得哗哗有声。何岑洁急得不行，心想再想不出法子，她这次的阳台计划就流产了。她如果摘下鸟笼，歹徒看到了那个才值几毛钱的盏儿，后果更不堪设想。可是，有什么法子能引起别人的注意呢?

歹徒在恶狠狠地打着手势，让她赶快把鸟笼摘下来。她伸着手，这一次她不能再装够不着，她确实也够着了，她把鸟笼摘了下来。在准备下来的时候，不知是有意还是无意，她脚下一滑，那塑料盆像着了魔般地飞了出去，撞在阳台的护栏上又弹了回来，闪起一道诡异的红光。几乎是同时，她连人带椅重重地摔倒了，发出一声巨响，那响声让歹徒和她自己都吓了一大跳。张姨终于听到了，她仰起头来，从三楼看何岑洁家的五楼阳台，她并没有看见倒地的人和椅子，却清楚地判断出那声音的发源地。于是她喊："小何，出了什么事?"何岑洁的肘部和膝盖都伤得不轻，脸上也擦掉了一层皮，痛得要命。她扶着护栏努力地站了起来，正想对张姨喊，却猛地发现，藻藻和绑在一起的椅子不知什么时候被挪到阳台门旁来了，歹徒那闪亮的刀子，正在她的脸上比划着。张姨还在喊："何岑洁，到底出了什么事?"何岑洁抚着膝盖，皱着眉头回答说："我……我……我摔跤了。"

她捡起摔坏了的鸟笼，再捡起分崩离析的"墨洗"碎片，表情十分痛苦。壮实的匪徒暗暗地跺脚，他也搞不清，这个女人到底是为自己的肉体痛苦，还是为那个倒霉的墨洗而痛苦。他恨恨地骂了一声："他妈的全是废物！"

回到了屋里，大个子立即又把她绑回椅子上，这一回，他没往她嘴里塞毛巾，因为这女人在阳台上都不敢喊人，回到屋里肯定更不敢了。

两歹徒心有不甘地去次卧，去厨房，去客厅，把一切能打开的家具全部打开，把能翻的东西都翻了个底朝天，他们甚至连卫生间的小柜子小屉子都找遍了，竟然找不出一件值钱的东西。最后他们搜了藻藻的房间。大个子拿下书架上的绒布玩具，手中的刀向那些 Hello kitty、玩具熊和毛绒娃娃身上一路扎去，一会儿，满屋的絮尘飞扬，被"开肠破肚"的玩意儿扔了一地。当戳到那只嫩黄色的愤怒的小鸟时，藻藻崩溃了，她流着泪，冲那个窄肩膀的年轻人嚷嚷："你们混蛋！糟蹋我的东西干吗？它们招你惹你啦？""窄肩膀"看看那壮硕的歹徒，又看看藻藻，嘟哝着："又不是我干的，我也不想这样……"

"我要小便！放开我！"藻藻突然喊道。何岑洁以为劫匪不会答应，可年长的歹徒出奇爽快地点点头，年轻的歹徒便迫不及待地抽动了绳头，很快就帮藻藻松绑了。藻藻三步并作两步冲向洗手间。洗手间北面有一扇窄窄的窗子，也许是怕藻藻跳窗逃跑，粗壮的歹徒凶狠地喊，不许关门！藻藻只好把关了一半的洗手间门打开。年长的歹徒朝里探了探头，说："他妈的你们连拉屎撒尿的地儿都这么大，这么阔气！怎么会没有钱？"藻藻也顾不得尴尬了，一下子坐在便器上。她的小便声急促而响亮，随即，一股温热的少女气息升腾而起，冲击着所有人的鼻子。

也许是生气，也许是羞涩，从洗手间出来的藻藻满脸飞红，双颊像两朵盛开的大丽花。身体壮实的歹徒眯着眼睛打量了她一会儿，对年轻的歹徒说："你取款去，记得密码吗？"何岑洁就把密码重复了一遍。年长的歹徒又嘱咐说："取款后不要回来，晚上 9 点我们在老地方见。"年轻的歹徒看了藻藻一眼，又看了看他的同伙，想说什么，对方对他做了个强硬的手势，他闭了嘴，拿了存折转身就走。他走路的样子有点前倾，随着他的步子，屋里又飘起一股淡淡的狐臭。

只剩下一个歹徒了，他的眼神忽然由凶狠变成淫猥，他一步步逼到藻藻面前，抬起了她的下巴，说："小妞，告诉大哥，你妈到底是什么妖精，能生出你这么漂亮的小妖精来？叫人喷鼻血啊！——去，躺到床上去！"藻藻吃了一惊，问："躺到床上干吗？"歹徒说："你说干吗？谁让你家没有钱？我尝尝你这块嫩肉的味道，也算没白来这一趟！"

藻藻顿时吓得目瞪口呆。她大概做梦也没有想到，事情会变得如此不堪。她哭了，泪水滂沱，哭声嚣张。可是歹徒用刀逼停了她的号啕，然后像抓小鸡一样抓起她，一把扔在床上。藻藻绝望地大喊："强盗，流氓！——妈，妈妈！救命啊！"

何岑洁也懵了。尽管藻藻总跟她离心离德，尽管常常把她气得发疯，可护犊的本能让她跳了起来，绝不能让匪徒玷污了女儿！可是椅子坠住了她，她动不了，一点都动不了。歹徒用刀挑着藻藻身上的校服，一下一下地挑，那样子颇像一只胜利的猫在玩弄一只倒霉的老鼠。

藻藻平日的骄蛮荡然无存，整个人像被火烧着般地缩成一团。她本能地用手死死地护住身体，哭泣着说："不要啊，不要啊。"歹徒厚颜无耻地说："你不要我要啊，这么水嫩的妞，不要白不要。"那双粗鄙的手就往藻藻的胸口掏去。藻藻挣扎着，挥手乱打，可是她哪里是悍匪的对手？没坚持多久，就只有喘气的份了。何岑洁急死了，她骂道："畜生，强盗，不许碰我的女儿！你这千刀万剐的，我跟你拼了！"她的咒骂苍白得很，她也不可能有拼命的机会。天底下没有比当着母亲的面强暴她年幼的女儿更残酷的了。不错，藻藻不是她亲生的，可十年的朝夕相处，三千六百个日日夜夜的守护，她早把她当成自己的骨肉了。平日里藻藻给她的难堪也罢，对她的伤害也罢，她都认了，许多家庭的孩子不也是这样叛逆、这样惹人生气的吗？等她长大了就懂事了。再说，就是一个素昧平生的女孩在遭遇强暴之际，她能袖手旁观无动于衷吗？现在她后悔死了，早知这样，去阳台的那一刻，她就应该豁出去了。

藻藻的衣服被剥光了，一对小而硬的乳房，像两个粉红色的花苞紧紧地裹着。歹徒一下子扑到了她身上。何岑洁泪流满面，脑袋仿佛要轰然炸开。才十三岁的女孩，怎么能经得起这种蹂躏？天下还有比这更缺德、更肮脏、更伤天害理的事吗？如果让这个恶棍得逞，藻藻算是毁了，她往后还怎么读书，还怎么抬头做人？

何岑洁屈辱地叫着，说："大哥，我求求你，求求你放了她！她还是个初中一年级的学生，她还是个孩子啊！……"

悍匪根本不为所动。何岑洁恨死自己了，如果不是她下楼去倒垃圾，如果不是怕弄脏了门和把手，她怎么会把门开着呢？如果不是自己开着门，劫匪怎么能入室呢？她的脑子飞快地转着，她想得很远很远，她还想到死去的丈夫，如果当年的她不是嫌弃贝多汉的汗水，如果她温柔一点，包容一点，贝多汉也不会投入别的女人的怀抱；如果不是因此而分居，贝多汉也不会独自去漂流而命丧暴龙峡；如果贝多汉还在，她们娘俩会遭遇如此劫难吗？——哪怕能听从张姨的劝说跟鲁贯中交往，如果鲁处长经常在走动，劫匪也许就不会打她们家的主意啊！

歹徒忽然一声惨叫，接着他甩着自己的手直跳脚，鲜血从他的指尖滴落。他一边吮着手上的血，一边骂道："小狼崽子，你咬，我叫你咬！"悍匪疯了似的扑了上去，挡住了藻藻的咽喉。"救命！救命啊！"何岑洁声嘶裂肺地喊着，可是没人听见。只那么几秒钟，藻藻就憋得喘不过气了。歹徒见状松了手，他垂涎的是一个鲜活水灵的小妞而不是一具扭曲的尸体。藻藻疯狂地喘气，疯狂地咳嗽，咳得嘴唇乌紫，随着一声怪异的抽气，一口鲜血喷了出来。何岑洁简直要疯了，她对悍匪喊道："她有病，你会弄死她的！"

丧心病狂的匪徒说："真晦气，碰上个病秧子。"接着他又厚颜无耻地说："有病更好，病西施，更有味道！——妞别怪我，要怪就怪你妈，谁叫她没钱呢？"

何岑洁仿佛突然反应过来，她嚷嚷起来："我有钱，我有钱！你放开她，我给你钱！你如果害了她，我也一起死！我就让那笔钱烂了，谁也得不到！"

劫匪住了手，他狐疑地看着她，说："你他妈的不是一直哭穷吗？怎么突然就有钱了？你的鬼话鬼才相信！”何岑洁说：“还有一笔钱，它本不应该属于我的，我就把它给忘了。你放了我，我把钱取出来给你。”

歹徒很警惕，他说：“你他妈的心眼太多，我不想上当。如果真有钱，你只告诉我在什么地方，我自己拿。”何岑洁原本想让歹徒解除她的绳索拼死一搏，这劫匪，太狡猾太阴险了，让她无机可乘。

家里倒真有一笔钱，只是她真的把它忘了。当年贝多汉死后，那笔 12 万元的赔偿金她的确是交给婆婆了。可那年秋天，温江市评见义勇为奖，有人提供了贝多汉舍身救人的英勇事迹。可是在评选过程中，有关部门却收到不少关于贝多汉的负面信息，有人说身为副局长上班时间私自去游山玩水，本来应该受处分的；也有人说他是带着情人去玩的，那情况就复杂了。这些话零零星星地吹到何岑洁的耳朵里，她觉得污了自己的耳朵，也污了死去的贝多汉。更让她讨厌的是，一些小报记者像苍蝇逐臭般围着她，话里有话地问她对这个见义勇为奖有什么看法，还问他们夫妻关系如何，何岑洁哪受得了这个？她不客气地回应说：“人都死了还说什么奖不奖的？那奖是评给活人看的，我可不想要！更不想看到你们往死人身上泼脏水！”

但是没多久，张芳颐局长却给她送来见义勇为奖的证书和 10 万元奖金的存单。何岑洁真不想要那笔不明不白的钱。可那时她刚刚收养了藻藻，这个三天两头生病的女孩让她非常焦虑。张局长说：“收下吧，藻藻以后用钱的地方多着呢。”那天，何岑洁接过那张存单，心不在焉地夹在她正在读的一本书里。后来，竟把这事彻底给忘了！

一个月前的一天，民政局一位中层干部带着儿子找何岑洁看病。这位长舌的女科长好像是心血来潮，她问何岑洁道：“你知道你丈夫当年救的是谁吗？”何岑洁本是个冷傲且简单的人，再加上评见义勇为奖时听到的闲话，对这种问话十分反感。于是说：“看病吧。”那位科长却不肯罢休，她说：“那淹死的女人叫柳袅袅，应该是……”她停了一会，察看何医生的脸色。

柳袅袅？何岑洁一个激灵，正在书写病历的手停住了。她问：“谁是柳袅袅？”那科长好像等的就是这句话，赶紧回答说：“就是曾经在你老公单位实习过的那个小柳啊！”何岑洁尘封的记忆复苏了，那不是十年前被她堵在家里的那个年轻女孩吗？她仿佛又闻到了飘浮在空气里的腥骚味。那么说，贝多汉是和小柳相约去暴龙溪漂流的？肯定是，要不怎么会坐在同一条橡皮艇里呢？她以前怎么就没想到这层关系呢？那么那个小女孩当然是柳袅袅的孩子了，柳袅袅那时就结婚并有孩子了？她还那么年轻！

贝多汉去漂流，带的是别人的老婆！何岑洁虽然不爱吃醋，可她的心还是一阵阵地发痛。那位女科长说：“正因为这情况，所以当年评见义勇为奖时争论很激烈。后来领导拍板说，不管救的是什么人，哪怕救的是至爱亲朋、直系亲属，也属于舍己救人，都是见义勇为，都应该表彰，都是大家学习的榜样。就这样，才……”

救情人和情人的孩子，也算见义勇为？贝多汉不仅欺骗了她，也欺骗了组织！怪不得藻藻刚到她家时，老爱站在贝多汉的遗像下哭，她就是那个掉进水里的女孩，贝多汉是为了救她们母女才死的啊。原来他们早就熟得像一家人了！怪不得藻藻爱对着贝多汉的遗像喊爸爸。也许，她原本就是贝多汉的女儿？

何岑洁头疼欲裂。贝多汉配得到那份荣誉和那笔奖金吗？那天回家，她找出那本获奖证书，看着那些华丽的褒奖词，觉得真是莫大的讽刺。她把那张纸撕成碎片，接着还准备撕存单，可存单不知夹在哪本书里了，她怎么也找不到。

接下来的日子，她的心情变得出奇的坏，干什么都无精打采。她想这样下去真的要崩溃，于是想找个人诉诉苦。翻遍手机，却找不到一个可以回收坏心情的人。后来，她在一本废弃的电话记录本里，翻到了大学时的一个闺蜜的电话，这位闺蜜阳光无比，永远嘻嘻哈哈的。丈夫又争气，早是一个县的县长了，而且把她当娘娘般敬着宠着。于是就把电话打了过去。哪知刚提了个头，听到的却是闺蜜的泣不成声，原来她丈夫因为受贿被纪委请去“喝茶”了。闺密委屈得什么似的，她抽抽答答地说：“我从来没见过他往家里拿钱，他的财物，全都送给外面的二奶三奶四奶了！”

倾听了别人的郁闷，何岑洁仿佛吸食了二手郁闷，把自己的心情弄得更糟了。

等她终于找到了夹在书里的10万元存单时，她已经打消了撕它的念头。起码，这笔钱是政府奖的，比她闺蜜老公那些钱要干净得多；再说，拿贝多汉的错误惩罚无辜的自己，那才叫傻呢；还有，不管藻藻是不是贝多汉的骨肉，这笔钱以后肯定要用在藻藻身上。但是面对那张存单，她又觉得如芒在背。如鲠在喉，恨不得把它藏到一个不见天日的地方。她举目环视着空荡荡的房子，看见有块墙布不知什么时候翘起了一角，于是她就登上椅子，把那一角墙布撕得更开一些，把存单放在里面，然后用胶水重新粘好。

这笔钱可是贝多汉拿命换来的！现在拿它来救藻藻，也算是物有所值。于是何岑洁对劫匪说："我给你钱，但是你不许伤害我女儿。"歹徒说："拿到钱，我保证放了她。"

于是她用嘴巴指点着存单的位置。劫匪用刀划开了那块墙布，揭起那一角，那10万元的存单飘然而出。歹徒捡起看看，高兴疯了，他喊着亲娘，把存单放在嘴上亲得叭叭响。并对何岑洁说："你早这样不就结了嘛。"然后又问密码，又找何岑洁的身份证。当他拿着这些东西正要出门时，忽然又折了回来，说："不行，老子三个月没碰女人了，馋得不行！"何岑洁骂道："畜生！你刚才答应得好好的，怎么出尔反尔啊？"匪徒说："你个傻子！说话算话的就不是土匪了。"说着，他又把藻藻扑倒在床上……

何岑洁绝望了。她的血液冷却了，整个儿凝固了。藻藻羊落虎口，这一切，都是因为她清洁太过的毛病，她罪该万死啊！

没有时间自我煎熬，没有时间做更多的考虑，她突然一字一顿地说："你放过我那病孩。你一定要，就，就要了我吧，我把自己给你……"

她竭力要把匪徒吸引到她身边来，她甚至努力做出一种媚态来。可是她不会，她的笑容僵硬而难看，她在心里厌恶极了自己，骂自己厚颜无耻，骂自己万劫不复，但是她的努力没有白费。那歹徒看着藻藻嘴角上的血迹，看看何岑洁，终于放弃了藻藻，说："三年寡妇赛黄花闺女，你刚才说你守了十年寡了？嘿嘿……"他无耻地笑着，过来替何岑洁解绳子。绳结打得太紧太死，他低下头，用牙齿去咬。趁这机会，何岑洁用眼神和嘴巴示意女儿快跑。藻藻还咳着，她神情恍惚，目光呆滞。何岑洁悲哀地想，她可能连跑的力气也没有了。

绳子终于解开了，何岑洁抚了抚被绑得麻木的胳膊，向洗手间走去。歹徒警惕地吼道："站住！向左转，到你自己床上去！"何岑洁回过头，挤出些笑容，说："我内急，你总不希望我把小便都尿在床上吧？——你放心，我们家在五楼，我跳不了！"

匪徒一脚踏在卫生间里，一脚在门外，何岑洁推着门，那门就挤在歹徒的一条腿上。何岑洁说："我必须把门关上，否则我解不出！"歹徒打量了卫生间，窗台很高，离马桶又远，没有个可垫脚的东西，这女人上不了窗台；再说，他也不相信这女人真敢跳楼，敢跳楼的女人一开始就和他拼命了，绝对不会到了现在还主动勾引他！于是他回到藻藻的房间，重新把小姑娘绑上。

何岑洁终于坐到抽水马桶上。想着自己刚才的举止，她一阵作呕，把中饭都吐出来了。但是她没工夫一味地呕吐，强盗就等在门外，等着他的淫梦。可是，她真要把自己献出去吗？——决不！与其丢失贞操，她宁可丢失脑袋！——可是她死了，藻藻能逃得出贼人手心吗？——是的，现在她所做的一切，都是要保住藻藻！可是怎么才能既牵住歹徒而又保全自己呢？从来不相信神灵的她竟病急乱投医地口中念念有词："老天爷，阿弥陀佛，观世音菩萨，救救我，救救我们母女吧！"

歹徒很快就不耐烦了，他把卫生间的门踢得砰砰作响。何岑洁急得像热锅上的蚂蚁，一边说："别踢了，我马上就好了。"就在她转身拿手纸的当儿，她的眼睛忽然一亮：她看到了一把榔头，那是她早上取来弄洗脸盆的榔头，它静静地躺在抽水马桶后面的角落里，站在门口的歹徒并没有发现。于是她以飞快的速度系好裤子，攥起那把榔头藏在身后。砰的一声，卫生间的门被踢开了，在歹徒跨进来要拽她的瞬间，那把愤怒的榔头一下子砸中了对方的脑壳！劫匪晃了一下，嘴里骂了句什么，立即拔刀刺向何岑洁的胸口。大约是因为脑袋受伤手里没了准头，那一刀竟落在何岑洁左臂上，何岑洁顾不得剧痛，第二次举起了榔头，对着那颗可恶可憎的脑袋又是狠狠一记！她不知道这一记砸在哪个位置，只看到鲜血像喷泉一样直射到卫生间的天花板上。暴徒踉跄了一下，扑倒在抽水马桶上，继而又滑倒在地上……

何岑洁浑身是血，她分不清这些血是自己的，还是歹徒的，或许两个人的都有。想起劫匪的血竟然和自己的血混在一起，她觉得恶心死了。但她已经虚脱了，膝盖变得虚软，支撑不住身体瘫倒在地上。一会儿，耳膜里传来咚咚的敲击声，夹杂着藻藻的叫唤声，好像还有些嘈杂的、模糊的声响。她定了定神，才明白是有人在叫门，在拍打她家的大门，可是她浑身像被抽空了似的，站不起来。砰的一声，大门被踹开了，两个面熟的小区保安冲了进来，他们的身后是嚷嚷着的张姨："怎么回事？你们家出了什么事？"及至发现了被绑的藻藻，看见卫生间里躺倒的一男一女，张姨张开的嘴巴突然定格了，成了一个无底的黑洞。

两位保安小心翼翼地向卫生间靠近，生怕地上的歹徒会突然跳起来伤人。一位保安掏出手机打了 110 和 120。何岑洁终于有了些力气，她挣扎着坐了起来，脑子却乱成一锅粥，她看着地上一动不动的劫匪，心想他莫非死了？刚才她恨死了他，使出了吃奶的力气用榔头砸他，现在他没命了，那么她就成了杀人犯了！

张姨扶着何岑洁起来，一不小心碰上她胳膊上的伤口，疼得她直吸气。何岑洁知道，她的肩下肌被扎了个对穿，眼看鲜血把整条袖子都浸湿了。另一位保安已经解开藻藻身上的绳子，并捡起那件破校服，把瑟瑟发抖的小身体遮住。张姨说："你们娘俩马上去医院。"何岑洁看女儿并无大碍，摇了摇头说："先等警察吧。"藻藻去了自己屋里，换了件衣服，又找来了一卷纱布，让张姨替她妈扎紧胳膊止血。不多会儿，110、120 全来了。警察先是扯掉躺在洗手间地上那个歹徒的头套，拿照相机咔咔地拍着。接着医生上来，翻翻劫匪的眼皮，又试了试鼻息和脉搏，向门外几个人招招手说："担架，送医院！"听到这句话，何岑洁松了口气，才敢抬眼看那张满是血污的脸，这家伙双眼紧闭人事不知，他的眉毛浓且粗，稍稍卷曲的、染血的鬓发，长长地向下过了耳垂，形成一个怪异的惊叹号。

伤者被抬出屋门时，藻藻突然嚷了起来："存单！他刚才抢了我们家的存单！"说着就扑到那具血淋淋的身体上去，搜遍几个口袋，拿回了那张10万元的存单，还搜回了何岑洁的手机。

何岑洁断断续续地讲述着惊魂一幕，警察在刷刷地做笔录。匪徒进屋肆虐不到二十分钟，可何岑洁却感觉像有一个世纪。警察问起已跑掉的那个歹徒的模样，何岑洁说："他戴着头套看不见面目，只感觉他身材高瘦，比较年轻。"刑警又让藻藻补充，藻藻只是一个劲儿摇头。

警察又提到另一个问题："歹徒说话是哪里的口音？"

刚才因为惊吓过度，何岑洁根本没注意他们是什么口音。现在，她把发生的一切在脑子里过了一遍，回答说："普通话，他们说的是普通话。年纪大的那个说得非常糟糕，夹杂着大量的本地口音，而那个年轻的，其他发音还行，就是不会用卷舌音，他把"是"说成"四"，把"只"说成"子"，把"实"说成"死"。"

警察又问小区保安："这曙光花园不是安保先进单位吗？这青天白日的怎么就进劫匪了？"一位保安说："这络腮胡子进来时我们登记过的，他说是业主打电话叫他来修自来水管，我们就放行了。"警察又问："年轻的那个是怎么进来的呢？"保安说："没印象了。"

曙光花园毕竟是十多年前的建筑，没有地下车库也没有电梯，连监控摄像头也只有前后两个大门口才有。于是警察就带着两个保安去调看录像，他们发现，中午时段进入小区的人并不太多，这络腮胡子算一个，另外就是一些面孔熟悉的业主，再就是一帮骑自行车的中学生。小区里有个篮球场，喜欢打球的孩子们常常利用午休时间玩一把。因为影响住户午睡，有人向物业提过意见，最后还是不了了之——因为大多孩子就是本小区的人，另外则是他们带来的同学。警察指着那些背着大书包、骑着单车的中学生问："这里面哪个像进入你们家的年轻歹徒？"母女俩看来看去，摇头说不知道，因为戴着头套和不戴头套完全是两码事，再说，这些骑在车上的少年差不多都一个模样。

银行那边传来好消息：何岑洁那笔存款并没有被取走。于是刑警们摩拳擦掌，安排人员去各个网点轮班蹲守，以为歹徒已成了瓮中之鳖，定能手到擒来。

何岑洁要带女儿一起去看病，藻藻却坚决拒绝。何岑洁说："你咯血了，不看哪行？"藻藻说："我没咯血。"何岑洁说："我亲眼见的，这有什么好隐瞒的？"藻藻诡秘地笑笑："就是不去。"后来何岑洁硬是把她"押"到了呼吸科，一番检查下来，医生说，气管和肺并无异常，只是舌头伤了。何岑洁问女儿："舌头怎么伤的？"藻藻说："老妈你烦不烦啊？是我自己咬的你明白了没有？这是我的金蝉脱壳之计啊。"何岑洁呆了，她试着咬咬自己的舌头，很疼，她下不了这决心。想不到女儿还有这一手，这孩子真的不可小觑！

何岑洁吊着一条胳膊，天天去脑外科看那个铐在床头的匪徒。那边的同事告诉她，他们已尽了最大努力，患者却一直昏迷不醒，看来，这个身份不明的络腮胡子暂时死不了，但很可能成为植物人。也就是说，想从他口中得到案件的真相，希望渺茫。

于是她隐隐地担心，她把歹徒伤成这样，会不会被判刑？要不要赔很多钱？那天鲁贯中来看她，说："我刚出差回来，听说了你的事，把我给吓坏了！"何岑洁说："我现在担心的是……"鲁贯中说："我知道你担心什么，我已经向司法部门打听了，你这属正于当防卫，不必负法律责任。——我看你好像手无缚鸡之力，不料竟这么勇敢！"鲁贯中爽朗地笑着，露出一排结实的牙齿。

一连几天，何岑洁被抢的存折都没人到银行去问津。破案的刑警们说，这不合常理，那年轻的歹徒应该会第一时间去取钱。何岑洁也觉得奇怪极了，暴徒们弄走她的工资卡，难道是为了枕着睡觉吗？

休息了几天，何岑洁上班了，藻藻也上学去了。经过这起事件，何岑洁再也不敢开着门下楼倒垃圾了。藻藻也乖多了，她一回家就趴在自己的屋里写作业，这以前，何岑洁如果不催上三遍她是决不动笔的。她的嘴巴也不再刻薄了，待何岑洁也礼貌多了。这让何岑洁暗暗欣喜。

很快就进入了初夏，楼下花坛里石榴花怒放，一朵朵一簇簇，灿烂辉煌。何岑洁喜欢这花儿，它开得那么嫣红，红得带出高贵的金光来，她的心情也因此好了许多。每每倒垃圾时，她都要站着欣赏一番，明白了什么叫“赏心悦目”。想起春天那起事件，她常常有一种劫后余生的感觉。以前有人请她吃饭、K歌，她是无论如何不去的，总觉得那种场合乌烟瘴气，还特浪费时间，不如在家多看看业务书呢。现在想想，是自己过分了。心想以后若有人请，她就去，也许会收获些意外的快乐。她终于觉悟到，人不必把自己搞成苦行僧似的，她也可以换个活法的啊。

这个星期六的傍晚，鲁贯中来敲门，请她去吃西餐。她看着藻藻，说：“我女儿的晚饭还没做呢！”藻藻从她的屋里跑出来，对着鲁贯中做了个鬼脸，然后推着母亲说：“走吧走吧，我已经学会煮面条了，不就是卧个鸡蛋加点虾米紫菜的事吗？”何岑洁高兴地说：“我们的藻藻长大了。”

坐在温馨的西餐厅里，听着舒缓的音乐，何岑洁竟有一种恍如隔世的感觉。鲁贯中看着她，她却把眼神看着别处，这是她第一次跟一位异姓出现在这样的场合，多少有些不自在。鲁贯中是个聪明人，便和她聊藻藻的故事。何岑洁总算松了口气，说起藻藻三岁来她家的样子，说起她成长中的种种刁蛮和不可理喻。鲁贯中一直微笑着，耐心地倾听着。后来他说：“一切都会过去，你也不必太在意。”何岑洁说：“没有过去！她现在未必不想去加拿大，她惦记着她那个外婆呢！”鲁贯中说：“她惦记就让她去一趟呗，去过了就不那么想了。”何岑洁说：“你真是站着说话不腰痛！她将来还要上大学、读研，我的负担可不轻松。”鲁贯中说：“我可以帮助你们啊。”何岑洁的双眉挑了起来，说：“我可不随便接受别人帮助！”鲁贯中说：“看你，还说藻藻呢，你也是属刺猬的！”何岑洁问：“此话怎讲？”鲁贯中笑着说：“一急就把浑身的刺都竖起来了啊。”何洁岑也笑了，却说：“你挺能损人的。”

鲁贯中让她放松点，说没有敌人需要她严阵以待。何岑洁发现，他的男低音非常动听。于是她挪了挪身子，让自己坐得更舒服些。他说：“其实对于藻藻，你缺的不是钱。”何岑洁注意到他口气变得特别认真，就抬起眼睛，看着鲁贯中问：“那缺的是什么？”鲁贯中说：

“是温暖。”何岑洁愣了一下，不解地问：“我对她不够温暖？”鲁贯中说：“这孩子缺乏安全感。她的心理阴影，来自于小时候的被遗弃，那次遗弃对她伤害太大了。她动不动刺你、气你，恰恰证明她的心里自卑，你得加倍地疼她、宠她才行。”何岑洁低下头，只管拿小银匙搅着咖啡，没有回答。

接着他们又聊起春天里的那起案子。何岑洁说：“我现在一闭眼，面前晃动着的就是那两个匪徒的样子。那年纪大的已成为植物人了，我用不着怕他。可是那年轻的仿佛人间蒸发了一样，警察怎么就抓不住他呢？你说他会不会卷土重来？”鲁贯中说：“一般不会，你那两榔头把他给吓着了。”何岑洁说：“他是先走的，他哪里知道我的两榔头？”鲁贯中说：“你的光辉事迹都传遍大江南北了，歹徒会不知道？”何岑洁笑了，拿左手摸摸自己的右手腕，说：“我现在还怀疑，我这手会有这么大的力气！”

鲁贯中接着说：“你若不放心，就在家门口装个监控，有居心叵测的人来转悠不是一清二楚了吗？就是有人敲门，你也先看看视频，绝对不给陌生人开门。”何岑洁问：“装监控麻烦吗？”鲁贯中说：“不麻烦，我明天就叫人给你装一个。”何岑洁顿时心里暖暖的，这种感觉她十多年都没有过了。

鲁贯中送她回曙光花园。在一棵香樟树的阴影下面，他们站住了。鲁贯中说：“我可以抱抱你吗？”何岑洁扭过头，看着附近的一盏路灯说：“时间不早了，明天还要上班呢。”

何岑洁迈着碎密的步伐上楼，她知道鲁贯中在目送她。她拿出了钥匙，打开了新安装的防盗门。趿上拖鞋，她就扑到厨房的窗口，发现站在路灯下的鲁贯中正抬头对她挥手呢，然后他转身，迈着大步离开。她暗暗地笑了笑，心情变得非常好。

可是，一股淡淡的狐臭味惊扰了她。她的心一下子就提到了嗓子眼。她喊道：“藻藻！”藻藻从她自己的屋里跑了出来，应答说：“妈，才九点多你就回来了？”何岑洁四周看看，问：“晚上来同学了吗？”藻藻一脸无辜地回答：“没有啊！”

何岑洁仔细地查看各个房间，并没有什么异样，可是那股淡淡的狐臭味却固执地缠绕着她，挥之不去。她又问：“藻藻，真的没人来过吗？”藻藻坚定地说：“没有。”还反问说：“妈你是不是怀疑我早恋啊？——早恋不好玩，后果很严重。妈，您老人家放一百个心吧，我可不干那种傻事！”

何岑洁叹了口气，心想自己可能是神经过敏了。前天，五官科一位同行告诉她，洁癖的人往往都嗅觉过敏。于是就不再说什么，只是打开窗子通风。然后对女儿说：“时间不早了，你该洗洗睡了。”

第二天上午，鲁贯中就带人把监控摄像头装好了。当晚何岑洁一回家，就打开电脑，并没有发现什么异样。一连几天，出现在视频里的除了自家母女和一个送快递的，就是天天打扫楼道的清洁工的身影，并没异常的人出现。

六月底，医院又组织农村巡回医疗。何岑洁不放心女儿一人在家，就说：“藻藻，妈要下乡，我跟你班主任说好了，你去她家住段时间吧。”藻藻果断地说：“我不去。”何岑洁说：“你一人在家，不怕歹徒再上门吗？要不，我去接你奶奶来？”藻藻说：“奶奶都七老八十了，到底是让她来保护我，还是让我来照顾她？如果她心脏病发作，死在我们家怎么办？”何岑洁说：“妈已被劫匪吓怕了，你无论如何也不能一人在家。”藻藻于是说：“那我住老师家吧！”

何岑洁把所有物品都准备妥当，把女儿送到了班主任家。

半个月后她回到家里，又闻到了一股淡淡的狐臭味，她立即打开了电脑，这一回，视频里出现了一个十五六岁的男孩，背着个红白相间的大书包。他按了她家的门铃，接着是藻藻探出来的脑袋，她伸出一只手，把男孩一把拉进了门！

这男孩到底是藻藻的同学，还是她早恋的对象？何岑洁必须要好好问问女儿了。那晚她去班主任家接回了藻藻。关上门后，就板起了脸孔问：“藻藻，这半个月，你都住在老师家吗？”藻藻看了眼母亲，镇定地回答：“都住在她家。”何岑洁又问：“中途回来过吗？”藻藻说：“没有。”何岑洁想，这孩子怎么这么不老实呢？于是继续追问：“你想想，一次也没回过家？比如拿点衣服什么的？”藻藻肯定地说：“没有，衣服当初不是都带齐了吗？”何岑洁很生气，再去看视频，藻藻是这个星期三下午 4 点 31 分 16 秒回的家，那男孩是 4 点 45 分 09 秒到达她家门口的。他们在家里待了将近一个小时，然后一块儿离开。

这孩子撒谎都不用打草稿的！怒从中来的何岑洁只能戳穿她了：“藻藻你回来过，和一个男生约会！”何岑洁满以为，说到这个分上，藻藻会脸红，会惊讶，会撒娇，会哭。可是她想错了，藻藻只是扯着嗓门嚷嚷道：“谁说的？谁哪只狗眼看见我回家了？谁造我的谣不得好死！”

如果不是视频清清楚楚地摆在那里，何岑洁肯定要被女儿糊弄过去了。女儿越是否认得坚决，越是让她焦躁，让她痛心，她家怎么会出这么个孩子！她这个母亲怎么就当得这样失败呢？

突然，一个念头闪了一下：狐臭？男孩？她关上了房门，再调出视频，仔细看那男孩的体态：身体单薄，肩膀稍窄，还有那稍稍前倾的走路姿态……

屋里的空气非常闷热，可是何岑洁却突然打了个冷战。

第二天何岑洁刚好轮休，待藻藻上学后，她试着去打开藻藻的电脑，看看她的聊天记录。她从来没动过女儿的电脑，她觉得侵犯女儿的隐私是可耻的。但是今天，她非要看看不可了。

藻藻设置了密码。何岑洁用了藻藻的生日，用了家里的座机号，却都打不开。突然，一段欢快的旋律在何岑洁的耳旁响起，那是春晚蔡明和潘长江的《爱跳就跳》里的《High 歌》，藻藻很喜欢，她上学放学总哼着“mountain top，就跟着一起来，没有什么阻挡着未来……”藻藻不但能唱这首歌，还把小品里那毒舌妇的神态、语言学得惟妙惟肖，她可真有演员潜质！于是何岑洁先输进了 mountain top 几个字母，打不开，想想，她打进了第一句歌的简谱，不成，第二句，第三句……随着一声悦耳的音乐声响，荧屏终于开启了！

她先看藻藻的邮箱，“收件箱”和“已发邮件箱”里什么都没有，连“废件箱”都被删除得干干净净。再看 QQ 的聊天记录，除了好友栏里几个 QQ 名，同样空空如也。一个十三岁的孩子，她为什么要这样？她难道总是防贼一样防着她这个妈妈？何岑洁顿时觉得后背凉飕飕的。

从藻藻屋里出来，她拿起电话，急急地要给办理此案的刑警反映情况。可是她忽然犹豫了，因为这么一来，她就是将女儿送进派出所啊，藻藻将会面临什么样的处罚？是否会被判刑？那她的前途不就毁了吗？何岑洁痛苦着，迟疑着，终于放下了话筒，心里却纠结得一塌糊涂。她重重地叹了口气，想，还是找个靠得住的朋友商量商量再做决定吧。

也就在这天下午，警察把何岑洁叫了过去，告诉她说，他们查出了她女儿的问题，因为他们找到了贝藻藻的 QQ 聊天记录，并告诉她和贝藻藻热聊的是一个叫“人在江湖漂”的人，“人在江湖漂”的聊天地点非常随意，全市的每个网吧都有他的足迹，他们已经在码头一间毫不起眼的网吧里把“人在江湖漂”给找着了。

“人在江湖漂”的真名叫黎啸天，是市四中初三（6）班的学生。黎啸天的母亲因为不堪忍受父亲的狐臭，生下儿子不久就跟别人跑了，这位做钳工的父亲一把屎一把尿地把他拉扯大的。警察让黎啸天脱掉校服，他左右腋下各有一道整齐的疤痕，证明了何岑洁诉说的嫌疑人曾做过异常大汗腺切除术。警察们还告诉何岑洁，他们必须把贝藻藻也“请”到派出所，请何岑洁配合和理解。

审讯黎啸天的那天，何岑洁和黎啸天的父亲都去了。何岑洁打量着黎啸天，只见他不住地用左脚搓自己的右脚，又用右脚搓自己的左脚。她想，这孩子看起来并不像无法无天的混世魔王呀。这个十五岁的初中生，怎么会干出那种骇人听闻的事呢？

警察问黎啸天：“你是怎么认识贝藻藻的？”

黎啸天的回答十分干脆：“是网聊时认识的。”

“你们聊些什么？”

“什么都聊，最多的是听贝藻藻诉苦。”

何岑洁熟悉这男孩的声音，还有那个“是”和“时”，他不会用卷舌音，念的都是平舌音。

“贝藻藻诉什么苦了？”

“她说她三岁时就被遗弃了，她恨这个世界。还说，养母并不爱她。”

“怎么不爱她了？”

“养母从来不喊她宝贝，而在她的记忆里，她爸她妈和外婆都喊她宝贝，心肝宝贝。”

何岑洁无语了。宝贝？自己小时候也没人喊她宝贝，可是她从来也没觉得父母不爱她啊。藻藻的外婆总是把心肝宝贝挂在嘴上，却能把重病的外孙女扔掉！藻藻不恨外婆，反而恨她这个养育了她十年的、跟她没任何血缘关系的人，这世道还有公平可言吗？

黎啸天接着说：“藻藻的养母对她要求特别严。总说她自己小时候是怎么怎么的三好生，骂藻藻不争气。又一味地强调她不许说谎，说自己从小是个多么诚实的孩子。最让藻藻受不了的，是她继母的洁癖，连一粒饭掉在地上，她都会嚷嚷说：‘藻藻，你为什么不把饭粒捡起扔到垃圾桶里？这样踩来踩去踩得满屋子都黏乎乎的怎么受得了哇！’藻藻用过的餐巾纸没及时送到垃圾桶，她也能唠唠叨叨半天。贝藻藻说自己要崩溃了！”

男孩耸了耸窄肩膀，继续说：“如果我摊上这么个母亲，我也会崩溃的！”

“你们是怎么商量着入室抢劫的？”

“也没怎么商量。我只是想帮她做点什么，在她面前逞一回英雄。她说功课太忙，书包太重，她不想读书了。她很向往西方孩子无忧无虑的生活，这一点，我们最有共同语言了。她的外婆在加拿大，她想去找外婆，做幸福的加拿大孩子。可是她外婆说，移民加拿大要150万人民币。藻藻知道家里没这么多钱，就是有，养母也不可能替她出。可是她太希望出国了。外婆说：‘那么你就来旅游吧，我们再看看有什么法子把你弄到加拿大来。’”

黎啸天看了一眼何岑洁，忽然不吭声了。

“接着说。”

“她外婆告诉她，贝多汉就是她亲爸，她爸的遗产都应该归她，不该留给她养母。再说贝藻藻养母是著名的儿科医生，应该有不少红包。所以贝藻藻要我扮一回绑匪，让她养母拿出钱来，这样她就能去加拿大了。”

“那个络腮胡子是谁？”

“我表叔。——我胆子小，不敢独自干那活。那天刚好我表叔来向我爸借钱，他的钱总是不够花。我爸没借给他，表叔走后我爸就嘀咕道：‘上次借的钱没还，还有脸来再借！借钱给他是在害他，他在赌博！’我想，表叔这么缺钱，找他帮忙他肯定不会拒绝。而且他在建筑工地扎钢筋，力气大，对付藻藻妈十拿九稳。于是我问藻藻，可不可以出点钱，让我表叔帮忙？藻藻爽快地答应了，并说只要弄到钱，给我表叔百分之二十的酬金。于是我就去工地找了我表叔……可是我没想到表叔这么恶毒，这么无耻，后面发生的事，离我们的初衷就越来越远了……”

“你们为什么把时间选在中午？”

“表叔说他踩过点了，曙光花园晚上保卫森严，白天反倒松懈些，他只要装作自来水修理工就能进去。他让我跟着那些打篮球的男孩一起混进去就是了。”

“你知道入室抢劫是什么罪吗？”

“不知道。——这算抢劫吗？我又不是真的要她们的钱，我只是见义勇为，帮藻藻拿到该属于她的钱罢了！我拿到的那些东西，早已还给贝藻藻了！——我都实话实说了，警察叔叔，现在我可以回家了吧？”

在对贝藻藻的庭审中，女孩哭得伤心无比。她说她错了，错误有天那么大了。她的哭，让何岑洁心里打翻了五味瓶。藻藻说，这一回她真的知道自己错了，是她引狼入室，差点酿成大祸。再说，她一直认为何岑洁不疼她，不爱她，可是在最危急的关头，没想到妈妈会挺身而出，舍身救她。对于妈妈这么有严重洁癖的人来说，这比让她死都还难啊。

藻藻“妈！妈！”地喊着，泪水滂沱：“妈你饶过我这一回，以后我一定改，一定听你的话，妈你相信我一次吧！”何岑洁心里很乱，为自己，也为这个刁钻精怪的女儿。记不得是谁说的话，年轻人犯错，上帝也会原谅，何况藻藻才十三岁！藻藻将来的路还很长很长，需要她扶持着好好走下去，她也必须责无旁贷、义不容辞地陪着她走下去。她不能把女儿拱手让给那位不负责任的外婆，谁知道她会怎么教育引导她？一旦有个什么意外，那个女人保不准又要第二次遗弃她！

于是何岑洁来到藻藻身边，伸出双手去拥抱她。无限感慨的泪水滴在女儿的头上，很快就渗透到她的黑发里面，渗透到她雪白的头皮里去了。

警察只是对贝藻藻教育了一番，就让何岑洁领她回家了。毛头小子黎啸天却被移送到法院。几个月后，法院判处黎啸天有期徒刑一年，缓期两年执行。宣判结束时，黎啸天大呼冤枉，说主意是贝藻藻出的，他只是帮了个忙而已。可是法官没理他，一位年轻的法官拍了拍黎啸天不宽的肩膀，说："黎同学，好好学习法律，好好做人吧！"

曙光花园的石榴结果了，那是一种供欣赏的果子，个头很小，形状美丽。十年前的这个时候，何岑洁曾把婆婆接过来住了一阵子。婆婆看着这些石榴，喃喃说："怎么就不结籽呢？要是能结些籽多好啊，哪怕就一颗！"

现在，何岑洁可以告诉婆婆了，她的儿子是"会结籽的"。尽管如此，何岑洁还是喜欢这花坛里的不结籽的石榴，她每每倒垃圾时，都要站着欣赏一番。她的思路常常会超越石榴，想着那些仿佛已经遥远的事儿。以前她总是怪藻藻的遗传基因不好，怪她外婆教育不好，所以才有这样那样的毛病。可是自己呢？是不是也有这样那样的毛病？比如洁癖，比如冷漠的面孔——尽管她认为她的心并不冷漠，比如总是活在自以为是的固定模式中？她怎么只看到女儿的毛病而屏蔽自己的缺点呢？鲁贯中说得对，她这个人缺乏温暖。

让自己温暖起来难道很困难吗？

她想，也许该看看心理医生了。

手机短信响了，一看，是鲁贯中发来的，上面是这么两行字：做自己的心理医生，成本不会太昂贵。

何岑洁笑了，心想，这鲁贯中……

金石榴

没有人会料到臧来宝会挨枪子儿，他自己更是连肚肠角落头也不会想到。当宣判大会的高音喇叭威风凛凛地吼出“臧来宝罪大恶极，判处死刑”的当口，我和臧来宝的徒弟朱美娜在奔走相告的人群中撞了个满怀。当时朱美娜脸色惨白，我虽然看不到自己的脸色，但想想也不会好到哪儿去。

这太吓人太意外了。臧来宝的确爱犯浑，但就这样……这样把他枪毙了？

我以为，每个人的性格形成都有两种因素，一是遗传基因，二是后天的影响和教育。臧来宝的父亲曾经是码头帮的帮主，后来又下海当过强盗，臧来宝身上的那股匪气是与生俱来的；而臧来宝的老娘则在四十八岁的高龄才生下他。老来得子的狂欢，让这个宝贝儿子享受了人世间最高级别的宠爱，七惯八惯就给惯成那副德性了。再加上那个动荡岁月，善良的人总是忍气吞声战战兢兢，臧来宝就更加肆无忌惮了。

比如这上班八小时吧，全厂的工人都忙着赶工时——我们海阳造船厂的工时定额是很紧的，而臧来宝从来不赶。他上班的主要任务是到各个车间闲逛，到别人的车床、铣床、刨床、磨床旁去指手画脚，而机床的主人一般都是匆匆一笑，然后咕哝着时间紧任务重低头赶活去了。自觉无趣的臧来宝会骂道：“赶什么赶？赶着去见阎罗王啊？”

然而谁也没想到，我们厂最早去见阎罗王的竟然是臧来宝，那一年他刚满三十二岁。

臧来宝身材并不高大，人却非常精悍，打起架来凶猛而机灵，从来没有吃过亏。骂人的狠话恶语更是张嘴就来。他骂离职的厂长，骂新来的书记，骂左邻右舍，还骂和他毫无瓜葛的、他看着不顺眼的人。本厂的工人们见了他就像老鼠见了猫，能躲多远就躲多远。但万事总有例外，他从来不骂他自己的徒弟朱美娜。

朱美娜和我都是十几岁就进了海阳造船厂当学徒的。臧来宝出事那年，我们都二十大几，已经是两个孩子的妈妈了。朱美娜是厂里公认的美人儿，她丰满、红润，浑身散发着一股成熟的水蜜桃味儿。我们金工车间加工钢件的冷却液就是柴油，那东西一天到晚哗哗地浇着，那么浓烈的气味，都掩盖不了朱美娜身上那香香甜甜的水蜜桃味儿。

我们女工都把发辫剪成短短的两把刷子，以防不小心被机器卷进去，朱美娜却让头发自由放任，她那两根又黑又亮的辫子直拖到屁股。有一次臧来宝和朱美娜一块儿坐在工具箱上聊天时，臧来宝捋着朱美娜的辫子说："你的尾巴真他妈的长，也真他妈的漂亮！"朱美娜不但没生气，反而像小猫一样温驯地窝在他怀里。——当然，干活时，她会把辫子细心地塞进工作帽里去的。

朱美娜的父母早年间双双调到上海去了，把她遗忘在我们这个沿海小城，跟她半瘫的老外婆相依为命。朱美娜不但长得标致，还有一副好嗓子，多高的音都能吊得上去，所以厂里排个样板戏、搞个宣传什么的都少不了她；但她智商不高，我想这也许就是她父母把她遗弃在老家的原因。有一次上夜班，大概八九点钟的时候，她蹲在摆了一地的大小不一的齿轮中间画算式，3 比 4 应该拿哪两个呢？明眼人和非明眼人一看都知道，何况当时朱美娜已出师多年。可是她拿着粉笔画了半天也画不出个所以然来。我看她那么为难，就走过去，用脚拨出了 60 牙和 80 牙两个齿轮来。她抬起头，用美丽却没有神采的眼睛翻了我一眼，不吭声。接着她站起身子，一步一步地走出车间，走到厂外，向位于县城另一头的海阳饭店走去——臧来宝上班时间常在那里喝酒。朱美娜在上海的父母曾给她弄了辆让我们艳羡不已的凤凰牌自行车，可是她总也学不会。等她一步一步地从海阳饭店走回来，我们都已经下班，就着锅炉房的热水洗油腻腻的手脚了。

还有一次，厂里排演《沙家浜》，扮沙奶奶的朱美娜唱了一句"同志们杀啊啊啊——敌，挂了花！"我发现她姿态和神情都不对，就问她："你明白什么叫'杀敌挂了花'吗？"她认真地回答说："杀敌光荣呗，给他挂朵大红花是应该的。"

按理说扮沙奶奶不需要漂亮的脸蛋，可是臧来宝要让她扮，厂里没人敢不让她扮。如果她不是太缺乏机灵劲儿，臧来宝还要让她扮阿庆嫂呢。像我这样没后台的，最多只能演个"群众丙""群众丁"。

臧来宝之所以有这么大的能耐，是因为他有"四硬"。首先，他出身硬，父亲虽然当过海匪，但据说那是被逼上梁山，是劫富济贫。土改时他的家庭成分也是"贫渔"。也有人问臧来宝："你爸就没劫过穷渔民吗？"他夸张地挥挥手说："废话！穷渔民能有几个钱？——我爸他绝不干那缺德的傻事！"

有次车间停电，工友们就围着臧来宝，让他讲他爸的故事。臧来宝举起胳膊，一脸正经地说："马克思主义的道理千头万绪，归根结底就是一句话，造反有理！——毛主席他老人家真该给我爸写篇文章，题目我都替他想好了，叫作《浙南渔民运动的考察报告》！"

我们的车间主任老高说："别瞎吹了，来点实在的。"于是臧来宝清了清嗓子，拿腔作调地说了起来："一个月黑风高的晚上，我老爸的海盗船正航行在回海阳的海路上，行至黄礁岛附近，忽见一条渔船，正鬼鬼祟祟向东南方向驶去。那时的渔船装备落后，渔民们都早出晚归，这条船夜间出门，肯定是偷运不义之财！于是我老爸扳转舵轮，扯满风帆，一路呼啸着向那条船追去。那船见来者不善，就拼命逃跑。老爸的兄弟们手舞大刀，高举斧头，对着那船大喊大叫，我爸的驳壳枪砰的一响，对方就慌了，船便左右摇晃，速度也慢了下来。一会儿，老爸他们就把那条船截住了，他们跳上船去。一番搜寻，除了许多金银财宝之外，还搜出一个血债累累的大汉奸，还有一个被汉奸绑架的小伙计！一问才知道，那小伙计检举过汉奸的卖国勾当，这回汉奸绑了他，正准备扔到外海里喂鱼呢。父亲回到海阳就把汉奸和伙计一并交给了当时的锄奸组织，大家都夸我老爸是个大英雄呢！”

那天我们的黑脸邬厂长也站在一旁听着，完了他摸了一把臧来宝的脑袋，揶揄说：“那时候阎王爷正纠结着多少年后捏个促狭鬼放你妈肚子里呢——讲得活灵活现像亲见着一样！”臧来宝嘿嘿地笑着说：“被我爸救下的小伙计，现今在县里当着大官呢，不信你问他去！”

臧来宝的第二硬是“兄弟硬”。臧来宝对他的哥们挺仗义的，谁家有个头痛脑热拉肚子，或挂了刀伤棍伤，找医生跑关系他一马当先；兄弟中谁吃了亏，他带了一帮人呼啦一下冲过去，该打的打，该砸的砸，绝不手软。

当年，他那几块钱工资还不够他抽烟和嚼口的，他却常常呼朋唤友去馆子里大吃大喝。至于他的钱是哪里来的，臧来宝的紧邻商步启曾忿忿地告诉别人说：“嗨！他老子从前抢来的金银财宝，几辈子都花不完！”

臧家和商家虽然仅一墙之隔，却老死不相往来。按道理，臧来宝应该喊商步启为叔，可是臧来宝凶起来就喊他畜生。商家有一个女儿和三个年纪尚幼的儿子，从子嗣方面看，五代单传的臧来宝就显得弱势了。可谁要是敢对臧家说声“单丁独苗”，不但臧家父子不答应，连臧来宝的老娘都会拿捣衣槌追得人们鸡飞狗跳。所以两家之间有了摩擦，商家就只有忍气吞声的份儿。

臧来宝最厉害的一招是，他有后台！别看他只是个小小的车工，有一回，他居然把海阳县革委会主任请到车间，让他坐在油腻腻的工具箱上听他海吹神聊。然后他把朱美娜推到主任大人面前，嘱咐他把她调到县毛泽东思想宣传队去！后来朱美娜告诉我，那位革委会主任就是他爸从前救下来的小伙计！

臧来宝的车镟技术也十分过硬，多难多烦的活儿，到他手中都是小菜一碟；他的磨刀功夫更是了得，他磨的刀怎么用怎么顺手，别人苦巴巴半天都赶不出来的活，他两刀三刀就镟好了。朱美娜永远完不成的工时，也是他两刀三刀就替她补上了。在工厂，只要技术过硬，不管是老师傅还是大厂长，谁也不敢小瞧。

我们厂实行三班倒，老师傅们喜欢上白天班，他们夜里需要睡个安稳觉；而我们这帮年轻的则爱上中班，就是下午三点半至夜里十一点半的那班，这样整个上午我们就可以自由支配，洗尿布、拖地板、上街买菜等，干自己的活了。

女人多少都有点洁癖，下班后的盥洗，男人们三五分钟搞定，女工却起码要忙活半个小时，待到我们盥洗完毕走出厂门都过午夜了。深更半夜穿行在幽暗的大街小巷，总归是有点忐忑。有自行车的男工们就自告奋勇地为年轻女工保驾护航。我的护花使者是同车间的铣工邹海平，小邹干活勤快技术不错，为人更是正派热情，有他的自行车驮着我回家，何乐而不为呢？

可是有一晚我盥洗完毕走到厂门口时，那盏高悬的白炽灯下却没了邹海平的身影，只有缺了两颗门牙的臧来宝握着自行车把独自待着，我知道他每晚都是这样等朱美娜的。

我只管向树影婆娑的河边张望，那条河很短，从我们厂门口到海里仅一公里。夜间，一些不那么安分守己的岩头蟹会沿着河滩上来搞一夜情，邹海平在等我的空档，常常会去河里寻寻，准会有意外的收获。我不停地向河那边张望，想象着邹海平会举着一对缠绵的岩头蟹冒将出来。可是，我身后却传来臧来宝的声音："别张望了，邹海平已经回家了。"

我纳闷了，邹海平怎么就走了呢？他就是有要紧事，也该跟我打声招呼啊！我回过头，遇上了臧来宝踌躇满志的眼睛。他说："我把他支走了，从今以后，就由我来送你回家了！"

我心想，这人也太霸道了，首先他怎么可以那样对待邹海平？再说，他也得问问我愿不愿意！莫非他以为凡事只要他愿意就行，别人都只有服从的份儿？

然而我不敢太得罪这个厉害的主儿。我瞥了眼他的豁牙，找到了拒绝的理由："我可不敢坐你的自行车，怕你把我的门牙也给磕掉了。"

不久前的一个夜晚，臧来宝家门前不知被谁挖了个坑——他估计是居心叵测的商步启，但苦于抓不着把柄——他骑车回到自家门口时，摔了个大跟斗，两颗门牙不翼而飞。

我想我的拒绝理由比较完美，说完，我抬脚跨出了厂门。

我已经准备好让臧来宝臭骂一通了，最起码他也要骂我不识抬举，把他的好心当成驴肝肺。那晚他却没有震怒，他把自行车往值班室墙上一靠，徒步追上了我说："我们乘"101"号车回家。"我们通常把两条腿说成"11"号，而男人把自己的腿称之为"101"，就有点黄色的味道了。

他分明是来者不善啊，如果走到阴暗旮旯，他非礼我可怎么办？我坚拒着，不让他送，可是他像一块牛皮糖一样黏着我不放。于是我想，送就送吧，我个子不比他矮，我拿了那么多年扳手榔头的双手有的是力气，倘若真有个什么，还不知道谁赢谁输呢。

我们就不尴不尬地走着，并排走着。走过厂门前的一条石子路，折向空荡荡的东方红大街，然后又拐进了红旗菜场，剩下的路，就是穿越菜场拐进反修巷了。我说，"臧来宝"——臧来宝虽然厉害，奇怪的是全厂上下却没人喊他臧师傅的，包括他的亲徒弟朱美娜——"我快到家了，你回吧。"可是他不听，还继续保持和我并排的走姿。

初冬的午夜已经很冷，菜场路空荡荡的，散发着一种混合各种气味的腥膻味。臧来宝不老实了，他像醉酒一般步履蹒跚起来，有意无意地往我身上撞。他撞一下，我往边上躲一下，他再撞，我再躲，直到躲无可躲，我一下子跳起来，嚷嚷道："臧来宝你要干什么？"臧来宝不气也不恼，只是嘻皮笑脸地说："不干什么。"我加快了速度，出了菜场三脚两步跑进了自己的家。

第二天午夜，他照样守候在厂门口，照样要伴我下班。一路上，我板着脸冲在前头，他紧紧地追着，我的腿显然比他长，我迈两步，他得要三步才跟得上。这一晚他没有再撞我，一直到我家门口，我们都没说一句话。我推开自家虚掩的后门时，他便扭头走了。

第三晚他就没再纠缠我了。我心想，臧来宝能知耻而退，还不算太坏。

直到第五天夜班十点左右，全车间的工人都沉浸在各自的活儿中，我正用千分尺细细地测量一根刚刚卸下来的花键轴。轰！一个巨雷在我耳边炸响，我猛地跳了起来，身子踉跄了几下，然后一屁股瘫坐在地上，耳朵嗡嗡嗡的乱响。

车间里所有的机器都停止了运作，大家都惊恐地直起了身子，青着脸大眼瞪小眼，互相打探是谁闯了大祸。那声响实在是太吓人了，车间主任大块头老高赶来了，相邻几个车间的夜班工人们都跑过来了，黑脸邬厂长也随之赶到了。

邹海平扶起了我，捡起我掉落在脚边的花键轴和千分尺。他指着我的脚说："伤着了!"惊魂未定的我坐到工具箱上，脱下血糊糊的鞋袜，天啊，我的大脚趾被砸烂了，趾甲飘在稠稠的血上，像只摆渡的小舢板。直到这时，我才感到钻心的疼痛。

臧来宝却转到我面前，他的手里拿着只巨大的炮仗和一个窜火的打火机，正待再次点燃。我终于明白刚才发生了什么。邬厂长上前一步，收走了臧来宝的打火机放进他自己的工装口袋里，然后换了一只手，摸了一把臧来宝的脑袋，转身就走了。

邬厂长怎么可以这样！臧来宝害得我砸烂了脚趾头，摔坏了花键轴和千分尺，害得全厂工人停工来看热闹，他邬厂长一个屁都不放，只是摸了一下臧来宝的头！这一摸到底算什么？

我眼泪汪汪地抓了张草纸，包扎了倒霉的脚趾头。臧来宝凑到我面前，嘻皮笑脸地问："吓流产了吧？"我气急败坏地回应他说："滚你妈的，你妈才流产呢!"——那时候我还没处对象呢，他就满嘴喷粪胡说八道。

当年我们工人们暴粗口是家常便饭，五花八门的下流话张嘴就来，不暴粗口反而会被人当作"资产阶级"。高主任用他健壮的胳膊勾住了臧来宝的脖子，把他拉出了车间。这时候我听见渐散的人群中有人在嘀咕："朱美娜人工流产了，请了半个月的假。"我终于明白，臧来宝是企图把我当成朱美娜的替补，我这样不识抬举，他没在我耳边点炸弹就算是便宜我了。

耳边又传来些议论声："朱美娜的老公在大庆油田工作，只是春节来海阳住几天，现在是十一月份，她流哪门子的产？"

几天后的一个晚上，厂里搞了一次批斗会。别以为是批斗臧来宝，臧来宝闯再大的祸也不会受到惩罚的。那晚，挂着“反革命学术权威”牌子的邱工程师被造反派们反绑成喷气式，狼狈不堪地站在台上。虽然已是冬天，但数百支灯光强烈的电灯泡还是烤得他额头冒汗。

没有人敢逃避这种大会，连流产假未满的朱美娜也来了，几百号人正襟危坐着。台上有人在慷慨陈词，检举揭发老邱的种种“反动罪行”，台下的都屏神敛息地听着，连怀里的娃娃都被母亲用奶头堵着嘴，生怕发出声音被斥为“破坏运动居心何在”。突然，臧来宝站了起来，旁若无人地离开了会堂，他在走廊上转过脸来，对着会场扯着嗓门喊：“朱美娜，你给我出来，我们看《杜鹃山》去！”

这极不协调的一幕让大家都愕然了，齐刷刷的脸和齐刷刷的目光全部投向窗外，走廊的灯光下，臧来宝歪着脑袋，一脸的挑衅。再望望台上的头头们，一个个全在装聋作哑。最后，大家把目光落在脸色煞白的朱美娜身上。会堂里静极了，连呼吸声都听得清清楚楚。我替朱美娜尴尬，替她难过，更替她捏一把汗。臧来宝这样做，让朱美娜情何以堪？我想，朱美娜这一回肯定生气了，她决不会理会臧来宝的。哪知，朱美娜缓缓地站起身子，在众目睽睽之下走出了会堂。

一位头头脸上挂不住了，喝道：“臧来宝，我们开会是阶级斗争，是关心国家大事，你要怎么着？”臧来宝的嗓门比他还高出十倍：“国家大事，他妈的关我屁事！”接着，他居然搂着朱美娜的腰，大摇大摆地消失在外面的黑暗之中。

接下来批斗会继续进行，好像什么也没有发生过。

听到臧来宝被判处死刑的消息，秋瑟瑟一下子就昏倒了。秋瑟瑟当时虽然才二十六岁，却已经是三个孩子的妈妈了。

我和秋瑟瑟是发小，她家的大门正对着我家后门，两家之间仅隔了条窄窄的太平巷（后来改名为反修巷）。我们家泼水很容易泼在秋家大门上。少小时妈妈就教我“手下留情”，控制着泼水的力量和方向，以免引起不必要的纠纷。

秋瑟瑟仅比我小个把月，但比我纤弱多了，她总喊我姐。她脾气甚好，且冰雪聪明，一把剪刀，能剪出各色花儿朵儿；一束棕叶，能编出水灵灵的蚂蚱蜻蜓；一些彩纸，能折叠出许多小巧玲珑的动物；总之，和她玩，趣味无穷。

可是秋瑟瑟出身不好，并且不是一般的不好，是非常非常的不好。她的父亲是个货真价实的反革命分子，而且还是罪大恶极的那种。二十世纪六十年代第一个秋天，海阳县举办了一场声势浩大的缴公粮活动。那年月粮食奇缺，所以缴公粮特别需要鼓动宣传。那天，锣鼓喧天，红旗招展，满载着金灿灿的稻谷的船只从四乡八村汇集到海阳县河运码头，高音喇叭嚷嚷得震天价响。潜伏在自家四合院夹墙里的特务秋卜实给敌占区的岛屿发了个电报。不到半个小时，几架敌机呼啸而来，炸弹一串串地往下扔，机枪扫得爆炒豆般，粮船倾了，农民死了，百余具尸体在河水里漂浮，岸上还有数十个缺胳膊断腿的群众疼得鬼哭狼嚎，鲜血把河水和河岸都染红了。

当时我和秋瑟瑟才四五岁。那天，秋瑟瑟的母亲上班去了——狄枫叶是海阳绣衣厂的技师，还兼任工厂扫盲班的老师。她长相体面，刺绣本事十分了得，她设计并亲自刺绣的衣服获得过全国金奖。我和秋瑟瑟则一起剥着她家泡发了的蚕豆——她们家好像特别喜欢油炸蚕豆。当机枪的子弹像冰雹一样落在秋家屋背时，当瓦片像乌鸦一样惊起乱飞、又噼里啪啦地掉到地上摔得粉碎时，蚕豆散了一地，我和秋瑟瑟魂飞魄散地跑出她家的大门，跑到巷子里，和许多人一起尖叫着，哭喊着，无头苍蝇般乱窜乱撞。前面一个男人跑着跑着，脑袋就被削没了，脖腔里的鲜血窜得老高，这个没了脑袋的男人居然还跑了几步，才颓然倒地。这个可怕的场景定格在我们的记忆里永远无法抹去。

这起震惊中央的惨案很快就告破了，人民公安从秋家的夹墙内揪出了特务分子秋卜实。当年狄老师怀孕时，对人说秋卜实去上海赚钱买炼乳去了，可后来一直没见回来。邻居们则揣测秋卜实要么被人劫财害命了，要么被上海的风流女人勾走了。

那应该是我和秋瑟瑟第一次也是最后一次看见她父亲。那个男人脸色煞白，与乌黑的胡子、乌黑的长发形成鲜明的反差。公安把他连同他的长发长胡子一起五花大绑了，用枪押走，没多久，就传来秋卜实被枪毙的消息。

海阳人都认为秋卜实罪该万死，我妈则用“千刀万剐”去诅咒这个反革命分子。被他害得家破人亡的人觉得枪毙了他不够解气，就把仇恨转嫁到秋瑟瑟母女身上。他们往秋家院子里扔石头，甩粪便，还嚷嚷着要把那个窝藏过反革命分子的狄枫叶也拉出去杀了。秋瑟瑟常常吓得像秋蝉一样浑身发抖；狄老师病倒了，不吃不喝咳痰咳血，嘴里反复念叨着：“早知道他这样，我就不给他送油炸蚕豆，让他饿死在夹墙里反倒干净了。”后来政府并没有枪毙狄老师，只是把她从绣衣厂里清除出去了。

别家的孩子是长大的，秋瑟瑟却是被吓大的。秋瑟瑟不敢轻易上街，因为一出门就有人打她；她只上了半个学期的小学，因为她的同桌老在桌下拧她大腿踩她脚板。有一回秋瑟瑟拿了个碗去巷口打酱油，斜刺里突然伸出只脚把她绊了个嘴啃泥，那个碗飞了出去摔个粉碎，锋利的碗片把她的手臂划了条大口子。

日子虽然艰难，秋瑟瑟却越长越漂亮、越来越心灵手巧了，让我不喜欢她都不行。只要我妈不在家，我就邀秋瑟瑟过来玩。每次邀她，她都有些受宠若惊，蹑手蹑脚地进了我家后门，然后找些篾丝，给我做几个漂亮的小灯笼。那些灯笼插上小小的蜡烛可以点着，我提着它们走来走去，喜欢得爱不释手。

有时秋瑟瑟也求我到她家玩，可是我不去，我一想到她家夹墙里的恶鬼就毛骨悚然，我妈还说瑟瑟妈得的是痨病，若被她传染了肺结核岂非倒了八辈子的大霉？

青春的力量是神奇的。年复一年，秋瑟瑟长成个瓷瓶样的美人儿。她的皮肤羊脂般的细嫩，说是吹弹可破并不夸张，她的五官精致得无可挑剔，更有一种与生俱来的优雅和哀伤。若干年后我看了陈晓旭演的林黛玉，总觉得陈晓旭的体形还是壮实了，脸架子也宽了，我想导演若找着个秋瑟瑟那样的就尽善尽美了。

秋瑟瑟没上过什么学，可她的学识并不比我们少，那是她母亲在家里教的。狄老师有百册藏书——这在当年是非常了不起的，瑟瑟把它们都读遍了。瑟瑟还会做许多有趣的谜语让我猜，那些谜语也是她从书上学来的。

当年小县城的女孩到了十五六岁，就有人上门提亲了，可是秋瑟瑟长到十八九岁，却一直无人问津。大家心里都明镜似的，和血债累累的反革命家庭联姻，岂非要惹无穷无尽的麻烦啊。

臧来宝遇到秋瑟瑟，是在海阳的六号码头。海阳的海运码头有八个，只有六号码头是泊客轮的，其他七个全是泊货轮或渔船的。

那天，臧来宝正陪着朱美娜到六号码头接朱家老两口。朱美娜的外婆快咽气了，上海人带着大包小包的尽孝道来了。当时没有人力车更没有出租车，两位六七十岁的老人外加这么多行李，朱美娜一个人哪里弄得过来！

秋瑟瑟那天去也去了六号码头，她是要给上海的姨妈捎蜜橘的——海阳蜜橘香甜可口世界驰名。她的姨妈嫁给上海海军基地的一名军官，过着无比美好的生活。瑟瑟母亲常常叹息说："女怕嫁错郎！我和你姨妈同年同月同日同胞所生，她比我仅大了几分钟，两人的命运却有着天壤之别！"

说实在的，那些年月，若不是姨妈看在双胞胎姐妹的份上不时地寄点钱，秋瑟瑟娘俩也许早饿死了。所以每年橘子成熟的季节，秋瑟瑟都要千方百计到码头找人，捎几筐蜜橘给姨妈尝尝。

秋瑟瑟极少出门，认识的人自然不多。母亲有位远房亲戚是跑上海客轮的，看着她家可怜，有时也为她们捎些东西。可后来阶级斗争的火焰越烧越烈，那亲戚怕惹祸上身，便躲着不见她了。秋瑟瑟提着两筐沉甸甸的橘子在六号码头跑来跑去，那亲戚总也不现身，急得她都快哭了。

当时臧来宝已接到了朱美娜父母，并把他们和行李一起安置在一辆从厂里弄出来的手拉车里。刚刚起步，却发现了急得像热锅上蚂蚁似的秋瑟瑟。他被惊艳了，双眼直勾勾地看着她迈不动步了。他想不到，在这沿海小县城里，在这乱纷纷的六号码头上，竟然会有仙子从天而降！于是他把手拉车停在路边，追着小姑娘问："小同志，找人捎东西吗？——跟我来吧！"

臧来宝的一个铁杆兄弟，就在这条客船上当二管，朱美娜要捎什么东西，都是通过他这位哥们。

听见有人喊“同志”，秋瑟瑟没有理会，对她来说，那称谓太陌生太奢侈。长到那么大，只听得人家喊她“狗崽子”“小反革命”，这“小同志”肯定是喊别人的。臧来宝迎面堵着她，又喊了声“小女同志”，并朝她绽开了亲切的笑容。秋瑟瑟惊呆了，这个穿着工装的工人阶级真的喊她同志！她眼窝子一热，泪水就出来了。臧来宝看着两筐橘子，说：“想往上海捎吗？”小姑娘点点头。臧来宝就接过蜜橘，招呼秋瑟瑟跟上。瑟瑟来不及多想，双脚就不由自主地随他去了。他们俩一起登上了客船，臧来宝带着她，径直走到一个标着“二管”的小舱房，他找到了他哥们，把橘子放下，又问秋瑟瑟要了她姨妈的联系方式，一并儿交代给那位二管同志。他拍了一下二管的头，嘱咐说：“你若是把橘子弄丢了，我他妈的摘下你的脑袋！”秋瑟瑟吃了一惊，心想这人说话好凶，再看看那脖子细细的“二管”，竟然还嘿嘿地赔着笑脸，想来是要好的朋友，开什么玩笑都是可以的。

从客轮上下来，秋瑟瑟长长地舒了口气，为自己碰上个好心人而庆幸。她再三地道谢。臧来宝报上自己的单位和大名，又问了秋瑟瑟的名字和住处，说：“你姨妈有什么回赠的，我就给你送过去。”

那天，我下班回家时和秋瑟瑟相遇。她跟我说：“你们厂的臧来宝真是个好人！”因为兴奋，她的脸都红了，红了脸的秋瑟瑟比平时更加妩媚动人了。

当时臧来宝正追朱美娜追得热火朝天。朱美娜虽然大我们两岁，却是个没主意的人。关于婚姻大事，她说要问她爸妈。所以这次朱家老两口来，除了安排老外婆的后事，另一个任务是就是来替女儿的婚事把关的。

“你这个猪脑子！”三天后，朱美娜的母亲一根指头戳到了女儿的脑门上，“你找了个什么东西啊？流氓，地痞，恶棍！——还说什么同厂同车间的，还是你的师傅知根知底的！我说这么多年你这个猪脑子怎么一点都没长进啊？”

朱美娜嗫嚅着，分辩说：“他对我挺好的啊，他很爱我的……”

话没说完，朱家老爸一巴掌甩到她脸上，“还敢犟嘴？我们清白人家，招个海盗儿子来惹是生非？你让我们老脸往哪儿搁？——立刻给我分手！不然我打断你的腿！”朱美娜母亲继续说：“那天在码头，他说扔就扔下我们，神经兮兮地向那个病西施献殷勤去了！这样花心的男人，婚后还有你的好日子过？”

朱家老两口生怕女儿背着他们和臧来宝登记结婚，临回上海时把朱美娜的户口本也带走了。

朱美娜家的这些破事，外人本来是无从知道的，是朱美娜自己在车间断断续续告诉别人的。她说这话等于向全厂宣布，她和臧来宝要掰了。

臧来宝治得了全海阳县的人，对远在上海的朱家两老却鞭长莫及。据说老人飞快地给朱美娜物色了一位上海籍的、在大庆油田工作的技术员。没多久，朱家父母一封电报把女儿召到上海。朱美娜见那技术员样子窝囊，相比之下臧来宝就潇洒多了，心里一百个不愿意。朱美娜老妈说：“人家要技术有技术，要德行有德行，还是土生土长的上海人，过几年铁定能调回来，届时你也可以调到上海一块过了。”她爸又说：“这事我们说了算，你不答应也得答应！”

朱美娜的爱情就这样被父母腰斩了。

那些日子，臧来宝疯狗似的到处乱转，见人就咬，可是没用。等到朱美娜从上海回来，我们就吃到她和大庆油田那位技术员的喜糖了。

我们都猜测，对朱美娜的负心，臧来宝肯定会采取些非常动作。可是我们错了，臧来宝并没有怎么的。因为他虽然得不到朱美娜的婚姻，但仍然得到了朱美娜的爱。他们俩从前怎么着现在还是怎么着。大庆油田太遥远了，那位技术员对海阳造船厂的事情一无所知。

结婚后那技术员到过我们厂一次，朱美娜并不怎么搭理他。那天，他孤独地坐在女工更衣室的一把破椅上，孜孜不倦地对付一株紫皮甘蔗，我们换装的时候他也不懂避嫌。他的脸有点怪，仿佛是被哪个促狭鬼抓住额头和下巴捏了一把，把五官都挤到一块儿去了。他削甘蔗削得过于细腻，连我们大人都看得不耐烦了，心想上海人办事怎么就这么纠结呢。甘蔗终于削好了，斩成一截一截的，他递了截给眼巴巴看了半天的一个小女孩，也递了截给我三岁的儿子。那女孩嚼了一口，扔在床上跑了。我儿子咬了一口，把甘蔗递给了我，说："不要。"我奇怪了，儿子是很喜欢甘蔗的啊！我一咬，什么鬼甘蔗啊，半点甜味都没有！从那以后，我们这帮女工背后都叫这上海人"猥琐男"。

所以朱美娜一直和臧来宝厮混着，没有人会去跟猥琐男告密。可是臧来宝光有爱显然不够，最挠心的是，朱美娜不会为他生孩子，即使生了也不姓臧！这让他无法忍受；臧来宝的老娘盼孙子都快把双眼盼穿了。

自从见到了秋瑟瑟，臧来宝当机立断，将婚姻主题直奔秋瑟瑟。他的哥们听到这个消息，一齐摇头说："找谁也不能找秋家丫头！她老子可是血债累累的啊，谁沾上谁血腥臭，说不定还作祟到你身上。"臧来宝拍着胸脯说："老子煞气大，阎王见了我都打哆嗦，还怕那个被子弹打爆脑袋的死鬼吗？"可应对他的还是一片哗啦哗啦的阻挠声。臧来宝烦了，说："我头顶长疮脚底流脓五毒俱全，我是超级流氓我怕谁？"

朋友们不再言语了。臧来宝又说："才不怕他作祟呢，这叫作以毒攻毒！"

臧家老娘也疯狂。她举着棒槌说："谁想作祟？我一槌捶死他！再说我们老头子在世时，只讲抢不义之财，可从来没说不能娶爆头鬼女儿的！"

臧家老娘嘴上这么说，心里却也是有想法的：秋家囡命里可别带凶吧？她爸会不会就是被她给克死了？她的话一出口，就让儿子给"弹"了回去。臧来宝说："她爸被枪毙是她克死的，那么我们呢？我老爸掉在海里是你克死的还是我克死的？"

老娘自知说不过儿子，就怂恿儿子带秋瑟瑟过来玩。在瑟瑟认门的那天，她提前找了个看相的，让他装作串门的邻居，偷偷地给秋瑟瑟看面相和骨相。那家伙知道臧来宝的厉害，明白"赚吃一张嘴赚打也一张嘴"的道理。待姑娘回家后，就对老太婆说："这女孩品相尊贵，命里助夫荫子，实是难得！”老人家才喜上眉梢，给了看相的一个红包，放心地让儿子去追秋瑟瑟了。

臧来宝疯了般爱上了秋瑟瑟，但那只是他一厢情愿。瑟瑟的母亲虽然极少出门，但一些女人要绣些鸳鸯枕头、合帐幔和小儿肚兜什么的，就会登门来要花样，或让狄枫叶老师指点针法，这些人常有意无意地把外面的信息传递给她。有一次臧来宝在院门口喊秋瑟瑟时，就有人把头伸过花绷架子，凑在狄老师耳边说：“这人要找你女儿做对象？”瑟瑟妈正在穿针引线呢，就不知可否地回答说：“我也不知道。我们这样的人家，谁愿意呢。”那人着急说：“找谁也不能找他呀，这人可不是个善茬，有天我看见他在三号码头挥刀砍人呢。”瑟瑟妈双手一哆嗦，一针就扎在自己的手指上。

那天晚上，狄枫叶语重心长地对女儿说：“我错嫁了你爸，娘俩落得这么个下场。你可要拿准主意啰，若再步了妈的后尘，这辈子我们还有什么指望？”

秋瑟瑟正沉浸在臧来宝带给她的喜悦之中。多少年来，她太寂寞太落魄了，现在有人天不怕地不怕地找她玩，她很欣慰。于是回应妈说：“他挺好的啊，热情，仗义，也不看人下菜碟！”瑟瑟妈明白，女儿可怜见的，总受人欺负的，乍有人对她好一点点，都会感动不已的。

狄枫叶又说：“年轻人打个架也不算什么，可动刀子就出格了。”瑟瑟说：“码头那么乱，人又那么多，完全有可能看走眼了呀。”

瑟瑟妈叹了口气，说：“但愿吧。”

这天，臧来宝来约秋瑟瑟去看电影《卖花姑娘》。那年代只有八个样板戏，就连八个样板戏，秋瑟瑟也没看过一个，因为她根本弄不到票，再说她也怕出门遭人白眼。海阳城乍放一场外国电影，海报上那个美丽的朝鲜女孩把人们的心和胃口都吊得高高的，人人欢欣鼓舞，个个心潮澎湃，挖空了心思发疯了似的去搞电影票。

经不住《卖花姑娘》的诱惑，秋瑟瑟答应和臧来宝一起去看电影。瑟瑟第一次和年轻男子出门，既兴奋又惴惴不安。她低着头，和臧来宝保持着一定的距离，一前一后地走着。还没到电影院门口，就听得一片吵吵嚷嚷的声音，抬头一看，小小的售票口，里三层外三层的全是排队买票的人。秋瑟瑟的心顿时凉了，心想肯定看不成《卖花姑娘》了。

臧来宝围着人群转一了圈，喊了声“老扁!”又喊了声“长人刚!”顺着臧来宝招手的方向，秋瑟瑟看到一个扁脸扁脑袋的小年轻，又看到一个身材特别高挑的英俊后生。臧来宝转脸对她说：“他们俩都是我码头帮的小兄弟。”

海阳人都知道，“码头帮”就是横亘在渔民和鱼贩子之间的一道铁栅。在“码头帮”的淫威下，归港的渔船只能抛锚在离码头一两百米的海域中，“码头帮”们则摇着舢板，把渔货接到船上，再驶回码头，转手卖给等候着的鱼贩子，这行业叫“接鲜”。买进卖出的价格由码头帮说了算，这之间的利润相当可观。渔民们对这种欺行霸市的地痞行为很是不满，另外一些派别的人也想插手接鲜，矛盾就不可避免地升级为械斗，但总是以码头帮的胜利而告终。

臧来宝朝人群中的老扁喊：“挤到前面去!”可是等候买票的几百号人，前胸贴后背的，别说挤，就是拿根竹竿都插不进去。秋瑟瑟看着都害怕，她对臧来宝说：“算了，不看了，我回家去了。”臧来宝一把拉住她说：“你也太小看我了，区区的电影票，我臧来宝弄不到吗?”

说时迟，那时快，随着臧来宝又一个手势，长人刚一把提拎起老扁，把他往密密麻麻的人头上一扔。秋瑟瑟惊呆了，不知道这些小兄弟要干什么。只见老扁摇摇晃晃地站起来，他的一脚踩在这人头上，另一脚跨到前面一人头上，天啊，他是要踩着人头前进呢!

不过广大人民群众哪能答应啊?他们咒骂着，推搡着，要把老扁弄下来。可是人和人挤得水泄不通，根本不能把老扁怎么样。一个被踩的人猛一缩脖子，老扁摔倒了，但不是倒在地上，而是倒伏在更多的人头上，人们抬手你一拳我一拳的，揍得老扁嗷嗷直叫，长人刚抓住老扁的双脚，对着售票口猛地一推，老扁就像一只水面上的蛙，直溜溜地在人头上滑过去，不偏不倚刚好停在售票口前。人们还没闹明白是怎么回事，他已经买好电影票，跳到了人群外围了。

那天看电影的还有一位叫商阿茶的姑娘，她是臧来宝紧邻商步启的女儿。也不知商家怎么搞的，宠得她跟大小姐似的。阿茶原本是看上了臧来宝的，只要臧来宝在家，她就倚在臧家门框上，嗑着瓜子有一搭没一搭地瞎聊。臧家老娘私下里对儿子说，就是天下的女孩都死光了，也不能要这个“雀跃囡”。在海阳，“雀跃囡”绝对不是一个好词儿。臧来宝心领神会，说：“老娘放心，儿子也不想这‘雀跃囡’将来给我戴绿帽子啊。”

商阿茶白白倚了一年的门框，都没能讨得臧家半点欢心。商步启更是恨上了，心想这臧家真是给脸不要脸，本想通过两家联姻，将往日的仇怨一笔勾销。还没等商步启想出个什么招儿整整臧家，阿茶就喜欢上臧来宝的小兄弟长人刚了。

长人刚身高一米八几，帅气逼人。两人看了几场电影，阿茶就死活要嫁给他。可是商步启嫌长人刚没正经工作，接鲜的活计并不可靠。阿茶说：“接鲜有什么不好？来钱快，又能天天吃海鲜！”

看《卖花姑娘》时，秋瑟瑟挨着阿茶坐，她的另一边当然是臧来宝。商阿茶的另一边当然是长人刚。幽暗的电影场内，阿茶和长人刚不住地摸捏着，还发出一阵阵浪笑。坐在最边上的老扁看着来气，便说些不堪入耳的下流话，弄得秋瑟瑟如坐针毡。她的心起起落落，双手抱在自己胸前，生怕被人轻薄了去。那么好看的电影，她竟然没看进去多少。

这次看电影给秋瑟瑟的触动很大，首先，没有臧来宝办不成的事！可是这样的办事方式让她惊骇，让她后怕，让她感到迟早会出事。

随后，秋瑟瑟母女俩又从更多的女人口中听到些臧来宝的各种负面信息，秋瑟瑟就有点后悔了。再加上母亲不住唠叨，瑟瑟思考再三，决定断绝和臧来宝的来往。估摸着臧来宝要来找她了，就设法躲出去。

可是臧来宝不是那么容易躲的，他的脸皮比城墙还厚，绝对的我行我素而不怕别人怎么看怎么说。他一到秋家门口就大喊大叫，弄得整条反修巷的人都知道秋家女儿和他谈恋爱了。

一天晚上，臧来宝一手捏着自行车把，一手提着一篓青蟹，兴冲冲地奔秋家来了。那些青蟹只只都足有半斤重。为了防止它们互相残杀，被横三道竖三道捆绑得结结实实的。这样大的野生青蟹在海阳也是稀罕货，工薪阶级根本不敢问津，就是有钱的主儿，也未必能弄得到。

在所有的蟹类中，青蟹最是生猛威武。有次一条渔船捕到只百年不遇的大青蟹，臧来宝不由分说就抢了来，拿到一个小兄弟家煮了。这小兄弟也馋，蟹还没起锅，先去掰一个红得油光发亮的大螯，哪知这蟹强健异常，蟹壳虽然红了，里头却还是活的！愤怒的大蟹张开它的巨螯，咔嚓一声，就把那小兄弟的手指给夹断了！

臧来宝提着那篓青蟹刚出现在巷口井台的灯影下，就被正在门旁倒垃圾的瑟瑟觑见了，她赶紧回到屋里把大门给关死了。臧来宝来到她家门口，大张旗鼓地敲门，高喊着“瑟瑟出来，我给你送青蟹来了！”可就是没人应门。敲门声惊动了正在洗脚的我，我赶紧擦干了脚板，装作倒洗脚水开门出来。只见臧来宝已蹲在瑟瑟家大门东侧那个废弃的狗洞旁，路灯下的他，正在用跳刀割断青蟹身上所有的束缚，然后把它们一只只放进狗洞里。他又是吆喝又是顿足，驱赶着蟹们向狗洞里面爬行，那样子十分滑稽。他嘴里还嘟嘟囔囔道：“秋瑟瑟，你拦得了我，可拦不住我仗义的青蟹！”

臧来宝一回头发现了我，做了个鬼脸说：“听，一只只都‘跳’进秋家院子去了。”又坏笑着说道：“我走了，让她们娘俩满地捉蟹去吧。”

我能够想象那些青蟹在秋家院子里是如何地张牙舞爪，如何地肆意横行。我还听见它们发出咂咂咂的示威声。

第二天，瑟瑟给我讲起这惊魂一晚。听到臧来宝离开的脚步声，瑟瑟娘俩才悄悄地来到院子里。她看见一地的青蟹高举着它们绿荧荧的柄眼，威风凛凛地东张西望，它们每条腿的关节都怒张着，坚挺着，脚尖划拉着地面，像无数把刺刀在刮擦，发出惊心动魄的声响。

娘儿俩已经多少年没尝过海鲜了？她们自己都记不得了。对于顿顿不离海鲜的海阳人来说，确实有点残酷；而青蟹又是海鲜里最高档的，清蒸、爆炒、红烧，煮面条、炒年糕都无比美味。此刻，秋瑟瑟的馋虫被钩出来了，她想立刻抓起两只蟹煮熟了解解馋。

可是她马上犹豫了：吃了臧来宝的东西，就等于被臧来宝的“大螯”给钳制住了，这可万万使不得！——算了，待明日，把它们物归原主吧！

可是满地的青蟹耀武扬威，它们有的冲向墙角，有的钻进草丛。如果它们钻洞了，逃遁了，她又怎么赔得起？

还是先把它们抓起来吧。瑟瑟拿出一个水桶，打算把青蟹们归到桶里。可是抓青蟹谈何容易！只要她稍稍靠拢，警惕的大蟹马上立起身来，气势汹汹地挥舞着大螯夹来，吓得她赶忙缩手。夹空了的钳口自身碰撞着，发出了笃笃笃的声响，甚是怕人。

秋瑟瑟拿来了畚箕和扫帚，把一只青蟹扫进畚箕里，还没来得及送进水桶呢，青蟹又爬出了畚箕，掉落到地上。瑟瑟只得继续去扫它，可这一回它钳住了扫帚，死活不松口。几番下来，累得她气喘吁吁。为了把那只死不就范的青蟹捉拿归案，她伸出一只手去扯住一条小腿——因为桨状小腿离螯最远。哪知这蟹猛地翻过身来，一口就钳住了她的手掌。她疼极，本能地甩着手，可是那蟹螯的两个尖儿竟像钻子直往她肉里钻。惊恐不已的她更努力地甩手，甩来甩去，哐当一声，蟹体掉在地上，可是那只螯却顽固地咬着她的手掌不松口。她又急又气又委屈，心里直骂臧来宝是害人精，钻心的疼痛让她忍不住哭了。狄老师知道出事了，她端了盏美孚灯，摸摸索索地过来，看到女儿掌上的蟹螯，赶紧伸手去掰，那蟹螯却像一把钢钳，她那细细的手指怎么能掰得动？

正在慌乱之际，却听到了打门声，瑟瑟以为又有人来找妈讨教绣花技艺来了，心想来人也许能帮她弄掉蟹钳子，就甩着一只带蟹螯的手，跑去开了门。

原来臧来宝并没有走远，一会儿他就折回来了，贴着墙根听壁脚呢。此刻他冲进门来，一把抓过秋瑟瑟被蟹螯袭击的手，他分别抓紧蟹夹子两边，使劲地掰啊掰，啪的一声，钳口被掰断了，才算把秋瑟瑟那倒霉的手掌给解救出来。

鲜血像泉水般涌了出来。瑟瑟喊道：“妈，抓把灰来止血。”这娘俩日子过得艰难，有个磕破碰破、菜刀划伤什么的，从不去医院，只抓把柴草灰，按住创口了事。

臧来宝立刻阻止说：“不行，那灰多脏，感染了可不得了！这伤口又在手的虎口上，虎口是什么？——人的命门啊！”说着就拉过瑟瑟的手，把自己的嘴凑近伤口。秋瑟瑟立即缩回了手，问：“你要干什么？”臧来宝说，“给你吸毒啊！”瑟瑟狐疑地反问道：“青蟹有毒吗？”臧来宝说：“青蟹无毒，可它们最爱吃死鱼死蛇还吃死人，它们的螯上说不定就沾着腐肉。我的一个哥们就因为被蟹螯伤了得了脓毒败血症！”秋瑟瑟这一惊非同小可，手就被臧来宝拉过去了，只听得滋的一声，伤口的血吸没了，他呸的一声把血吐在地上，然后移过灯来，对着瑟瑟的手照照，惊呼道：“你看看，筷子头大的一个洞，还是对穿的！”

秋瑟瑟吓坏了。平日里她没那么娇气，可是这对穿的洞，如果断了筋头落下残疾，那以后她还怎么干活？更糟糕的是如果她得了什么脓毒败血症，根本就治不起啊，那么等待她的只有死路一条了。

臧来宝不由分说，拉了秋瑟瑟就上了他停在门外的自行车，飞快地往医院跑去。

已经是晚上九点多了，外科急诊室里，只有一位稚气未脱的小医生值班，他正给一位患者的小腿打石膏，他的身后还围着五六个带着各种伤情的急诊病人。臧来宝一进门就大呼小叫道：“赶紧快快，把你们的罗洪山副院长喊来，我表妹的手伤了！”秋瑟瑟不明白自己怎么就成了臧来宝的表妹了，不过她知道罗大夫是海阳县“第一把刀”，罗副院长那些让人起死回生的故事，经过广播的宣传在海阳县家喻户晓。

小医生从那条石膏腿上抬起头，瞥了眼秋瑟瑟血污狼藉的手问：“怎么弄的？”秋瑟瑟说：“青蟹夹的。”小医生说：“这点小伤，哪里需要劳动罗副院长！”臧来宝生气了，说：“小伤？我一个哥们就是因为这点小伤死的！”小医生不以为然地拉一下嘴角，说：“没见我忙着吗？你自己拿根碘酊棉签，先将伤口处理一下吧。”

秋瑟瑟并不敢抢在人家前头看病，都是急诊，得有个先来后到。再说她一介贱民，找什么罗副院长！她太怕惹事了，臧来宝咋咋呼呼地惹了事，到头来她可脱不了干系！于是息事宁人地拉了下臧来宝的衣襟说，“我没事，真的没事，耐心等着吧！”

可是臧来宝不干了，他对那小医生吼道：“你他妈的耳聋了是不是？立刻给我去找罗副院长！”年轻医生涨红了一张脸，吼道：“哪里来的流氓，给我滚出去！”

一道白光闪过，匕首已架在小医生的脖子上。臧来宝圆睁着双眼，喝道：“你去还是不去？”小医生绝对想不到他会来这一手，他惊呆了，病人们也吓着了，几位年纪大的劝道：“有话好好说，好好说”，胆小的都躲了出去。小医生的眼珠子恐惧地转了转，说：“你……你把刀拿开，我去……我去就是了。”于是他扔下那打了一半的石膏腿，飞也似的跑出了急诊室。臧来宝在后面追着喊：“别给我耍什么花招，你就是不想在这医院干了，我同样能找到你挑断你的脚筋！”

不多会儿，罗副院长就急匆匆地赶来了。在各种复杂的目光之下，他认真地给秋瑟瑟清理了创口，然后请秋瑟瑟活动活动手指，检查有没有伤到神经。最后开了消炎针剂，让臧来宝陪着去输液室挂大瓶。临走出急诊室时，臧来宝大大咧咧地说：“罗院长，谢了啊，明晚六点我们海阳饭店见！”正在洗手的罗大夫挥了挥手说：“免了免了，你不要老给我找事，让我夜里能睡个安稳觉就谢天谢地了！”

两人拿了药，来到了输液室里。输液室里乱哄哄的，散发着难闻的气味。当班护士显然和臧来宝很熟，她把他们俩带到一个僻静又整洁的小房间，又推来一张床，说让秋瑟瑟躺着，一边休息一边挂针。

秋瑟瑟长到这么大，头一次享受了最高礼遇。可这种礼遇让她忐忑不安。臧来宝还真带刀，还对医生拔刀相向！这样的人，不管有多大本事，还是离远点好。

一个星期后，秋瑟瑟的伤基本好了。那天，瑟瑟来找我，她咬着我耳朵说：“我算是欠了你们造船厂臧来宝一个大人情了，这债可怎么还？”

她说话的神态虽然纠结，却让我觉得她是有些喜欢臧来宝的。接着她问我："你跟我说说，他、他这个人到底怎样？"

我无言以对。如果秋瑟瑟是普通人家的姑娘，我肯定会劝她放弃这场危机感情的；可是她是秋卜实的女儿，她有得选择吗？再说，以臧来宝的强悍和能力，也许会让这对母女往后的日子好过些？

我知道臧来宝和朱美娜还挂着，我该不该把这些告诉瑟瑟呢？或许有了瑟瑟后，臧来宝会跟朱美娜来个快刀斩乱麻？

秋瑟瑟在一个劲儿的追着我问，我无法再回避了，但我也不敢把话说得太透，怕瑟瑟错过了臧来宝这个村就没有那个店了，更怕臧来宝知道我在背后说他的坏话要报复我。我只得说："你俩不是在接触吗？——不要急急忙忙草率决定，路遥知马力，日久见人心。"

这年的年关秋瑟瑟是过不去了。腊月二十六，她母亲被抓了。其实狄老师被抓被批斗是经常的事，但一般都不是重要的节日里。听说母亲和许多黑五类关押在七号码头的水泥仓库里。天这么冷，咳血的母亲比别人更加畏寒，担心母亲扛不住，瑟瑟就把家里可穿的衣服全找出来送到码头去。一番打听她找到那个水泥仓库，可站岗的一个吊眼皮根本不许家属会见，他不怀好意地打量着秋瑟瑟，说些带颜色的话，瑟瑟只得匆匆逃离那个是非之地。一路上，寒风和寒意让她的身心都透凉。她戚戚地想，母亲如果出了事，这世上她就连一个亲人也没有了。

按往日的经验，母亲被关几天，就会放回来的。可是瑟瑟一直等到除夕那天下午，母亲还没回家。天空飘起了鹅毛大雪，北风呜呜地哭得凄厉。反修巷子里，有的人忙着往大门上贴春联，有的人喜滋滋地在屋檐下挂红灯笼，家家户户都飘出年夜饭的香味。别人家团圆的温馨，更衬得她家冷如冰窟。秋瑟瑟不敢关门，她独自在院子里跺着冻麻了的脚，眼巴巴地望着门口。直到天都黑全了，家家户户都响起了辞岁的鞭炮，还不见母亲的影子。

就在这时，反修巷里起了一阵声响，那是板车碾压石板路面的隆隆声，秋瑟瑟赶忙跑出门去，只见臧来宝拉了一辆板车，车里除了一辆他新买的飞鸽自行车，还躺着一个披着军大衣的人。臧来宝扯着嗓门叫道：“秋瑟瑟，板车过不去石门槛，快来！把你妈抬进去！”

原来这天下午，臧来宝骑着新飞鸽去五号码头拿年货，长人刚问他：“知不知道你那秋瑟瑟的妈关在七号码头的水泥仓库里？”臧来宝二话没说，扭头就朝七号码头跑。到了水泥仓库，见站岗的就是那个吊眼皮。臧来宝递上一支好烟，说：“兄弟，我要接那个姓狄的女人回家过年。”吊眼皮接了香烟，嗅了嗅，夹在耳朵上。然后把那只眼睛吊得老高，问：“那反革命婆子是你什么人？”臧来宝大声说：“是我丈母娘大人！”吊眼说：“哟，一个臭婆子，还丈母娘大人？”臧来宝说：“臭婆子香婆子关你屁事！我就是要接我丈母娘回家！”吊眼说：“我不认得你。”臧来宝把眼睛一横，说：“我姓臧，没听说过吗？”吊眼曾是西山帮的，岂有不知臧来宝的道理？只是仗着自己现在是造反派干将，趾高气扬罢了。

臧来宝问：“这人你到底放还是不放？”吊眼说：“这事我做不了主，要头头批准。”臧来宝说：“你们头头呢？”吊眼说：“都回家过年了，你年后再来吧。”臧来宝火了，他嗖地抽出匕首，在吊眼面前晃了晃，说：“信不信我挖了你这只吊眼？——头头他妈的都知道回家过年，我丈母娘就该待在这仓库里冻死？”吊眼吼道：“你敢跟老子动刀？我们造反派砸烂你的狗头！”说着拿起电话就要喊人。臧来宝一把夺过电话，叽咕叽咕地摇通了哪里，对着话筒喊道：“兄弟们快到七号码头水泥仓库来，把那个吊眼给阉了！”

吊眼猛地觉得，自己连一个臧来宝都玩不过，更何况他手下一大帮心狠手辣的？前年，他们还把他一个小兄弟的一只手生生地给剁掉了，事后竟屁事没有。吊眼心想，好汉不吃眼前亏，真被阉了，这辈子还怎么做人？于是悻悻地说：“那婆娘不在这里，她去公共厕所倒马桶去了。”

那时候海阳城只有两个公厕，臧来宝一找就找到了。公厕里摆放的是高高的、可以装许多粪便的木制马桶。掏粪工人拉了粪车，把一桶桶粪水倒进车里，然后收拾起那些马桶，到附近的小河里洗涮干净。现在有狄枫叶这类倒霉蛋接替工作，掏粪工人们也都早早地回家了。

河埠上的积雪经反复踩踏，结了薄薄的一层冰。疲累不堪的狄老师端着马桶走着走着，突然脚底一滑，连人带马桶骨碌碌地滚到河里去了。好在河水只够到她的腰部，可是她太虚弱了，挣扎了好一阵都起不来。幸好臧来宝找了来，把她拉上岸，截了路过的一辆板车，还剥了车夫的军大衣把狄老师裹起来，把她送回了家。

看见母亲的惨样，秋瑟瑟哭得上气不接下气。她赶紧去烧水，伺候着母亲从头到脚好好地洗了个澡。臧来宝则跑出门去，把湿透了的军大衣扔给那随后跟来的板车车夫。自己又骑着自行车走了，一会儿，就搬来了一大堆的鱼、肉、年糕。

那顿年夜饭，臧来宝就在秋家吃，那个除夕夜，臧来宝就在秋家过。瑟瑟问他："你妈不等你回家过年吗？"臧来宝答："我跟她说好了，这个年夜，我和长人刚、老扁他们喝酒守岁呢。"

瑟瑟家里没有多余的床，臧来宝没皮没脸的要和秋瑟瑟同睡。瑟瑟把脸一拉，说："如果这样，我宁愿死！"臧来宝想不到瑟瑟的性子这么烈，一半儿高兴一半儿尴尬，他讪讪地说："今晚我算是白忙活了。"瑟瑟带着他到死鬼父亲从前住的屋子，床上堆满了杂物，臧来宝把它们通通扫到地上，往那床上一躺，一会儿就打起呼噜来了。

年后，秋瑟瑟跟我说，她已经顾不得那么多了，顾不得"路遥知马力，日久见人心"了，她说她们娘俩就像掉在那洗马桶的臭水河里，谁递给她们一根稻草，她们都会紧紧抓住不放。

秋瑟瑟和臧来宝的恋爱关系，就这么定下了。

接下来几个月，臧来宝往秋瑟瑟家跑得更勤了，他也把秋瑟瑟带到他家里去。这么甜美温柔的美人儿，臧家老太自然喜欢。可是老人是经过风雨见过世面的，她不会轻易让一个女孩的漂亮温柔给哄住了。在热情待客之余，老太太还要考察这个女孩的品行。秋瑟瑟也乖巧懂事，她从不坐享其成，而是主动地洗菜烧火，饭后便抢着洗碗收拾屋子。老太太欣慰之余，又想，可别是装的啊！

想起看相的说了，秋瑟瑟是助夫旺子的命。那家伙还凑近她的耳朵说了句："柔能克刚。娶了这个儿媳，你儿子这匹野马就会变驯顺了，那他将来的路也会走得稳稳当当了。"

当后院的石榴花开得无比灿烂时，臧家就要给秋瑟瑟下聘礼了。臧来宝问瑟瑟想要什么。自行车还是缝纫机？再加一块外国名表？瑟瑟说："我什么都不要，我要的是安生日子，今后不许你再打架，更不能玩刀，要不说什么也白搭！"

臧来宝立马收了刀，双手把刀托起，送到秋瑟瑟眼前，说："老婆，你给我收着，往后我再玩刀就是乌龟王八蛋不是人养的！"

臧家老太太认为聘礼是必须的。她对秋瑟瑟说："我只有一个儿子，你妈只有你一个女儿，我来宝正经娶媳妇，你瑟瑟正经嫁老公，没聘礼像什么话？"

她想去找两个媒人，郑重其事地订个亲。臧来宝说："找什么媒人，我们自己谈的恋爱！"老娘说："天上无云不下雨，地上无媒不成婚，不管是不是自由恋爱，媒人缺不得的。"臧来宝说："妈，你这是老脑筋，现在谁还要三姑六婆的！"老娘说："那谁送聘礼？"臧来宝说："我自己送。"他娘说："那不行，日后有个反悔你那聘礼被她家赖去就拿不回了！"臧来宝说："瑟瑟才不是那种人！"想了想，又说："妈，你既然不放心，那我随便喊两个人吧。"

人家送聘礼的都是见多识广的中年妇女，而臧来宝是不按常理出牌的，他居然请我和朱美娜担任这项重大任务！我那时还是姑娘家呢，从小听说过"嘴馋做媒，狗馋爬灶"的话，送聘礼的虽然不算媒人，但多少沾点边；再说我也不看好臧来宝，往后他闯祸了，或者他们夫妻打架了，是要找我们诉苦喊冤的，还不烦死我啊？于是就拒绝了。想不到瑟瑟倒来求我，说："姐，你都不肯帮我，还有谁能帮我啊！我不要他们家什么，我要的是证人，没有证人，我心里不安，日后臧来宝犯浑欺负我，你能帮着说两句是不是？"她一口一个姐的叫着，直把我的心叫得软绵绵的像刚刚熬好的饴糖一般。

朱美娜那时还和臧来宝挂着，他们俩的亲密关系也不避讳人。当臧来宝请朱美娜送聘礼时，朱美娜那张水蜜桃脸一下子就变成了苦瓜，她扭了扭身子说："才不去呢。"臧来宝立起了双眼，说："你他妈的和大庆油田那小子结婚，我放个屁没有？——你不去可以，你今年就给我生个儿子，立刻就生！我可不想臧家在我手里绝了后！"

朱美娜没办法，只得委委屈屈地充当这倒霉的送聘礼人。那年月订婚仪式很简单，就是遣两人去男方家拿了礼品，再给女方送上，就算大功告成。可是臧来宝爱张扬，他巴不得让全海阳人都知道秋瑟瑟是他的了，他想摆一个盛大的订婚酒席，把三教九流全请上。但是秋瑟瑟坚决不同意，她怕一招摇，就会生出是非来。臧来宝一看她那柔弱可怜的样子，也就不坚持了。

于是那个星期天上午我和朱美娜一起向臧来宝家走去，一路朱美娜只是抹泪。“我说朱美娜你委屈什么，你不觉得这是一种解脱吗？”朱美娜索性哭开了，说：“解脱解脱，从今后我跟谁解跟谁脱啊？”我看了眼那张湿淋淋的脸，真是无话可说了。

这是我头一回去臧来宝的家。他家位于海阳老街的中段，离码头很近了。街道不算太窄，平时并不拥挤，只是每当逢五逢十有集市时便熙熙攘攘。老街两侧多是半旧的二层砖木楼房，楼下是店面，开着些理发店、包子铺等，比我们反修巷热闹得多。

臧家的房产有两间，门脸上依稀还看得出“寿衣丧服冥币香烛”字样，当年臧来宝父亲坠海亡故后，臧母就开了这店谋生。不久后臧来宝嫌吵，让老娘把店给关门了。

我们到达老街时，臧家两间房子一关一开，开着的那间装着扇齐腰高的栅门，这种门又叫腰门，里外都有小木闩，就是上了闩，也只能防君子不能防小人，屋里有个动作，外面也能看个一清二楚。两间后屋，东间做厨房，西间是贮藏室，再后面就是庭院了。

臧来宝的老娘正在后院为一棵石榴树培土。这石榴有些年头了，枝繁叶茂。正是五月天，一树的石榴花开得如火如荼。让我诧异的是那花瓣和花托，不光是嫣红，而是红里透出蓬勃的精神气儿，红得像血液在里面快速奔跑，还泛着闪闪金光，仿佛它们是汲着金水开放的。

年近八旬的臧来宝老娘身体硬朗，声音洪亮。见了我们，忙放下铁锹，在一个盆子里洗洗手，给我们拿来两个隔年的石榴。这石榴不知是贮存久了还是怎么的，皮硬硬的，却金灿灿的，像是包了一层黄金。我拿刀切开石榴皮抠出籽儿尝尝，很甜。就说：“来宝娘，你家的石榴真好！”老太太说：“那是！当年老头子从外地带来树苗时说，石榴是吉祥树，又满肚籽儿，添丁添福的。我当时想，我都四十大几了，难不成还能铁树开花？哪曾想石榴树成活了，我也怀上我们的来宝了。”

老人家继续说：“这隔年的果子水分少了，秋天你们来吃新鲜的！”她看看朱美娜哭丧的脸说：“娜娜，把石榴吃了，你也添丁添福！”

随后老人家把我们带到楼上，说是去拿聘礼。她用钥匙开了个橱门，取出一个红绸包，一层一层地剥开。当年海阳人订亲兴送自行车缝纫机，这臧家老娘玩什么把戏？当最后一层绸布展开时，我和朱美娜都惊呆了！那是一个光芒四射的金石榴，不是刚才吃的水果，而是个珍宝！它有着金色的外皮，皮外覆着两枚翠绿的叶子，绽开的一个口子里，是挨挨挤挤、晶莹剔透的红石榴籽儿。臧来宝娘告诉我们说：“这宝物叫“三宝石榴”，皮是纯金的，叶子是翡翠的，里面的籽儿则是红玛瑙的。你们瞧瞧，雕镂得多精致、做工多考究，这可是个稀世之宝啊。我和来宝爸老早备着，就是要给儿子长大后订亲用的！”

那宝物晃得我和朱美娜头晕。之前我们家也有点金器玉器，破四旧时母亲受不了惊吓，主动上交了。那几件首饰比起这个三宝石榴来，粗糙得简直都不算东西了。

这老太婆，竟然藏下这么个无价之宝，而且还敢拿出来！

我和朱美娜捧着重新包好的金石榴，小心翼翼地往秋瑟瑟家里走去。一路上，朱美娜叨叨说：“我结婚时只得了块手表，还是国产的。这秋瑟瑟出身这么差，一辈子也找不到工作的！将来臧来宝不但得养她，还得养她那痨病鬼的娘！姓秋的运气也太好了吧！”朱美娜的情绪里，分明有了羡慕嫉妒恨了。

当年的国庆节，臧来宝就把秋瑟瑟娶进了门。这次臧来宝可不再听秋瑟瑟的了，他按捺不住身心的兴奋，他的每个毛孔都喷薄出热烈的激情，他和他的那帮朋友，把婚礼搞得那个排场热闹！光是喜筵就摆了百十桌，把整条老街都挤满了；喜庆的大炮小鞭打得像战场鏖战似的，整个海阳城被弄得烟雾腾腾，对面都看不清人形了。

婚后，臧家母子待秋瑟瑟不错，瑟瑟算是否极泰来了。她甚至用不着扯布做衣服，她的穿着都是臧来宝托那个跑客轮的二管朋友从上海买的。秋瑟瑟的身材极好，新款的衣服一穿，比当红的电影明星都漂亮几分。

可是秋瑟瑟并不恋穿新装。当臧来宝兴冲冲地把衣服拿回家时，她就做喜欢状穿上，在镜子前试试，让婆婆和老公夸夸，然后就收了起来。瑟瑟曾对我说，穿这些衣服太招摇了，她走不出去。她还说，穿旧衣服更舒适，干活也方便。

臧家的伙食本来就不错，秋瑟瑟怀孕后，长人刚和老扁天天将活鱼活蟹送过来，说嫂子必须吃好了，才能给他们生出个壮实的小侄子来。臧来宝爱屋及乌，他托人从香港买了几瓶雷米封，狄老师的结核病因此得到很好的控制，身体便一天天硬朗起来。那些日子，瑟瑟的脸上总是洋溢着甜甜的笑意，她对我叹息说，真想不到，臧来宝会给她带来天堂般的好日子！

臧来宝犯事是在他结婚后的第五年，那时他大儿子威龙已经四岁，二儿子威虎两岁，出生才七八天的小女儿还没有来得及取名呢。

这五年来臧来宝没怎么惹是生非，他是喜欢极了秋瑟瑟，秋瑟瑟不但美若天仙，更了不起的是一口气给他生了俩大胖儿子，给臧家挣足了面子。商步启明里暗里再也不敢说他们家缺丁少口了。

那个星期天，海阳电影院放映新片《牧马人》，臧来宝弄到了三张票，是下午场的。听说讲的是一位姑娘爱上一个右派分子的故事。自记事起，我们这辈人就没看过爱情片，更没听说还有好姑娘会爱上一个右派的，这激起了人们太大的好奇心。秋瑟瑟坐月子不能出门，臧来宝就约了长人刚和老扁一起去。下午一点半左右，喝得醉醺醺的兄弟仨大摇大摆地进了电影院，找着自己的位置坐了下来。

长人刚三年前娶了商阿茶，可婚后的日子总是磕磕碰碰的。阿茶贪吃懒做，又爱和别的男人打情骂俏，把长人刚气得不行。商阿茶也后悔当初没听父亲的话，草率地嫁给了接鲜的小流氓。渔民休闲的季节，长人刚也就没了进项。没钱花的商阿茶受不了，她像只馋痨痨的老鼠，总是到处乱跑，回来时不但肚子圆了，还带来一大堆好吃的，也不知她哪来的钱！长人刚一查问，她就嚷嚷道："你还有脸问我？——连老婆也养不起的人还算是男人？——我要跟你离婚！"

商阿茶一吵架就往娘家跑，一待就是十天半月，任长人刚喊了多少次都不回去。长人刚在楼下喊着，臧来宝在楼上看着，看得眼珠子都要弹出来了。这时候臧来宝会看看秋瑟瑟，再比比商阿茶，觉得自己真是有福气。得意之余，就想长人刚真是瞎了眼，当初怎么会看上阿茶这货呢。

臧来宝把阿茶恨上了，他想，这就叫"老子混账儿混蛋"，商步启不是好东西，养出的女儿就是这种货色。又忿忿地想，长人刚不能这样被欺侮，污辱长人刚就是打他臧来宝的脸，臧来宝早想找个机会教训教训商阿茶了。

电影放了不多会儿，长人刚就发现有情况：在他们前几排稍左的位置上，坐着阿茶和另外一个他们不认识的男人，他们俩并不好好地看《牧马人》，而是我在你腿上拧一下，你在我胸部掏一把，还发出吃吃吃的浪笑。长人刚顿时就气炸了，要过去和那对狗男女拼命，却被臧来宝和老扁按住了。好不容易熬到电影散场，商阿茶和那男人手牵着手往外走，臧来宝他们就偷偷地尾随着，电影院出口处很窄，三人狠命一挤，把阿茶和那个男人挤散了。

满头大汗的商阿茶终于挤出了电影院，却再也找不到她的新男友，一回头，发现了双眼喷火的长人刚。商阿茶知道来者不善，拔腿就跑，却被长人刚挡住了去路。他拽着阿茶的手腕，阿茶扭动着身子用力挣脱，哪儿还挣脱得了？有熟人看见了，只道是小夫妻纠缠，并不想管闲事。长人刚拉着老婆，却不知去哪里。臧来宝把脑袋一歪，说："到青龙山脚去，那里清净！"阿茶赖下了身子，摇着头表示不去。臧来宝说："我们是邻居，还怕我把你卖了不成？——你不是要离婚吗？趁我们哥们几个都在，是合是分，把事儿了了。"

商阿茶觉得有理，就随着三人来到了青龙山脚。转了转，山脚原有的几张水泥椅子都坏了，连个坐的地方都没有。老扁说："山腰有个青龙寺，我们去寺里说去！"

阿茶预感要坏事，死活不肯上山。长人刚就拽着她，往上山的石级上拖，老扁则在后面推她，阿茶索性躺在地上打滚号哭，大喊救命。可是没用，下午四点的青龙山脚连个鬼影子也见不着。商阿茶只管躺着，张大嘴巴一声连一声的干号。臧来宝烦了，他掏出一个纸包，打开，要把里面几颗红红的醒酒药往商阿茶嘴里倒。商阿茶立即闭严了嘴，并警惕地坐了起来，问："这是什么？"臧来宝说："老鼠药。我们家老鼠闹得慌，我就揣着这药丸，哪儿闹就往哪儿撒，管用得很。"商阿茶被吓着了，再也不哭了。于是就乖乖地跟着三人上了山。

青龙寺规模不小，当年香火旺盛时，上山下山的善男信女络绎不绝。"文化大革命"时庙宇给砸烂了，和尚们被赶走了。现今山下拨乱反正百废俱兴，可这青龙寺还没有来得及修葺，和尚们也没有来得及回来。

进了山门，只见院子里青草过膝，颇为荒凉。禅房都空着，木窗棂上结满了蛛网，破旧的草席上落了厚厚的一层灰。

长人刚将阿茶推进打头那间禅房，自己也一起进去了，砰的一声摔上了门。他的火气太大，摔门摔得整排禅房都晃了几下。老扁朝臧来宝伸了伸舌头，眼神有点淫荡。臧来宝歪了下头，说："别发呆了，我们到大雄宝殿逛逛去。"

这哥俩在大殿里游走着，看到了尘满面、鬓如霜的如来佛。老扁笑道，都说孙悟空逃不过如来佛的手掌，你说阿茶今天逃不逃得过长人刚的手心呢？臧来宝也嗨嗨地笑着，说："他们本就是老公老婆，管他妈的逃得过逃不过的呢。"

看见东倒西歪的一地罗汉，他们来劲了。当年他们和许多红卫兵一起，分别用绳子套住十八个罗汉的脖子，一个个地将他们拽下了宝座。老扁指着匍匐在地的"握蛇罗汉"说："这个是我拉下来的！"臧来宝踢了一脚仰面朝天的"挖耳罗汉"说："这个是我拉下来的！"又指着"伏虎罗汉"说："这个是刚子（长人刚）拉下的，掉下来时差点砸烂他的脚！"说着两人就豪迈地大笑。一地的罗汉们仿佛听懂他们的话，一个个怒目圆睁，双手紧握，好像要找他们拼命似的。

禅房里传来激烈的打闹声，臧来宝和老扁转过身来，只听得商阿茶尖着嗓门嚷嚷道："就离，就离，这婚我离定了！"又听得长人刚骂道："臭不要脸的，婚没离你就跟那淫贼搞上了？你这烂婊子！"商阿茶说："你管不着！我愿意！"啪的一声，大约是长人刚甩了阿茶一巴掌。臧来宝就跑到到禅房门口，敲了敲门，呵斥长人刚说："有话好好说，打什么打！"只听得长人刚委屈地说："我没动手，是她打的我！"

臧来宝不干了，他把肩一斜，砰地撞开了门，指着阿茶吼道："你这臭婊子，敢打我兄弟？"阿茶尖着嗓门嚷嚷道："什么狗屁兄弟，打了又怎么样？我还敢打你！"说时迟，那时快，商阿茶突然跳了起来，对着臧来宝也要动手。还骂骂咧咧地说："你欺负我们家几十年了，我爸我妈怕你，老娘我可不怕你！"

臧来宝哪受得了这个？嚷嚷着："反了反了，看我怎么治死你！"说着就拔出了刀。长人刚伸手挡了，说："哥，别脏了你的手，我自然会治她的。"臧来宝气极了，将那把匕首猛地插在禅房的一张桌子上。

门重新被关上了。又传出一阵打闹声，渐渐地，声音小了下去，想来阿茶虽然厉害，终究不是长人刚的对手。果然，一会儿就传出阿茶嘤嘤的抽泣声。老扁说："这回是真的被打哭了。"臧来宝说："这女人的哭最他妈的不可靠，也许是屈服，也许是撒娇，也许是被长人刚干舒服了呢。"

一会儿，长人刚开了门出来，他脸色通红，浑身上下汗津津的。老扁将脑袋探进禅房一看，哇，只见商阿茶一丝不挂的，被四根绳子拉成大字形，绳头拴在两端的床栅上，嘴里还塞着只臭袜子！

长人刚挥挥手，气急败坏地说："哥们，上，反正这婊子是千人骑万人跨的，你们都上，干死她！"

老扁早就馋涎欲滴了。他说："刚子，你这话当真？"长人刚指着天说："那还有假！"老扁还有点讪讪的，说："哥，朋友妻，不可戏啊！我可不敢。"长人刚说："什么朋友妻！她早不是我的老婆了，她自己说的，她跟许多人都睡过了！"

于是老扁说：“那我真上了？”长人刚说：“磨磨蹭蹭地干什么，去！”老扁忽然转过身来，对臧来宝说：“要上也得大哥先上！”臧来宝说：“淫妇面前无大小，去吧。”就推了他一把，然后把禅房门带上。

面对商阿茶丰满的胴体，臧来宝也是血脉贲张，一颗心砰砰的跳得好凶。可是待到老扁提着裤子从禅房里出来时，他却犹豫了。他想起坐月子的瑟瑟，想着商阿茶的脏，也可能想着阿茶毕竟是邻居，日后抬头不见低头见的，突然之间，他什么欲望都没了。他只是摇了摇桌上那把刀，将它拔下，插回腰里，然后对长人刚一歪脑袋说：“把她解开，我们下山吧。”

沐浴着夕阳的余晖，四人一起向山下走去。一路上，商阿茶走得稳稳当当，看不出有丝毫的失魂落魄，更没有半点受辱痛苦的样子。她只是时不时地揉揉手腕上的绳子勒痕。兄弟仨都深信，阿茶是个烂女人谁都睡得，她老公和老公的朋友更应该睡得。即使她不情愿，也只能吃哑巴亏，谁让她这么坏这么烂呢。也许她正偷偷地乐，觉得自己魅力无穷呢。

他们没料到，商阿茶一回家就向父母哭诉了青龙寺的事。商、臧两家结怨已久，当年臧来宝父亲在翻修新房子时，硬是高出了商家一截，两家因此打了一架，只是当年臧来宝的父亲风头正劲，商家才忍了下来。几年后，臧来宝父亲死了，商家就凶了起来。下雨天，臧家的滴水檐往商家屋背滴水，商步启总要“土匪哇强盗哇不得好死啊”地叫骂，一边拿竹竿捅臧家的屋瓦。这时的臧来宝已经长大成人，土匪儿子绝对不是省油的灯，他搬了好多石头到楼上来，只要对方一叫骂，就往商家屋背扔石头，商家的瓦片被砸个稀巴烂，雨水直接往屋里灌，有一回石头还把阿茶妈的肩膀给砸伤了，气得商步启的肝都痛了。

现如今，商家又遭这等奇耻大辱！这仇不报，商步启上对不起祖宗，下对不起女儿，而自己也无脸活在世上！商步启肝痛得不行，他捏紧拳头，顶着肝区，带着女儿直奔派出所，把臧来宝哥儿仨给告了。

当天晚上，穿着蓝制服戴着红肩章的民警，就把喝得醉醺醺的三人给抓起来了。他们还跑到臧来宝家里，搜出了那把作案时插在桌上的刀。

审讯时，长人刚满不在乎地翻着眼白，说：“商阿茶是我老婆，她在外面找野男人没事，我睡自己的老婆反倒有罪了？天理何在？”公道何在？臧来宝更是暴跳如雷，他指天画地地说自己碰都没碰过那个烂货，骂警察瞎了狗眼乱抓好人。老扁则承认自己睡过商阿茶了，说那不是强奸，而是长人刚请客，就好比他请我喝酒吃菜一样，他情我愿的，犯哪门子罪？

老扁和长人刚都证明臧来宝没强奸阿茶，而且根本就没进过那禅房。警察举起那把刀，问：“他没进禅房，那桌上的窟窿是谁扎的？”老扁说：“桌上有窟窿吗，我怎么没看见？”警察拍了一下桌子，说：“你们搞攻守同盟！我们已经去青龙寺比对过了，那桌上的刀痕和臧来宝家搜出的这把刀完全吻合。”臧来宝说：“往桌上扎刀他妈的能证明什么？屁都证明不了——我爱扎哪儿就扎哪儿，我扎着玩呢，你太平洋警察管得也太宽了吧？”警察愤怒了，大喝：“你老实点！”臧来宝说：“我他妈的太老实了，所以没睡那臭女人——你们说我强奸了她，我还说你们强奸了她呢！你们若看到那赤条条仰天八叉的样子，不动心才怪呢！不是老子吹牛，老子的定力比你们强！”气得警察们鼻子都歪了，说：“臧来宝你不老实死路一条！”

青龙寺轮奸案的冲击力空前强大，海阳县城狂欢了，无论是街头还是巷尾，无论是单位还是家里，一浪高过一浪的津津乐道都是这起桃色事件，大家发挥了最大的想象力，为这起花案添油加醋。有人甚至把金瓶梅里的细节都加进去了。海阳人享受着有史以来最丰盛的精神大餐。

案发的第二天，我在去老街的路上远远地望见了商阿茶。我不敢看她，担心她见了熟人会无地自容。可我又忍不住偷偷地瞟了她一眼，只见她在一个瓜子摊前站定，一边抓起瓜子嗑着，一边和卖瓜子的摊贩说着什么。我绕过那个摊点径直向前走去，可是商阿茶一抬眼就发现了我，她扯着嗓门喊我，喊得我只得停住了脚步。她追了上来，塞给我一把瓜子，说：“你们厂那个该死的臧来宝！他和他的那帮狗兄弟都不得好死！”

我不知该说什么。臧来宝三人固然坏透了，商阿茶也算是受害者，可是我忧虑的，却是月子里的秋瑟瑟。瑟瑟又要回到原先的倒霉日子里去了，甚至比原来还要糟糕。我想，瑟瑟才是这起案件的最大受害者。我扭头继续赶路，掌心的瓜子像毛毛虫一样让我恶心，我松了手，一任它们从指缝中迅速滑落。

我登上了臧家的楼梯。可怜的秋瑟瑟！她窝在被子里，抖得像秋蝉一般。或许从昨晚到现在，她一直都这么抖着。是冷？是惧怕？是绝望？可能兼而有之。昨晚警察上门时秋瑟瑟正在吃姜汤面，看到从衣柜顶上搜出来的刀，她咽了半截的面条就卡在喉咙里，接着便吐了一地。

瑟瑟哭着对我说：“姐，我明明把那刀扔了的，还特地跑到我们反修巷口，把它扔在那口深水井里了，怎么它又出现在家里了呢？——我要找臧来宝问个明白。”她挣扎着要起床，新生儿哇的一声哭了。我按住瑟瑟，劝说道：“你坐月子呢，吹不得风，闪不得腰。”然后我抱起那哭得稀里哗啦的小女儿，摇着。她是那么的小，那么俊气，我从没见过这么漂亮的新生儿。多少年后，这孩子才会明白母亲此时的心境呢？

瑟瑟嗫嚅着，说：“臧来宝这混蛋，他当初可是发过毒誓的啊，他为什么要这样干，为什么？”瑟瑟捶着床杠，悲愤欲绝。此刻我特别恨臧来宝，就说：“你扔得了他的刀子，扔得掉他的恶习吗？”瑟瑟说：“他怎么能这么坏，这么不要脸啊！”

“瑟瑟你只管好好地给我躺着，凡事有我！”见我们说臧来宝的“坏话”，臧家老太太不高兴了。她显然是经过大风大浪的，儿子这点破事在她看来不算什么，所以她所承受的打击远没有儿媳那么大。

秋瑟瑟清楚地知道自己的好日子到头了。意识到这一点，她原本丰沛的奶水戛然而止，怎么挤都挤不出一滴来。婴儿没了奶，哇哇地哭个不停。婆婆端来一碗满满的猪蹄汤饭，说：“人是铁，饭是钢，你不吃不要紧，可我孙女饿得慌！”然后说：“你放下心来吃得饱饱的，我出门找人去。老臧家朋友遍天下，不信救不出我儿子来！”

从臧家出来，我的心像塞了团泡了三天的烂棉絮，透不过气来。

我一直等待臧家老娘的信息。然而她毕竟是年事已高的老人了，老头子早年的哥们，老的老了，死的死了，再也不能叱咤风云了。

这天傍晚夕阳西下的时候，老太太带着棒槌，雄纠纠气昂昂地来到那关押犯人的“牛头颈”牢房，对大门的看守说：“我来接我儿子回家。”看守问：“你儿子是谁啊？”这老太说：“臧来宝！”看守说：“听你这口气，臧来宝好像是从前线回来的英雄！”臧家老娘举起棒槌说：“他爸就是个英雄，我儿子也算得半个！”看守冷笑了。老太太火了，说：“笑什么笑？说，你放还是不放我儿子？”看守说：“不放！”老太太一棒槌就砍下去，看守头一歪，棒槌落在肩上，疼得他杀猪般号了起来。里面的狱警听到动静跑了出来，将这骠悍的老太的双手反绑起来。老人一屁股坐在地上，哭天抢地起来：“我都七老八十了啊，儿子出不来我不活了啊！”

这些人对付不了这样的犯人家属，只得用一辆吉普车把她送回了老街。

秋瑟瑟无论如何都躺不住了，她伺候老的，照顾小的，已经累得够呛。这天，她拖着月子里羸弱的身体跑到我们厂来求邬厂长，让邬厂长设法救救她老公。邬厂长以前没少喝臧来宝的酒，所以平日里臧来宝犯了再大的错，也只是摸一下他的脑袋就算了事。这一次，他的手虚空了一下，再也摸不着什么。听着秋瑟瑟的哀求，他眼神游移地说：“臧来宝这家伙、这家伙怎么就……”瑟瑟的眼泪小溪般地流着，邬厂长有点于心不忍，勉强说：“我打听打听，事情到底糟糕到了什么地步了……”

秋瑟瑟又跑到金工车间来找朱美娜，她知道臧来宝和朱美娜好，也曾为这事酸溜溜过，可是她从来不和臧来宝吵架，就是朱美娜到她家来玩，她都好菜好饭地招待着，从来不给她脸色看。

可是找朱美娜有什么用？朱美娜没脑子，遇到这等大事，只会像无头苍蝇一样嗡嗡着乱叫乱撞。

我们俩在车间的过道上相遇了，也许是真的绝望了，也许是想起了童年一起跑警报的惶恐，她在我面前哭得稀里哗啦的。然后她说："我不相信臧来宝会干出那种伤天害理的事来，臧来宝疼我，疼孩子，他没理由这么干啊。"又问我有没有熟人在公检法部门，看在三个孩子的份上救救臧来宝。

我一个穷工人，两点一线的上班下班，又能认识谁呢？再说臧来宝真的犯罪了，岂是说救就救得了的？我忽然责备起自己来了：婚前秋瑟瑟曾向我打听臧来宝来着，我明知臧来宝是个不安分的，却没能积极地阻止她，还有意无意地帮了臧来宝一把。现在秋瑟瑟过得这样惨，我算不算也是助纣为虐呢？

突然，有个念头一闪而过：臧来宝不是说他老爸救过一个小伙计吗？这小伙计后来当了官，还来过我们厂坐过我们的工具箱，臧来宝还让他把朱美娜弄到毛泽东思想宣传队去呢。于是我和秋瑟瑟又返回金工车间去找朱美娜，问那人叫什么名字，现在在哪里？朱美娜混沌的眼珠子转了半天，说："我忘了……"

倒是臧来宝的狐朋狗友们仗义，他们虽然没法子把臧来宝弄出来，却有本事隔三差五地跑到牛头颈拘留所旁的小山坡上，每每放风的时候，他们就对着院子里的人犯大喊大叫，争着给臧来宝扔红烧牛肉、白斩烧鸡和清蒸鳗鱼鲞，使臧来宝虽然身陷囹圄也能吃香的喝辣的，让别的罪犯们嫉恨得眼里喷血。

几个月后，海阳县人民法院按强奸罪给高仁刚和卞良扁（直到此刻我们才知道这两人的大名）各判了有期徒刑五年，臧来宝虽然没有实施强奸，但在轮奸案中拔刀威胁被害人，也判了四年。

臧来宝哪里肯服？他在里面大吵大闹，把所有接触到他案子的警官、检察官和法官通通骂了个狗血喷头。"既然'没有实施'，算什么强奸轮奸？商阿茶是你们的妈？她说的话一句顶一万句？"臧来宝还一个一个地指着办案人员吼："信不信我出去就弄死你们？一个都不轻饶！"

有个狱友问："你能怎么弄死他们？"臧来宝说："我当然有法子！法子多着呢！"狱友又问："说具体点让哥们学习学习。"臧来宝说："他妈的傻逼才告诉你！"狱友就笑他吹牛，臧来宝却信誓旦旦地说："不弄死他们我这臧字倒过来写！"

谁都不知道这臧字倒过来该怎样写，于是臧来宝照样一日三餐吃着牢饭，一天到晚骂爹骂娘。有一回臧来宝嫌饭里有沙子，他抓起饭碗就向送饭的伙夫砸了过去，伙夫的脑袋顿时开了瓢，一条条鲜红的"蚯蚓"沿着脸庞乱爬。因此臧来宝又被加刑三年，变成七年徒刑了。

接着就要把这三人押往青海服刑。长人刚和老扁不再分辩，说大丈夫男子汉做也做了，就得担当，熬上几年苦力回来还是条好汉。但是臧来宝不服，他反复说自己比他妈的窦娥还冤，坚决提出申诉。他说："我就不信了，那婊子的毛我都没碰着就说我强奸，我还强奸了你妹，你姐，你妈，你奶奶！"他的申诉把同案的长人刚和老扁给牵住了，谁能想到这一牵，却把他们那两条命也给搭进去了。

臧家老娘听到儿子不但出不来，还被加了刑。怒火中烧的她提着棒槌又去了牛头颈班房。正当她坐在地上哭天喊地大呼冤枉时，一辆吉普车驶了过来，老太突然亢奋起来，她大喊一声"青天大老爷给我做主啊"就扑了过去。这太突然了，吉普车司机一下子没反应过来，车子撞上了臧老太，一个轮子又从她的大腿上轧过……

老人伤得不轻，当下就瘫在地上起不来了。警察们把她送到了海阳县人民医院，有位熟人见了，立即跑到老街告诉秋瑟瑟。瑟瑟脑子嗡的一声，心想，祸不单行，该来的都来了。就扔下正在吃奶的小女儿直奔医院去了。那天骨伤科的值班医生正是罗洪刚，人家现在已经是院长了。秋瑟瑟见了他，就想起被青蟹夹穿手掌的那晚，想起臧来宝闹医院的场景，心里不免尴尬。又想，罗医生一年到头要看多少病人？况且那事也过去许多年了，他肯定记不得了。于是就遵医嘱推着婆婆去拍片。

罗院长看了看片子，说："右股骨粉碎性骨折。"秋瑟瑟问："要手术吗？"罗院长说："按理要手术。可是老太太……"他看了看病历上的年龄，说："七十八了。"接着罗院长挥了挥手说："算了吧，这么大的岁数，经不起了。"秋瑟瑟想，难道让婆婆在床上等死？臧来宝出来后不是要骂死她啊。于是就对罗院长说："还是住院手术吧。”罗院长看了看她，说：“住院的钱可不少，你现在不是挺困难的吗？再说你一个人要照顾一大堆孩子，怎么来医院伺候老人？——别为了老的又伤害了小的。非常时期，保小的要紧。”秋瑟瑟想，罗院长什么都没忘记，什么都知道了。看来有些事，是永远也无法从记忆中抹去的。

瑟瑟把婆婆拉回了家，用了吃奶的劲，才把老人背上楼梯。楼梯在两人的重压下痛苦地呻吟着，仿佛随时都会坍塌。老太太这次躺下，拉屎撒尿都没有起来过。

也是他臧来宝的气数已尽，就在他无穷无尽的申诉期间，迎来了“严打”运动，青龙山轮奸案拖了两年迟迟未决，必须“从严从快”了，再加上臧来宝在狱中的猖狂和嚣张，担心他出来后疯狂报复的大有人在，这些人极力宣扬臧来宝对社会的危害性；而从前受过臧家父子欺凌的人也都纷纷出动，写匿名信的，纠集在一起跑公、检、法的，他们同仇敌忾，发起了一个新的群众运动，指证臧来宝、高仁刚和卞良扁都是罪大恶极、怙恶不悛的家伙，不杀不足以平民愤。于是，法院将臧来宝判处死刑，同案犯高仁刚和卞良扁也跟着一起下地狱了。

公判大会是在海阳中学操场里召开的，那一天，四乡八村的群众全都汇集在这里，红旗招展，喇叭嘹亮，那场面比二十多年前缴公粮还热闹百倍。当听到“臧来宝犯流氓罪、强奸罪，狱中伤人罪，且认罪态度极差，数罪并罚，不杀不足以平民愤，立即执行死刑”时，臧来宝才明白自己三十二岁的生命走到尽头。这以前，他都以为人家只是吓唬吓唬他，就像他吓唬别家一样！

宣判大会在群情激愤的气氛中结束了。当行刑人员把插着死刑牌的罪犯们从高台上往下拖时，臧来宝戴着手铐的双手却死死地抱住一根台柱子，怎么也不肯松手。他不想死，他家里有那么好的老婆，还有三个那么小、那么可爱的儿女，他死不起，他也不该死！两名执行人员费了好大的劲，才把他的手掰下来。

人群拥着刑车，向操场的出口处缓缓流去，操场外马路的一旁，不知被谁码了一大堆木材，那一根根树料先是就地躺着，然后一层一层地往上摞。木材的最高处，坐着臧来宝六岁的大儿子威龙、四岁的二儿子威虎和两岁的小女儿吉祥，邹海平和另一位工友一左一右地护着他们。当刑车经过他们时，孩子们在邹海平的号召下，扯着嗓门拼命地高喊："爸爸——爸爸——爸爸!!!"站在卡车一侧的臧来宝并没有看见儿女，高音喇叭的吼叫压过了孩子们稚嫩的嗓门。也许是父子之间的心灵感应，臧来宝忽然转过身来，看见一个比一个粉妆玉琢的儿女们，他强打起精神笑了一下。人群中有人在喊："看，快看，臧来宝流泪了！臧来宝流泪了！"

刑车在艰难地前进，臧来宝不停地扭动着脑袋，在黑压压的人群中寻找着，也许他在寻找他那八旬老母，也许在寻找他苦命的爱妻。他不知道，秋瑟瑟此刻拉了口棺材，正奔赴在青龙山的路上。今天凌晨，有人悄悄地往她家门缝里塞了张纸条，告诉她臧来宝将在青龙山脚执行死刑，让她早点去，等在那里收尸，迟了人山人海的就不好办了。秋瑟瑟想找个人帮忙，可原先一呼百应的臧来宝，入狱伊始还有狐朋狗友来看他，给他扔吃的。自"从快从严"一来，码头帮怕引火烧身，脚下抹油跑得连炮都吊不着了。

把最软弱的人放在一个孤岛上，为了生存，他也会坚强起来。这两年来，瑟瑟变化许多。此刻她拉着棺木拼命地奔跑，她不想让丈夫曝尸野外，受人围观，遭乌鸦啄食、野狗撕咬；可是她怎样跑也跑不过眼泪，她的泪水像颤抖的琴弦，弹奏着天下最凄惨的悲歌。

在床上躺了两年的母亲从高音喇叭里听到她儿子死刑的消息，直着脖子喊道："商步启你太狠毒了，我儿子都没糟蹋你女儿，你却非置我儿子于死地！"游街队伍的狂欢。呼喊，让她感觉到从未有过的恐惧。她喊孙子，让他们把老鼠药拿来，她要把这些老鼠药通通倒进嘴里。可是她的孙子孙女此刻还坐在那高高的木头上无法下来；她想对儿媳说几句什么，可是儿媳不知死哪儿去了。她觉得全世界的人都跟她作对，一口气堵在她心窝里，上不来下不去，她就这样活活地憋死过去了。

游行的队伍到达了老街，到达臧来宝家门口，臧来宝朝着自家的门窗，声嘶力竭地喊："妈，我先走一步了，你老保重！老婆，带好我们的孩子！照顾好我妈和石榴树……”

臧来宝临终前的几句呼喊，又成了海阳人茶余饭后的谈资。人们议论纷纷，臧来宝这时候才想到“老娘保重”，早干吗去了？更有人说他向阎王报到的路上，竟还惦记着他家那棵石榴树，他是在追忆石榴花一样的红火岁月？还是留恋着石榴树下和秋瑟瑟相亲相爱的美好时光？

此刻，臧来宝多么希望秋瑟瑟能露一下脸，哪怕一个侧面、一个背影也好。可是没有。正当他失望之际，隔壁二楼窗户砰的打开了，探出了一张快乐得几乎变形的脸，那是商步启的脸，他的手里拿着个火苗幽幽的打火机，正向一挂鞭炮凑去。臧来宝突然发飙了，他双目怒睁，咬牙切齿、一字一顿地吼道：“商步启！老子先走一步，转身就找你索命！”商步启顿觉毛骨悚然，鞭炮掉在地上，噼里啪啦地一阵乱响。

臧来宝死后没几天，商步启因为肝痛难忍去了医院。化验结果，已经是肝癌晚期了。不到一个月，他就死在了医院里。有人说他是被臧来宝的鬼魂勾走的，有人说他是被活活气死的。到底是被臧来宝气死的，还是被自己女儿气死的？人们就不得而知了。

那天邹海平送臧来宝的三个孩子回家，喊了半天没人应门。他打开腰门跑到楼上，发现老太太双目圆睁，嘴巴空洞地张着。摇摇，已经僵硬了。邹海平把三个孩子全装在自行车上，跑到厂里喊人去了。那时候，瑟瑟已经把老公的死尸拉到山背面，拿一把借来的锄头在吃力地挖坟坑，待到厂工会的人赶到臧家，她都没有回到家里。于是一帮人跑到青龙山脚，打听到臧来宝已被妻子转移到山后，大家又一起来到山后，帮着她草草地把臧来宝埋了。

摊上这么个大事，秋瑟瑟并没有怪罪臧来宝，只是翻来覆去地检讨自己说：“我没管好他，我不是个好老婆。他第一次被判四年刑，我就应该说服他去青海的，就是第二次去了也好呀，去青海劳改几年就没事了。”

可是我知道，自从臧来宝被羁押后，秋瑟瑟要见臧来宝一面非常不易。再说，臧来宝那个犟劲，能听老婆劝吗？

大家都认为臧来宝太混账了，他是一步步把自己逼上绝路的。但凡能退一步，结局完全不一样了。

秋瑟瑟两个儿子，正在院子里快乐地追逐着，他们太小，还不知道家里出了多大的事。秋瑟瑟必须把他们关在家里，她知道，一个因犯强奸罪被枪决的父亲，别家的孩子有足够的理由欺负他们。

我说："瑟瑟你搬回娘家住吧，至少你妈还能帮上你一把。我们俩对面住着，也有个照应。"瑟瑟像什么都没听见，只是嗫嚅着，重复着臧来宝临终的那句话，那话她并没有亲耳听见，是后来人们传达给她的：带好我们的孩子！照顾好我妈和石榴树……

她扬起了脸，问我："难道那石榴树跟他妈、跟孩子一样重要吗？"

接下来的日子，她一直住在老街家里。这年夏天，石榴幼果上长了虫，秋瑟瑟搬了张竹梯子，吱吱呀呀地上上下下，把虫子一一捉拿干净；接着是老天爷闹别扭，连续两个月滴雨不下，秋瑟瑟天天往返三四里，从太平巷（这时巷子名已改回来了）那口水井里挑水浇树，因为别处的水井都没了水。老石榴树在她的照应下，精神矍铄，到了秋季，满院子硕果累累红艳喜人。有一天秋瑟瑟带着三个孩子看外婆，回家时却发现家里一片狼藉，屋前屋后全是泥土和木屑，她们的石榴树被人砍倒了，满树的石榴也被摘个精光。

小小的院落里挤满了残枝败叶，秋瑟瑟的心也拥挤不堪。她凝视着新鲜的树桩，不明白人们为什么要如此赶尽杀绝。她自言自语道："这石榴，随他去了。"

白生生的树桩像断了的骨头，看着瘆人，秋瑟瑟打算把它挖掉。我说："挖这么个大树桩可不简单，它根深蒂固着呢。"秋瑟瑟说："慢慢挖吧。"

那阵子我都上中班，每个上午，我都去老街转转，有时也帮秋瑟瑟一块儿刨土、运泥，费了好大的劲才把铲断了的根条子拔出来。这些根条伸得太远太深，我们差不多把整个院子都挖开了。

有天上午十点光景，明媚的阳光照射在被我们挖得狼藉不堪的泥坑里，忽然，有什么东西闪了一下，秋瑟瑟跳下了坑，拂去泥土，就发现一个紫釉坛子。我和秋瑟瑟都屏住了呼吸，大眼瞪着小眼。我们忽然意识到什么，心便狂跳起来。我左右看看，院子是后院，没人看见我们在挖地，更没人窥见这个神秘的坛子。瑟瑟用衣袖擦了擦坛上的泥土，用劲把它整个儿拔了出来，然后招呼我一起到了楼上。她关上了窗户，拉上了窗帘，打开了坛子上面的封口，伸进手去。她先是摸出几块银元，接着，就掏出一个金光闪闪的、和当年聘礼一模一样的金石榴……

到底是当过海盗的人家，总归藏下些珍稀宝贝，我心想。有了这对金石榴，这一家日后的生活应该是没问题了。秋瑟瑟咬着下唇，找了块干净的布，把它擦拭了一番，又翻出她的聘礼那只，把它们比了比，然后细细地包好，藏在衣柜的角落里。

那个冬天好像特别冷，我扯了一块宝蓝色棉布，缝制了两套棉童装。那时候我们都坚持“自己动手，丰衣足食”，小孩的衣着从来舍不得花钱请裁缝师傅劳动。为了让童装更好看些，我还在衣服的前襟和裤子的膝盖处绣了几只可爱的长颈鹿。这两套衣服，一套给自己的老大，大点的那套计划送给秋瑟瑟的大儿子威龙。我骑上一辆好不容易拼装起来的自行车，嘎吱嘎吱地来到老街。当我拿出新衣喊小龙过来试试时，小虎冲了出来，朝我问：“我的呢?”我说：“没有你的。”威虎不高兴了，这个不到五岁的孩子横了我一眼，嚷嚷说：“坏阿姨，凭什么只送哥哥不送我?”他歪着头，叉着腰，那神态活脱脱一个臧来宝转世！我想起了“基因”两字，不由得打了个冷颤。

我劝老二说：“小龙大，先让他穿，明后年他穿不下了可以退给你穿啊。”威虎说：“我才不穿破衣服呢！”我说：“阿姨家也是小哥哥穿了再给弟弟的啊，新三年，旧三年，缝缝补补又三年嘛。”

威虎哪儿听得进去?他一把拽住新衣，要把它抢走。我说：“虎子你还小，这衣服太大，你拿去也穿不了。”威虎气呼呼地把衣服一扔，跑了，一转身却拿来把剪刀，还没等我反应过来，咔嚓！就把新衣剪了个大口子！老大哭了，骂了老二一句，让他赔他新衣。威虎竟举着剪刀，朝着哥哥的脸上扎去！我一把夺了剪刀，急着喊秋瑟瑟，瑟瑟赶了过来，气急败坏地骂威虎“冤家，孽种”，她一把抱起他，把他扔进一间贮物间里，让他面壁思过。贮物间的电灯被拉灭了，门也被秋瑟瑟锁死了，我以为威虎会号啕大哭。可是他没哭，而是拼命地踢门，乒乒乓乓地踢得木门直晃。我叹息说："威虎这脾性，如不及时矫正，恐怕将来又是一个……"我打住了，因为我看到秋瑟瑟苍白而绝望的脸。

臧来宝的死，给朱美娜的打击也是毁灭性的。首先，她好像一下子没了朋友。从前工友们因为惧臧来宝，见了朱美娜都会打个招呼露个笑脸。可如今，大家好像避瘟疫那么躲着她，仿佛谁沾上她谁都跟着晦气。其次，她再也完不成工时了，搭挂轮就成了个大问题。那天，她拿着粉笔蹲在地上，对着一大堆齿轮翻来覆去地画着分母分子，她显然是永远也算不出来的。我走了过去，用脚拨出两个。这一回她没有翻我的白眼，而是凄惶地扯了扯嘴角，然后捡起这对齿轮装到轴上。没有臧来宝的日子，要她独立完成工时，实在是勉为其难了。

最明显的变化是，她连自身也不太收拾了。工作服、工作帽多久都不换洗，看起来油腻腻的，那张水蜜桃脸也松弛了，上面经常会带着些油垢。那两根被臧来宝夸奖过"你的尾巴真长真漂亮"的长辫子，也不像从前那样油光水滑了。

这世上少不了拜高踩低的人，我们造船厂也不例外。朱美娜从他们身边走过，有人会指桑骂槐地说些很难听的话。朱美娜再怎么笨，也能感知人家的不怀好意。她总是灰溜溜地快速离开。我觉得这有点过分了，臧来宝在世时宠朱美娜，可她并没有因为得势而狗仗人势欺负人啊。

朱美娜常常一个人发呆，那失魂落魄的样子，看着叫人揪心。有一次她负责削一根长轴，刀都快走到尽头了，她还浑然不觉，那可是要出大事故的啊。千钧一发之际，我们的车间主任发现了，老高一把推开了她，抢先半秒钟退出刀来，才躲过一场灾难。高主任把她狠狠地训斥了一顿，然后向厂领导反映说，朱美娜不适合做车床了，把她调到厂托儿所哄娃娃去吧。

可是朱美娜还没来得及去当保姆，就出事了。

那天她搭好了挂轮，却忘了关上进给箱的门。朱美娜苦巴巴地赶着工时，没想到一条不甘寂寞的辫子像蛇一般从她的工作帽里滑了出来，不知死活地去调戏进给箱里的齿轮们。一对齿轮恼怒了，它们叼住了辫梢，使劲地把它往里面卷去……

我是第一个听到朱美娜的惨叫的，我立即跑了过去，用力搂住她的腰，死命地把她往后拽。生存的本能也让朱美娜的双脚蹬住了车床的底座，我们像拔萝卜一样，和变速箱抗衡着，只听得一种怪异的撕裂声，齿轮们劫走了朱美娜的一根辫子，同时也扯下了她半边头皮——不止半边，连前额和后颈的皮肤也连带被撕走了不少，半个新鲜的脑壳贴着我的脸，吓得我差点闭了气。随即，那白生生的脑壳又被酽酽的鲜血给覆盖了……

养好伤的朱美娜完全变了一个人，憔悴得让我们不忍直视，尤其是那半个光秃秃的脑壳，仿佛顶着半个骷髅。她上班下班都戴着工作帽，大热天也舍不得摘下。有一天她跟我说，这日子没法过了，海阳她也待不下去了。我说，让你父母想想办法，把你调上海去吧。她摇了摇头，说了句我认为是她这辈子说得最聪明的话，“指望他们？除非太阳从西边出来！”

半年后，朱美娜调走了，不是调往上海，而是调到大庆。她说那里的天气冷，一年四季都可以戴帽子。从此，我们对朱美娜的老公有了新的认识，我们再也不喊他“猥琐男”了，朱美娜变得那么丑，他还能接受她，算得上是条汉子。

臧来宝被枪决的那年，秋瑟瑟才二十六岁。之后她没有改嫁，不是没人娶她，二十六岁的秋瑟瑟是那么漂亮，那么凄苦，喜欢她和同情她的大有人在。可是她自己打定主意，这辈子再不嫁人了。厄运把她砌底击垮了，她总是做噩梦，梦见自己是摧命鬼投生的，小时候害死了爸，长大后害死了老公，将来还有可能害死儿子……

不管噩梦怎么缠她，为三个孩子，她必须给自己一个活下去的理由。首先，她得去赚钱。像她这样的背着两个黑锅的“罪”人，找正式工作想都不要想，正经点的临时工也轮不到她。我曾介绍她给我一家亲戚家去当保姆，可舅妈一听是她，就连连摇头说：“这人太晦气了我可不敢用。”

海阳医院缺少重症病人的陪护工，她听到消息就去了。这工作又脏又累，还要忍受垂死病人的秽气和各种莫名其妙的委屈。可工资高，比我们这些正式工还高，秋瑟瑟义无反顾地去了。她做事勤勉周到，能体恤病人的痛苦和家属的心情，渐渐地，她的口碑越来越好，成了临终病人的抢手货。

不管是夜班还是白班，陪护工每班都干十二个小时，两班对换。所以秋瑟瑟只在一早一晚做两顿饭。孩子们吃了饭，白天自己玩，晚上自己睡。外婆狄枫叶原是要过来陪伴外孙的，可是秋瑟瑟担心母亲的身体，把她累病了更麻烦了，同时她也怕肺结核传染给孩子，硬是拒绝了。

老大和老三挺乖，脸蛋和脾气都像妈妈，尤其是皮肤，白净得像刚刚起锅的糯米汤圆一般。瑟瑟担心的是老二威虎，那性格太像他爸，一点就着。怕他出去闯祸，所以她每天出门后，都将那扇腰门关上，从外面闩死。

有天晚上秋瑟瑟下班回家，看到开包子店那家人挤在她家门口吵吵嚷嚷，他们骂着“爆头客”“土匪仔”。瑟瑟的心仿佛被乱刀扎着，很痛很痛。自记事以来，最让她心惊肉跳的就是“爆头客”几个字，不光是“爆头”本身的可怕，还有父亲造下的罪孽，让她十辈子都赎不了。如今臧来宝又造下孽，让她十辈子也解不开。凡此种种，总是让她沉重得喘不过气来。

“赔我们小夏天的眼睛来！”包子店老板一声吼，瑟瑟被吓得一个踉跄，差点栽了一跤。儿子把人家的眼睛弄瞎了？这可闯了大祸了。小夏天瞎了眼睛，往后的日子可怎么过？她一个落魄的寡妇又该如何应对这场官司？

她急着要看看小夏天伤得如何。在纷杂的吵闹中，那孩子出现了，他看起来七八岁的样子，比威虎还高出一截，他的左眉骨上贴着块纱布，有豆腐乳那么大，让秋瑟瑟庆幸的是，小夏天两只眼睛滴溜溜地乱转，一点问题都没有。秋瑟瑟这才稍稍松了口气。包子店老板说，“你这威虎天生是流氓坯子，拿起饭铲就劈人，把我们小夏天的眉毛给砍断了！”

秋瑟瑟先把老二狠狠地揍了一顿，心想这孩子这么暴戾，如何是好？转身就去安慰小夏天。包子店老板指着孩子的眉角，气哼哼地比划说：“伤口这么长，缝了五六针，又打了破伤风的针，花了大把钱！——小夏天如果破了相，我跟你没完！”秋瑟瑟拼命说好话，把刚刚领到的陪护费全塞给了对方，包子店一家才悻悻地离去。

事后秋瑟瑟问三个孩子，“谁让你们出去的？谁开的栅门？”威龙说：“小夏天啊，他开了门闩进来的。”秋瑟瑟想想也对，门是反闩的，没有外人帮助，孩子们开不了。她又问威虎：“你干吗拿铲子劈人？真的劈瞎了眼睛，我们可要坐牢的啊。”老大说：“小夏天开了门进屋来，往我们饭里放毛毛虫，好大好粗的一条毛毛虫啊，小虎才劈他的呀！”

秋瑟瑟无力地坐了下来。然后拉过了威虎，说：“你给我记住了，往后别人再怎么的，你也不能动粗啊！”小女儿吉祥奶声奶气地说：“劈死人是要被枪毙的！”

秋瑟瑟一惊，满腹的酸水苦水往上涌，牙齿都酸得酥酥的。她想，把孩子扔在家里是绝对不行了。她不能再出去打工了！可是不打工一家人吃什么？回家跟母亲一商量，狄老师说：“你家有现成的店面，不如开个灯笼铺。大红灯笼一挂，能驱晦气；守着铺子，也就能天天守着孩子们了。”

说干就干。她贩了些大红灯笼、小红灯笼来，那些铁丝架灯笼呈扁圆形，用红绢蒙的，到晚上全给点上，红彤彤的十分喜庆。有些人要祭祖拜佛，需要那些细篾编的白纸糊的、上了清油的长圆灯笼。那时候环境宽松了，这类东西都可以买卖了。她到处打听，找到个会编这种灯笼的老人，让他做了一批现货送了过来。因为价钱公道，她的生意还算不错。

元宵节前几天，吉祥说要一盏兔子灯。秋瑟瑟找了些篾丝，自己动手编了一个轮廓，再用白纸糊上，又画上红眼睛三瓣嘴。瑟瑟从小就手巧，编什么都编得像模像样。看兔子灯好玩，威龙威虎也争着要，秋瑟瑟干脆就糊齐了十二生肖动物。想想，又糊了些鱼灯、虾灯、熊猫灯，接着又糊了唐僧师徒四人。这些灯笼把一街的小伙伴们都乐疯了，争先恐后地来买。再后来动漫片兴起，她就根据片子里的人物，要什么糊什么，她的铺子便成了个动漫世界。过路的孩子们见了，腿脚都拔不动了。

养家糊口没问题了，孩子们也渐渐长大，一个个陆续上学了。有一回威虎回家时，鼻青脸肿的还抹了一脸的血。秋瑟瑟吓了一大跳，忙问怎么了？威虎不答，只是到灶间拿了把菜刀，说要找人拼命。瑟瑟吓坏了，伸手夺下了刀，说："你找死啊？"威虎把脖子一梗，说："他们骂我'爆头儿子爆头外孙'，我要砍死他们！"

好不容易把儿子劝了下去，那一晚，秋瑟瑟翻来覆去地彻夜未眠。

不久，一位到海阳寻找码头文化的美国佬在瑟瑟的门店前站住了，他摆弄着个照相机，摄入他画面的除了五花八门的灯笼，还有忙碌工作的老板娘。他被秋瑟瑟给迷住了，他觉得天底下没有什么比美丽而忧郁的女人更令他心动。随后他天天来买灯笼，天天去邮局，把压缩了的中国灯笼打包寄往美国。过了一阵子，这位叫迈克的美国佬对秋瑟瑟说："我想请你去美国糊灯笼，好吗？"秋瑟瑟很惊讶地问："我？去美国？——我去得了吗？"美国佬说："我娶你呀！把你娶到美国去呀！"瑟瑟想，美国佬脸皮真厚，这种事就这么大咧咧地说出来。

毕竟是当了几年小老板，秋瑟瑟能笑着应付这种善意的骚扰了，她说："你娶了我，那我的三个孩子怎么办？"美国佬说："我把你全家一块儿'娶'走啊。"

按理，这是逃避尴尬环境的最好途径，美国那么远，她的孩子再也不会听到"爆头客"这种残酷的词汇了，他们会在美利坚合众国的土地上健康成长。可是秋瑟瑟拒绝了。美国佬固执地问她"why"，她摇摇头，什么也不说。

后来她告诉我说，她是患了婚姻恐惧症了。一个臧来宝就把她折腾得死去活来，谁知道这老外又是什么样的人？到时候远在异国他乡，她又不懂英语，那才是叫天天不应、听地地不灵呢。

这年秋天开学不久，威虎又闯下了大祸。图画课时，他用削铅笔的小刀，把同桌的脸划了条口子。老师和家长带着缝好伤口的孩子上门告状，那家长气急败坏地骂道：“什么样的藤结什么样的瓜，死刑犯的儿子将来也要吃枪子儿！”秋瑟瑟又伤心又气恼，赔了礼赔了钱，还送了他一盏“聪明的一休”灯。小虎嚷嚷说：“不给他一休！是他先打我的！”

那晚，我正好过去看她，她跟我叹息说：“小虎的脾气，一点就着，我真是怕了他了，又不知道该怎么管他。”我说：“小虎的脾气是坏，可是这环境也不行，天天有人骂他欺负他，小小孩子怎么受得了？”秋瑟瑟说：“这海阳城我真的没法待了。”

真正让她下定决心逃亡是后来的一件事，一件大事。那是个中秋节的晚上，我们厂里给每个工人发了两桶本地产的月饼，我就给瑟瑟送一桶去。刚在她家坐下，闹哄哄地进来了一帮人。吵吵嚷嚷中，我听明白了，他们都是长人刚和老扁的家人。他们毫不客气地抢了月饼就吃，其中一个长相和老扁十分相似的、却已经年过半百的秃头男人不阴不阳地说：“不错啊臧来宝家的，过节还有月饼吃，我们这节可没法过了。”秋瑟瑟惴惴不安地问：“你们什么意思啊？”秃头说：“我是老扁他爸，我们没钱付房租，被人赶出来了！”秋瑟瑟说：“这跟我有关系吗？”老扁爸说：“关系大了！臧来宝欠我们的，父债子还；你们家崽子太小，那就夫债妻还吧。”瑟瑟说：“臧来宝从来没欠什么债务！”老扁爸说：“他欠我们两家两条人命！”

接着他们鹅一句鸭一句地说：“臧来宝这害人精，若不是他挑头，海阳城也没有码头帮，老扁和长人刚也不会学坏；更可气的是，当年他们犯了事也就判个三五年，早早服刑也早早回家了，偏偏臧来宝往死里折腾，连累长人刚和老扁都跟着吃枪子了，你得给我们偿命！”

这太无理取闹了！我实在听不下去，就站了起来，说：“你们要偿命，找臧来宝去，欺负孤儿寡母算什么本事！”老扁爸不是什么好鸟，他一伸手拨开了我，他的力气很大，拨得我一个踉跄。还指着我鼻子骂骂咧咧地说：“要你这臭女人管什么闲事！他妈的你替她还债呀？”

长人刚和老扁的母亲更是呼天抢地，哭她们的家破人亡，骂臧来宝害人精，还诅咒臧家将来要断子绝孙。

秋瑟瑟反倒出奇地冷静了，她说：“你们说要怎么办？”老扁爸说：“我们没地方住，这两间屋，我们要了！”

我实在气不过，说：“你一个大男人的，抢孤儿寡母的，太不要脸了！你让她们母子住野外呀？”长人刚老爸瓮声瓮气地说：“瘦死的骆驼比马壮，她娘家不是有房子吗？搬那儿去不就得了？”

或许是息事宁人，或许是觉得真的欠着两家的债，秋瑟瑟二话没说，就上楼找房契去了。老扁爸接过房契，说：“臧来宝家的，你赶紧腾房啊，我们一人一间，马上要住进来的。”说完，一帮人就欢天喜地地走了。大概他们也想不到，这么简单就把房子弄到手了。看着这些贪婪的嘴脸，我想，原来房子比长人刚和老扁的命更重要！

两天后，秋瑟瑟就开始搬家了。就在她把最后一车破旧家什拉回太平巷的时候，天已经黑了，总是等在大门口的狄老师却不见了影子。母亲原来一直撑着病体，帮她卸家具的，可是她现在去了哪儿呢？秋瑟瑟忽然有了不祥的感觉。她大声喊妈，没人答应。她沿着巷子找过来找过去，一直找到了巷口的那口水井旁边，却发现娘的一只鞋子。她朝水井里望望，黑漆漆的什么也看不见。赶忙回家拿了手电筒，往井里一照，天哪，她看见两只朝天的脚，一只穿着鞋子，一只光光的，那惨白的脚底心，像一朵开败了的荷花……

安葬了狄枫叶老师以后，秋瑟瑟就失踪了，带着她的三个孩子消失得无影无踪。我想，她对海阳已经毫无牵挂了，她要离开这个伤心之地。那时的环境已经比较宽松，到哪儿也不要太多的批准和证明了。

从那以后，我和瑟瑟失去了联系。多少年来，我对这个苦命邻居总是牵肠挂肚，有时竟搞得夜不能寐。她到底去了哪里？天下虽大，可有她们一家四口的立足之地吗？

不久我们这条小巷两旁的房子拆迁了。看着推土机扬起的粉尘，我想，秋瑟瑟如果回来，恐怕再也找不到儿时的记忆了。

一晃，四分之一个世纪过去了。

今年春天，海阳小学举办百年校庆，请的都是事业有成的曾经的学生们，也有现在出类拔萃的学生。没有哪项活动，参与者的年龄跨度如此之大，从十几岁的总角少年和八九十岁的白发老人。人们其乐融融地在海阳小学的大操场上济济一堂。

主席台上，坐的是县领导和校领导，另外就是七八位从这个学校出去的当代精英人物。我们这些庸庸之辈则叨光坐在操场后面的板凳上。主持人让一位叫章静宜的年轻人讲话，因为离得太远，我看不到发言者的面容，只听到喇叭里传来他低沉而洪亮的声音，他讲他苦难的母亲，讲她的鞠躬尽瘁，讲她怎样把一个少年犯拉回了社会，最后成为知名企业家。讲到动情处，台上台下一起唏嘘。

我们这些同窗女友们则在下面东家短西家长地低语，不知怎么的，忽然怀念起秋瑟瑟来。瑟瑟虽然只和我们做了半个学期的同学，但因为父亲和丈夫的故事，知名度颇高。许多人也像我一样，年纪越大，越是想她想得厉害。这么多年，也不知道她漂泊在哪个天涯海角，日子过得怎么样？

校庆结束已是傍晚，精英们在领导的簇拥下走下台来，当他们经过我的身边时，我像是被雷击中似的惊呆了，因为我发现了一个人，一个我既熟悉又久违了的人，那就是臧来宝！只不过从前的臧来宝穿的是工作服，现在换成西装革履了。我冒昧地拽住那个三十多岁的年轻人说："请问你叫什么名字？"他有点意外，但还是谦恭地回答说："阿姨，我叫臧静宜。"我迫不及待地问："你姓立早章还是？"他说："臧天朔的臧。"我再也按捺不住心中的激动，问："你小时是不是叫臧威虎？你是小虎吗？"他答："是的。"我说："我就是住你外婆家对门的阿姨啊。"

小虎把我带到了他们住的宾馆。他告诉我，自从离开了海阳，他妈嫌"威虎"两字太戾气，改成了"静宜"。我又问："这么多年你们都在哪里？"小虎说："先是去上海郊区，妈给一家五金仓库当保管员——忘了告诉阿姨你了，介绍我们去上海的，就是当年我爷爷从海上救下来的那位学徒，当时他是我们县招商局局长。后来妈嫌仓库附近的小贼太多，怕我学坏，又全家搬迁到了浙江绍兴，妈在那里给一家建筑工地烧饭；再后来我们发现那包工头不正经，常常带些不三不四的女人鬼混，妈又带我们南迁到了深圳。妈在深圳乡下租了间农民房，生产起灯笼来了，那些灯笼都是妈设计的，又新颖，又漂亮。慢慢地，我们的作坊变成工厂，变成企业，且越做越大……”

我着急地问：“你妈呢？你哥哥和妹妹都好吗？”威虎说：“我们兄妹仨一起管理我们的企业。只是妈……”说到这里，小虎的眼圈红了：“妈没能熬到这次校庆，她在半个月前去世了。其实她的胃癌早就有了，可一直瞒着我们，也怪我们太粗心……”

瑟瑟殁了！这个聪慧勇敢的女人历经了沧桑，永远地离开我们了！瑟瑟凄清的身影在我面前飘飘忽忽，时而清晰，时而模糊，泪水盈满了我的双眸。臧静宜接着说：“妈咽气前，就说了两句话，一是让我们好好做人，永不惹事；二就是把那对金石榴捐出去，她说那是不义之财，留着无益。”

这么多年，这么艰难的日子，秋瑟瑟竟守着这对宝贝而没有把它们变卖掉！

小虎接着说：“这次回海阳前，我们兄妹仨，已把那对金石榴献给国家了。”

啊，秋瑟瑟！莫非你就是那金石榴投生的，如今又随着金石榴走了？

有人喊“臧董吃饭了”。我起身告辞，臧静宜送我出房门时，我停住了脚步，说：“小虎，要不要去你们老家看看？”

我自己也不知道，我说的“老家”指的是他父亲臧来宝曾经的家，还是他母亲秋瑟瑟曾经的家。臧静宜摇了摇头，说：“昨天晚上我就去找过了，海阳变化太大了，老街老巷子全找不到了。”

出了宾馆，我独自徘徊在太平巷我们两家老屋的位置上，那里如今是一个街心公园，一帮和我们年纪相仿的大妈正热情似火地跳着广场舞，四周高楼大厦上不断变幻的霓虹灯，把她们映照得光怪陆离五彩缤纷。

不在现场

最后一个看到郑永穷老婆的，是她的后屋邻居郑凌云。据凌云电器公司董事长郑凌云回忆，那时大约是上午七点半左右，因为他只是在临去公司前才看一眼他那几条名贵的热带鱼。那个早上春光明媚，院子里的玛尼拉草坪像涂了一层油似的。缪春妮正在她自己的后屋灶间摆弄煤饼炉子，生火的黑烟像一条乌梢蛇那样逶迤着从她家破败的门窗里窜出，不怀好意地往郑凌云的院子里游走。郑凌云皱了皱眉头，想说“污染”两字，可前邻后舍的，郑凌云刚进城那阵还在永穷这屋里住过一阵子；如今他发达了，可别让人骂“为富不仁”，所以郑凌云只是很绅士地咳嗽了一下，什么话都没说。

当时缪春妮正张开那柄破钳子，把两条尖尖的钳腿伸进蜂窝煤球的孔内，火钳已经锈蚀变形，夹煤饼时老是打滑。缪春妮怨声连连地唠叨说：“现在的煤饼不结实又不经烧，全世界都在欺贫爱富！”对缪春妮的牢骚，郑凌云打定主意不接茬。有一回，郑凌云老婆史顺玲在缪春妮的唠叨后善意地说：“全城都烧煤气了呀，你怎么……”话未说完，一旁的郑永穷竟把脸一拉，用阴阳先生那种怪腔怪调说：“有银讲银话，无银讲鬼话。”乐城县“银”“人”同音，郑永穷说话的口气带着恨意，弄得史顺玲好不尴尬。

郑永穷、郑凌云两人的父亲从前都是郑家湾一个地主的长工，解放前夕，那个地主在乐城山清水秀的北门外边包养了个小妾，便把老实巴交的永穷父亲带了去，做些粗糙活。土改那阵地主被打倒了，永穷父亲便分到了那小老婆的半幢老宅，成了城郊的农民，然后娶妻生子。后来城区扩大把这这宅子圈了进去，郑永穷就算是正经的城里人了。

郑凌云一家却一直居住在乡下。二十年前，郑凌云把第一个煤气灶背回郑家湾，啪的一声，化火口窜起劲悍的烈焰时，郑家湾多少人被惊得傻张着嘴巴。在他的宣传鼓动下，郑家湾人花了五年时间，完成了燃具燃料的更新换代工作。可是一直生活在乐城县的郑永穷，却坚持几十年使用煤饼炉不动摇。

爆炸的时间是上午十一点零五分，现场除了受害人之外没有第二个人。这之前，难得休息一天的缪春妮一直在自己家拾掇被子，有摊在床上缝了一半的被子为证。附近的居民听到那一声震天撼地的恐怖声之后，有三个人不约而同地看了手机上的时间。当时郑永穷没在家，他的两个孩子郑喜喜、郑转运也都没有放学。后屋的一个孩子却已经回家，那是郑凌云十四岁的儿子郑飞天。郑飞天那时候本该在操场上练习一百米冲刺，可这孩子觉得学校的操场远没有自家屋后的林子好玩，这孩子正迷上电视里的动物世界，他花了全部的压岁钱，买了架质量挺好的望远镜，对屋后林子里的小动物做初步探索。就在他用脖子上的钥匙打开自家铁门并走进院子时，他听到了那惊心动魄的爆炸声，和受惊蝗群的奋飞声——后来才知道是击落的石片在弹跳，有两片还擦着郑飞天的头皮进了他家的堂屋，深深地嵌进了板壁里抠不出来。

小飞天转过身来，看到喜喜家的厨房被烟雾填满了，还伴随着嘶嘶、噗噗的响声。好奇心使他勇敢地跑向邻居的灶间，所以他成了头一个到达现场的人。

弥漫的烟雾中，小飞天看到了躺在煤饼炉边的春妮伯母，当时的缪春妮并没有死，她的卧姿有点怪，上身是仰着的，下身却差不多是俯着的，浑身沾满了炉灰和稀粥，整个身子就像一根刚刚从油锅里捞起、又掉进灰堆的大麻花。

关键在缪春妮的头部。后来郑飞天在向一切询问他的警察、记者、亲戚、同学们叙述这起事件时，反复用了“关键”两字。那把旧得不住掉锈的煤饼钳子，把缪春妮的脑袋当成蜂窝煤饼，将两条长腿深深地扎了进去。说得精准一点，就是煤饼钳的一条腿扎进了缪春妮的左眼眼窝下，另一条腿则扎进她的脑门正中。

小飞天看到一个类似电影慢镜头的动作，春妮婶用没有被自己身体压住的右手，使劲地抓住煤饼钳子，企图拔出来，可是她的动作不到位，或者说她的手不够长，无法使钳子脱离头部，而是扳着它缓缓地向胸口靠近，直到人们大呼小叫着从四面八方赶到时，缪春妮才一歪脑袋放弃了努力，而火钳则以九十度的弯曲形式定格在这起事件中。

郑永穷当时正坐在银溪下游一块平滑得像桌面的大石头旁，给一个过路的人看相算命。“郑永穷”这个大名是翻身的长工父亲取的。他出生在越穷越光荣的年代，长在越穷越革命的岁月，因为穷，他们家从来没有受过任何政治冲击，因为穷，每每运动一来，他们就被当作依靠的对象备受青睐和尊敬，驼背的老长工因此腰杆子都挺直了不少。有一次不知开什么会，正义凛然的工作队长忽然抱起了趴在地上打泥丸的小永穷，对着整个会场语重心长地说：“阶级斗争，要从这么大的娃娃抓起！要年年抓月月抓天天抓！为了保证我们的红色江山永不变色，我们必须每过十年二十年就再来一次‘文化大革命’！”当时他什么都不懂，可隐约有着“天将降大任于斯人”的那份自豪和振奋。

可是好景不长。当他高中毕业踏上了社会正要大展鸿图的时候，仿佛一切都变了。首先，“阶级斗争”四个字变得不那么铿锵有力了，接着，穷兄弟们全都得了“向钱看”的流行病，他们办厂的办厂，经商的经商，最不济的也南下打工去，没几年，一个个都像吹足气的汽球一样发起来了，只有他郑永穷一直坚持穷着。他不眼红人家冒富，岂止不眼红，而是替他们担忧，他恨一切忘了根本一味求富的人，他认准这就是资本主义复辟。他在心里暗暗地说：“你们剥削吧，你们投机倒把吧，总有一天，我们会把你们这些新地主、新资产阶级通通打倒在地，让你们把吃进去的连骨带渣子都吐出来！”

最叫他痛心的是郑凌云。郑凌云刚进城那会是什么？是一个身上长虱子、屁股露蛋蛋的光棍，是一个最可靠的贫下中农，所以他才收留了他，并帮他弄了辆板车，赚一碗正道的力气饭吃。可这位发小不学好，进城没多久，就借了高利贷跟人合办了个电器厂，也不知从哪儿弄了些废旧电器，拆拆弄弄重新装搭喷漆，就当作新产品出厂了。郑永穷听说过他们的营销之道，怎么样给对方送礼行贿，怎么样哄人家吃喝玩乐泡小妞，然后让拿了手软吃了嘴短的家伙签单收货，那些电器配件就一箱箱地码在他们的仓库里等待报废。

郑永穷对郑凌云说："我要告你们，让你们通通坐牢去！"郑凌云很冷静地说："像我这样的人要坐牢，只怕再砌一百间牢房也坐不下。"郑永穷泣道："铁打的江山就要毁在你们手中，我要到北京纪念堂哭毛主席去！"郑凌云说："好呀，你上北京我出路费。"并真的摸出了一摞纸币拍在郑永穷的手中。郑永穷一把将钱摔在郑凌云的脸上，说："用你的臭钱去见毛主席？我怕污了他老人家的在天之灵！"

郑永穷上不了北京，他只能对着家里一张尘封已久的伟人像，痛哭了一场。郑凌云静等他哭毕，把钱捡起来压在他家的只有三条腿的饭桌上，说："我晓得你的腰有病，再也干不得重活。跟我一起干吧，你文化高，我需要你的帮扶，我们兄弟一场，我绝不会亏待你的！"

立场坚定的郑永穷没有受诱惑，他扶着自己病痛的腰，把郑凌云和他的钱推出了门，然后蒙起被子睡大觉。三天之后，他像大病初愈般摇摇晃晃地出了门，回来时，手里捧了一大堆五行、易经、冰鉴、相学之类的书籍，半年后，郑永穷自学成才，一块包袱卷了几十个相牌签诗，在银溪边的大榕树下占了一隅之地。

郑永穷算命看相挺科学，并十分讲究职业道德。他一不迷信弄鬼，二不胡诌瞎吹，三不阿腴奉承。凭着几十年做人的经验，凡来看相算命者，他察其言观其色，再进行归纳推理总结，总能说出个子丑寅卯来。一般来说，来看相算命的有这么几种类型：一是春风得意型，他们脑满肠肥红光满面平日里没少听各种好话，可这"好话"从一个算命的嘴里出来就特别过瘾；二是举棋不定者，有了难事或需要抉择时，自己进退两难，让算命的帮他定个准；三是已经闯祸犯事的，找算命的指导迷津。凡此种种，都有一个共性，就是欲望和遏制的矛盾。郑永穷的“指导”永远是保守型的，他劝人戒赌戒色戒欲望，“求名求利事多端，便觉心中搅一团”是他用得最多的谶语。他不糊弄人，也不会讨人喜，因此他的算命摊前总是门前冷落车马稀。他又不在乎钱，人家给一元五角的收，给两毛三毛的也不怪，一分不给还骂他的也大有人在，郑永穷也不生气，只是望着那人背影念诵他的谶语：执迷不悟，下场可悲！退步抽身，回头是岸！

郑永穷并没有算出自己家里的飞来横祸。当他被人呼喊回家时，邻居们已经卸下他家一扇较为完整的门板，把缪春妮平放上去。这时候郑喜喜和郑转运已经回家，喜喜吓呆了，扑在帮忙的顺玲婶怀里气都不敢出，转运到底是男孩胆大些，趴在娘的身上“妈啊妈啊”哭得凄惨。郑永穷扒开人群，映入他眼帘的是那把致命的火钳，那两条扎进缪春妮脑袋的钳腿如戳在他自己的脑袋里，痛得他头疼欲裂。他第一个举动就是要把这该死的火钳拔下，却被众人拦住了。缪春妮感觉到什么，她艰难地睁开了眼睛，盯住了丈夫，说出了此生最后三个字：“你、害的……”围观的人面面相觑，最后把目光落在脸色发绿了的郑永穷身上。

派出所的人来了，他们捡起滚到角落里的高压锅盖，捡起一根宽松得像死人肠子般的橡胶垫圈，望着壁上喷射状的稀粥，困惑地摇摇头。小飞天显得很忙碌，他一遍遍地向人们描述爆炸的声响，描述火钳弯曲的经过。他的冷静让大人们浑身发寒起鸡皮疙瘩。这时候由门板做成的临时担架已经启动，史顺玲赶紧回家去拿钱包。小飞天发现春妮伯母的肚皮露出一截，他跑到永穷叔的里屋，抱来一条小棉被给她盖上。

医院急救室的推门隆隆响着，把蜂拥而至的患者亲属关在外边，十分钟之后，那门重新响起，一个下巴大得连大口罩都未能罩住的医生举着那把火钳说，拔出来了。他嗅了嗅沾满红白脑浆的钳腿，用另一只手比划了一下，说：“插进脑袋的钳腿足有七厘米。”然后他宣布缪春妮死亡，让勤杂工把她推到太平间去。

太平间被陆续而至的缪春妮娘家人所包围，又掺了一帮看热闹的。缪春妮的两个妹妹抑扬顿挫的哭诉很有感染力，她们盯着面目可怖的姐姐，诉说她进了夫家废寝忘食、呕心沥血、苦挣苦熬、相夫教子，而没有看过一场电影没有吃过一支棒冰没有穿过一件新衣没有困过一个囫囵觉，更让人气愤不过的是，缪春妮要去卖茶叶蛋赚点小钱，郑永穷却连锅带蛋给砸了，苦得缪春妮三年走不起娘家见不了爹妈！

“姐你死得冤，死得惨哪！”缪家小妹抹了把眼泪鼻涕，却斜过眼来狠狠地剜了郑永穷一眼：“姐你阴间有灵，定要揪住这混账王八蛋，要他偿命！”

围观的人立即亢奋起来，七嘴八舌打听这女人是怎么死的，是被谁害死的，叹息的，流泪的，咂嘴的，忿忿然的，群情激愤。缪家小妹趁机扭住郑永穷又掐又抓。史顺玲觉得缪春妮脏兮兮的死着不雅，就拍着缪家小妹的背劝道：“人死不能复生，姨妈自己保重，弄盆水给你姐擦擦，拿身好衣服来给她换上吧……”

缪家小妹一把推开史顺玲的手，冷笑着说：“派出所没个说法，我姐换什么衣服？你们这些城里人，都蜜糖嘴砒霜心！”

史顺玲讨了个没趣，便讪讪地离了太平间，想想自己真是“好心肠没好报，点佛灯被佛笑”，回家的路上，她的感觉非常糟糕，发誓再也不管永穷家的事了。

那天下午郑凌云坐在凌云电器公司那间两百平方米大的办公套房里，环视着满屋的奖状、奖杯、锦旗和奖牌出神。来过这间办公室的人都惊叹这儿的华贵和气派。

此刻，他心不在焉地玩着一把刚刚从日本带回来的剃须刀，让它像一驾小推土机一样在脸上推来推去。他白净的脸上并没有胡髭，他拿着剃须刀为的是听它那种细细的、柔柔的蜂鸣声。刚过天命之年的他体形和脸色都保持得很好，没有应酬过多的肥膘和疲惫，从农村带来的黑垢和粗陋，在多年的商海风波里早已涤荡殆尽，如今倒是一副儒雅倜傥的学者风度——感谢上天的恩赐，原本只有小学文化的他居然有着学者风度！为了符合这种风度，目前他正在读某名牌大学的硕士生，这一方面要归功于他这几年的发奋自学，同时也要归功于他那越来越鼓的钱包。

缪春妮就这样死了。死一个人原来是这么的容易简单。郑凌云凝视着窗外修剪成“精诚团结，开拓进取”八个大字的雀舌黄杨，感觉有点复杂。凭良心说，缪春妮不该死，于郑永穷，于一对儿女，都不该死；这世上也没有要置她于死地的仇人。看到缪春妮撒手躺在煤炉边的惨象，郑凌云第一个感觉是，这个家毁了。

有那么一阵子，他曾把缪春妮当作姐姐，甚至是母亲。那时候他正用缪春妮帮他弄到的板车——没有乐城户口的人没有资格申办买车手续——给人家拉水泥。一板车装多少水泥是有规定的，少半包也不行。他整天沐浴在汗水和粉尘里，皮肤刺痛眼睛酸痛浑身似乎没有一处不疼的。后来疼痛渐渐麻木，他觉得自己长了一层又厚又硬的水泥盔甲，变作活着的兵马俑了。最艰难的是拉车上坡，尤其是肚子饿的时候，他攥着吃奶的力气，咬紧牙关一步一步地往上挪，而该死的板车却拽着他往下滑，想卷着他翻着大跟头壮观地滚下去。这真是生死较量啊，当时他多想有人在后面推他一把呀，他常常想，如果将来有发迹的日子，他将会好好答谢那些推过他一把的人！

有一回他从一个坡上滚下来了，失控的板车像脱缰的野马从他腿上辗过，他清楚地听到咔嚓一声，伴随着的是右腿的剧痛。当时他不管怎么样努力，都没能站起来。

他是被人抬回郑永穷家里的。没有钱也没有人能让他上医院。缪春妮四处奔波，终于让她拖回来一个流浪的接骨郎中，郎中唾沫四溅地吹嘘自己的医术，一边喝着劣质的老酒一边命令春妮煮糯米饭。酒足饭熟，流浪汉用他那皲裂的双手，在郑凌云那条断腿上捋来捋去，又那么一抻一拉，咔嚓一声，那腿骨已经接上去了。众人将信将疑，郎中从那条脏得看不出颜色的布袋里抓出几把碾成碎末的草药，拿糯米饭捏成个药饼，熨熨地敷在断腿周围，一边抖出一支支干燥的笋壳，展开，将药饼裹夹在断腿四周，又拿鸡肠带子严严实实地扎结实了。

郑凌云在床上躺了三个多月，缪春妮硬是辞掉了粗工伺候了他一百天。如果说送水送饭已让郑凌云觉得欠了她一大笔人情债的话，那么缪春妮接尿倒屎简直让郑凌云无地自容。面对着脸色赤红如坐针毡的他，缪春妮总是说："有什么难为情的，人这一辈子谁能没病没灾的？将来我病得走不动了，你来背我上医院好了。"从那开始，他改口喊她为"姐"，心底里却悄悄地喊她为"妈"了，虽然他并没有比她小几岁。后来他起来了，却再也拉不动板车了，就和几个人张罗办起电器配件厂，也就是从那时候开始，郑永穷和他渐渐生分了，但郑凌云仍喊缪春妮为姐。史顺玲过门后，也跟着他称呼缪春妮为姐。

矛盾的激化是因为郑凌云这幢新楼。房屋的宅基地原是城北自然村的菜地，郑凌云看中的，是北边的一片不大不小的林子，春日里莺飞草长，杂花生树，夏天里华盖亭然，清风送爽，银溪湍流欢笑着从西侧跑过，丹霞山遥遥地作深情拥抱状。三年前，做为一名已经相当发达的个体老板，郑凌云要批块理想的宅基地易如囊中探物。乐城的好山好水不光是城北，至于为什么要选郑永穷为毗邻，说得出去的理由是这儿环境清幽空气新鲜，不便说的是，把自己的五层洋房矗立在郑永穷的破屋旁边，郑凌云自有一种特殊的心理满足和成就感。

新房破土动工那天，缪春妮突然像变了个人似的。当时那块宅基地上高参云集，当着客人的面，缪春妮猛地从后门跳了出来，双手挥舞，指着正在忙碌周旋的郑凌云作河东吼：

"你他妈的这房子不能盖！"

郑凌云诧异了，问："为什么？"

"挡了我家的日头，阻了我家的凉风！"缪春妮拍手顿足地说。

"我这宅基地在你家北面偏西，新屋盖好了，冬天挡你家的北风，夏日挡你的西晒，最好不过啊。再说我们两家情同手足，我还到哪儿去找这么好的邻居去？"郑凌云微笑着，显得怡然和宽容。

"你他妈的说的比唱的还好听，我还得点香燃烛叩头谢你啦？——你挡了我家风水存心害我不得好死！"

"这地基可是政府批的，你有意见向政府提去！"史顺玲见她咒人，也生气了。

"你们官匪一家合伙欺侮穷人！老实告诉你郑凌云，你他妈的有本事把房子盖起来，我也就有本事把房子炸掉！"

“你炸炸看！”史顺玲气得下巴直哆嗦。

“我炸不了你，天火烧了你，地震震坍你！”

这太过分了！郑凌云发迹以来，处处被人捧着敬着，哪儿受过这等委屈？朋友们个个义愤填膺，有人拿起手机要叫派出所，有人卷袖捋臂要收拾这个泼妇。郑凌云也觉得冤得慌，大喜日子，无缘无故地被一个蠢妇如此咒骂，多晦气！他抓起一根铁棍，真想朝那个愚蠢的脑袋击去。可是他只是敲了敲身边的一个石墩，把气咽了下去，然后摆摆手压下了那些磨拳擦掌的朋友们。他不想和人结冤，常言道：朋友千个不多，冤家一个够受。邻里邻舍的，和为贵，只有没本事的人才不懂制怒而因小失大呀！

缪春妮只管撒泼撒赖，可一点也不顶用，越来越多的人都骂她是妒妇恶妇，越来越多的人都说郑凌云大度宽宏，五屋楼房和郑凌云的声誉比肩而起。峻工那天，郑凌云还亲自跑到前屋，请郑永穷一家过来喝喜酒。虽然最终只来了喜喜、转运姐弟俩，缪春妮却从此偃旗息鼓，结束了漫长的咒骂工程。

不再咒骂的女人却这么轻易地死掉了，永远也不会回来了，此刻的郑凌云竟怀恋起那种咆哮声来了。人真是个怪物，感情的微妙有时连自己也解释不清。死个女人，死个家庭主妇，到底是好事还是坏事？恐怕也不是三言两语讲得清楚的。现在流行一种说法，关于成功男人的三大喜，什么喜？“升官、发财、死老婆。”窝囊的男人大惑不解，死了老婆怎么会是喜事？但春风得意的男人包括郑凌云就能领会其中的奥妙。今天这高压锅，如果炸在自己家里，那么炸死的就不是缪春妮，而是史顺玲了，那么郑凌云岂不是“升官、发财、死老婆”三者齐全了？……郑凌云猛一激灵，剃须机在脸上磕了一下，停了，他被自己的想法吓了一跳。

可是缪春妮死什么？郑永穷穷困潦倒，一家四口的衣食，儿女的学费书费，靠的就是缪春妮的苦做。她没有正式工作，却每天都干两份活，白天，她去砖瓦场捶砖坯，晚上，又赶到罐头厂洗瓶子，每天都做十六个小时。那双手，活活的是冰冻久了又用水泡开的鸡爪子。说她的死是郑永穷整的，打死郑凌云他也不相信，如果说是高压锅爆炸，那倒最顺理成章，劣质高压锅伤人还少吗？可古怪的是，缪春妮的高压锅根本没爆炸，只不过是盖、体分离而已，缪家妹子的话有道理，那火钳又没长眼，怎么就不偏不倚地挑中缪春妮的脑袋去扎呢！幸亏郑永穷当时不在现场，不然真是一百张口也说不清楚了。

不在现场，不在现场……

手机骤然响了起来，郑凌云被吓了一跳。他调整了一下思绪，让自己平静下来。他瞥见的是一个陌生的号码，就任凭它聒噪不接。如今推销产品的，希望工程的，拉广告赞助的，多得像水田里的蚂蝗一样，一不小心就被叮上了。

秘书樊小帆推门进来，轻声细语地说："郑董，有人把电话打到我办公室来了。"小樊是前年大学毕业进凌云公司的。她漂亮，聪明，懂业务，举止娴淑，善解人意，没有现代女孩子的张狂和轻浮，很得公司上下的欢心。最让郑凌云欢喜的是她那一口带京味的普通话，乐城的几个播音员都没有她声音婉转动听。

郑凌云冲着她那迷人的眼睛，意味深长地一笑。樊小帆摆了摆脑袋，点了点外边的座机说："市政府倪副秘书长的。"

郑凌云和政府官员都有交情，去年飞美国，陪同的就是本县的一位头儿，上个月去日本，市里的计委主任也一起去了，当然，一些不便开支的经费理所当然是由凌云公司报销。其实这都是泛泛之交，他深交的只是第一把手。用他自己对老婆的私房话说，擒贼擒王，他只看牢正职，哪有精力去应付多如牛毛的副职！然而话得说回来，副职们——不，就是一个小小的办事员找上门，也应该让他高高兴兴地进来，欢欢喜喜地出去，得罪了哪一尊小罗汉赖菩萨，都会让你吃不了兜着走。

郑凌云是平步青云了，如今他是乐城县的人大代表，拔尖人才，优秀企业家，纳税大户，工商联副主委，好几所希望小学的名誉校长，大大小小的头衔多得连他自己都数不过来，广播里常听到他浑厚的郑家湾乡音，电视里常见他的光辉形象，报纸上更是连篇累牍地报道他那些永远也介绍不完的先进事迹和开拓新招，总之，如今他算得上是一个家喻户晓的人物了。最近，市里正在考虑让他兼任人大副主任，那么，他将贵为四套班子成员，一个正经八百的官。官和官不一样，有的官也是要受人冷眼仰人鼻息的，他亲眼见过史顺玲单位的孙老头在向上头要钱时的可怜巴巴相。市人大将在明春换届，郑凌云的厅局级干部已指日可待。越是在关键时刻，越应该小心谨慎。这些年他耳闻目睹，不知有多少人在功成名就的同时身败名裂，上午他刚刚听说，乡镇企业局的局长甄无池出了事，这家伙好色而饥不择食，常在出差的路途上采路边的野花，这些事当然瞒不过司机，所以对司机的各种无理要求只得开绿灯，最近司机经济问题东窗事发，牵连着局长的嫖娼问题浮出水面。

倪副秘书长的嗓门很大，郑凌云只得把话筒移开点。

“郑董啊，最近在忙什么呀，怎么好久没见了？”

“对不起秘书长，本该早去拜访您的，前阵子去了趟西欧，一转就是二十来天。秘书长有什么指示？”

“哪敢指示你呀！有一桩小事还要麻烦你呢！是你到我这里来呢，还是我登贵公司的大门去？”

郑凌云说：“看秘书长说到哪儿去了？当然是我去聆听您的教诲，请您稍等，我马上就到。”

“你大忙人一个，不必过来了，我就在电话里说吧，我有个侄女儿，没考上大学，闲着难受，到你这里搞搞文秘工作怎么样？”

郑凌云稍稍噎了一下。这样的女孩子太多了，大事做不来，小事不肯做，仗着有个靠山，小姐脾气还挺难伺候；可秘书长开口了，这个面子是驳不得的。郑凌云没让自己噎第二下，随即用愉悦的口吻说：“谢谢秘书长瞧得起敝公司，倪小姐愿意什么时候来就什么时候来，我们欢迎！”

放下电话，他示意樊小帆进来。然后悄悄地把门掩上。这时候，他桌上的电话铃声大作，郑凌云正打算把它关掉，可一个熟悉的号码闯进他的视线，是检察院的占检察长！

凌云电器公司去年惹了场官司，对方就是同行嫉妒的腾龙电器公司，官司打得十分艰苦，后来多亏这位占检察长鼎力相助，他们才讨回了公道。当然，公司也没少花钱。那钱并不是占检察长吞了，而是补贴到检察院捉襟见肘的办公经费里去。可从此，他和检察院的关系自然比别人亲近了许多。

他拿起电话，兄弟般随便地说："占检，有何吩咐？"

"到我这里来一趟。"

"好咧，我马上就到，今晚我们聚一聚，望江楼，怎么样？"

"你过来再说吧。"

当那辆奔驰600滑进了检察院的大院时，郑凌云忽然嗅出，今天的气氛和往日不同。

占检没了平日的随和，摆出一副公事公办的严峻脸来。一旁的几个人同样板着脸孔。没有绕弯，占检察长单刀直入地问道：

"据甄无池交代，去年六月二十二日，你们吃完中饭在皇后酒家301房间休息时，你给他所谓的'高温补贴费'三万元。你据实回答，有没有？"

这几年，郑凌云送给有关部门名目繁多的这费那费，实在是数不胜数，他把这统统叫做"烧香"，这和老娘们的拜佛是一码事，常到佛堂走走，多点香烛弄得菩萨们熟了亲了高兴了，到关键时刻才能有求必应，临时抱佛脚是下下之策。至于拜过多少菩萨，烧过多少香，郑凌云心中自有一本账。这本账秘而不宣，其道理大家都懂的。

甄无池真是白痴！这样的人居然能爬到乡镇企业局局长的位置，实在是匪夷所思。男人都热爱权力也热爱女人，现在有能耐的男人哪个没有三妻四妾，但一般是不去碰嫖娼这根高压线的。甄无池的档次也太低了，居然找路边野鸡，而且还当着司机的面！翻船了，就事论事也罢了，居然又把扁豆秧丝瓜藤扯出来害人，绝对的一个没脑子的大笨蛋！

甄无池是死定了，郑凌云没有必要去救他也救不了他。姓甄的吃进去的肯定不少，郑凌云承不承认这三万元没多大意思，问题是郑凌云如若认了这笔账，那今后谁还敢和他交往？这就耽误了他的事业，他的前程了。

"有。"郑凌云很爽快地回答，同时胸有成竹地说，"但那不是行贿，我好赖是在职法学研究生，难道我不懂行贿有罪吗？事情是这样的，当时他老娘得癌症住院，我借给他三万元垫付医药费，后来他凑了钱，就还我了。”

占检察长厚厚的嘴唇牵动了一下，说：

“他还你了吗？”

“还了，在一个饭局后还的。”郑凌云很坚定地说。

“可是他自己并没提还钱的事。”

“甄局长胆小，大概是你们那架势，把他给吓昏了。”

“什么时候还的？”

“去年年底，或许是今年年初——我的饭局太多，记不清了。”

“在什么地点？”

“望江楼。或许是海鲜馆。”

“没有说谎？”

“千真万确。”

郑凌云看占检吁了口气，这口气分明有点轻松。郑凌云暗暗高兴，这一个回合，他赢了。

占检察长又问了些别的，让书记员一一记下，又说：“以后有问题还要找你，你要有思想准备。”就让他回家了。

郑凌云回到家里的时候，永穷家的哀乐响得正悲怆。乐城的陋习不少，就说这死了人吧，不管怎样死法，也不管死在哪里，总要把尸体弄回家里，叫上鼓乐队伍吹吹打打，亲属们守着灵位没日没夜地焚烧纸钱，说是让死人到另一个世界上手头宽松一点。更要请道士执剑弄杖地驱鬼镇邪，请和尚念经招魂，弄得阴森森的，让活人不得安宁。

人们鱼贯着进进出出，感叹着穷富不平，生死无常，议论最多的还是缪春妮的死因。有人说可能是“白日闯”进屋，被女主人发现，想那缪春妮哪里是眼里揉得进沙子的？她定是揪住贼人大喊大骂，毛贼急了，顺手抄起火钳就朝她刺去。有人立即否定，说郑永穷家里有什么可偷的？那人朝后屋努了努嘴，说，偷他家还差不多。还有人说，是高压锅内气压太高，掀掉了盖子，而当时火钳正搁在高压锅盖上，炸起的锅盖像一枚导弹把火钳朝缪春妮头上射去。

"你们谁看见了，谁看见了？"缪春妮的妹子对最后那种判断表示愤慨，她哭喊着："放箭也没那么准，枪子儿也没那么狠，那火钳哪儿不能射，偏偏就射进我姐的脑袋！他妈的你们哄死鬼去吧，活人是哄不了的，我那苦命冤死的姐啊，你要显显灵，寻那个凶手报仇，要报仇哪！"

郑永穷蹲在地上，一把一把地揪自己的头发，仿佛这一切，都是那些又短又硬的、已经染霜的头发惹的祸。

排油烟机呼呼地转得积极，厨房门紧闭着，隔断了餐厅里的电话的铃声。斜躺在沙发上按着电视机遥控板的郑凌云喊："顺玲，电话！"

郑凌云回家爱把手机关掉。家里的座机，通常都让史顺玲接，一般关系的，就让她回答"凌云没在家"，只有关键人物来电，史顺玲才会把话筒转给丈夫。

可这个电话却是找史顺玲的。史顺玲并不漂亮，长得却顺眼，近些年好吃好穿，又常到美容院打磨滋润，那皮肉就越发的白嫩细腻起来，她比缪春妮也就小那么二三岁，看上去却仿佛年轻了十多岁。史顺玲没有别的能耐，就是乖顺，在外面待人亲和，人家有难也愿意伸手去帮一把，在家里尤其听郑凌云的，哪怕郑凌云说盐是甜的月亮是方的，虽然也疑惑，但夜里她会悄悄地去看月亮，看着看着就觉得月亮果然就有棱有角起来，做饭时她会弄点盐放嘴里咂着，把苦咸的盐卤吐掉，然后心平气和地去体味其中的甜味。

"是郑凌云老婆吗？"一个陌生的、有点粗鲁的男人声音。

得到了肯定的答复后，对方说："管好你的馋猫丈夫，别让他见腥就叼！"

史顺玲怔了一下。她并不笨，她明白"馋猫叼腥"是什么意思。可是丈夫是个正经人，如果他花花肠子有外心，他能把生意做得这么旺？如果他常犯"作风"毛病，政府能让他上得这么高？何况他待她不错，穿的吃的任她，有次去日本，还给她带回来一套做工考究样式别致的和服，四乡八邻打听去，谁家女人有日本和服？据她所知，凡是在外头花七花八的男人，不是回家打老婆，就是十天半月不见踪影。可只要不出差，郑凌云都在家里过夜的啊！是不是有人和凌云不和，在造谣破坏？于是她问：“你是谁？”

“我是谁并不重要，重要的是让你看住他。”啪的一声，电话已挂断了。

她傻站着，像被木棍猛击了一下的呆头鹅。毕竟，这不是个好消息，也许真是个危险信号。如果郑凌云真的在外面有女人，早晚会把她给甩掉，这可倒霉透了。史顺玲觉得自己像得了肝炎一样浑身无力。直到一股强烈的焦糊味刺激了她，她才如梦初醒地冲进了厨房。

晚饭后，郑凌云说了声晚上公司还有点事，就走了。小飞天则搭了父亲的车，去一个小有名气的作家家中学写作文。史顺玲无精打采地洗完碗筷，连电视也无心看了，黑灯瞎火地坐着发呆。郑永穷家的哀乐呜呜咽咽一阵高一阵低的，史顺玲的心便更加的忐忑不安起来。

郑凌云常常夜里出去，会不会就是那个人说的去“叼腥”呢？常言道无风不起浪，人家无缘无故地打什么电话？现今的人常说，男人有钱就变坏，女人变坏就有钱。郑凌云这些年发得厉害，就是他不想花心，那些不要脸的女人还花上门来呢！史顺玲忽然怀疑起自己太老实、太死心眼，就像郑家湾的阿娥一样。阿娥都已经有两个孩子了，她的丈夫在东北做生意，和一个旅馆服务员好上了，他跟东北妹子说自己还是单身，还弄了张假证明在那边登记结婚，回到郑家湾后又买了套房子，接了怀孕五个月的东北妹子来住，对外一概说是客户的一个离婚妹子，说那妹子的前夫多么流氓多么恶棍要追杀她，他受客户的委托把她藏起来的。日复一日，郑家湾人都看出是怎么回事了，阿娥竟一直蒙在鼓里。有一次阿娥陪女儿去镇医院体检，刚好碰见丈夫抱着和东北妹子生的儿子去看病，女儿扑上去就喊爸爸，东北妹子虽然不懂叽里咕噜的郑家湾土话，“爸爸”两个字却听得清清楚楚，当即就哭闹起来。阿娥还没有反应过来，直到丈夫吃了重婚罪的官司，她才明白发生了什么样的“精彩故事”。

她会不会成了阿娥第二？史顺玲问自己。她忽然想起，应该打个电话，探一探郑凌云在不在公司。如果不在，证明郑凌云撒谎瞒事了，如果在，那个电话就是挑嘴弄事的。可是郑凌云如果在办公室，问她打电话干什么，她又该怎么回答呢？一个那么简单的问题，就把史顺玲给难住了。

有人敲门。开了门，是喜喜。喜喜的双眼肿得像桃子一样，她一抽一噎地说："顺玲婶婶，我想借你们的照相机用用，妈妈这一辈子，连张照片都没留下。"不知是为缪春妮，也不知是为自己，史顺玲的眼泪马上就下来了。就在这时候，她突然多了个心眼，说："喜喜你等等，照相机是你凌云叔叔放的，我问问他放在哪儿了。"

拨通了电话后，史顺玲的手直哆嗦：当丈夫那厚厚磁磁的声音响起时，她竟兴奋得像一个女孩子在背书：

"喜喜来借照相机要给她妈妈拍照，可怜她妈一辈子连张照片都没留下，你把照相机放到哪儿去了？"

"在三楼东二卧室靠门那个壁柜里。"

一块石头总算落了地，史顺玲轻松的、甚至于还有点愉快地对喜喜说："我这就给你拿。"

郑喜喜疑惑地看了看这位顺玲婶，刚刚还掉眼泪的她，怎么一转眼就这么高兴起来呢？

"咕咕！咕咕！"一只斑鸠在呼唤，"咕咕！咕咕！"另一只斑鸠在答应。虽然都是咕咕，可呼唤的那只声音粗一点，而答应的那只声音娇一点，前天外婆来的时候说过，这对斑鸠在"处对象"。

今天是星期天，郑飞天有足够的时间去寻找这对可爱的小家伙。他把望远镜架到了三楼的后窗口，循着鸟啼声瞄来瞄去。找到了，透过竹丛的间隙，在一棵树皮斑驳的松树上，郑飞天看到正在啄食松籽的灰褐色的鸟儿，它的样子有点像鸽子。他赶紧调节着焦距，让自己看得更清楚点。尖尖的喙，长长的尾巴，头上有小姑娘那种半圆形的卡环，胸部还有一块白白的围兜，最漂亮的是它的翅膀，有一环环的斑纹，还闪烁着彩虹色的光芒！

"同学们若知道我有一个这么好的望远镜，不羡慕嫉妒恨才怪呢！"郑飞天举着望远镜，追逐着跳跃的斑鸠，呵，在左边一棵高高的皂角树叉丫里，有一个毛绒绒的鸟窝！那对斑鸠嬉戏着、歌唱着，一先一后跳进窝里，不见了。郑飞天心里痒痒的，他还没看过瘾呢，斑鸠就藏起来了，不行，他一定得知道它们在窝里是什么样子的。他跑到四楼，看不见，又追到了五楼，只看见它们一点点脑袋，他顺着自家精致的木梯上了天窗爬到了楼顶平台，平台广阔，足以让他们班的全体同学做广播体操。风好大，吹得他头发都竖起来了，他赶紧靠着烟囱，举起了望远镜，哈，这一回可跑不了了，原来它们头靠着头，脸贴着脸，在商量什么事情呢！郑飞天看了足足半个钟头，那对斑鸠像想起什么似地站了起来，跳上了窝沿，然后振翅飞了出去。飞天看到那个显得空旷的窝里，卧着三枚圆溜溜的蛋。

林子里传来一阵窸窸窣窣的脚步声。小飞天放下望远镜，看到一个高高瘦瘦的、灰头土脸的青年，这家伙踩着满地的落叶，在树林里东张西望。小飞天马上警惕起来，这人是不是来打鸟的？小飞天最恨的就是打鸟的人，你有本事去打豺狼野猪去，欺侮这么小的鸟儿干什么？可那人手里没有枪，也没有弹弓，“打”是不可能了，可说不准他会掏鸟窝呢！郑飞天重新举起了望远镜，这一下，他看清这个年轻人的西装皱巴巴脏兮兮的，还掉了颗纽扣，像是垃圾桶里捡的。瞧，他转过脸来了，这是张没什么特色的脸，鼻子下面却有一个不小的黑痣。飞天恶作剧地想，把那颗黑痣凿下来，填充他西装上那掉了的扣子。“黑纽扣”并没有对鸟儿下手，他只是静静地站在竹丛后边，对着他们家的楼房张望。

只要不伤害鸟儿的就是好人，郑飞天下了这么个结论。这时候，那个“黑纽扣”也发现了屋顶的他，像突然冒出来一样，他突然就消失了。

缪家姐妹们闹不出名堂，缪春妮的尸体老这么挺着也不是办法，春天是个容易腐败的季节，邻居们给派出所施加了压力，督促郑永穷把死人送去火化。

出殡的那天还是挺热闹的，缪春妮穷，可亲戚朋友还是不少，人们说起她活得艰难，死得悲惨，又念及她在世时的种种好处，多少都流了点眼泪。

郑凌云对史顺玲说：“你也去送送她吧。”想起那天在医院缪春妮妹子的抢白，史顺玲本是不想去的，可是凌云说：“我们俩一个也不去，倒让人猜忌嚼嘴。”史顺玲就知道不去不行了。

她换了件素净衣服，锁好了门，就到了前邻屋里。屋子太矮小，送葬的众人嗡嗡嘤嘤挤挤挨挨，有嚷嚷找不到人的，有吵吵丢了要紧物件的。史顺玲静静地站在人丛中，手拿黑纱，用大头针别到每个人的臂膀上。

就在此刻，她感到一只手飞速地探进她的口袋，有贼！她本能地呻吟了一下，想去抓那只贼手，可手已消失，她扬起头来，看到了男的、女的、老的、少的、美的、丑的、悲哀的、冷漠的五花八门的脸，却分辨不出哪一张是贼脸。她赶紧去检查口袋，看看丢了什么没有，却掏出一张折成方方的纸来，展开，上头写着：

“快回家，你丈夫和一个女人在床上……”

史顺玲的脑袋嗡的一声，拔腿就要回家，偏偏喜喜眼泪汪汪地拉住了她，她的另一只手里拿着麻片和白布，说：“顺玲婶，这披麻戴孝我弄不来，你帮帮我吧！”

看着这个哀伤无助的女孩子，她的心一下子就软了，哪怕天塌下来，她也不能拒绝小姑娘的请求。于是她替她把麻片一前一后像背心一样缝在身上，又把白孝布裹在喜喜头上，在右耳边结了个球，再拖下尺把长的一截来。弄完了，又替她弟弟转运弄，等她火急火燎地赶回家的时候，却看见大门闭得紧紧的，她多了个心眼，转到后门，赫然入目的就是那奔驰600，果然，果然有事！她惊呼着，郑凌云从来都把车停在前门而不停后门！她去开后门，钥匙却老半天插不进锁眼，终于打开了门，只见郑凌云飞快地从楼梯上跑下，口里喊着抓贼，从她身旁冲了出去。史顺玲想，装吧，装得还挺像！她犹豫了一下，却也跟了出去，郑凌云一头扎进了杂树林，竹子、松树和栗子树在他的撞击下摇摇晃晃，发出神秘的沙沙声。史顺玲的心提了起来，万一真有贼，而又带了刀的，凌云岂不吃亏？

她钻进了林子，循着丈夫的背影跑去，枝叶刮得她脸上生疼，树叉又抓住她的衣裳不放，她深一脚浅一脚地磕碰着，一下子就迷失了方向，她站住了，屏息聆听，远处仿佛有争吵声、打斗声，正待赶上去看个仔细，却小肚发胀觉得尿急，史顺玲有个毛病，一惊吓就尿急——这时候她已经相信真有贼了。是回去撒尿还是帮老公去抓贼?史顺玲考虑了两分钟。彷徨间，又听到树枝的摇曳声，渐渐近了，却看见郑凌云已经回来了。她问:“贼呢?”郑凌云气喘吁吁地说:“跑了。”夫妻俩怏怏地回到屋里，史顺玲突然记起楼上那女人，就急急地上了三楼，三楼有三间卧室，从东向西分别为他们夫妻房、飞天房和客房。史顺玲看见，东一室的被子打开着，床单有点发皱，枕头也歪了，史顺玲的心一阵阵发颤发疼，后悔刚才被丈夫蒙了，什么抓贼，分明是调虎离山，趁着她跑进树林的功夫，让那偷人的贼跑了。

“你今天，怎么有空回家来?”没抓到把柄，史顺玲的底气显然不足。

“我头疼。”

她探头看看楼下，奔驰不见了。那婊子开车跑了！一股火窜上心头，她问:

“车呢?”

“司机开走了。”

“在本地你从来不用司机的嘛!”

“我说过我头疼!”丈夫的嗓门大起来了。

她不敢再盘问了。也许是疑心生疑鬼，凌云真是头疼呢，也许丈夫有冤家对头，生意场上无兄弟，争斗凶险着哪，她又何必后院起火给人当枪使呢?

她的气平了，说:“这阵子你太累了，你再躺躺，要什么药，我去给你拿。”

或许是心软了一下，或许是要解释什么，郑凌云说:

“那贼也太胆大，青天白日的就撬起我们家的防盗门来了。我大喝一声，他一惊就往下跑，我追到楼下，他已经逃进林子去了。”

“我们报案吧?”

“又没偷走什么，报什么案。”

“看清面貌没有?”

不知是为了更真实一点，还是为了洗刷什么，他说了句实话，一句让他后来后悔得吐血的真话:

“看清了，瘦瘦高高的，鼻子底下有一块豌豆大的黑痣。”

史顺玲果然相信了，因为她曾经听飞天说起过“黑纽扣”。这时前屋的哀乐大作，殡葬车装了缪春妮的棺材就要上路了。她说，“你睡吧，我还得去送葬呢。”她替丈夫把被子抖开，她的心突然一颤，她闻到了一股暧昧的气味，那是男女做爱后才有的独特腥味！

女人是嗅觉灵敏的动物。史顺玲强忍着汹涌而上的泪水，带上门，下楼去了。

史顺玲坐在乐城县文联办公室里。数年前，郑凌云觉得老婆是家庭妇女有点掉价，就去县编委办要了个编制，把史顺玲塞进了文联。天下没有比这单位的这个工作更轻松的了，文联只有四个人，且没有什么经费，史顺玲的活儿就是替单位同志报销点出差费，买点红蓝墨水、圆珠笔浆糊什么的。

“我们家每月的零花钱，都比你们那个破单位要多得多。”有一次郑凌云躺在床上，边抽着熊猫牌香烟，边玩着剃须刀说。

“孙主席说了，我们的《乐水文学》办不下去了，你给他点赞助吧。”

“你那个讨饭主席！给你们钱有什么好处？”

“你怎么老是说好处？你不能支持支持文学事业呀，你别看我闲，可谁也没我们那孙老头子忙，整天架着副老花镜给人家改字眼，三天两头得赔上老脸去化缘，为那本刊物，头发都愁白了。”

“投资就是图回报。那破刊物办不下去就不要办。要你咸吃萝卜淡操什么心！”

“可老头子太苦了。”

“谁叫他没本事。”

“没本事？人家是个大作家，恁厚的书一本一本印出来，你倒是写本书给我瞧瞧！”

“写那破书赚几个钱？他有本事，就不会蹲在那穷地方了。”

“他是真热爱文联工作，三年前，文化局调他去当局长都不去，虽然都带个‘文’字，可地位不一样，那边有权，管着书店、网吧、卡拉OK厅什么的，有钱多了。”

“哼，”郑凌云冷笑道，“这年头只有热爱权力、热爱金钱、热爱女人的，有几个人真热爱工作的？”

那天，为了她尊敬的孙老头，也为了郑凌云瞧不起她们单位，史顺玲跟丈夫怄气了，生平第一次怄气。可是一转身，她就释然了，毕竟，丈夫是她崇拜的偶像，是她的一切。前些年到处都在下岗，没有丈夫，一张介绍信也写不起来的她还想进县府大院坐机关办公室？

可是他真的在外头有女人了！想想自己确实笨拙，连窝让人占了都不知道。

她坐在办公桌前，百无聊赖地翻着些婚姻家庭类的杂志。文联没别的福利，就是有几本杂志。史顺玲读着那些故事，越读越心慌，越读越心虚，这世道乱七八糟的，有钱人讨二奶，当官的养小蜜，七十岁的老头还嫖十七岁的嫩“鸡”。她看着看着，直觉得眼皮在突突地跳，额头渗出些许冷汗来。

“我们家昨天来了贼，”她扔掉杂志，冲对面的小文编辑说。

“穷人有穷人的苦恼，富人有富人的麻烦，”小文推了推眼镜，幸灾乐祸地说，“像我家穷得老鼠都搬家，我倒是想请个贼来聊聊，可是他们不肯光顾呀。”

“那你可要小心，”秘书长凑了过来，一本正经地对史顺玲说，“现在的贼都穷凶极恶，杀人灭口的多的是，我老家那儿，一家四口睡得好好的，全叫入室作案的歹徒给捅死了。”

史顺玲激动起来，就给大家讲述昨天的故事，她讲得很详细，连贼鼻子底下的那颗黑痣都没漏掉。

邮递员送来了信件，说：“史顺玲挂号信，签字。”史顺玲工作以来，只见过主席和秘书长的挂号信，还有文编辑，大都是书稿什么的，作者把自己好不容易出版的什么书宝贝似的挂了号，生怕谁把它顺走一般。史顺玲别说挂号信，连平信都没收到过，她的父母都在县城，也没有外埠的亲戚朋友，有事没事，打个电话就是，何必劳神费眼地去做这种文章？

可这封信上写的确是她的大名，而且沉甸甸的很有份量。她好奇地签了名，拿剪刀剪开了信封。

一叠照片滑了出来。头一张进入她眼帘的，是一张手挽手，笑得极甜蜜的一对恋人，男的是郑凌云，女的她有点面熟，可又记不起在哪儿见过。接下去的数十张，也全是他们俩的，有坐在假山石上的，有蹲在花丛中的，有持桨在湖里划船的，有穿着泳装在海边戏水的，还有一张，是手勾着手脸挨着脸喝交杯酒的！

热血冲上了头顶，心却一下子沉到了地狱，郑凌云，郑凌云，你这个不得好死的！史顺玲气促手颤，眩眩晕晕的似乎坐不稳了。孙老头在对面办公室喊："小史报纸来了吗？"史顺玲定了定神，答："来了。"忙把照片扫到抽屉里。孙主席来拿报刊文摘，居然被史顺玲的模样吓了一跳。他说："小史，你是不是病了，脸色这么难看！"又一叠声地唤小文陪她去医院。史顺玲有点不好意思了，她挥了挥手说："没事，女人那事儿，一会儿就好。"

桌上的电话铃猛地响了起来，让她心惊肉跳。

"史顺玲吗？"又是那个神秘的、略带粗鲁的声音。

"你……干嘛？"史顺玲紧张地问。

"收到照片了吗？"

"嗯。你，你到底是谁？……能跟我见个面吗？"

"到该见面的时候，我自然会去拜访你。"

"这个，照片上的小妞是谁？"

"哈，你连她都不知道？——你丈夫的小秘，凌云公司办公室主任樊小帆呀。"

史顺玲没有去过凌云公司，郑凌云也没有把樊小帆带回家来——至少是她在家时他没把她带回家来过。她到底在哪儿见过这个风流女孩呢？对了，在电视里，在采访郑凌云的节目中，这张漂亮的脸蛋曾在丈夫的身后晃动，当时她还问过郑凌云她是谁，郑凌云只是随口说，我们单位的一个倒茶的女工。

好啊，倒茶倒到床上去了。不要脸的小妖精！

那个晚上，史顺玲失去了一直的乖顺，她杏眼圆睁，把那叠照片哗的倒在席梦思上。

郑凌云镇定地微笑着，问："你从哪儿弄到的？"

“你们的臭事儿，全世界都知道了，就瞒着我一个！”史顺玲呼哧呼哧地喘气，委屈的泪水叭达叭直掉。

郑凌云拉下了脸，说：“全世界都知道什么？你们女人真是头发长见识短，这种照片人人都有，别说一信封，一箩筐一麻袋都有，应酬嘛，你要生气，你就等着气死好了。”

“应酬就光和自己的办公室主任应？应酬还喝交杯酒？”

“人家起哄让你喝，不喝还不行！人家要你和谁拍照，不拍也不行！”

“你姘上狐狸精，还有理了？”

“谁姘狐狸精了？是他妈的赤条条地叠在一起让你给抓住现行了？”

“你这个无赖！流氓！”史顺玲急红了眼，她的手臂像暴风雨中的树枝般哆嗦着，指着老公一字一顿地说：

“郑凌云你等着，我会抓住你们现行的！”

郑飞天发现了一个天大的秘密。

不知从哪儿飞来了只杜鹃鸟，在斑鸠窝里下了个蛋。

现在，他的望远镜正对着这只入侵者，接下去发生的事让小飞天不但惶恐，而且忿恨了：那只母杜鹃撑开了翅膀，它的右翅上挑着一只斑鸠蛋——是斑鸠蛋而不是它自己的蛋，它慢慢地、慢慢地抬起身子，啪！那只蛋被推出了窝，跌落地上摔个粉碎。

母杜鹃谋杀了别人的孩子，飞走了，再也没有回来过。

斑鸠两口子回来了，它们看到这个陌生的大蛋，怀疑地咕咕着，侧着小脑袋互相在询问着什么，然后它们把窝里的蛋翻来翻去，或许是在清点数字，最后，大概是因为总数没变，才渐渐地安静了，母斑鸠又蹲在蛋上孵了起来。

它已经孵了十多天了。又是一个星期过去，小飞天举起了望远镜，他惊喜地发现，两只毛绒绒的小斑鸠，紧紧挨着，可爱极了。

可是母斑鸠还在孵着，等待着最后一个孩子出世。小飞天对它喊道：那是强盗的孩子，你也把它推出窝去！

可是母斑鸠听不明白，它还孜孜不倦地蹲着，不屈不挠地孵着，一天又一天。有时候，它也疑惑地咕咕着，好像在说："哥哥姐姐们都快长大了，这老三怎么还不出来？"

又是十天过去了，强盗的儿子破壳而出，好丑好大的个儿，张着大嘴就讨吃的，斑鸠夫妇可忙了，双双出去觅食，刚回窝，小强盗就把哥哥姐姐踩在脚下，把吃的都抢走了。它的胃口超好，斑鸠夫妇一天到晚地奔波劳碌，也喂不饱这个饕餮之徒。郑飞天痛苦地发现，小斑鸠瘦了，大斑鸠也瘦了，小强盗快长到继父母那么大了，却仍旧羽翼未丰，不能自己出去猎食。郑飞天很想爬上树去，捉杀小杜鹃，可又怕伤害了斑鸠一家。他听外婆说过，人碰了鸟窝，鸟儿是闻得出气味的，大鸟们就要弃窝而去不再回来，那雏鸟就要活活地饿死了。

郑飞天陷入焦虑和愤懑之中。

有一个人比他更焦虑和忧愤，那就是他的母亲。史顺玲开始盯郑凌云的梢。上个星期三，郑凌云说出差深圳，待他的飞机一起飞，史顺玲就打电话到凌云公司找樊小帆，一个男的接电话，说小樊到深圳洽谈业务去了，史顺玲问同去的还有谁？对方答："郑总。"

史顺玲的心里盛满了醋，那醋晃荡着，直往上涌，酸得她牙齿吱吱作响。郑凌云出差也好，旅游也好，从来没带她去，却天涯海角的带着这个小妖精，也不知带了多少次了，外地人生地不熟的，爱怎么玩就怎么玩，爱怎么睡就怎么睡，也不知睡了几百回几千回了！这一对淫男荡妇！

郑凌云昨晚半夜才回的家，今天也不休息，说公司有事，一早就走了。

史顺玲再也待不下去了，她推起自行车就跑，公司离家不远，骑个七八分钟就到了。

奔驰轿车没在公司。这并没什么可挑剔的，郑凌云说公司有事，并没有说非在公司办事。史顺玲一时没了主意，她骑上车，漫无边际地在街上转悠着，乐城县虽然不大，但也有几十万人口，主街道只有六七条，可小街弄堂就不计其数了。她转着转着，根本不见那个牌照的奔驰影子。她不死心，量这么大小的车儿也钻不到地底下去。直转到下午，转出一头大汗一肚子气，转得肚子咕噜咕噜乱叫。小飞天说中午到外婆家吃八宝饭，史顺玲就在路边买了碗面条安慰自己的肚子。吃着吃着，忽然想起自己真是个大笨蛋，谁告诉你郑凌云还在城里，他驾着车子，只怕是天边也跑到了。

史顺玲垂头丧气地回到家里。她拨了丈夫的电话，关机。史顺玲想象着郑凌云此刻正和那骚货在床上颠鸾倒凤，心里便燃起熊熊怒火。

找樊小帆去！她恨恨地想。可是她没有樊小帆的手机号。于是她把电话打到凌云公司，对方听说是老总太太，就把号码告诉她了。她拨了那号，响了五六声，没人接，她不放弃，让那古怪的音乐铃声继续响着，后来，居然通了。

"哪一位？"一个好甜好媚的嗓音，这狐狸精，接个电话也想迷惑人。

"找郑凌云。"史顺玲尽力让自己显得平静一点。

"你是谁？"对方马上警惕起来。

"我是他老婆！"她理直气壮地说。

"他不在。"电话迅速挂了。

放下话筒，史顺玲咀嚼着短短的几句对话，忽然回过味来，郑凌云在她身边！

她必须要当场抓住这对奸夫淫妇。可是樊小帆现在又在哪儿呢？

第二天上班的时候，她跟孙老头请了个假。孙老头对下属很友善，不管谁请假，从来没有不准过。

她骑上自行车，一骑就骑到了凌云公司。她很少来这里，人们根本就不认识她。她进了保安室，拖了把椅子坐下。那个年轻帅气的保安本想拦她，见她大大咧咧的有点来头，就问："你找谁？"她说："找郑凌云。"听她直呼董事长大名，保安的态度好了许多，又问："你是他什么人？找我们老总什么事？"史顺玲说："我是他小时候的同学，邻居，郑家湾来的。"凌云公司上上下下都知道郑总是郑家湾人，而且对郑家湾的乡亲特别有感情，保安就变得非常亲切了，说："郑总在丹霞山庄开会。你如果不太急，就坐在这儿等吧。"

史顺玲一边翻阅着报纸，一边和这个保安东一句西一句的聊天。

聊着聊着，话题突然转到樊小帆身上去。

“你们那个樊小帆樊主任，挺漂亮挺能干的吧？”

“她呀！全城顶尖的美人儿，嘴巴又能说，脑袋又灵光，见多大的领导也不怯场。这几年我们公司发展得这么顺当，有她的一半功劳呢！”

史顺玲心里打翻了五味瓶，可脸上还是笑眯眯的，“瞧你说的，那郑凌云还不如她一个丫头片子么？”

“郑总有郑总的能耐，小樊有小樊的本事，相辅相成嘛！”

“樊小帆多大了，可曾结婚？”

保安看了看史顺玲，说：“大姐你想替她介绍对象呐？那你就白操心了。像她那样的女生，追的人多了去了，哪还用人介绍？而且，她早有男朋友了，那男孩儿我也见过，长得挺帅，听说是大学里的同学，两年前就登记了，也不知道为什么到现在还不办喜事。”

“你知道她家住在哪儿么？”

“不清楚。大概是城西吧，我见她下班总是往西跑的。”

“像她这样的白领，车子一定很漂亮吧？”

保安指着停车场一辆红色的迷你宝马说：“那当然。”

史顺玲视力很好，她马上就认出那辆新款车来，并记住了车号。

在自家楼上居高临下，郑凌云看见郑永穷又被派出所叫了去。乐城县刑警队近来够辛苦的，命案必破，警察们如此勤政，除了对缪春妮的惨死富于同情外，案情的蹊跷也刺激了他们的工作积极性。

郑永穷成了最倒霉的男人，回到家里没饭吃，衣服发臭了也没人洗，那一天，郑凌云看见永穷家那个肇事的煤饼炉也被派出所提走了，从此就只得在一口塌了半边的柴火灶上做吃的。夜半三更的，常听到他那如同猫头鹰般的哭号声，让人毛骨悚然。他的背一下子驼了，驼得和死去的老长工一模一样，郑凌云想，这驼背难道也会遗传的？

遗传学真是一门奇怪的学问，早知道史顺玲也会“遗传”她娘的那份刁钻和厉害，当年他就不娶这个史家女儿了。当时，郑凌云的漏电开关厂已经打开局面，虽然风餐露宿地在外边推销得辛苦，却每年都能挣下几万元的纯利润。当时他已被郑永穷赶出北门，租住在城东史家半新的三层楼上。郑凌云不出差的日子，常听得女房东如警笛那样的尖锐声："阿玲，去看看，你爸又死到哪儿去了？"或者干脆说："死囡，到那个婊子家去，把那老不要脸的给拖回来！"

那时候史顺玲初中毕业没考上高中，正在家复读呢，听见娘叫，便放下做着的习题，乖乖地出去了，刮风也罢，下雨下雪也罢，从来没有怨言。有时候爹妈吵架，都拿她出气，爸说妈没本事只给他生了个女儿，他就是要找别的女人生个儿子；娘说爸玩女人丧了阴骘，这辈子和谁也生不出男孩儿。骂来骂去都成了史顺玲的不是，于是掉转枪口一齐对准女儿。史顺玲也不哭，也不恼，只管掩起耳朵复习功课，或者提了满满的热水瓶问三楼的郑大哥要不要开水。郑凌云就是在那个时候看上这个文静沉着、乖乖顺顺的女孩子的。谁知道天底下没有乖顺到底的女人，小绵羊也会演变成雌老虎的。这不是，如今他简直烦透了，史顺玲三天两头的谩骂哭闹，郑凌云一抬腿她就查根问底，还鬼鬼祟祟地跟踪盯梢，他郑凌云算什么著名企业家，算什么乐县的名人红人，他觉得自己简直成了囚人了。这么想着，他倒羡慕起郑永穷来了，派出所不叫郑永穷的日子，郑永穷总是自由的，他爱到哪儿摆算命摊就到哪儿摆，爱到大街游荡就去游荡。那外国的那个什么诗人说，生命诚可贵，爱情价更高，若为自由故，两者皆可抛。真是说得对极了。

"爸，爸，快来看。"儿子从天窗上探下个脑袋，急切切地喊他，小飞天的脸蛋不知为什么变得诡异，郑凌云的心颤动了一样，不知道儿子发现了什么秘密。他听从飞天召唤，上了四楼、五楼，直到屋顶，他看见儿子的那架望远镜架在屋顶的的红砖矮墙旁，小飞天屏声敛气地指了指望远镜叫父亲快看。郑凌云蹲下身子，把眼睛凑上去，他看到了一个被拉近到眼前的、用泥巴和草茎垒成的毛茸茸的鸟窝，窝里面有几只未成年的鸟儿在滚动着。

"那只大的是杜鹃，两只小的是斑鸠。"未来的动物世界专家小声解说道。

"大的好像在欺侮小的是不是？"

“不光是欺侮，是谋杀！”儿子的话一出口，父亲竟然被吓了一跳，“我已经看了好久了，那只杜鹃想趁着斑鸠爸爸妈妈不在家的时候，把小斑鸠弄死。”

“为什么？”

“它想吃独食。”儿子变得义愤填膺，“它本不在这个窝的，它是入侵者，它的妈妈已经谋杀过一个斑鸠儿子了！”

郑凌云目不转睛地盯着鸟窝，他看见那只光秃秃的丑鸟摇晃着，它的肉肉的翅膀老是去撩拨小斑鸠，有几回，它竟把饭铲般的翼尖插进了小斑鸠的身下，想把斑鸠挑起来抛出窝去，小斑鸠惶恐地尖叫着，求生的本能使它及时地从强盗的翅膀上滑下，战战兢兢地匍匐在窝底，可入侵者不肯善罢甘休，它继续玩着这个残忍的把戏。这一回，它成功了，可怜的小东西被强盗挑上翅膀，强盗站了起来，它的身体已经高过窝沿，它那么一斜翅膀，小斑鸠就被推出了窝，摔下去了，郑凌云把镜头对准了树下，他看到了一具小小的、血肉模糊的尸体。

他擦了擦手身的冷汗，站直了身子，目光涣散地说：“别看了，会做恶梦的。”

飞天怔怔地看了父亲一眼，说：“斑鸠妈妈要伤心死了。”

屋顶的风很大，吹得郑凌云的休闲装像帆般鼓了起来。往南眺望，整个乐城尽收眼底，往东往西，可以看清附近错落有致的屋顶，往北，整个小树林和各色花草生机盎然，远处，丹霞山流金滴翠，云蒸霞蔚；他家座落在风水宝地啊。手机响了，他看了看，是樊小帆的，郑凌云得赶快下去。毕竟，在屋顶上晃来晃去太招摇了点。他对小飞天说，以后少上屋顶，当心摔下去。

他回到自己卧室，凑着电话悄悄喊了声老婆。不管怎么说，樊小帆是个好情人，她不贪财，不胡搅蛮缠，更不给他添乱。做起爱来很投入很有激情，这常常让郑凌云感动不已也兴奋不已。郑凌云过去也有过几个女人，她们不是遮遮掩掩地想谋他的钱财，就是假惺惺地作淑女状，抑或是哭哭啼啼要死要活的，让郑凌云觉得累，找情人不就是要找点轻松找点愉快吗？累了烦了就没有意思了。

樊小帆在电话里说："好难熬的双休日啊，我寂寞，你能来陪陪我吗？"郑凌云睃了睃四周，没人，就毫不犹豫地说："你等着，我马上到玫瑰花园来。"

史顺玲此时在东二卧室收拾儿子的衣物，听到他打电话，就将耳朵贴紧了墙壁，正好听到了最后几个字。

跨出房门时郑凌云看见了妻子，他没跟她说什么，近些日子吵了嘴，两个人彼此不说话，不说话倒省了许多麻烦，连出门也无须交代了。他下了楼，开起奔驰走了。

史顺玲甩了衣服，下楼推起自行车就追。奔驰600拐了个弯，在她的视线里消失了，可史顺玲已经看清楚，车子是向西而去的，而乐城的西区，有一个前年落成的高档住宅区——玫瑰花园。

自行车在玫瑰花园里窜着。名木、草坪、曲桥、回廊、凉亭、喷泉，还有一个碧绿的人工湖，几茎睡莲在悄悄地开放。史顺玲没有心思欣赏风景，美丽和豪华只能使她火上浇油。她在花园的大小路上横过来竖过去，没几个来回就发现郑凌云的那辆奔驰。

哼，跑得了和尚跑不了庙。史顺玲恨恨地想，停了自行车，将自己身子倚在擦拭得铿亮的轿车上，掏出了手机。

"樊小姐，我是史顺玲，请郑凌云接电话。"

"莫名其妙，你找老公干嘛老问我！"

"别装了，你到窗口瞧瞧，我就在你楼下。"

四楼的窗口有人探了下脑袋，马上就缩回去了。史顺玲不耐烦了，拿着手机跑上了四楼。

她敲401的门，没开，再敲，还是不开，她又拿起手机拨号，通了，她说："樊小帆，你是搞公关的，怎么连起码的礼貌都不懂了？就让我这么站着吃闭门羹哪。我可没这个耐心，惹得我火了，我就报警！"

门终于开了，是樊小帆开的，她趿着拖鞋，穿的是光着膀子的吊带裙。郑凌云也是光脚，趿着拖鞋，裹着件条纹睡衣，史顺玲从来没看见过这件睡衣，可见买来之后就放在这儿或者干脆就是樊小帆买的。郑凌云坐在沙发上，他的脸色因为愠怒而发紫。房里光线阴暗，史顺玲看不清他们的睡衣里面有没有裤叉，可事情已经到了这步田地，裤叉不裤叉又有什么意义呢？

她本来想大闹一场的，最宽宏大度的做法是把门重重一摔扭头走人。不知为什么，此刻的她反倒冷静了，那对狗男女像被猫逮住的老鼠似的灰溜溜的，或许她不愿被郑凌云和樊小帆看成泼妇。说到底，这么有钱的老公，这么乖的儿子，她享受都来不及，还能把家拆了？郑凌云不是常说她没文化没水平吗？好歹她也在文联呆过几年，她就有水平给这对通奸者瞧瞧。她本想道一声：你俩好好玩吧后会有期，然后摔门出去，又想来都来了，何不参观参观樊小帆的屋子，看看还能发现些什么。

这是套三室两厅的单元房，结构很好，装修得十分典雅，客厅里挂有字画，主卧里有樊小帆放得极大的艺术照片。凭良心说，樊小帆真美，人和照片都美，美得摄魂夺魄。副卧的席梦思和床头柜的缝隙里，塞着一个相框，史顺玲把它提了过来，这是张婚照，女的当然是樊小帆，披着婚纱捧着鲜花，一脸的春光烂漫；男的西装革履，很年轻很帅气的那种。总之，这是让人艳羡的一对。史顺玲想，这么般配的俊男靓女不好好过日子，反来破坏别人的家庭！

史顺玲端详着那个小伙子，觉得有点面善。是亲眼见过的呢？还是和某名星有点相像呢？

没有再待下去的必要了，史顺玲对着门口的穿衣镜子整了整衣服，对镜子里、跟在她身后失措的女主人说：

“樊小姐，不要老让郑凌云到这里来了，”樊小帆正要说什么，史顺玲却猛地转过身来，伸手摸了下樊小帆的脸蛋，狠狠地说，“你可要当心点。我会让人在这里挖个口子，让你的鲜血去喂苍蝇。”

这一年的夏天格外炎热，大街小巷的狗们都拖着舌头，懒洋洋地晃来晃去。打狗行动小组曾跑到凌云公司去，郑凌云赞助了一万元活动经费，而乐城的狗却越来越兴旺。究其原因，首先是有钱有闲的人多了起来，牵一条狗遛遛是一种身份一种休闲；二是乐城的治安不尽人意，撬门入室和拦路抢劫的事时有发生，身边有一条狗就多一份安全感。

郑凌云原来有一条美国“比特”，很厉害很漂亮的斗狗，每每参加比赛总拿冠军，那是他花了五万块钱从新疆买回来的，那天财政局的钱副局来参加他的家宴——如今当官的都不愿意在外面吃饭了——见了比特就跟他要。郑凌云说：“我家有什么你只管拿去，这比特可不能送你。”钱副局长说：“我什么东西都不要，就要这条狗。”于是就牵了去。郑凌云和比特感情极好，被牵走后心疼了好一阵子。本想重新买一条安慰自己，想想孬种不想养，名犬又总有人虎视耽耽，也就作罢了。

郑凌云忽然又想起了一件事，就拿起了电话，叫了他的总务主任来。

“去买十台立式空调，质量要好一点。”

总务主任说：“什么牌子的？”

郑凌云说：“你倒是越来越会办事了，这样具体的事也来问我。”

“都送谁？”

“不该问的不要问！”

郑凌云今天情绪不佳，不单是因为热，他刚才接到市人大翁主任的电话，叫他最近小心一点，说有人在惦记他。那意思地球人都明白，就是有人盯上他了。他猜测着：是腾龙公司在捣鬼？还是他偷税漏税的事被抓住把柄了？抑或是樊小帆去外面医院流产被人发现了？人心不古，世情险恶，有那么些人，你待他天好都没有用，你红了他们就捧，背地里还不知怎样踩你呢，真不如一条狗义气。还有史顺玲，变得如此刁钻，如此“阴损”，是他始料未及的。那天，她没有当场跟他闹，但等他回到家里，却倒海翻江，热水瓶摔了，折叠椅砸了，羽绒枕头被扯得满屋子鸭毛飞舞……

一贯通情达理的樊小帆也跟他使起了小性子，她发现自己又怀孕了，生理和心理的负担都让她有些神经过敏。她那准丈夫孙大鹏前些日子又听到些闲言碎语，跑到玫瑰花园来说，只有马上办喜酒才能镇压谣言。她当然不想和孙大鹏完婚，可想不出正当的理由去办离婚手续。正烦着呢！郑凌云又这么不小心，竟然把她的秘密居住处泄漏出去。郑凌云发誓说自己没有，樊小帆说：“难道是我告诉史顺玲不成?”

三年前，来公司面试的樊小帆让郑凌云顿悟了什么叫“惊艳”。长到那么大，又在商海、官场里摸爬滚打这么久，什么样的女人没见过？但集年轻、漂亮、自然、典雅于一身的却只有樊小帆。当时他对她十分礼貌，生怕一不小心就会把她吓跑。后来他知道她已有未婚夫，怅然若失。他见过那个男孩儿，据说他们一拿到大学毕业证书就登记了。乐城的习俗，没办喜酒就算不得结婚。所以郑凌云在心底里固执地认为：樊小帆应该算是个未婚女生。

大学毕业的樊小帆本可以留在北京。可当时，她正同踌躇满志的孙大鹏爱得死去活来。四年的同窗共读，图书馆的耳鬓厮磨，歌厅里的狂欢和劲舞，毕业典礼上的气冲斗牛，让樊小帆认定她要孙大鹏是要定了。孙大鹏从小没了父亲，是母亲一口粥一把泪把他喂养大的，所以他一毕业就急匆匆地要回老家。樊小帆虽然不高兴，也只得跟他到了这南方的小城。和皇城北京相比，她发现爱人的家乡是那么的狭隘窄小，那么的背时古老，这里的人是那么的愚昧可笑！

樊小帆甚至不知道孙大鹏的寡母是干什么的。那位颧骨高高的小老太婆每天早晨拎着个发白的帆布包出去，每天晚上又拎着这个寒酸的帆布包回家，直到有一天樊小帆那停在商场门口的摩托车被一个红袖章扭住要罚款时，她才和这个准婆婆有了第一次交锋。

这些年找工作叫“求职”，讲究的是双向选择。可一个“求”字，已经分明了彼此之间的不平等关系。孙大鹏跑得焦头烂额，也“求”不到一个稍稍满意的工作，迫于生计才到一个宾馆去当侍应生；一个名牌大学的高材生，一个计算机专家，居然垂手侍立点头哈腰干起伺候人的活，这不能不说是个天大的讽刺。也就是那个时候，樊小帆对孙大鹏失望了，当孙家催她结婚时，她说：“怎么结？就凭你妈那个破帆布包和半间破房？”

樊小帆同样面临着严峻的挑战。政府机关人满为患，国有企业正在下岗，私营老板的素质又太差。那时候，樊小帆像个没头苍蝇一样到处瞎撞，撞上了哪儿就在哪儿呆几天，可没有一处能让她稳定长久。她跳了一年的槽，终于决定在凌云公司“定居”下来，这首先因为公司给她的优厚的待遇，更主要的还是她看上了郑凌云这个人。那是另一种意义的“看上”，和后来的那种关系完全是两回事。

郑凌云没有暴发户的嚣张和忘形，没有“开口成脏”，也不会把可口可乐说成“客丑客陋”，更不会呸的一声把浓痰吐在女人的裙摆旁边。樊小帆面见郑凌云的那天，那间豪华办公室的案头摆着一大摞的资料，郑凌云正全神贯注地在自修企业管理课程，这让樊小帆感到他在那些刚刚完成原始积累的老板中鹤立鸡群。

真正让樊小帆有了感觉的是在一次从省城回乐城的路上。那是个秋雨霏霏的日子，能见度很低，一路上郑凌云不断地提醒司机小心慢行，让樊小帆觉得这个董事长有点谨小慎微。行至离家还有三十公里处时，一辆越野车溅起一地泥水呼啸而过，在前面路口把一个穿着雨披的骑自行车的人撞倒。在他们的惊呼声中，越野车扬长而去。郑凌云在那个血肉模糊的身体旁停下，请司机和他一起抬人上车。司机对着一身名牌包装的董事长说：“郑董你让开，我打电话喊人来。”郑凌云挑起两道剑眉，说：“救命要紧！”这时候樊小帆也下了车，把后车门开得大大的，三个人齐心协力，弄了一身的血水和泥水，才把人事不醒的伤者弄上车去。车上已没了座位，樊小帆主动站在雨里打110。一个小时之后郑凌云他们回到出事地点，把浑身湿透的樊小帆接上了车。却见郑凌云黑着脸，樊小帆问：“怎么啦？”司机说：“那个医院不像话，不是本县的车辆就是不起杆不让进；终于进去了，不预缴付款也不给治疗……是郑董垫付了五千元……”

后来报上登了《救命恩人你在哪里》一文，郑凌云硬是压住她和司机，不让他们把这件事说出去。可是不知怎么的，报社、广播电台和电视台都纷纷找上门来，凌云公司因此着实红火了一阵子，连樊小帆也整天被问讯的电话吵个不停……

他们俩终于走到了一起，而且相见恨晚，他们爱得如火如荼，如痴如醉。樊小帆没有更多的要求，也没有提出要他和妻子分手——以前的那几个女友可是动不动就要他离婚的啊。越是这样，越是让郑凌云疼惜，尤其是她承受了两次人工流产之后，郑凌云便有了一种深切的负疚感。他在找一个妥善解决的办法，只是时机尚未成熟罢了。

可如今办法没想出来，事情却败露了。他不怕史顺玲和她的老娘，料她们两个小人物也翻不了天。他担心的是仕途失利，人大这边的考察即将开始，如果在这紧要关头有人一闹，那就有他的好戏看了。

史顺玲觉得憋得慌。不光是憋气，是心脏的确憋闷，是那种缺氧的感觉。

天已经黑透了，她还躺在床上生气，她觉得浑身无力，连饭也做不动了。

郑飞天说："妈，我饿。"

她没理，把身子转向床里壁。想了想，怕儿子饿出病来，便探出了头，懒洋洋地说："妈病了，你叫你爸做饭吧。""他从来不做饭！"儿子说，"要么你给我钱，我到街上买去。"

史顺玲还是起来了，她不想让儿子上街买吃的，一是怕外头的食品不安全，二是天这么晚了，一个大亨的儿子被绑架了就不得了。

儿子跟进了厨房，善解人意地给老妈打下手，他一边剥着他爱吃的毛豆，一边说："妈，这些日子你怎么老不舒服呀，老师说，要锻炼身体呢。明天你早点起来，我和你一块跑步去！"

一阵酸楚涌上心头，儿子小小年纪倒晓得体贴娘亲了，可是郑凌云他在干什么！口里却说："傻孩子，妈老了，哪里跑得动。再说也要做早饭，没工夫锻炼。"儿子歪着脑袋想想，忽然说："妈，我告诉你个好去处，就是我们家的屋顶天台，那么大，那么宽，空气又新鲜。工人文化宫的天台上，许多人在打太极拳跳舞呢。你就在自家的屋顶做做操吧。"

史顺玲考虑了大半夜，决定听从儿子的建议，她想明白了，如果身子一个劲地衰弱下去，岂非成了更不招人待见的黄脸婆？如果她双脚一挺死了，岂非正中那对狗男女的下怀？她要把自己保养得好好的，锻炼得壮壮的，和他们做持久不懈的斗争。

第二天天未亮时，史顺玲就起了身，找出一套纯棉休闲装，轻轻地上了屋顶，对着朦胧的苍穹，她伸了个长长的懒腰，吐出了一口浊气。从此，她天天坚持到屋顶的平台去晨炼。

樊小帆又怀孕了。医生说，不能再流产了，否则就有生命危险。郑凌云觉得太对不起她，就试着向老婆提出离婚。

他刚提了个头，史顺玲便说：

“郑凌云你死了这条心吧，你若真提离婚，我就弄些毒鼠强来拌饭，吃了全家倒。”

“你这个人怎么没皮没脸的，我们感情彻底破裂，还死活要捆绑在一起做什么？”

“感情破裂了吗？我怎么觉得还挺好的呢！”史顺玲抽了抽嘴角，露出一丝冷笑说。

“你爽快点说，要多少钱。”

“真是个大亨，有钱就想买断婚姻，可是我不卖。”

“史顺玲我们好离好散吧。”

“我不想好离，也不想好散。”

郑凌云的耐心已经到了头，他说：“现在离婚我给五十万，再拖下去，我就一分也不给了。”

“五百万五千万我也不离，我们公堂上见！”史顺玲也横下心了。

“你也不想想，打起官司谁怕谁？”

“虾有虾路，蟹有蟹路，乌龟走的是王八路。打官司还指不定谁赢谁输呢！”

郑凌云说服不了史顺玲，便常常玩失踪，史顺玲就不失时机地去追捕。他学会了低调的游击战术，不再开着那辆奔驰招摇。他又在外买了两套精装修的房子，狡兔三窟，任凭史顺玲跑断了腿也无法逮住。

史顺玲沮丧之极，上班也蔫头蔫脑无精打采，单位那么点账目，还常常弄错。她甚至恨起那个打神秘电话、寄照片的人，如果不是他多事，史顺玲至今还蒙在鼓里过着和平幸福的生活呢！

那天她正浑浑噩噩地想心事呢，神秘电话又来了：

“怎么样史顺玲，对付不了郑凌云是不是？”

恼怒之火冲上头顶，史顺玲没头没脑地抢白道：“你是人还是鬼，为什么躲在阴暗的角落里不出来？”

“时候一到我自然会出来，但现在还为时过早。”

“你——你是不是樊小帆的男朋友，叫孙，孙大鹏？”

“那个侍应生正周旋在他的客人中间，想多赚两个小费呢！史顺玲，你应该学聪明点，去酒店去找孙大鹏结成同盟，要知道，两个人的力量比一个人多得多。”

史顺玲的心一下子亮堂了许多。可转念一想，一个侍应生有多大能量？他哪儿是郑凌云的对手？

电话那头又说了：“告诉你史顺玲，找你们的孙主席，这个老孙头是那个小孙的亲叔叔。”

“亲叔叔？”好一会儿，史顺玲才反应过来，但马上又失望了，“我们的穷主席有什么能耐？”

对方絮絮叨叨地讲了一通，虽然云里雾里的，却让史顺玲感觉到一丝光明来。

那头把电话搁了，史顺玲还拿着话筒发呆。她看了看对面办公室正在埋头干活的老孙头，想起他的一身正气，想起他平日里对行贿受贿行为的批判和痛恨。他若知道侄儿为什么结不成婚，晓得郑凌云和樊小帆的苟且之事，定会拍案而起！

好，把一切都告诉孙主席，她撩了撩头发，站了起来。她的前脚刚跨出了门，后脚却滞住了。心想她这么一闹，郑凌云还是他的董事长兼总经理，但官儿可就做不成了。她不知道人大副主任到底有多大，但感觉得到做领导夫人的光彩。她不能离婚，不能放弃来之不易的荣华富贵。她真的不想把事情弄大，她只想劝丈夫悬崖勒马，如果他能浪子回头，那她就把这一页翻过去，就当什么也没发生，若是他一意孤行，那再治他整他也来得及。她把涌到嘴边的话咽了下去，只是收拾好东西，提起那个玲珑的小包，取道回家了。

那天晚上，史顺玲把要和老孙头联合起来对付老公的话一出口，郑凌云就说：“我什么时候说要离婚了？亏你还和我过了这么多年，连玩笑都开不起了！”

郑凌云变脸这么快，史顺玲就只有眨巴眼睛的份儿，眨巴了一会，嘟嘟哝哝地说：“管你要的什么花招，只要你今天不离，我今天就不告，若是你明天要离，我明天就找老孙头去！”

那是个深秋的夜晚，秋风萧杀，屋后的小树林里，枯叶瑟瑟。那个晚上郑凌云没有“失踪”。他躺在卧室的床上，裹着羽绒被子默默地想心事。

樊小帆刮宫了，这一回不是人工流产，而是引产，引产引得不太干净，医生就继续在里面瞎鼓捣一气。那孩子都有五个多月了，小鸡鸡有米粒那样大，小樊夺回那个被丢在塑料桶里的小尸体，哭得泪人儿似的。医生说，她可能因此失去了生育能力。医生说这话时冷冷地剜了他一眼，这一眼弄痛了他的心。他以为自己的心已经不会发疼，可是他错了。

夜深了，还有寒蛩在垂死地鸣叫，分外凄凉。整个城北都沉睡着，连郑永穷也停止了磨牙声。郑凌云听见一阵窸窸窣窣声，史顺玲起来了。这些日子两人分房而居，谁也不想理谁。

她没有开灯，一路摸索而来，进了他的房间，躺进他的被窝。

郑凌云翻了个身，给了她一个冷背脊。心想，一个女人没自尊到这步田地，简直叫人恶心。

史顺玲去扳他的身子，扳不动，却听到一声“哼”。旷日持久的冷战，漫漫长夜的独处，史顺玲已忍无可忍，心想我怎么就这么贱呢，我应该给他点厉害瞧瞧！于是便说：

“你也用不着哼，我问你一个事儿，完了你再哼也不迟。什么叫 25225？”

“你有病啊？莫明其妙！”郑凌云说。

“莫明其妙什么，你的手机短信不天天都收到 25225？”

郑凌云不吭气了。

“让我给你翻译吧，爱我爱爱我！好肉麻好骚情啊，活脱脱是猫叫春！”

“放屁。”

“我要告你。”史顺玲的语气平和了下来。

“老话了。”

“还有新话。”

"说。"

"我告你重婚。我学法律了，你和那个小妖精都犯了重婚罪。"

"哼。"

"我和孙大鹏一起去告你。"

"你觉得你们能把我送到监狱里去吗?"

"可能，起码可以把你的官儿弄掉。"

"就凭你和那个侍应生?"

"还有侍应生的叔叔。"

"那个老右派的光棍儿子?"上次听史顺玲提起这位孙主席，郑凌云就托人打听了他的身世，得知他被父亲牵连得不轻，这辈子都没结过婚，当然也没有孩子。

"孙大鹏就像他亲生儿子一样，是他培养孙大鹏上的大学，"史顺玲说，"他若知道是你霸占了他的儿媳妇，写篇文章往报上一发表，你可再也潇洒不起来了。"

郑凌云心里一个咯噔，却没吭声，史顺玲却越发来了精神：

"老孙头倔得很，说话从来没遮没拦，平生又最恨无德无才、偷鸡摸狗之事。正因为他的文章硬，县里的头儿们还忌他三分；他去告你，一告一个准。"

"这个狗崽子!"郑凌云在心里暗暗地骂道，"当初那些人怎么没整死他呢?"

他转过了身，把手搭在史顺玲的胸口，长长地叹了口气。

冬天，人大政协两会的筹备工作便紧锣密鼓起来。郑凌云的心也随之忐忑不安。这些年他一直自信得很，这次却有点患得患失起来。樊小帆就说他，一个自由生意人，何必在拥挤不堪的官场中争什么位置，弄得心神不定的。樊小帆虽然聪明，却不懂阴阳互补的道理，更不懂官商的相辅相成关系。退一万步说，当初没有插足官场倒也罢了，如今既然爬上去几个台阶，真的叫人弄下来，不但脸上挂不住，他在乐城的地位也就一落千丈了。

今天，他忽然很想见见郑永穷。前几天，他让史顺玲给郑永穷家送了点钱，说给孩子们买两件寒衣，再带姐弟俩去医院瞧瞧。入冬以来，喜喜和转运咳个不停，咳得人心里痛痛的。不料郑永穷又把钱给送了回来。这一回郑凌云真的生气了，他不客气地说：

“兄弟，贫穷也会杀人的！你不想把两个孩子也杀死吧？”

郑永穷说不出话。浑浊的泪水，却一滴一滴地砸在郑凌云客厅的大理石地面上。他第一次收起他的馈赠，佝着背走了。

此刻，郑凌云踱到永穷家里。他多长时间没到这个家了？他环视了四周，这里比他想象的还要破败，还要穷酸。

“我给你算一命？”郑永穷带点揶揄地说。

“我不信这个。”郑凌云说。

“其实我也不是真算命，我只是想找个人说说话罢了。”

“你想对我说什么？”

“古人曰，鱼和熊掌不可兼得，而你，却想连龙虾、鲍鱼都一并吞了。”

郑凌云一阵微微的心悸，但马上给稳住了，笑意从他的双颐生发，渐渐地向眼角的鱼尾纹扩散出去。

他回答说：“人在江湖，身不由己。不管怎么说，我还是要谢谢你的忠告。”

他想，他必须在这段时间里，好好稳住史顺玲。

樊小帆引产后，身体一直不好，便越发地留恋起郑凌云来。一日不见，手机短信如催命鬼一般追来。史顺玲也觉察到郑凌云的慌乱和紧张，她的腰杆子便挺直了许多，一有电话就审问，“谁的？”郑凌云不答，史顺玲就咬牙道：“定是那小婊子的。”郑凌云也不争辩，只是走到阳台上去接电话，史顺玲便追了出去，一把夺过手机就喊：“樊小帆你这骚货再缠，我一瓶硫酸烧了你的狐媚子脸！”夜里也不好好睡，待丈夫睡熟，她去翻他的手机，找出一点蛛丝马迹就是一顿闹。

郑凌云只得在上班时间找机会，和小帆去那套秘密的新居。难得相聚一次，史顺玲的电话就及时地追踪而来。她明显地感觉到他外头有房子，却测不出方位。后来郑凌云只要和樊小帆一起，就关了手机，可一回家，史顺玲就大发雷霆，并口口声声要和孙老头联合告他。

那一天，郑凌云正带着县、市领导在参观他的一个新项目，史顺玲的电话又追过来了，郑凌云说："别打岔，我正忙着。"史顺玲就问忙什么，和谁在一起，郑凌云就关了手机。那晚回了家，任凭郑凌云怎么解释都没用，史顺玲暴风骤雨地闹了一场之后，给他立下了三条家规：

一、今后不管到哪里，不管和谁在一起，都不准关手机；

二、立即清理外头房子，房产证上必须写她的名字；

三、把樊小帆逐出公司，永世不得再见面。

史顺玲最后说，这第一条，立即执行，后面两条，十天内兑现，如不照章办事，她必找上她的孙主席告状去，不去不是人！

郑凌云觉得这日子没法子过了。

史顺玲现在活得很科学。女友告诉她，女人，要对自己好一点，亏待谁也别亏待自己。把自己弄成一张永远黄色的脸，丈夫不找外遇才怪呢！每日里，史顺玲除了盯梢郑凌云，就是吃保健品，做美容，去健身房瘦身，这些当然要花好多钱，但她不缺钱，钱多了不花岂不是大傻瓜一个？清晨，还听从小飞天的劝说，坚持去屋顶做操。

早春的林子像一个沉疴刚起的女人，苍白而忧郁，皂角树上的那个斑鸠的空巢显得特别刺目。去年初夏的一天，史顺玲被飞天拖到屋顶，亲眼见最后一只小斑鸠被杜鹃推出窝外，那场面有点惊心动魄。生存的艰难，竞争的激烈，鸟且如此，何况是人？史顺玲后来见大斑鸠夫妇悲啼数天，然后绕树三匝，弃窝而去。

"它们再也不会来了。"她听见儿子伤感地说。

史顺玲却喜欢上自家的屋顶，她在那儿养了一排美丽的金边黄杨，和一排造型很好的五针松。这两种盆景不怕风雨不怕干旱不怕严寒也不怕日晒，很适合在屋顶生长。她又在平台上牵了两根铁丝，把洗净的衣服和被絮晾在上面。

这一天，郑凌云出差去省城了，史顺玲电话检查结果，并没有带樊小帆去，心里就十分踏实。下午四点多钟，史顺玲正在天台上收衣服，放学回家的儿子又拿着望远镜上了房顶，他对着皂角树上的空巢看来看去，一副兴致勃勃的样子。

史顺玲说：“它们死的死了，跑的跑了，还看什么呢？”

“鸟窝里好像有东西。”

“我看看。”史顺玲拿过了望远镜，她看见本来空空的窝里仿佛卧着一堆报纸，就说，“什么破纸头，是老鼠叼来的吧。”

郑飞天摇了摇头，似乎在思考什么。忽然，他想起了一件事，说：

“妈，我那篇《强盗和谋杀》的作文全县作文比赛得了一等奖。”

“什么强盗？什么谋杀？怪怕人的。”

儿子冷静地笑笑，说：“写的就是争夺这个鸟窝的故事啊！”

第二天早晨，天色不错，软软的阳光爱怜地抚摸着郑家屋后的那片小树林，梳理出一道道斜斜的光束，有神秘的东西在光束里忙碌地飞舞。郑永穷佝着个背，踽踽地到小林子里去。林子里弥漫着冬天的败落。经过了一冬的风刀霜剑，满地是咔咔作响的枯枝败叶。乐城人都烧煤气，把这些枝叶慷慨赠给了郑永穷。

忽然，一个人朝林子窜了过来，郑永穷以为是谁家的孩子在淘气，可一抬头，发现是个陌生人，他二十七八的年纪，高高瘦瘦，没穿外套，脏兮兮的家织毛衣扎在一条肮脏的假军裤里，毛衣里面鼓鼓囊囊的，似乎兜着不少东西。

“这是个穷人。”郑永穷想。他对穷人有一种天生的亲切感，可这个穷人却让他感到不舒服，是脏？还是那种怪怪的神态？都不是，哦，对了，是他的上唇那儿有着一颗不小的黑痣，相书上说，这颗黑痣“妨害”人。

“黑痣”迈着长腿穿过小林子，向着丹霞山跑去了。郑永穷继续从事他的捡柴禾劳动，直到捡了大大的一堆，他把它们理得整整齐齐的，用绳子捆结实了，将它们扛出了林子。

就在这时候，郑永穷发现郑凌云新房的北墙脚下，有一堆花花绿绿的东西。因为隔得还远，他以为那是郑凌云楼上掉下来的棉被子或者衣服什么的。他就走过去，想把它捡起来送还郑凌云家。自从缪春妮惨死后，郑永穷想得太多太多，和郑凌云家的关系也改善了不少。

直到走到眼前，郑永穷才突然看清，那不是一堆衣物，而是一个人，一个脸面脑袋砸得稀烂的、倚墙而坐的女人，她的嘴里，塞着一只又粗又脏的手套，她的身下，凝着一大堆稠稠的血浆。

郑永穷像野猪似的嚎叫了起来，顿时招引了很多看热闹的人。女人僵坐着，看样子已经死了。她破碎的脸面被血淋淋的头发糊住，辨不出她的真实模样；但她穿着时髦，半截裸露的手臂肌肤白皙，显然不是个干苦力的主儿。况且脖子上还有根白金项链，手指上有两个镂花戒指。大家议论纷纷，死者到底是什么人，她又是怎么死的？

“三陪女。”有人肯定地说。

“小姐，”几个人也附和说，“近年来，我们县被杀的三陪女不下五六个了。”

“这样的人，死了也罢。”

“或许是人家养的二奶？”

“那也差不多。死掉一个，救了一家。”

“你怎么知道才救一家呢？这种人没脸没皮，这边挂挂，那边搭搭，姘头一串串呢！”

人们便哄笑起来，说：“你那么懂行，肯定也是风月场中人。你应该惜香怜玉一点，出点钱把她弄去火化掉。”

大家就笑得更厉害了。

一批批看客散去，又一批批新客赶来，大家都很亢奋。

有人报了110，120也过来了，把人装上车，拉走了。

郑凌云此时正奔驰在从省城回乐城的路上。那天他的车跑得特别急，司机从后视镜里看到董事长满腹心事的样子。十一点多，车到一个以海鲜著称的港口饭店，往常他们都爱在这儿品尝海味的。当时司机问他，是否先吃中饭？郑凌云挥挥手说：“回家吃吧。”正午十二点，车子没回公司直接把他拉到了郑家大门口。郑凌云让司机回家，自己便进了屋。他觉得肚子饿了，就喊顺玲，没人答应，他摸了摸锅灶，冷的，便上了三楼，家里一个人都没有。他喊：

“飞天！”寒假时间，飞天应该在家里。他喊了好几声，小飞天才从屋顶的平台上下来，胸前还荡着那架望远镜。郑凌云有点不高兴，斥道，“不好好做作业，老跑到屋顶去做什么？”

“纸包不见了。”儿子冷冷地看着他，说了句莫明其妙的话。

“你妈呢？”

“不知道。”

“中午没回家？”

“我一上午都没见着她。早上我起来时，喊她，没答应，小米粥却在锅里热着，我以为她买油条去了，可左等右等她都没回来……”

东邻一个老头见到郑凌云的奔驰来了又走了，就知道他已经回家，便在楼下喊道：

“郑老板，你来迟了一步，没看到那个三陪女……”

“什么三陪女？”郑凌云从三楼的阳台上探出了脑袋。

“一个三陪女被人杀倒在你家的后墙根。”

“人呢？死了没？”

“早断气了，被拉去验尸了。”

郑凌云没再说什么，他回到屋里，继续等妻子回家，近年来，他回家吃饭就算是给史顺玲面子了，自己从来不做饭。

他靠在沙发上，很累的样子。忽然又对儿子说：“你妈怎么搞的，不回家连个电话都不打。你打她的手机。”手机响了，却在屋子里，在史顺玲那个 LV 包里。不知为什么，郑凌云的手竟有点发抖，他慌忙打开了坤包，取出了那个手机，翻了翻，看到了今天打她的三个号码：8 点 50 分，文联办公室的，9 点 47 分，还是文联办公室的，再就是刚才飞天打的这个了。

一个不祥的念头掳住了他。他从三楼下来，找到了东邻老头，问：

“你刚才说的，那个被杀的女人，穿的是什么衣服？”

老人拿下嘴里叼着的烟，说：“我没看仔细，好像、好像是花的……”

“什么花的绿的，”他的儿媳出来插嘴说，“上身是黑底红花的羊绒套衫，下身是柿子红色的运动裤。”

郑凌云打电话喊他的司机，奔驰很快就过来了，郑凌云说：“去医院。”

停尸床上，法医正在替一具无名女尸写尸检报告。死者的脑颅呈开放性骨折，为猛烈撞击所致；额面有两处伤口，似钝器所伤，但程度较轻；初步判断，此女受外力打击，脑颅破裂大出血而死。接下去法医又给这具女尸打开胸腔腹腔，在五颜六色的器脏上都切割下一小块，分别标上签条，送往法院的化验室等待结果。

郑凌云赶到了法院化验室门口时，门上的指示灯提示着“闲人莫入”。可是郑凌云不是闲人，他说自己是凌云公司的董事长，是来指认死者的。人们就破例把他放进去了。郑凌云走到停尸床边，他捧起死者那条蜷缩的左手，看见了中指、无名指上两枚未曾退下的戒指，他认得它们，因为那枚镶有翡翠的戒指是史顺玲和他结婚时陪嫁过来的，另一枚红宝石钻戒却是他到泰国考察时给她买回来的。然后，他仔细地审视着那血肉模糊的脑袋，她的颜面差不多烂了，砸得那个狠！最后，他退到墙角，抱起那堆熟悉的、血迹半干的衣物，整个人颓萎了下去。

缪春妮的死亡鉴定书终于下来了。那是在史顺玲死亡后的第七天的傍晚，郑永穷记得西山头那个太阳像一个盛装的贵妇那样绚丽夺目，让他悲凉地想起“夕阳无限好，只是近黄昏”的两句谶语。郑永穷觉得自己从来未曾“好”过，所以这夕阳的美好就美得有点不合时宜。这时候，派出所的侯所长手举一纸文书，他一边走一边口中念念有词：高压锅使用过久，超过疲劳极限……锅盖上保险孔堵塞……压力太大，导致锅盖锅体突然分离，飞起的锅盖把搁在盖上的火钳推入缪春妮头颅……

“好了，你可以自由了。”侯所长说，“但你的算命生涯也终结了，谁都会说，你连老婆的吉凶都算不出，还想糊弄别人？”

“是福拦不住，是祸躲不过。”郑永穷慢条斯理地说，脸上带着麻木的哀伤。

正说着，一辆警车呼啸而来，郑永穷睁着混浊的眼睛，他看见车上跳下一帮警察，以为找麻烦的又来了。可是他们并没有理会他，而是把住了郑凌云家的前后两门，其中一人去按响了门铃。

郑凌云亲自出来开门。自从史顺玲去世以后，郑凌云已经按时上班下班，也学会做许多事情。警察拿出副手铐，把凌云公司的董事长兼总经理给铐了。

围观的邻居一个个瞠目结舌。

审讯室里，审问已经进行了五个小时。

审判官是乐城县人民法院的一位新调来的副院长，郑凌云并不认识。

郑凌云的人大代表已被取消，这让他悲哀且愤怒：关键时刻，居然没有一个人向他透风，平日的送礼上供算是喂狗了。

“郑凌云，你应该明白，我们不会无缘无故地把一个优秀企业家，一个名人弄到这里来。”

“那么，你们就可以无缘无故地把一个普通老百姓弄到这儿来了？”郑凌云冷静地对答着，他的眼里闪烁着不安与不屑。

“你包养二奶，流产三次的樊小帆催你结婚，史顺玲又坚决不同意离婚，为了排除障碍，你——有杀人动机。”

“你这可是诱供了。”

“这包养二奶是真的吧，你敢说和杀人没有因果关系？”

“并没有必然的联系。”郑凌云说，“包养二奶的人多的是，难道个个都杀人了？事实是，这几天我出差在外，我是在史顺玲死后才回到乐城的，我不在现场，没有作案时间。”

“你家屋后的林子里有一棵皂角树，那棵树上有一个空鸟窝，一月十八日晚上，也就是你去省城的前一个晚上，堂堂一个董事长，亲自爬到那树上干什么？”

“我爬什么树？请拿证据。”

“你在那里放了一包东西，准确地说，应该是一包钱。”

郑凌云的眸子有什么游移了一下，但稍纵即逝。他挺直了身子，让自己坐得更舒服点：

“还是要问你们，证据呢？”

“你肯定没想到，凶手拿了钱，却把包钱的报纸给扔了，那是一张一月十五日的深圳市场信息报，而据我们调查，全城订有这张报纸的只有九户，而家住城北的却只有你了。”

“凭一张旧报纸，就怀疑我杀人，未免太牵强了吧？”

“有人看见你跟一个鼻子下面长着一颗纽扣大黑痣的外地人有过交集。”

郑凌云哆嗦了一下，虽然轻微，但没有逃过审判者的目光，为了掩饰那一丝惊慌，他提高了嗓门，振振有词说：

“这是个小偷，那天他偷到我家被我发现了，追到林子里……”

“小偷演变成杀人同谋，这很合乎逻辑。”副局长点燃了一支烟，悠闲地吸着，“你后来就买通了他，让他来杀史顺玲。”

“胡说八道！”郑凌云跳了起来，但马上就发现自己失态。天那么冷，他的脑门上却在冒着汗珠。

“一月十八日，你把那包钱放进了鸟窝，一月十九日，也就是史顺玲死后，那包钱就不见了。

“谁说的？”

“你儿子，郑飞天。”

“小孩子家家懂什么！胡说八道！”

“史顺玲在世时告诉过父母，也告诉过文联的同事，她家的屋后出现过一个神秘的‘黑痣’。”

“你们能肯定黑痣就是凶手？”

“黑痣叫胡来来，据胡来来打工所在的建筑工地民工反映，他在一月十九日凌晨天未亮就出去了，大约七点半时回到工棚，拿了些东西就不辞而别，至今下落不明。”

“请你尊重一个企业家的合法权益。就算是黑痣杀的人，跟我又有什么关系？”“我们会找到胡来来的。”年轻的审判官说。

审问只能中途停止。

半个月后，法院重新提审了郑凌云。这一回，讯审室里多了一个唇上长了个黑痣的年轻人。

胡来来瘦了，脸上带着亡命的惊恐和疲惫。绝望渗透了郑凌云全身，这个黑痣，该死的黑痣！如果不是这颗黑痣，事情或许会是另外一个样子了。

"胡来来，你看看，认识这个人吗？"

"认……得。"

"怎么认得的？"

"有一天我在劳务市场里等招工，这个人正从一辆高级轿车上下来，我听得有人说，郑凌云，乐城首富。当时我的心就动了一下，起了去他家偷一把的念头。"

"你怎么找到他的家？"

"问呗！"

"一个外地人到处乱问，不叫人怀疑吗？"

"我说，我找老婆，我的老婆在郑老板家做保姆。"

"你并没有花多少力气就找到了？"

"是的。我踩了几次点，发现他们家白天没人，而且那个位置太好了，屋后没有人家，只有个不大的林子。那天我带了工具，准备撬三楼的防盗窗。我知道，他家的房子大都空着，唯有三楼用得最多。"

"可是你运气不好，那天你在三楼一露头，就被他发现了。"

"我跑，他追，本来我早就跑掉了，但我忽然不想跑了。"

"为什么？"

"因为我觉得他也不是什么好人。"

"于是你就站住，等他来抓你？"

"不，我没有站住，只是放慢了脚步，装作累得不行的样子。"

"他终于抓住了你，要把你扭送派出所。"

"不，他先打了我一耳光。我说：'兄弟，别这么凶。'"

"'谁是你兄弟？'他说。"

"对，他这样说了，又扬起了巴掌，我伸手挡了，说：'慢着，咱们谁怕谁呀，大不了上派出所吧，我不过想偷点东西，可你还偷人呢。'"

"他立马就蔫了是不是？"

"他更来气了，说：'你想讹诈我？也不打听打听我是谁！'"

"'凌云公司的大老板！'我对他嚷嚷道，'我反正要啥没啥，连脸也不要了，你可是有钱有权有女人，你这张脸皮值钱啊！’”

“他于是把你给放了？”

“对，不但放了，还给我一张老人头，说我是条汉子，可以做朋友。”

“你不觉得受宠若惊吗？”

“什么？”

“你不觉得他对你太客气了吗？”

“不，我觉得他有什么事情要求我。”

“当时他没说？”

“没说。”

“那他在什么时候再找到你的？”

“差不多半年以后，对，是一月十六日。”

“地点？”

“劳务市场门口。”

“他带你到一个小饭店的小包厢里吃饭。然后问你敢不敢杀人。”

“没错。”

“你答应了？”

“我不敢。我知道，偷窃没死罪，杀人要偿命。我还没有活够哩！”

“可你还是干了。”

“他说：‘我一不要你动刀，二不要你动枪，只需这么轻轻一推’他比划了一下，‘人不知鬼不觉的——’”

“这么一推就把人推死了？”

“他是说在屋顶上往下推。”

“……接着说。”

“我害怕，心想，我才不替你当替死鬼呢。但我想探探这是笔多大的买卖，我不干我有个抢劫过的同乡会干。就问多少价？他说，十万，今天先给一万，事成后再给九万。他当场就掏出一叠钱，拍在桌子上。”

“你被这笔钱镇住了。”

“是的。光是桌上的钱就把我给镇住了，我活到这么大，从没有见过这么多钱，要知道，我爹我娘脸朝黄土背朝天地干一辈子，也赚不到这么多啊。”

“他交给你一个手机，告诉你不许乱打，就是说，这个手机是专供他联络你用的。”

“他让我别告诉任何人我有一个手机。”

“但是你告诉别人了。”

“我熬不住。”

“他让你干完这件事就把手机扔到河里。”

“我舍不得。”

“他没有告诉你什么时候下手？”

“他让我等他的通知。”

“他在一月十八日给你打电话了。”

“对，他说，明晨5点半动手。”

“于是你五点不到就起来了，你起床时把睡你下铺的同乡弄醒了，他问你干嘛呀，你说你拉肚子了，你这肚子一拉就是好几个钟头。”

“五点半，我顺着那根水管爬了上去，可那女人没有准时起来。我怕天亮了就不好办了，就想不干了下去吧。”

“你舍不得快要到手的巨款。”

“就在这时候，他们家的烟囱冒烟了，我想她做好早饭就该上来了。我蹲在一排花盆后面等。五点五十分，天已蒙蒙发亮，我想我真的要回去了。”

“可这时候天窗开了。”

“她上来了，开始伸脚伸手的做操。”

“你猛地站了起来。”

“她吓坏了，张大着嘴巴却喊不出来。我赶紧将一只破手套塞进她的嘴，一边把她朝天台的北边拖。”

“为什么朝北拖而不是朝其他方向？”

“老板说过，后面是是林子，死个把人，一时半刻不会被发现。”

“她抓你，踢你。”

“我没松手，就这么把她拖到了北矮墙边。”

“在你将把她往下推的时候，她的双脚死命地勾住了矮墙。”

“但是我还是将她推下去了。”

“有两块砖头和她一起掉了下去。然后你又顺着水管滑下来了。”

“我没有马上就跑，因为主人交代，人死不了，余下的钱就没有了。”

“于是你又找到了她的落地点，你看见她真没有死，而是痛苦地拱起了背，慢慢地、慢慢靠着墙脚坐了起来，你抓起她身边的砖头，再在她的脑袋上砸了几下，直到她彻底死去。”

“那模样太吓人了，血！满头满脸的血！我扭头就跑，我如果在那个时候跑掉，就没有人看见我了。”

“可是你在等那九万元。”

“我坐在溪边，洗净了身上的血，然后给老板打电话。他问，事情完了么？我答完了。他问干得漂亮吗？我答非常漂亮。我急着问他给我的东西呢，他说放在他屋后那棵皂角树上的鸟窝里。”

“你骂了他，什么地方不好放，偏偏放在死人近旁。你其实已经很害怕再去那个地方，可是你不能眼看煮熟的鸭子飞掉。所以你还是硬着头皮回去了，你看到了那具尸体，她还是以原来的姿态坐着。赶紧回过头来找到了那棵皂角树，取下了那个纸包，你还不敢相信那包鸟巢里真会有那么多的钱，你迫不及待地打开了报纸，你看到了跟那天一模一样的九叠钱，这时候你的心跳得比你杀人时还厉害，你把它们全塞到衣领里去，你还发现报纸里有一张当天上午 8 点的火车票，这张票的终点站是新疆乌鲁木齐，和你的家乡完全南辕北辙。这时你已经不敢走大路了，于是你就从那个小林子里穿了过去……”

一个女警官上来，她打开一个黑色公文包，从里面取出一只手机；几份证词；一根从皂角树上摘下来的驼毛线，这根细细的毛线和郑凌云那天穿的驼毛衫的颜色、质量毫无二致；一只脏稀稀的手套，和从死去的史顺玲嘴里拉出来的那只刚好配成一双；还有九叠还没有来得及花掉的人民币。

“我带了这么多钱，吃也吃不好，睡也睡不香，在乌鲁木齐，还差点被人给杀了。”黑痣重重地叹了口气，“没钱苦，没想到钱多了更苦!”

郑凌云完全瘫了，和他那天在医院抱着史顺玲的衣服瘫下去的姿态十分相似，所不同的是，那一次是表演性质的，这一次却是货真价实的了。

郑凌云和胡来来执行死刑的那一天，正是人大、政协两会召开的前一天。郑凌云的人大副主任候选人的资格早被取消，替代他的是腾龙电器公司的董事长邱腾龙。人们在打开电视机的时候，刚好看见这个留着日本式短髭的男人春风得意地介绍自己的创业历程，他的嗓音有点粗糙，应该是史顺玲熟悉的，可惜她再也听不到了。

郑凌云的刑车出发时，乐城万人空巷，围观的人群摩肩接踵使得道路壅塞。樊小帆没有来，她引产后三番四次大出血，此刻正在医院抢救。刑车徐徐过去，扑面而来的是一幅又一幅猩红的、庆祝两会胜利召开的大幅标语，礼花也凑热闹般在他们头上开放。在一片喜庆声中，天空却下起毛毛细雨来。郑凌云想起这也许就是“天泣”，又想起樊小帆唱过的《潮湿的心》，他当时曾经说：“瞎说八道，心怎么会潮湿?”樊小帆偎在他怀里，呢喃说：“心不潮湿吗?心还流泪流血呢!”郑凌云轻轻地拍着她的背，说：“我老了，有些歌词听不懂了。”

史顺玲死后的一天夜里，郑凌云又一次潜到了樊小帆家里，他们没有再做爱，只是静静地脸对脸躺着。望着脸色苍白的樊小帆，郑凌云忽然叹息道：“我如果死了，你可怎么办?”樊小帆一翻身坐了起来，说：“你可别吓我，是不是史顺玲的死和你有关?”郑凌云抓紧她那瘦骨嶙峋的手，安慰说：“我脑子进水了啊我干这种傻事?那肯定是外来的盗贼干的。我只是想，如今的车祸啊，飞机失事啊那么多……”樊小帆掩了他的嘴，连说“百邪尽消”，郑凌云笑了，说：“我的小樊也懂得乐城县的民风民俗了。”他重新扶了樊小帆躺下，说：“我给你说说我们凌云公司初级阶段的故事吧。”

于是他讲述了二十多年前的一个冬天，他准备在沈阳开辟个小型电器市场，当务之急是打通某要人的关节。那人在一个很权威的机关部门工作，那里大门森严，警卫林立。一身黑皮裹着一件廉价西装的郑凌云，让人一眼就看出是个南蛮土包子，土包子的目的是进入那座大楼找寻那个大腹便便的官员，可是他刚一抬腿就被门卫给挡了回去，一连三天，他只能站在凛冽的寒风里望门兴叹。

他不能掉头向后转，向后转就是死路一条。乐城的腾龙电器公司正想吃掉他呢。他死乞白赖地站在陌生的北方，和白雪皑皑的天地溶成一片悲壮。天冷极，冻得他快成了冰坨子，为了活命，他拼命地跺脚，跺得白桦树上的积雪一嘟噜一嘟噜的往下掉。傍晚时分，一个黑脸汉子一掀门帘走了出来，还没有等他反应过来就钻到轿车里去了。轿车喷着白烟扬长而去，顿悟过来的他奋起直追，这种唐吉诃德式的英勇行为，让见过这道风景的人后来描述成“龟兔赛跑”，只是这种赛跑的距离限制为500米，500米之外，他追踪的目标已经无影无踪了。第二天这个时候，他守株待兔在这500米处。那轿车过来了，他又跟着猛跑，车轮扬起的雪灌满了他的脖子，他摔倒爬起爬起又摔倒，马路上的人以为他是个疯子，指着他的一身泥污捧腹大笑。第三天，他待在1000米处，第四天，他待在1500米处……整整二十天，他冻得脸也肿了，脚也烂了，浑身上下摔得青一块紫一块的；终于，他看见那辆车拐进了一个居民区，在8号楼2单元前停下，那个黑脸汉子从车里出来，上了楼梯……

樊小帆要起身上卫生间，郑凌云紧紧地抱着她，他嗫嚅着：“不，不要离开我……”

那一晚，他们俩都哭了，泪水和泪水混和在一起，分不清你的我的。

雨下个不停，行刑的队伍和刑场都淋得湿漉漉的。枪声响起，郑凌云倒在泥淖里。执行人枪法不错，子弹从郑凌云的后脑勺进去，又从他的前额出来，鲜血渗透开来，因为雨水的缘故，他的血远没有史顺玲的红酽。

郑永穷去收郑凌云的尸体。他拉着那辆当年被郑凌云扔了的板车。板车已经很破很旧了，但承载一个人的重量没有问题。

人在天涯

这个海边的小镇名叫“天涯”。乍看到立石上那两个涂了红漆的大字，宋紫英竟然有种置身梦境的感觉。

宋紫英从苗岭山区来到这里，还不到两个月。

泵厂的宿舍很小，靠墙是一张单人木床，宋紫英母子三人来了，陶三河就在床里壁加了块半米宽的木板。破旧的写字台在窗下横着，比窗子宽出了许多，宋紫英开窗关窗或隔窗传递点什么，总要趴在这写字台上才行。

此刻，她倚在写字台的右侧，左臂搁在桌面上，身体顺势倾了下去，她的脸离窗户很近了，她甚至闻到了窗栅淡淡的铁锈味儿。

这是个星期一的上午，天气很好，海鸥喧哗着，在船帆中忙碌地穿梭。卖海鲜的女人正从窗外经过，竹篓里的螺啊贝啊发出窸窸窣窣的声音。

陶三河在窗外说：“靠近些，再近些。”宋紫英有点勉强地把脑袋往外挪挪。阳光投射在她青春亮丽的脸庞上，睫毛的影子闪烁。陶三河想，老天爷真是伟大啊，居然能造出这样美好的女人来！他赶紧逮住了宋紫英的嘴唇，狠狠地嘬了一口。

其实在三分钟前，他们才刚刚吻别过。只是陶三河经过围墙外自家的窗口时，总要这么补一下。这样的隔窗之吻由来已久，陶三河一直热衷着，宋紫英也乐意配合，并放肆地享受那种让她心灵震颤的快乐。可是这一回她却找不着感觉了：妞妞得麻疹高烧三天，医嘱小心照看着，得麻疹的孩子是很容易出意外的。

宋紫英站在窗口，目送着丈夫的背影远去。他快到那个小小的妈祖庙了。庙前是一条东西走向的沙石路，向西通往城里街区，向东就是码头了。

悠扬的汽笛声在空中回荡，宣布着轮船就要启航。陶三河是被他的老板派往白鲸岛去的，那里正在建造一个颇具规模的度假村，建筑用的几台泥泵出了问题，一个又一个的告急电话打得厂长屁股冒烟。三河这一去不但要修好白鲸岛的泥泵，还要去黑鲸岛、蚂蚁岛、桃花岛转转，岛上缺水，民用水泵性能好坏至关重要，所以没有十天半个月不能回家。

蚊帐低垂。宋紫英回到床上，抱起哭歪歪的妞妞轻轻地摇着。老家的长辈们都说，得麻疹的孩子见不得风雨经不起惊吓，需日日夜夜地护着搂着，时时刻刻罩在帐中才行。半岁大的儿子壮壮趴在床的另一头，荷藕般的四肢滑稽地撑着，他在努力学习怎么坐起来。

宋紫英小时候也得过麻疹，具体的印象模糊了，唯一的记忆是非常非常地难受。老人们还说，大多孩子都躲不过麻疹这一劫。“出麻”是一场战役，光靠孩子自身的力量是打不赢的，得一家人全力以赴同仇敌忾才行。可是陶三河却在这个节骨眼上出远门了。

宋紫英来天涯镇之前，只是在书本上读到过“海”，她没想到自己有朝一日会住在海边，天天看云卷云舒，夜夜听潮起潮落，一呼一吸全是海的咸腥味儿。现在老公不在家，孩子又病得这么重，在这人生地不熟的天涯海角，她再怎么给自己壮胆，心里还是惶惶然的。

八平方米的屋子，低、矮、潮、霉，还活动着各种各样不讨人喜欢的昆虫。这些二十世纪的“大寨屋”像一节节废弃的车厢，被扔在小镇的边缘，陶三河的老板把它们租下来既当厂房，又当光棍们的宿舍。打头的一间被隔成两半，供陶三河和另一位带家眷的八级工匠居住。

陶三河自幼父母双亡。大哥大河、二哥二河都年过四十了，至今还是光棍两条。三河长得帅气，脑袋也好使，他十几岁就自带包谷粑粑到县城机械厂当学徒，几年下来，车、钳、刨、铣样样精通，还能对付着给机器零件绘图，干机械应该是一把好手了。可是宋紫英的父亲却特别瞧不起陶家，一见他们兄弟就挖苦说：“你们家的运气坏就坏在名字上。掏一条河是上头派工，掏两条河是卖苦力的，掏三条河就是戴罪之人了——只有上辈子伤天害理专干坏事的人，今生今世才当掏河工！”

其实陶家兄弟并没有一个是掏河工。宋家老爹对掏河工的认识是从《聊斋》上看来的，他就拿这故事来编派他不喜欢的邻居。老宋头的骄矜源于他家两个女儿。若干年前，他老婆挺着个大肚子去割草，一不小心就把一对双胞胎生在紫云英地里，就起名叫紫云、紫英。粗茶淡饭地养着，却把两姐妹养成了方圆百里的大美人。

紫云、紫英刚刚初中毕业，提亲的人就把门槛给踏破了。老宋头对双胞胎姐妹谆谆教导。古训说女儿在家从父，当今找对象呢，要“从政从商”。什么叫从政从商？就是要找官员、大款做老公。“要不，这美人胚子不就白长了？我供你们读到中学毕业不是白供了？”在他的干预下，姐姐紫云和一位叫胡希礼的药厂厂长谈上了，而紫英脾气倔，死活不肯和前途十分看好的姚副乡长见面。

老宋头想，二姑娘爱到后山的林子里去，回家时手中不是提着一袋野生毛栗，就是拎回一只野兔。姑娘家捡栗子并不稀奇，可是野兔是哪里来的？那一天老宋尾随着紫英去了后山，发现了在那里侍弄板栗树的陶家老三。那个初秋的天气非常闷热，知了还赌气般在枝头鸣叫，陶三河捡起块小石子随手一扔，知了应声落地，紫英就欢呼雀跃着去捡。陶三河上蹿下跳左右开弓，知了就着魔般地纷纷下坠，陶三河的动作简直是出神入化了，让人觉得是故事中的鹿神在舞蹈。

那一晚，老宋头的饭桌上就多了满满的一盘油炸知了。擦过油汪汪的嘴巴，老宋头点起一锅好烟之后，就对女儿说：“不许再去后山了。”紫英调皮地问：“知了不好吃？”老宋头不高兴了，说：“想用野味把我套牢？没门！”然后他斩钉截铁地说：“你一定得‘从政’，必须得‘从政’。”紫英又是掩耳又是顿足，说：“不从不从就不从！”老爷子哼了一声，说：“你死了那条心吧，你就是瞎了、瘸了、神经病了，我也不让你嫁给陶家老三！”宋紫英问：“凭什么？”老头儿说："人往高处走，水往低处流，天底下再也找不到比你更傻的人了，喜欢个穷光蛋！"宋紫英说："我不怕穷！"老宋头喊道："可是我穷怕了！"宋紫英说："你嫌贫爱富！"老宋头说："我就是嫌贫爱富，谁不嫌贫爱富谁是蠢驴！"

老爸这般无耻，宋紫英无语了。老宋头继续说："再说陶三河心眼也太多，嫁了他，我怕你将来吃亏。"宋紫英说："那是他聪明！胡希礼心眼才多，都不知娶过几任老婆了，还说自己是红花郎，你就不怕姐姐吃亏？"老宋头恼羞成怒，他把铜烟锅在台阶上梆梆地敲着，敲得火星四溅，"反正我不能让那小子空手套了白狼去！"

宋紫英的心也凉了，自己怎么就成了白狼了？

为了斩断这对年轻人的情缘，老宋头请了工人，把家里所有的窗户都装上铁栅。白日里他就拉了条板凳坐在大门口把着。心想二女儿就是变成只麻雀，也休想飞出他的手心。

两个年轻人虽然到不了一块，但还是能找着机会交流的。老宋头坐在前门，陶三河就溜到后窗，一连几小时给宋紫英灌输甜言蜜语；老宋头出门"巡视"了，陶三河就猴子般蹿到路旁的树上，居高临下对那个嫌贫爱富的秃脑袋吐唾沫星子；老宋头回到屋里，宋紫英把闺房门插死了，老宋头贴着女儿的门，什么也看不见什么也听不到。

那年七月初七的夜晚，老宋头把大门一锁，早早地回屋休息了。两个年轻人窗里窗外的，一丝睡意都没有。宋紫英趴在窗旁，仰脸望着茫茫银河，心也像银河里的星星一样忽明忽暗。陶三河故作神秘地说："我听见牛郎织女说话了。"宋紫英问："说什么来着？"陶三河答："说你前世就是我老婆，今世是来世还是，我们是天造地设的一对，就是王母娘娘来了，也拆散不了的。"宋紫英啐了他一口，陶三河却冷不防地逮住她的嘴唇，完成了人生第一吻。

那是怎样的一吻啊，眩晕，战栗，像被雷电击中一样，浑身着火，脑袋嗡嗡作响，身体飘飘悠悠地飞向天空……

妞妞很烦躁，小小的眉头拧成两个小小的疙瘩，脸上全是密密麻麻的红疹子。疹子最先出现在妞妞的嘴里，然后是两个额角，脸上，再顺着脖子向下走，长满了胸口和后背，现在快到腰部了。只要它们平平安安地出到手心和脚心，就算是大功告成了。可是会不会出现意外呢？宋紫英唯一的弟弟就是得麻疹死的。想起这个，宋紫英就心惊肉跳。早饭时，她曾忧心忡忡地对丈夫说：“三河，你还是别去白鲸岛了吧？”陶三河说：“老板派工，我敢不去？我是好不容易才找到这份工作的啊。”

宋紫英也珍惜丈夫的这份工作，如果没有这份工作，她们夫妻至今还分居两地天各一方。可妞妞的麻疹让她心里没底。她说：“三河，我怕。”陶三河说：“别怕，如果妞妞病重了，就快送医院，天涯镇医院离得近，不像咱们老家要翻山越岭的。”宋紫英说：“我送妞妞去医院，壮壮怎么办？”陶三河想了想，说：“请对门南阿娥帮帮忙吧，我回头谢她。”

宋紫英还是发愁，她发愁的样子也很好看：眼圈红红的，眉毛戚戚的，眉尖儿微微上扬。陶三河心疼地抱了抱她，说：“好了好了，妞妞不是城里小姐，她没那么娇，再说吉人自有天相，老天会保佑她平平安安的啥事都没有！”

码头传来长长的三声汽笛，船开了。宋紫英叹了口气，她强打起精神，哼起《小背篓》来。她喜欢宋祖英，但凡宋祖英的歌，她都能唱得下来。这些年，她把《小背篓》当成摇篮曲来唱，妞妞听到这首歌，应该会好受些。

壮壮哭了，伸胳膊踢腿的，她是饿了，该给他喂奶了。宋紫英放下了妞妞，把壮壮抱出了蚊帐。宋紫英身体健康，条子极好，两个乳房紧紧的挺挺的，不戴胸罩都很漂亮。且乳腺发达，乳源充沛，她喝菜汤也下奶，吃泡饭也下奶，天涯码头的小鱼小虾便宜，她买那么半斤八两的做汤喝了，乳汁更是多得稀里哗啦的。

对门飘出阵阵肉香，南阿娥又在炖什么好吃的了。南阿娥的丈夫是天涯乡下人，他少言寡语，技术却十分了得，虽然才四十五六岁，徒子徒孙的却有一大堆，徒孙们尊他为“老师公”，三河和紫英也称他为“老师公”。老师公去年才得了儿子曲曲，当然是宝贝得很，放在手里怕摔了含在嘴里怕化了。为了让儿子有充足的母乳，老师公三天两头猪蹄髈、乌骨鸡、鲫鱼、王八的把老婆喂着，喂得南阿娥前面三个下巴，后脖三个褶子，可奶水却吝啬得跟猫尿一般，可怜的曲曲又不喜欢婴幼儿奶粉，瘦得就像草鸡似的。

想到这里，宋紫英的乳腺怒张了，就赶快给儿子喂奶。奶泉太旺，几乎是汹涌而出。壮壮大口大口地吞咽着，富余的奶汁还是不断地从他的嘴角溢出，顺着下巴和脖子肆意横流。宋紫英每每给儿子洗澡，总能在腋下挖出一块块被儿子体温烘干了的奶粉来。在老家时，左邻右舍谁家的孩子缺奶，就抱过来往她怀里一塞，宋紫英都给好生喂着，陶三河探亲时也不例外。这影响了他们夫妻的亲热，陶三河不满地说："你也太慷慨太滥爱了吧，捧过你乳房的孩子都可以编一个加强排了。"宋紫英笑笑说："你还吃这些屎娃娃的醋啊？他们饿肚子难受，我的乳房胀着也难受，一举两得的事，何乐而不为呢！"

壮壮终于招架不住，他吐掉了奶头，乳汁喷涌而出，宋紫英想找块毛巾堵住"决口"，可是毛巾挂在尼龙绳上够不着，她刚一站起，澎湃的奶水直击对面的板壁，发出噼噼啪啪的声响。

南阿娥在叫门了。宋紫英把毛巾塞在怀里，抱着壮壮去开门。南阿娥笑嘻嘻地说："大美人啊，我们曲曲又蹭美人奶来了。"宋紫英二话不说，接过了孩子就给了他另一只奶头。曲曲毕竟快周岁了，吃起奶来又狠又急。壮壮晃着一条腿，宽容地笑着看他，看着看着，他好像想起什么，一头扎回母亲的怀抱，重新吮吸起来。

南阿娥说："你衣襟放得这么低，堵了孩子的鼻孔了！"说着就伸手把宋紫英的前襟提了上去。宋紫英晃了下脑袋表示抗议。南阿娥说："害什么臊，孩子呼吸要紧！再说奶孩子的女人最伟大了，神仙见了也敬三分。"宋紫英的双乳被彻底暴露了。南阿娥忽然想起一事，说："有你的一封信。"说着就回屋拿了来，看看宋紫英双手都抱着孩子，她把信往她的乳沟里一插，那信就乖乖地待在那儿，一点也没有要掉下来的意思。

曲曲的麻疹刚痊愈，额上有点点皮屑翘起。宋紫英想，曲曲总来蹭奶，妞妞的麻疹肯定是曲曲传染的。可是曲曲的麻疹来得轻松，并不像妞妞这么痛苦啊。她说："阿娥姐，你看我们妞妞出麻，比你曲曲厉害是不？"南阿娥说："曲曲是打过麻疹疫苗的，你们妞妞打过吗？”

宋紫英的身子一下子凉了半截。在她们那个贫穷的村落，很少有人奢侈到没病就先去打什么预防针的。

宋紫英想给家里打个电话，问问当年她和姐姐的麻疹是怎么挺过来的。可是想想自己把父母给气的，也就作罢了。

五年前的那个七夕之后，宋紫英对父母说：“你们拦也是白拦，我和陶三河生米已经煮成熟饭了。”老宋顿时如五雷轰顶，沉痛地感到一个无价之宝被人给毁了。可是他怎么也想不明白女儿在什么时候让陶三河下的蛆。难道就在后山的小树林里？“生米煮成熟饭”几个字像烧红的钢珠子，让老宋和着苦水咽进了肚子里，烫得心都焦了，外人却一点都不知道。

姚副乡长的桑塔纳在坑坑洼洼的山道上颠簸着，一天两次来宋家造访，宋紫英躲在房里不出来就不出来，把个老宋头气得要吐血。

那是个打场的日子，姚副乡长的桑塔纳晃晃悠悠的又来了。乡亲们把稻谷丢在一边，都围上来看热闹。姚副乡长的右脚刚刚从车里跨了出来，不知哪里飞来一块石片，正砍中了他的脚脖子，脚踝顿时开了花，姚副乡长身子一歪，就摔倒在车轱辘旁。

乡政府的治安员来抓凶手，问围观的群众是谁飞的石子。乡亲们都把头摇得拨浪鼓一样，异口同声地说不知道。老宋头却偷偷地跑去举报，说肯定是陶三河使的坏，他说村子里只有陶三河有“神镖飞石”的功夫。治安员不由分说就把陶三河拷走了。陶三河挨了顿好打，却死活不肯招供，还口口声声地要证据，说他们执法犯法。治安员拿不出证据，白让陶三河吃饭又觉得心疼，关了两天只得把他给放了。姚副乡长治好脚伤以后，再也不敢登老宋家的门了。

老宋头是很想把陶三河送进监狱的，恨只恨村民们没有法制观念，穷乡邻们是妒忌宋家女儿漂亮，妒忌她们攀上高枝，所以才这么装聋作哑。于是老宋头日复一日地咒天骂地，骂宋紫英贱货，不走阳关道偏钻刺蓬窝，咒陶三河是骗子流氓，将来准要蹲牢狱吃枪子儿，到了阴间还得去掏河背死尸，还断定女儿这辈子要“苦得下爿眼泪往上爿流”！宋紫英对最后这句话百思不得其解，就顶嘴道：“下爿眼泪怎么能往上𠀎流？除非把我倒吊起来！”老宋头没有把二女儿倒吊起来，但就是死活不答应这门亲事。

那天，胡希礼厂长开着宝马车来接紫云去看房子，老宋头对这个乘龙快婿说：“留意留意你城里的朋友，老点丑点都没关系，务必把我家二丫头也嫁到城里去！”过了几天，胡希礼真的带来个年过半百的秃子，说是市药监局局长，刚刚死了老婆的。老宋头听说这位局长有三处房产数百万存款，且儿女都已成家另住时，就把烟袋一敲，说：“好了，就是他了。”于是那秃子局长便成了老宋家的贵客。

为了抵制父亲的封建干预，宋紫英把闺房门一插，宣布绝食了。姐姐在门外千呼万唤，宋紫英不出来就是不出来。到了第三天，做娘的沉不住气了。她说：“老头子，真把她给饿死了，岂不是鸡飞蛋打一场空？”老宋头说：“饿死事小，嫁错郎事大，我们指望着她吃香的喝辣的，将来还指望她养老送终呢！”老伴说：“不是有紫云吗？”老宋头说：“你懂什么？多一个有钱女婿就等于多买一份保险！”

其实宋紫英不是真的挨饿，后窗虽然被装了铁栅，但挡不住陶三河的“神镖”，陶三河躲在一棵枝繁叶茂的娑萝树上，一会儿一个包谷，一会儿一个粑粑，有一回还把几只烤山雀砸到宋紫英的怀里。五天过去了，老宋老婆去敲女儿的门。宋紫英装作有气无力的样子哼哼道：“叫那个局长走人，要不我可就死定了。”老太婆赶紧向老头子“传达精神”。老宋头终于害怕了。他隔着门嚷嚷道：“死丫头算你狠，叫陶家那小子来，替我把挂在高压线上的那对鸽子弄下来！”

宋紫英开门出来，发现老爸的嘴角起了一串燎泡，额上还拱出个脓头疖子。惊问怎么了？老宋头咬牙切齿地说：“都是叫你个死丫头给气的！”

老两口齐夸胡希礼孝顺，因为他送来了一对活鸽子，说鸽性凉补，和西洋参炖着吃了，去火又补元气。老宋头一时舍不得吃，先用一根细绳子把两只鸽子分别拴在两头。谁知这对鸽子竟玩起比翼双飞的花样，刚一腾空，就叫门前的高压线给挂住了，鸽子们又气又急，它们没命地扑腾挣扎，越是这样那绳子就绕得越紧，大家都怕高压线断了闯祸，让老宋头赶快去请消防队。

老宋头对陶三河说："小子啊，你把那对鸽子弄下来，我就把紫英嫁给你。"陶三河说："你说话当真？"老宋头说："我什么时候说过假话？"陶三河想，你假话不多，但也没几句人话。陶三河怕老宋头反悔，就把这事告诉了乡亲们求他们作证，乡亲们太愿意作这个证了，一下子来了大半村子的人，比换届选举都热闹。

陶三河仰脸看去，电线杆太高，没有专用工具上不了，就是上去了也没用，因为鸽子缠绕在长长的高压线中间，离电杆还远着呢，爬到电线杆上也根本够不着。

陶三河想了想，找了块有锋口的石子，想把拴鸽子的绳子砍断。老宋头却摆着手说："且慢且慢，有条件的啊！这一呢，不能把高压线砍断，砍断了这是大事故你吃不了兜着走；这二呢，也不能把鸽子砍伤，砍伤了你要赔我活鸽来；这三呢，更不能让鸽子逃走。这三个条件有一条没完成，你就别想娶我女儿。"

陶三河放弃了锋利的石子，换了块圆润的鹅卵石。他拉开了架势，半侧着身，举起了石子，瞄准那绕得极短的拴鸽绳了，只一下，绳子弹跳了起来，带着惊叫的鸽子绕电线转了个圈；他又扔了第二块石子，那绳子又带着鸽子退出了一圈，一连飞石七八次，鸽子解套了，它们惊魂未定地飞了起来，可是因为惊惶失措而忘了共同目标，你拉我扯地消耗了精力，扑楞楞地掉到了打谷场上。

围观的人群欢呼起来，他们把陶三河抬了起来，嚷嚷着新女婿来了，一直抬到老宋头的堂屋里。宋紫英也冲进了人群，朝老宋头嚷嚷："你说话要作数，不作数我就不认你这个爸了！"恼羞成怒的老宋头对女儿吼道："臭不要脸的，滚吧，给我滚得远远的！"

宋紫英没有滚远，只是收拾了东西，"滚"到陶家去了，陶三河抱着她又哭又笑，兴奋得几个夜晚都不睡觉。为了让心爱的人儿过上好日子，陶三河借了钱，承包了十五亩果园，引进了名牌苹果和鸭梨栽种起来。三年过去了，那些果树被他们打理得有模有样硕果累累，眼看丰收在望，老天爷却和他们作对，劈头盖脸的一场冰雹，果实砸烂了，树枝折断了，对着狼藉的果园，小夫妻欲哭无泪。

讨债的逼上门来。欠债还钱，天经地义。小两口商量去外地打工，赚钱来还债。可这时宋紫英怀孕了。陶三河舍不得挺着个大肚子的妻子跟着他流离颠沛，他壮怀激烈地对老婆说："我先出去，把江山打下来再来接你！"

这话传到老宋头的耳朵里，他冷笑说："打江山？好一个牛皮哄哄！别让人把他的门牙打落就不错了。"

江山的确不好打，陶三河在沿海的几个城市干过建筑、蹬过三轮，当过送水工，还干过保险，人累得像鬼一样，却赚不了几块钱。尤其是住的，几十个男人挤在一个臭烘烘的窝棚里，这样的条件怎么能接妻子出来？一直到去年年底，他们都有两个孩子了，陶三河才在天涯镇这家私企泵厂安下身来。

陶三河技术好，脑筋也活络，又能下死力干活，在紧要关头，舍小家顾大家地为老板卖命，这样的人，老板不看好才怪呢！

整个下午，妞妞什么也不吃，连口水都不愿喝。她的脸涨得通红，喘气都很艰难，疹子却停在腰部没能向下蔓延。天擦黑时，妞妞的手脚突然冰凉了，她的鼻子艰难地翕动着，每吸一口气，鼻翼就像蛾子敛翅般紧紧地贴在一起。宋紫英想，不好，这就是老家说的"麻痹"了，麻疹"痹住了"就凶多吉少了。

得立即上医院！她把壮壮交给了南阿娥，自己抱了妞妞，带上仅有的几百块钱出了门。她把门虚掩着，以备壮壮尿了拉了，南阿娥随时可拿换洗的衣裤。

天涯医院在镇西头。宋紫英抱着女儿一溜小跑，经过那个古老的妈祖庙时，她曾想进去烧一炷香，请妈祖娘娘帮助妞妞化险为夷。可妈祖是渔家的神，也不知保不保佑她们外来人口，就放弃了。宋紫英跑得很快，从宿舍到医院，她只用了 15 分钟。挂了急诊号，她直奔儿科门诊。因为是夜里，急诊室只开着一间，值班的是两天前曾给妞妞看过病的老吴医生。吴医生的桌面上，已经排着六七本病历。此时他正拿着块压舌板，对一个小男孩说："罗罗，乖，张嘴，让爷爷看看……"

宋紫英抱着妞妞，惴惴不安地在门口等候着。大家都是急诊，她不能挤到前面去。这时妞妞尖叫了一声，短促而锐利，让宋紫英心里直发毛。她把脸贴着女儿的脸说："妞妞别怕，你哪儿难受，呆会儿告诉医生爷爷。"妞妞没有回答，胸脯却起伏得更剧烈了。

妞妞又尖叫了一声，她的脑袋猛地向后一仰，身体反向绷成一张弓，硬邦邦的。吴医生抬起了头，从老花眼镜上打量了她们母女一眼，就对其他的病人说："你们让一让，那孩子抽搐了，让她先看。"宋紫英冲进了门诊室，吴医生把体温计插进了妞妞的腋下，又举着听诊器，前胸后背一路听去，然后说，孩子病危，赶快住院抢救！

吴大夫在病历上匆匆写着，宋紫英看到了"体温41度，麻疹肺炎并发症，呼吸衰竭"等字样。她的脑子乱极了，慌慌地把妞妞抱到急救室。急救室里，一位身体干瘪的护士正柳眉倒竖地训斥着罗罗母亲："你儿子尿了拉了又脏又臭你这妈怎么当的！"罗罗的母亲也不是省油的灯，她用明显的四川口音回敬道："你干净你卫生你整一个太平公主！"有人看看护士扁平的胸脯，会意地笑了，宋紫英却一点都笑不出来。"太平公主"气得脸色铁青，稀里哗啦地一通乱嚷。宋紫英把妞妞的病历递了过去，"太平公主"　把扔了出来，说："缴费去！"宋紫英想自己真是昏了头了，连费都没缴就想让人家急救。她急急地赶到了收费处，收费员敲了会电脑键盘，说，立即住院，先交2000元。宋紫英掏遍所有的口袋，却只有700多元。她对着收费窗口说："我先缴700，余下的明天补上行吗？"收费员头也不抬地说："这不行，退一边去——下一个！"

宋紫英像被打了一闷棍。她晃了晃，让自己站稳了。她不想放弃这收费窗口，仿佛这一放弃就是放弃了妞妞的命。后面的人嚷嚷着别挡路啊让开！宋紫英被挤到了一边，脑子一片空白。

该怎么办？在这个人生地不熟的天涯海角，她跟谁去借钱？谁又愿意把钱借给她？她想问问陶三河。可陶三河没有手机只有小灵通，而小灵通到了外地就不灵通了，临走时他就把小灵通扔给了宋紫英。现在到哪里找丈夫去？

宋紫英想起唯一的熟人南阿娥，就掏出小灵通给南阿娥打电话。话筒里是漫长的嘟嘟声，宋紫英着急地想，这南阿娥带着曲曲和壮壮两个娃子能跑到哪里去呢？正准备放下话筒，南阿娥的声音响了起来。一听到“借钱”两字，南阿娥很干脆地说：“没有。昨天曲曲的爷爷来，说老家修房子，把我们的积蓄全拿走了。”

宋紫英的心一点点地坠下去，她紧紧地攥着话筒，手却在瑟瑟发抖。南阿娥仿佛动了恻隐之心，她说：“你找老板去呀，你们陶三河是老板跟前的红人，老板应该会借钱给你们的！”

宋紫英看了看表，说：“现在都快七点了，老板还没走吗？”南阿娥说：“我刚从那边路过，办公室的灯还亮着呢！”宋紫英抱着女儿，拔腿就往回赶。远远的，她看见老板办公室的灯果然亮着，就充满信心地往那里跑，上了二楼的一间大办公室门口，才发现这屋子分里外两间，里间黑着，外间一个衣着时尚的女子正拿着电话在和谁聊天，聊得眉飞色舞。转头见了宋紫英，问：“什么事？”宋紫英说：“我要找老板。”女子说：“我是老总助理，有事跟我说。”宋紫英说：“我是陶三河的妻子，我们女儿病得不轻，要借点钱住院。”

女助理的脸冷了下来，她看了看宋紫英怀里的孩子，说：“这事啊太不巧了，老板不在家。”宋紫英说：“求求你打他的手机，我们孩子耽误不得啊！”女助理说：“老总出国了，手机不开。要不，等他回国后再说？”宋紫英问：“他什么时候回来？”助理说：“大概一个星期左右吧！”

宋紫英觉得脚底空了，虚虚的像踩在棉花上。妞妞又尖叫了一声，样子非常可怕。她回过神来，“妞妞，你别吓我，别吓我啊！”

她快快地从办公室退了出来，一边在心里呼唤着：陶三河，你说走就走，你说过妞妞没事的，可现在，你叫我怎么办啊……老天爷，你救救孩子吧！

宋紫英这才明白，什么叫“叫天天不应叫地地不灵”！

妞妞越来越狂躁，抽搐也越来越频繁，每一抽，身子都绷得硬邦邦的，顶得宋紫英生痛。妞妞不行了，真的不行了……宋紫英感觉自己像一个被摘了脑袋的蚱蜢，胡撞瞎蹦着。钱，钱，钱！她从来没觉得钱是这样的重要，她忽然明白父亲“下爿眼泪往上爿流”的意思，她的妞妞要死了，她的灵魂要被倒悬了！

耳朵嗡鸣，太阳穴怦怦地乱跳，宋紫英觉得浑身的血好像都集中在头上，立马要喷了出来。血！她灵机一动，我可以卖血去！她飞速地搬动着双腿，赶回了医院，到处打听哪里可以卖血。人家告诉她，卖血挺麻烦的，要填表，要体检，还得看医院需要不需要你这型号的，根本不是你想卖就卖得了的。

像被抽掉了筋一样，她无力地瘫倒在走廊的长椅上，绝望的泪水无声地淌着，糊了她的脸庞湿了她的衣裳。

急诊室里人来人往。宋紫英突然跳了起来，直扑向那位面善的吴医生，她哭着说："吴医生我只有700元住不了院，你拣便宜的药先给我女儿打点滴吧！"吴医生叹了口气，拿过药方改了改，重新递给她。

从急诊室出来时，宋紫英听到有人喊"小宋！"，她想不会是喊她的，这天涯镇没人知道她是小宋，她也顾不得转过头去看看谁在喊小宋，就直奔收费处。缴了费，又奔药房。在药房的柜台旁，来了个壮实的、穿着和三河同样工装的男人，他主动地替她拿着大瓶小瓶，又一起把妞妞送进了输液室。

给妞妞扎针的还是那位"太平公主"。她抓起妞妞的一只小手，使劲拍了拍，说："静脉不好！"又抓起另一只手拍拍，说："没见过这么孬的静脉！"宋紫英又急又愧，她怎么把女儿的静脉生得这么差呢。可是再差的静脉也要扎针啊。她可怜巴巴地望着"太平公主"，不知如何是好。

针头戳进了妞妞手背，在皮肤下面探头探脑，但是没有扎住静脉，那针头又变成仪表的指针，呈扇面状左右摆动。妞妞脸色憋得青紫，连哭的力气都没有了。宋紫英心疼得要命，却不敢作声。"太平公主"忽然发火了，她从宋紫英手里夺过妞妞，一把按在工作台上，捋起妞妞汗湿漉漉的头发，在她的额头东一针西一针地寻找突破口。

看到女儿如此遭罪，宋紫英的泪水刷刷地往下掉，她真希望无情的针头全扎在自己身上。她是大人经得起，妞妞才三岁她受不了啊。"太平公主"拔出了又没扎上的针头，瞪着她说："哭什么哭！就知道哭！谁让你把孩子病成这样子的？光会生，不会养，你们这些外地佬！"

对于这种明显的地域歧视，宋紫英非常生气，她真想说外地佬怎么啦？你们这里修桥铺路养鱼晒虾，没我们外地佬还不行！什么光会生不会养，你们本地人的孩子就不生病了？可此刻她什么心情也没有，在妞妞的极度痛苦面前，什么都显得无关紧要了。“太平公主”还在嘟嘟囔囔：“净给医院找麻烦，这么多的外地佬生病，给我们增加多少压力，累都累死了！”

“扎你的针，哪来这么多废话！”一个声音闷雷似地砸了下来。“太平公主”一抬头，看到一位三十多岁的壮汉，石壁般立在她面前。“太平公主”闪了闪涂得黏糊糊的睫毛，不吱声了。宋紫英这才想起，这个男人应该也是泵厂工人，叫什么来着？男人伸出一双又大又厚实的手，稳稳地扶住妞妞的头，配合“太平公主”扎针。对了，他叫王大掌。王大掌也是外地佬，他的老家在大兴安岭的深山老林中。陶三河给她讲过这么个故事：有一回王大掌在雪地里赶路时，有人从后面追上来搭着他的双肩。王大掌听了呼哧呼哧的喘息声，就小心翼翼地把眼珠子转过去，却见一条绿眼荧荧的老狼，呲着白厉厉的牙齿正要撕他的喉咙呢！说时迟那时快，王大掌手起掌落，把老狼打昏在雪地上……

妞妞的针终于扎上了。王大掌替她们举着药水瓶子，来到了一张长椅旁。可是孩子的脸色越来越不对劲，嘴唇紫绀。王大掌跑去喊医生。吴医生赶了过来，对“太平公主”说：“怎么还不输氧气？患儿呼吸衰竭啊！”

王大掌狠狠地盯着“太平公主”，拳头峥嵘。“太平公主”斜了他一眼，赶紧去推氧气瓶，然后把那细细的管子插进妞妞的鼻孔。

宋紫英忧心忡忡地盯着女儿，半天，才想起帮她的王大掌，就招呼他也坐下。又问：“王师傅你也来看病？”王大掌说：“不，送工友来包扎伤口。”王大掌问：“陶三河呢？”宋紫英答：“到白鲸岛去修泵去了。”王大掌说：“小宋，你女儿病得不轻，不住院恐怕不行。是不是缺钱？我替你把住院费给缴了吧！”宋紫英抬起头来，吃惊地看着他。一晚上，她东奔西跑求爷爷告奶奶地借不到一分钱，这会儿钱倒自己送上门来了？她觉得自己这是在做梦。王大掌说：“这么看我干什么，我——很陌生吗？我是陶三河的工友啊。”宋紫英不好意思地点点头，心里涌上来的全是感激。就说：“那，那就谢谢你了。”王大掌说：“谢什么，孩子要紧。”

办好了住院手续，王大掌要送她们母女进住院部，宋紫英谢绝了，王大掌也没坚持。住院病房在后面，五层，没电梯。惊吓和奔波让宋紫英身心疲惫，腿脚发软。她抱着妞妞，一步一步地去登楼梯。一层是外科，二层妇产科，三层内科，四层骨伤科，第五层才是儿科麻疹病房。宋紫英觉得自己的脚步很沉重，可以前的她是从来不知道累的啊！

503 是个大病房。东、西各摆了三张病床。出麻疹的都是小孩，都得家长陪着，有的还全家老少齐上阵，爷爷奶奶太公太婆一大堆，更显得宋紫英母女孤立无援。给妞妞的病床在中间，两边无依无傍，宋紫英担忧地自语：“床这么窄，弄不好孩子会掉下去。”邻床就是罗罗，他妈川妹子说：“可不是？我这床靠墙还好一点，我让罗罗睡里边，我在外边护着。你那床，孩子摔在水泥地上就麻烦了！”

病房的值班护士又给妞妞吸上氧气，还加了几瓶药水，让妞妞继续接着打点滴。打完了针，已经快夜里 11 点了，折腾了一天的妞妞稍稍安静了些，她睡着了。这时小灵通响了，陶三河说自己在那边连夜工作，并问：“妞妞没事吧？”

宋紫英眼泪又下来了。她真想把这一晚的经历一五一十地告诉丈夫。可转念一想，陶三河刚到白鲸岛，难道就让他回来不成？说了还不是白说，反而让他担忧。于是强忍住悲伤，说：“没事。”陶三河又问：“壮壮也挺好的吧？”宋紫英猛地想起，壮壮一定饿坏了！她赶紧对丈夫说：“我得给壮壮喂奶了，我把电话挂了啊！”

宋紫英对罗罗妈说：“我回家给儿子喂奶去了，烦劳你替我看着妞妞。”下楼时，她担心地想，妞妞千万别醒了。一旦醒来，面对满病房的陌生人，不知会怎样害怕呢！

从医院的后门回家，可以节约三四分钟。后门旁是太平间，日光灯开得煞白煞白的，两位护工正把一具尸体推了进去，死者家属跟在后面呼天抢地。宋紫英忙把头偏了过去。出了后门一路小跑，刚到妈祖庙门口，她就听到壮壮的哭声了。壮壮身体棒中气足，哭声嘹亮迎风飘扬。宋紫英三步两脚冲进自己的宿舍，只见壮壮哭得汗气蒸腾尿水淋漓。她心疼极了，看看对面，门关得紧紧的。心想这南阿娥怎么能这样，把壮壮扔下就不管了。

听到响动，睡眼惺忪的南阿娥抱着儿子过来了，说："这壮壮也真是的，刚才还睡得好好的，一转眼就哭成这副模样！"又说："好个宋紫英，一去就四五个小时，我一双手怎么忙得过来？今晚还是我老公把壮壮哄睡的呢！"

壮壮饿坏了，毛茸茸的小脑袋直往妈妈怀里拱。宋紫英抱着他坐在腿上，一边喂奶一边褪下他湿淋淋的裤子，他的小屁屁都被尿液泡得起皱了。她找出一条浴巾，把他的身体裹了起来。

曲曲蹭奶蹭熟了，见了宋紫英，便从南阿娥身上悬挂了出来，要往宋紫英怀里扑。南阿娥说："真是有奶便是娘，曲曲见了你，连亲娘也不要了。"说着就把儿子塞了过来。于是两个小家伙一人捧住一只鼓鼓的乳房，吃得欢欣鼓舞。吃饱了，宋紫英给壮壮洗了屁股，换上尿不湿，安抚他睡下了，这才想起自己还没吃晚饭。就拿开水冲了中午的剩饭，三两口扒拉完了。看看睡熟了的儿子，她对南阿娥说："妞妞离不得我，我得马上回医院。我把家门掩着，电灯也开着，壮壮若醒了，还劳你过来照料一下。"南阿娥拍着儿子的背，拍得曲曲连打几个饱嗝。她说："好吧，谁让我们曲曲吃你的奶呢！"

回到了医院的麻疹病房，谢天谢地，妞妞还睡着。罗罗的爷爷奶奶来过了，给孙子拿来一大堆换洗的衣服和好吃的。

妞妞的呼吸似乎顺畅了些，宋紫英的心才稍微安了一点。罗罗妈用脚从床底下钩出个塑料桶，抱起自己的孩子说："朱罗罗，尿尿！"又对宋紫英说："你家妞妞要小便也把这里好了，去厕所麻烦。"对面那床的母亲也醒了，说："你儿子叫猪罗罗？难听死了。"川妹子说："我老公姓朱，孩子是猪年生的，不叫朱罗罗叫什么？他爷爷说，名字起得贱，好养。"

罗罗很秀气，皮肤本来就白，因为发烧，两颊红红的像擦了胭脂，眼睛出奇的黑亮，像两泓深深的井水。罗罗妈和宋紫英聊了起来，说他们全家三代都到天涯镇来了，丈夫在海上给老板搞网箱养殖，公公和她在岸上晒鲞烤虾，婆婆则专职带罗罗。宋紫英问："爷爷奶奶都老了吧，出门在外挺辛苦的。"川妹子说："可不是？可他们放心不下孙子，朱家三代单传，老两口一天不见孙子就吃不下睡不香，所以就跟我们一起来了。"

罗罗妈推了下宋紫英说："你说那'太平公主'坏不坏？自己被老公甩了，却拿病人撒气。你往后要厉害着点，她专拣软的柿子捏！"罗罗妈怕宋紫英不相信，继续说："我一个同乡叫方小芳的，就在她姐姐家做保姆，她们家的事一清二楚——忘了告诉你，'太平公主'的姐夫就是这天涯镇的镇长。镇长又怎么了，人家要甩不是同样把他的小姨子给甩了？"

宋紫英累极了，她什么也不想说，就和衣在女儿身边躺下。床很窄，她只能侧着身子，把妞妞搂在怀里。迷迷糊糊地一觉醒来，已是第二天凌晨三点了，病房里有孩子的哭声，有母亲的梦呓。宋紫英想着又该给壮壮喂奶了，就悄悄地起了床，又去走医院的后门。后门已经熄灯，太平间笼罩在一片黑暗之中，却有隐隐约约的啜泣声从停尸房里传了出来，宋紫英不禁毛骨悚然。但想着嗷嗷待哺的儿子，她硬着头皮踏进了黑暗，出了后门就一路小跑起来。

走到妈祖庙前，猛听到一阵放肆的哗啦哗啦声，刺鼻的的尿骚味腾空而起。宋紫英想，这人也不忌讳，怎么敢在妈祖庙前撒尿呢？正恶心着，阴影中转出来个男人，他裤子的拉链都没拉，就跳到路中间，张开双臂拦住她。宋紫英看到了一张色迷迷的倭瓜脸，本能地往后退着。倭瓜脸死死地盯着她，说："美眉，妹妹！好漂亮呵，来来，陪哥们喝两杯！"宋紫英厌恶地说："你醉了，让开！"酒鬼说："谁说我醉了，我没醉……没醉！"

宋紫英前后看看，竟没有一个过路人。她慌了，如果这人真发起酒疯来，恐怕不是他的对手。于是厉声喝道："闪开，要不我喊人了！"酒鬼说："你喊呀，喊呀，小嗓门脆崩崩的，好听，你喊呀……你也不打听打听，天涯镇谁不知我苟老大，我是老大我怕谁！"

不管他是渔船老大，还是黑社会老大，宋紫英都急着夺路而逃，苟老大却猛地扑了上来，想把宋紫英搂住，宋紫英急了，她把脑袋一低，对准那个灌满啤酒的大肚子奋力撞去，醉鬼踉踉跄跄地退了几步，终于摔了个元宝翘。趁着他唉呀唉呀地揉屁股的时光，宋紫英撒腿就跑。

终于回到了宿舍，宋紫英的心还在怦怦地乱跳。屋里的灯被关了，很安静。她推开了家门，猛见得床上一个很大的黑影，她吓得心都从嗓子眼里跳出来了。忙开了灯，却见壮壮窝在王大掌怀里，小脑袋抵着王大掌的大脑袋，睡得正香。王大掌醒了，自解自嘲地说："我从这里经过，听壮壮哭得厉害，就来哄他，不料把自己也哄睡了。"

壮壮显然哭了很久，虽然睡着了，还不断地打着哭呃。嘴唇一嘬一嘬的，梦中都在吃奶。桌上有瓶盒装牛奶，插着吸管，肯定是王大掌买的。宋紫英拿起摇摇，满的。因为母乳太多，壮壮还没有学会吃别的东西。宋紫英觉得壮壮太可怜了，才半岁的孩子，漫漫长夜独自在家，这个凌晨若不是王大掌来了，还不知怎么样呢！这样想着，鼻子就酸了，她吸了一下，不让泪水从鼻腔出来。又想王师傅真是好人，可是他白天要上班的，这样累他也不行。再说三更半夜的，一个大男人待在家里，别人见了还不知怎么想呢！心里就像打翻了五味瓶，说不清是什么味道。

王大掌问："妞妞好些了吗？"宋紫英心不在焉地摇摇头，又点点头。她在想，南阿娥是指望不上了，也不怨她，她曲曲还小，身体又差，再让她带一个六个月大的孩子，的确不妥。再说老师公如果休息不好，白天怎么干活呢！于是咬了咬牙，就问王大掌："请个保姆要多少钱？"王大掌说："快别问了，天涯镇的保姆工价，不比你家陶三河的工资低！"又说："这样吧，白天，让南阿娥替你看着壮壮，晚上，我来哄他睡觉。"

宋紫英一时想不出办法，只得对王大掌说："太晚了，你也休息去吧。"王大掌说："不行，你回了医院，壮壮醒来还是要哭闹的，你知道他的哭声有多厉害，整个宿舍的工友都没法睡！"

宋紫英束手无策了，她自己苦点累点是理所当然的，可连累整个宿舍的工人不能休息就太不好了。这时刻，宋紫英非常想念自己的老家了。母亲，姐姐，甚至还有老爸，再怎么关系不融洽，但在孩子重病的情况下，她们肯定会帮忙的。

王大掌接过吃饱喝足的壮壮，对宋紫英挥挥手说："快回医院去，妞妞见不到你该着急了。"

宋紫英心情矛盾地走了。

望着宋紫英美丽的背影，王大掌想得很多很多。在宋紫英来厂的第一天，王大掌就认识她了。那是今年的元宵节下午，回家过年的民工们纷纷返厂了。在天涯镇长途客车站，王大掌遇见同样返厂的陶三河，陶三河的身后，就是美得叫人心跳的宋紫英，她二十五六的样子，扎一根马尾辫，手腕上的银镯和耳垂上的耳环叮叮当当的。当时她怀里抱一个女孩，背上背着一个让王大掌感到新鲜的背篓，背篓里是一堆花花绿绿的东西。

王大掌忽然感动了，让他感动的是一种气味，女人的青春气息，混合着他熟悉又陌生的乳汁气味。这种气味，在他妻子待产时他就闻到过。他只要紧紧地拥着妻子，被挤压的胸脯就会冒出少量的乳汁，他曾问妻子："宝宝还没出生，怎么就有乳汁了呢?"妻子笑着说："兵马未动，粮草先行啊。"这句话，就像是昨天说的，他记得非常清晰。在那个长长的返厂民工队伍中，他离陶三河夫妇最近。宋紫英快步走着，带起一股小风。忽然，背篓骚动起来了，随之传来婴儿的啼哭声。这女人，一前一后竟带着两个孩子！惊愕之余他想，陶三河怎么可以这样，把两个孩子的负担全加到老婆身上！他完全忽略了陶三河手里的大包小包和全部家当。

在今天这个不平静的夜里，陶三河又把两个孩子的重担压在宋紫英一人身上了。他心疼她的劳累，心疼她的焦虑。他们都远离家乡身在天涯，在妞妞重病的非常时期，他若不伸手帮一把，他的心就不得安宁，他若不认真帮一把，连老天爷都要谴责他的。

妞妞住院第三天了，"痹"住了的疹子重新启动，顺利地向下发展。医生巡视病房时，宋紫英问："我们妞妞什么时候可以出院?"

医生说："早着呢，疹子出齐后，主要是消除肺炎症状，等身体完全康复了才行。出院后那肺炎如果卷土重来，抢救都来不及。"

正说着，小灵通响了，陶三河又来电话了，他一张口就说：："老婆我想你。"又问："咱们妞妞没事了吧？"宋紫英说："妞妞快好了，你就放心吧。"又问什么时候回家？陶三河说："泥泵得一台一台的检修，很麻烦的，这几天还回不了。"他在话筒里咂咂两下，说："老婆我想死你了。"又说："你怎么不回吻我呀？"宋紫英也咂了一下，陶三河满意地说："替我亲亲孩子。"

担心和惊吓，宋紫英几天都没好好吃饭，她头一次发现，她的奶水少了下来，只够壮壮一人吃的。这天中午回家的时候，曲曲来蹭奶，宋紫英说没奶了，南阿娥就很不高兴，嘀嘀咕咕地牢骚说："用得着我我是轿杠杠，用不着我我成了茅坑板！"南阿娥嘴巴的厉害，宋紫英早就领教过了，元宵节来厂那天，宋紫英前脚刚踏进泵厂宿舍，南阿娥后脚就到了。她看见宋紫英的第一句话是："哇！好一个大美女，陶三河你可要看牢点，弄不好她就让人拐跑了！"南阿娥的第二句话更出格，她看着胖乎乎的壮壮说："这肉团子啊，炖炖够吃几顿了！"南阿娥显然是炖肉吃惯了，居然联想到把壮壮也炖吃了。虽然是玩笑话，却说得宋紫英毛骨悚然。

这时候南阿娥一转身，发现紫英家写字台上一个陌生的饭盒，她打开一看，是满满一盒红烧带鱼。宋紫英正想，这是谁放的呢？一张纸条飘了下来。南阿娥捡了起来，随口读道："小宋，好好吃饭，不要垮了身体。"南阿娥拖腔带调地继续说："下面还有一个'王'字呢！"她暧昧地笑了笑，说："有个漂亮脸蛋就是好哇，到哪儿都有人疼着。哪像我这黄脸婆，脱光身子躺在马路上，狗都不嗅一下！"又说这个王大掌，个儿大，心却细，确是会疼人。可惜他老婆没福气！宋紫英不知道王大掌的老婆怎么没福气，可能是离婚走人了，也可能是遭遇不测了。她没问，心却莫名其妙地痛了一下。

宋紫英觉得自己确实很饿，就拿起筷子，一口气吃了几块带鱼。

妞妞的麻疹出到脚弯了，出到小腿肚子了，终于，出到手心脚心了，她的小脚底像一个苍穹，缀满了密密麻麻的星星。插在她鼻孔里的输氧管撤掉了，姐姐恢复自主呼吸了。

宋紫英刚刚松了口气，医院又下了催费通知书。什么，才几天工夫，2000 元就没了？这药费怎么就这么贵呢？陶三河那点工资，维持一家四口的生活还紧巴巴的，哪里填得了医院的大窟窿啊！现在又该到哪儿去筹钱呢？

她抹下了手镯，摘下了耳环，想把它们换几个钱。可是一想那是陶三河给她的定情之物，实在不应该放弃，于是又戴了回去。她绞尽了脑汁，才想起了有钱的姐姐，想起那天南阿娥插在她乳峰间的信。因为姐姐的病，那天她根本没心思看信，而把它扔在一边了。

紫云结婚那天，邀请妹妹做伴娘。虽然是苗族人，但习俗早已汉化。胡希礼把婚礼弄得十分轰动，首先是那套婚房，是全县最高档的玫瑰山庄中最漂亮的一幢别墅，屋子装修得金碧辉煌，电器和摆设都豪华之极。那天，迎亲的车队清一色宝马，其实他们的县城一点都不富，那些宝马是白厂长去省城借调过来的。喜宴整整开了 100 桌，县城一应头面人物都来了。浓妆艳抹的新娘和素面朝天的伴娘成了婚礼的焦点。人们灌酒啊，起哄啊，拍照、摄像忙得不亦乐乎。趁着混乱，有人偷偷地把手伸向紫英的胸脯，紫英生气了，她指着推推搡搡的人群骂道："有本事光明正大的来，别躲在人家的背后装乌龟！"然后也不管姐姐姐夫怎么哄怎么劝，一扭头就跑了。

这以后，姐妹俩就疏远了，一是贫富太悬殊，跟浑身名牌、珠光宝气的姐姐在一起，紫英浑身不自在；最让她受不了的是紫云每每回娘家，不是说某某局长看上妹妹了，就是说某某主任请她进城去玩。紫云明知道妹妹爱陶三河，却跟父亲一鼻孔出气。这不是成心想棒打鸳鸯吗？

可是现在她得向这位富太太借钱了，她得回宿舍找电话号码本。宋紫英推开家门，却没见壮壮。她赶紧去敲对面南阿娥的门，也没人答应。心想南阿娥大概是带着两个孩去外边玩去了。

几天不在家，床上乱七八糟的，被子挤在一角，床单上都是尿迹。宋紫英想，这怪不得南阿娥，人家能帮你带孩子已经很好了，你还指望她给你收拾屋子吗？

她在枕头下面找出那封皱巴巴的信。这并不是姐姐的第一封信，早一个月前，紫云就向她诉苦过了，原来她的幸福生活只局限在新婚的第一年里。这以后，她就感到丈夫不对劲了。胡希礼总说自己工作压力大应酬忙，隔三岔五的夜不归人。

姐姐对胡希礼的话将信将疑。直到有一天，她看见他手机里一些肉麻的短信和几张女人的裸照后，紫云就开始偷偷地跟踪丈夫。有一回，她发现他带了位发廊小姐在宾馆开房间。紫云气坏了，丈夫有外遇她已有心理准备，成功男人有一两个情人她也能容得下。她想不到的是他的档次那么低，居然找这种千人骑万人跨的婊子！他不怕染上艾滋病吗？于是她怒气冲冲地去敲那房间的门。胡希礼开门见是老婆，二话不说就是一记重重的耳光，扇得紫云原地转了个圈儿。胡希礼指着她鼻子骂道：“你以为你是谁？一个乡下的穷丫头而已！当初我放着那么多领导千金不娶而要了你，就是看在你老实贤惠的份上，你若也做醋坛子醋缸子再来烦我，就给我滚回乡下啃冷红薯去！”

紫云在信里说，她伤心透了，她说她坚决不离婚，拖也要把姓胡的拖死；实在拖不下去了，还要分他一半财产。离了婚，她也不想回娘家去丢人现眼，干脆到天涯镇来帮妹妹带孩子算了。

姐姐结婚七年，没有怀过孕，紫云在信里说，是胡希礼寻花问柳落下的毛病。胡希礼的第一任老婆就是因为没有生孩子被休掉的，现在，紫云就要步那位前妻的后尘了。紫英觉得姐姐可怜，她有钱，可连人格尊严都没了。紫云还问：“妞妞和壮壮都好吧？过继一个给我行吗？”还说她什么都没有了，穷得就只剩下钱了。

宋紫英放下了信，心里说不清是什么滋味。忽然，她听到咯、咯、咯的声音，这应该是壮壮睡眠初醒的哭声，可是那声音不是来自正常的位置，却来自床底下！宋紫英吓坏了，她立马跪在地上，俯下身子向床下张望，她看见她的壮壮蜷缩在床下的一个角落里！

壮壮嚎啕大哭了，宋紫英心都碎了。她喊着“壮壮，壮壮，妈妈来了。”就一头扎到床下，头被床杠碰了一下，发出一声钝响，她只得匍匐着身子，向床里边挪去，灰尘沾了她一身，一根蛛丝还横到她的嘴里。壮壮越哭越凶，她什么也顾不得了，迫不及待地向壮壮扑去。她一只手抱起了儿子，再用一只手撑着身子，拖着儿子慢慢地从床下移了出来。

儿子满头满脸都黑不溜秋的，根本看不出人形了。宋紫英打了盆水，把壮壮洗啊洗啊，总算洗出模样来了，壮壮的脸上有许多被叮咬的疙瘩，额角还有一个鸡蛋大的包。宋紫英想，他准是哭着找妈妈，爬着就从床上栽下来了，再胡乱爬啊爬的，爬到床底下就出不来了，他无望地哭啊哭，哭累了，就在床底下睡着了。宋紫英紧紧地搂着儿子，此刻，她真想狠狠地扇自己两大嘴巴。

这一天是星期天，王大掌抱了一个非常漂亮的布娃娃来到麻疹病房，妞妞想这样的布娃娃想了好久了，宋紫英一直舍不得买。得到这个慰问品，女儿的小脸上露出久违的笑容。宋紫英对妞妞说："快谢谢大掌叔叔！"妞妞问："大掌叔叔你有姓吗？"王大掌说："当然有，我姓王。"妞妞把自己的小手合在王大掌的大手上，惊呼道："你真是王大掌！"她拍着王大掌的手心，唱歌般喊："大掌王，王大掌，手掌真正大！"趁这个机会，宋紫英赶紧去邮局。姐姐电汇来2000元，她得赶快领了来补缴住院费。

从邮局回来，宋紫英走在五楼的过道里，就听到病房里一片哗然。原来是"太平公主"又和人吵架了。只听得罗罗妈说："你用点心思扎针好不好？这是我儿子的胳膊，不是烂橡皮管子！""太平公主"说："你能耐你自己扎啊！"罗罗妈说："你以为你是白扎的啊？我们给了你多少血汗钱！""太平公主"一脸的不屑，说："大家听听，她的钱是给我的？哼！"又转脸冲罗罗妈嚷嚷，"你心疼钱就别生病，更不要住院——真是脑子进泔水了，外地猪头！"罗罗妈气急了，回敬道："你这个喂不肥的瘦猪，剔剔没有几两肉，搁炉膛里烧不开一壶水，简直是给咱社会主义脸上抹黑！"她们俩越吵越凶，越骂越难听，患儿们有吓得哭的，有望着乐的，隔壁病房的患儿家长也都抱着孩子来看热闹。护士长跑了来，把"太平公主"给拉走了，也批评了罗罗妈几句。患儿家长们都议论纷纷，说"太平公主"太不像话，技术差、态度坏，这样的人怎么能当白衣天使呢！有人嘘道，快别说了，人家是镇长小姨子！惹急了她到姐夫面前一哭诉，我们都得从天涯镇滚蛋！

妞妞住院十天了。这天下午，妞妞缠着妈妈讲故事，宋紫英一下子想不起什么好听的，就把王大掌一掌扇昏老狼的故事讲了，妞妞听得一愣一愣的。完了说："我长大了，也要有这么厉害的巴掌。"

那个傍晚特别的闷热，病区里的树都静静的，一动不动。病房里的家长们一个个都脱得只剩背心了，宋紫英也脱了，可内衣太紧，她不好意思，又把外衣穿了回去，只热得背上刺刺的，尤其是乳房下面，一摸一把汗水。

医院的晚餐来了。宋紫英叫妞妞坐好，一定要吃一点。妞妞哼哼说："不要。"这么些日子，妞妞几乎没吃什么东西，全靠药水挂着。远处传来馄饨担子的敲梆声，妞妞平日最喜欢馄饨了，宋紫英就跑到楼下买了半碗。馄饨皮儿很薄，粉嫩的肉馅看得清清楚楚，汤上漂着紫菜、虾皮和葱花，很香。妞妞还是没胃口，只吃了两只又躺下去了。宋紫英把剩下的馄饨连汤呼啦下去，只热得头发都滴水了。

晚上九点，妞妞睡着了，宋紫英对罗罗妈说要回家洗澡换衣，让她照看一会妞妞。刚想出门，只见电光一闪，沉闷的天空像裂帛一样，撕出耀眼的曲线，雷声隆隆由远而近。继而狂风大作，有什么东西乒乒乓乓地砸下来，一颗颗晶莹透亮，在阳台上活蹦乱跳。有人捡起一颗，惊喜地喊道："下冰雹了！下冰雹了！"

宋紫英的心猛地一沉，心想下冰雹有什么可高兴的？自己家承包的十五亩果树，就是让该死的冰雹砸了个稀巴烂的。

风越来越大，打着唿哨，转着圈儿。一声霹雳在头顶炸开，房子晃了晃，停电了，周遭漆黑一片。妞妞惊醒了，紧紧地搂住了宋紫英。罗罗也哭了，喊着"妈妈妈妈"。有人点着了一枝蜡烛，房间里才有一点光晕。宋紫英急得很，王大掌跟他说过，今晚老板要他加班，他顾不上壮壮了。她才半岁的儿子这会儿肯定吓坏了，她得赶紧回去！

宋紫英对女儿说："妞妞你乖乖地待着，有罗罗妈在，有这么多的叔叔阿姨和小朋友陪你，妞妞不怕，弟弟一人在家才怕呢，妈要回去看弟弟！"妞妞和病房的人都熟了，惧怕情绪没了，就懂事地点点头。

宋紫英拔腿就走。罗罗妈一把拉住了她说："你傻啦？这一出去，非得让冰雹砸死不可！"可是宋紫英急疯了，在这个雷雹交加的漆黑夜晚，让一点点大的儿子孤苦伶仃在家，她的心都要碎了。别说天上下冰雹，就是下铁块，她也得走。川妹子看劝不住，就从床下拖出块搓衣板，说："你顶上这个，紧紧地抓住两头，千万别撒手！"

宋紫英摸黑下了楼，把搓衣板顶在头上，冲进了深不可测的夜幕中。电闪雷鸣，狂风吹乱了她的脚步，她趔趔趄趄地跑着。码头那边轰隆轰隆的，分不清是怒涛声，还是船只的互相碰撞声，还夹杂着恐怖的断裂声。大大小小的冰霰子往宋紫英身上乱砸，搓衣板咚咚咚的，震得她脑仁子发麻。雹块打在她手指上，很疼。但不管怎样疼，她双手紧抓住洗衣板决不撒手，因为一撒手，冰块就打在脑袋上，非把脑袋凿出窟窿不可！她挣扎着，蹒跚着，衣服全湿透了。

啪！一个鸡蛋大的雹块砸在她扶着搓衣板的左手上，中指和无名指皮开肉绽，酽酽的血顺着她的左臂涔涔流淌。痛楚、孤独、恐惧让她泪水滂沱。她想起家乡的那场冰雹，那是场很大的雹灾，雹块穿瓦入屋，屋里的铁锅、水缸都被砸烂了，若不是陶三河拉着她钻到桌子底下，也许早被砸死了。在那张桌子底下，三河紧紧地抱着她，很暖，很温馨，以致雹灾都变得不那么可恨了。

此刻她左手痛得钻心，搓衣板向一边斜去。不行，她得抓住，顶住，丈夫远在白鲸岛，医院里有重病的女儿，宿舍里有嗷嗷待哺的儿子，她必须顶住，绝对不能倒下……

冰雹越下越大，劈头盖脸地乱砸下来。又是一声霹雳，震耳欲聋。电闪雷鸣中，她发现有人在她身后面跑着，她想，谁跟她一样倒霉，也在这雷雹交加的夜晚赶路？他们来到妈祖庙面前，那人拉住她，把她往庙里拖去。宋紫英想，他是让她躲过这场雷雹再走吧。沉重的庙门轰的一声打开，轰的一声关上。庙里漆黑一团，泥塑木雕都被这黑暗吞没了。一双大手猛伸过来，死死地箍住了她，她这一惊非同小可，喝道："放开，你是谁？"对方一把将她掼到地上，一边动手扯她的裤子。宋紫英急了，一阵乱抓乱踢，可受伤的手使不上劲，男人的臭嘴在她脸上乱啃。宋紫英大喊："臭流氓，抓流氓啊，救命啊！"狂风把她的声音撕成了碎片，扔在无边的雹雨之中。

在拼命的厮打中，一道闪电剑一样劈过来，宋紫英看到了一张可憎的倭瓜脸，原来他就是那个酒鬼苟老大！可此刻他并没有醉，一个个字眼清楚地从他牙缝中蹦了出来："你他妈的不就一外来妹吗？你们在酒店里当三陪，在马路边卖皮肉，装什么假正经！"宋紫英气极了，她骂道："你妈才卖皮肉！你妹才当三陪！"苟老大说："我跟了你好几晚了，我看你逃得出我的手心去！"宋紫英恨死了，她挣开了身子，抡起搓衣板就拍了过去，只听得一声响，也不知拍在哪里了，苟老大啊呀一声，宋紫英趁机冲出了妈祖庙，没命地向泵厂宿舍跑去。

宿舍的走廊里，黑洞洞的伸手不见五指。她摸索着，跌跌撞撞地往自家门口走去。没有壮壮的哭声，他是吓傻了？还是掉到地上摔坏了？医院里的女儿刚刚脱离了危险，家里的儿子可不能再遭不测啊。宋紫英的心紧缩了起来，在儿女的安危前面，自己的遭遇和伤痛就不那么重要了。一个踉跄，她撞到什么人的身上，吓了一跳。一双大手扶住了她，她听到一个声音："小宋别怕，是我。"她听出是谁了。原来王大掌还是放心不下壮壮，他也是冒着雷雹从车间跑回来的。两人一起摸到了宿舍门口。她推推门，门锁着，掏出了湿淋淋的钥匙，开门进屋。风猛地往门里灌，两人一起使劲才把门关上。她找出支蜡烛，点着了。天哪，壮壮没在床上！宋紫英举着蜡烛照地，地上也没有。她钻到床底下，也不见壮壮的影子。"壮壮！壮壮！"宋紫英浑身打颤，双腿一软，身子就歪了过去。王大掌一把扶住了她，把她紧紧地搂在怀里。外面的雷雹继续着，屋里反倒出奇的安静，王大掌拍着她，安慰说："没事没事，大概是南阿娥给抱过去了。"宋紫英摇摇头，心想南阿娥这几天的表现已经让她寒心了。她要往外冲，去找不知去向的儿子。王大掌抓住她的一只手，宋紫英痛得哎哟了一声，王大掌问怎么啦，继而就发现了黏糊糊的血，才明白宋紫英的两只手都受伤了，赶紧掏出自己常备的创可贴，要把宋紫英的手指包扎起来，可是创可贴吃了水，已经没有黏性，怎么也包扎不上了。

王大掌小心翼翼地拉起她的手，把两个受伤最重的手指含在嘴里，说这样可以止痛。宋紫英的心痛了一下，又暖了一下。在这个可怕的夜晚，在这个无依无助的地方，这个叫王大掌的男人惦记她，保护她，他就是暴风雨中的避风港湾啊！她靠在那个宽阔的肩膀上，恐惧，委屈，受辱，汇成决堤的泪水，哗哗地流淌。王大掌哄小孩般地拍着她，他的臂膀温馨而有力。她把脸偎在他的胸口，听到一个健壮男人有力的心跳。

雷雹渐弱，对门有人在喊："是小宋回来了吗？壮壮在我这里。"是老师公！他们俩松开了，宋紫英跑出门去。只见老师公的门开了，南阿娥把壮壮递了出来。看着安然熟睡的儿子，宋紫英只觉得鼻子酸酸的，一句话都说不出了。

突然就来电了，仿佛经过了一场洗礼，那电灯亮得耀眼，让她不由得眯起了眼睛。听窗外，雷雹已止，只有檐上的积水，意犹未尽地滴滴答答着。想起刚才的一幕，宋紫英窘了，她一边给壮壮换尿布，一边对王大掌说："王师傅你回去上班吧。"王大掌从宽大的工装口袋里掏出一饭盒热乎的小笼包子，转身又拿来双筷子，说："快吃了，人是铁饭是钢，你可不能再病倒了。"宋紫英真饿了，说："谢谢。"她一边给壮壮喂奶，一边吃起包子来。王大掌说："这样你吃不好的。"就伸手把壮壮抱了过去，壮壮没吃饱，哇哇地抗议着，王大掌把他晃悠着，嘴里哼哼着，那一脸的慈爱，成了非常动人的画面。小笼包子十分美味，宋紫英一口一只，当她把最后一个包子塞进嘴里时，王大掌又轻车熟路地扯下尼龙绳上的毛巾，递了过来。宋紫英说："我怎么觉得，你对这间屋子很熟？"王大掌说："我曾经是这里的主人啊，这筷子笼、碗架子，这尼龙绳子，都是我弄的啊！"

宋紫英接过壮壮，把他喂得饱饱的，安放在床上。蚊子挺多，她赶了赶，塞好了蚊帐。王大掌拖了张椅子让宋紫英坐下，说："我给你说说我自己的故事吧。"

两年前，王大掌把老婆从兴安岭接了过来，老板就让他们住在这屋里。当时他老婆已经怀孕八个月了。

王大掌说："做女人可真不易，她的肚子很大，大得看不到自己的脚尖，她静脉曲张得像条水蛇，弯弯曲曲地从大腿根一直爬到小腿肚上。她的脚肿得像馒头一样，她老说鞋子太小了，让我给她找双大的。她甚至可以穿我的鞋子。我每天下班回来，就给她揉脚，揉腿，揉啊揉，一直揉到那血回流上去。足十月了，我把她送到了天涯医院里住着，就是要母子俩平平安安。

"那一晚，台风正面袭击天涯镇。天气预报说还是暴雨、山洪、潮水三碰头。那天傍晚我们正待下班，老板听说海水可能要倒灌进厂房，急急地让我们加班，把泥泵搬到安全的地方去。我说，我老婆在医院待产，晚上我要去陪她。可老板说，你人高马大的，厂里最需要你的时候你怎么能临阵逃脱呢？老板还说，老婆生孩子有医院，你又不会接生，去了有什么用！

"我太老实了，就丢下老婆为老板抢救财产去了。后来听说老婆是难产，医生找家属签字。可在那个山呼海啸的夜里，哪里找得着我这个家属啊！事情就这样被耽误了……那当班的医生护士也太不是东西了，母子俩，一个都没保住……"

王大掌低垂下头，两只大手紧紧地抓住他那硬硬的短发，宋紫英情不自禁地抚着他的手，他的头发。她的指尖插进他的头发里，碰到了他那滚烫滚烫的耳朵。

王师傅抬起了头，双眼濡湿，说："世上什么最珍贵？亲人的性命最珍贵！我当初为什么要扔下她去为老板卖命呢？我悔得肠子都青了。"

泪水在这个男人脸上流淌，他用宽大的手掌抹着。宋紫英不忍看，她想用什么话来安慰他，又觉得什么话都是苍白无力的。一个念头从她的心里陡然冒出，她站了起来，拉起王大掌，她满脸绯红，心跳得不行……

此刻，陶三河仿佛驾着祥云而来，笑嘻嘻地落在她和王大掌中间。宋紫英猛一激灵，清醒了。她在心里说，三河三河可别怪我，我犯糊涂了。她又想说，今晚的白鲸岛下不下冰雹呢？你不会也在外面乱跑吧？

心潮渐渐平复，她看着熟睡的儿子说："王师傅，我该去医院了，你也该回去上班了。”听着自己冷漠的声音，宋紫英觉得自己很自私。王大掌说：“你走吧，今晚我就在这里看着壮壮。”

一跨出宿舍的门，妈祖庙的恐怖又压上了心头。于是她又自私了一回，她说：“王师傅，你能把我送过妈祖庙吗？”

两人一前一后地向妈祖庙走去。雷雹来得快，去得也快。此时，天空明净得像刚刚擦洗过一般，半个月亮悄悄地探出头来。路上积存的雹块，在路灯下闪闪发光。王大掌一边走，一边左踢右扫，给宋紫英清理出一条坦坦荡荡的路来。过了妈祖庙，街区的灯火就遥遥在望了，宋紫英对王大掌说：“没事了，王师傅你回去吧。”

到了医院，却见门诊大厅里灯火通明，长椅上，担架上，全是被雹块击伤的民工，南腔北调地哭嚷成一片。有一位的脑浆都被砸出来了，看来已经没气了。

麻疹病房的人都没睡，他们拿着饭碗牙缸和脸盆，去阳台上挖冰雹，罗罗妈的床头已放了半脸盆的冰霰子，叫宋紫英快看。雹块大的如核桃、鸡蛋，小的如鲜枣、鸽卵，跟她在家乡见过不同的是，这些大大小小的雹块都有一条奶油色的螺旋线，从外沿一直旋到中心。宋紫英的眼睛朦胧了，那一条条螺旋线，像一条条虫子，一直钻进了她的心里。

陶三河出差十一天了，他打电话来说，他现在正在蚂蚁岛修民用水泵，接下去还要去黑鲸岛和桃花岛看看，估计再有那么三四天，他就可以打道回府了。

等他回来，她就把一切一切都告诉他，尤其是那个该死的荀老大。

可他真是“荀老大”吗？谁会在干这种不要脸的事的时候，把自己的名字告诉对方？干脆就是胡诌的吧？那天夜里她拍的那一搓衣板，会让他明白，外来妹不是那么好欺负的！

她想去派出所报案，又想着这样的事，人家受不受理呢？她想请教南阿娥，又怕她嘴碎，没事也搬弄出一大堆是非来。

这天，那个在镇长家当保姆的方小芳来看罗罗，宋紫英就问：“你知道天涯镇有个荀老大吗？”小芳说：“天涯人大多姓荀，我们镇长也姓苟，也有人喊他苟老大的。再说渔船老大、货船老大和客船老大多了去了，谁知道你指的是哪个呀?”宋紫英说：“倭瓜脸，四十多岁的。”小芳摇摇头说：“不知道。”

搞不清那个倭瓜脸，宋紫英的心总不得安宁。雹灾后的每个夜晚，苟老大的幽灵总像魍魉一样纠缠着她，她实在是恐惧回家之路了，可是她又不能让壮壮饿着。她想，能不能另辟蹊径找条别的路回宿舍呢?可打听遍了，都说没有。因此每每回家，都成了一场残酷的考验和折磨。

这个夜里似乎非常宁静，窗外月明，蛙声此起彼伏，风过去，栀子花的香味沁人肺腑。又到凌晨两点了，宋紫英硬着头皮，壮起胆子回宿舍去。

一路上，她总觉得有人在后面跟着，她真切地听到窸窸窣窣的脚步声。一开始，她不敢想也不敢看，后来攥足了胆子，猛一回头，却见是一条土狗，在阑珊的灯光下踽踽独行。她骂了声“原来是你这畜生!”于是长长地吁了口气，心想是被姓苟的吓出毛病来了。

快到妈祖庙了。被雷雹打坏了的庙门还没有修复，白天倒没觉得什么，夜晚看起来，就像骷髅的两个黑洞洞的眼框，煞是吓人。她刚到这“骷髅”旁，阴影里兀地跳出个人来，一下子扑倒了她。倭瓜脸!宋紫英一边大喊抓流氓啊，一边又踢又咬。一记重拳落在她的太阳穴上，她眼前一黑，什么也不知道了。

迷迷糊糊的，她觉得自己的身体像一辆卸了轮胎的板车，被人粗暴地拖着拉着。在拖过一条高高的门槛时，她的背被猛地磕了一下，她清醒了，睁开了沉重的眼皮：是苟老大!他正在把她拖向妈祖庙的一个角落!她挣扎着想起来，可一阵天旋地转，浑身一点力气也没有。苟老大狮子般地喘息着，咬牙切齿地骂着：“他妈的我叫你凶，叫你拍板子!我今天要干死你，我他妈的不干死你就是婊子养的!”

那发情的野兽在撕他自己的皮，上衣剥掉了，裤子褪下了，宋紫英也没闲着，她忍着身上的剧痛，咬紧牙关，慢慢地收回了自己的双腿，收得紧紧的。就在那姓苟的将要扑到她身上的刹那，她用尽了吃奶的力气，一脚蹬去，正中恶棍私处。姓苟的疼得嗷嗷乱叫，捂着裆部瘫倒在地……

她觉得非常解气。“我叫你骚！我叫你欺负人！”在回宿舍的路上，她不断地嘟囔着，她甚至想唱歌了，“辣妹子辣，辣妹子辣……”当唱到“辣出泪来泪也辣”的时候，她的眼泪却像断线的珠子，噼噼啪啪地往下掉……

回到泵厂宿舍，贴着屋门听听，很安静，王大掌把壮壮哄得很好。此时此刻，她真想在大掌面前，淋漓尽致地哭一场。可一想自己的样子一定十分狼狈，就跑到宿舍区公共水龙头前，捧起凉水狠泼自己的脸，喘息了一阵，她又用手指梳了梳头发，觉得没事了，才回到屋里。

王大掌醒了，他一下子就发现了宋紫英的异样。

“出了什么事？”他很吃惊。

宋紫英忽然不想说了。是啊，这太隐私了，她不能对丈夫以外的人说，她一说，她和王大掌之间就没距离了，她不想把关系弄得这么近。丁是她摇了摇头，说：“没事。”

王大掌仔细地察看着，发现她额上的大包，问：“撞哪儿了？是不是拐角处的那根水泥柱上了？”宋紫英答：“嗯。”王大掌说：“我跟你说过多少遍，没灯的地方一定要小心慢走，瞧撞成这样！”说着就找了瓶什么油，要给她抹上。宋紫英接过了那瓶油，说：“我自己来。”

擦完了油，她说：“王师傅你累了，回去休息吧！”王大掌说：“我回去？那壮壮谁带？”宋紫英说：“今晚我也累了，想在家待一晚。”王大掌说：“你不回医院了？那妞妞怎么办？”

王大掌忽然觉得，宋紫英好像多心了。难道他做错了什么？于是就讪讪地离开。回到自己的宿舍，他眼前晃来晃去还是宋紫英刚才的样子。他想她肯定是遇上麻烦了，可有麻烦为什么不告诉他呢？难道她觉得他不可靠？他在床上翻过来覆过去地贴烧饼，怎么也想不出所以然。直到拂晓，才迷迷糊糊地睡了一会。天一亮，他急着去看看宋紫英到底怎样了，敲了敲门，没人答应，一推，门就开了，可是宋紫英不在，连壮壮也没了踪影。

这母子俩到底哪儿去了？王大掌一颗心悬了起来，他拔腿就往医院跑去。

麻疹病房也刚刚醒来，起床的病友和家长们都惊奇地发现，屋里多了位小客人！壮壮从一条毛巾被下面钻出小脑袋，他的脸红喷喷的，煞是好看。宋紫英就抱起他给他穿衣服。这小家伙一点也不认生，见谁跟谁笑。罗罗妈说："六个多月了，要长牙了吧？"顺手递给他一颗杨梅，他接了，却不知道这东西是可以吃的，只是使劲地捏着捏着，捏了一手血红的汁液。

王大掌出现在病房门口，他对宋紫英说："为什么把壮壮带到这里来？"宋紫英说："壮壮太麻烦你们了，又闹得整个宿舍鸡犬不宁的，我怕人家有意见。"王大掌说："这里可是麻疹肺炎巢，你就不怕他染病吗？"宋紫英说："这么些天我来来往往，要传染也已经传染上了。"

王师傅一时语塞。又说："这么窄的床，他会掉下去的。"宋紫英说："不会。你上班去吧，要不又要害你迟到了。"

其实在昨天夜里，不，应该说今天凌晨，王大掌一离开，她就把壮壮抱到病房来了。狭小的病床的确不好睡，妞妞是重点保护对象，宋紫英仍然得搂着她，她把壮壮放在脚的那头。壮壮是个乖宝宝，只要吃饱喝足，感觉到妈妈的气息，他就睡得很安稳。可是床这么窄，又没有护栏，壮壮很容易掉下去。宋紫英就创造了一个崭新的睡姿：她的上半身是侧着的，把女儿搂在怀里，两条腿却是平放的，把儿子护在中间。她的身子扭成了麻花，累当然是累，可是娘儿仨在一起，心里真的很踏实。

早饭过后，"太平公主"来打针。她发现了壮壮，就十分夸张地嚷嚷道："怎么多出个孩子？"宋紫英自知理亏，求饶说："实在是对不起，孩子他爸出差了，家里没人……""太平公主"说："亏你想得出来，蹭便宜蹭到医院来了，把病房都变成托儿所了！"

罗罗妈说："孩子住在我们的病房里，我们没意见，关你什么事？""太平公主"狠狠地说："我还不信天下没王法了，治不了你们这些外地刁民！"她扭身跑了出去，一会儿就叫来了护士长。护士长也说宋紫英不对，把个健康的孩子放进麻疹病房，出了事故谁负责？让她立刻把壮壮抱走。

宋紫英没辙了，怏怏地抱了壮壮，回到了泵厂宿舍。想来想去想不出办法，还是硬着头皮去找南阿娥。一敲开门，只见南阿娥拉长个脸儿，一副爱理不理的样子。大白天的，老师公躺在床上，脸色也不好看。就问："老师公今天休息？"南阿娥没好气地说："都是叫你们壮壮闹的！邻居的忙，一天两天的可以帮，可十天半月的谁受得了？"她指指床上的丈夫说，"让你们壮壮一折腾，这两天就喊头疼，他本来身体就不好，这不，血压又上来了，今天的班也上不成了。"

宋紫英觉得真心对不起。说了些道歉的话，又说老师公快去医院瞧瞧。南阿娥说："去医院还要你说？不然怎么知道血压都升高到180了？"宋紫英讪讪地回到自己屋里，发了一会儿呆。心想在家千般好，出门一时难。如果还在家乡，像现在这种情况，不管把壮壮往谁家一放，谁都会把孩子好好带起来的。乡亲们的身体也好，不会动不动就高血压的。可如今身在天涯，她该找谁帮忙呢？

她忽然想起，可以把孩子送托儿所呀！于是抱起壮壮，一路打听找托儿所去。跑了两家像模像样的，都说外地的孩子入托要赞助费，而且一张口就要上万，显然不是她承受得起的。好不容易找了间私人托儿所，一间十来平米的房子，横七竖八着二十来个娃娃，脏兮兮的。条件差宋紫英倒不怕，可是一问，又说是光管白天不管夜里的。

宋紫英带着壮壮，垂头丧气地走在回医院的路上，迎面遇见镇长家的保姆方小芳。方小芳说："你上次说的倭瓜脸苟老大，我给你打听出来了，那人是码头接鲜的。"宋紫英问："什么叫接鲜？"小芳说："就一小渔霸吧，欺行霸市，打打杀杀，手下有一帮兄弟，家里有几个臭钱。还特花，专门骚扰外来妹，派出所的常客了。镇长太太还说，这样的人，躲还来不及呢，你怎么还打听他？"

宋紫英的心里像塞了一团乱麻。她回到了医院，却见王大掌又来在病房里，他一手抱着妞妞，另一只手里却抓着一只形状奇特的小螃蟹，这种螃蟹浑身青色，两只螯却完全不一样。一只比例正常，另一只螯却大得巨无霸，且色泽鲜红，光辉灿烂的，很吸引人的眼球。妞妞的精神似乎好了许多，对着那只怪蟹，一副想要又不敢要的样子。王大掌鼓励说：“妞妞你下地吧，我们来牧蟹。”紫英这才看见蟹的身上系了一根红线，王大掌把线的一头让妞妞牵着，然后把妞妞和蟹一起放到地上。王大掌和妞妞在后边跺着脚，喊：“驾驾!”罗罗也下地了，伸着手说：“要，要。”病房里的小朋友都围了上来，一个个仿佛都没病了，吆着喝着乐不可支。

宋紫英却乐不起来，医生护士如果看见病房里牧蟹，岂不更要骂她个狗血喷头？妞妞仰起了脸，问王大掌说：“它叫什么名字？”王大掌说：“它叫大脚王。”妞妞就喊：“大脚王，驾，驾!”“大脚王”一会儿向东跑，一会儿向西跑，一会儿钻到床下，兜了个圈又跑到她脚边来了。妞妞又怕又兴奋，王大脚、大脚王地乱叫。宋紫英说：“真是的，乱喊什么呀，医生护士来了，又要赶壮壮走了!”王大掌一边带着孩子们赶蟹，一边说：“别发愁了，我请了假，专职带壮壮。”宋紫英吃了一惊：“说你怎么可以为我们请假呢?”王大掌反问道：“我为什么不可以为你们请假呢?”罗罗妈诧异地挑着眉毛，说：“哎呀闹了半天，我还以为他就是妞妞爸呢!”一病房的大人也都把目光对准了王大掌。王大掌声色不动，泰然如常，宋紫英虽然红了脸，但也被他的镇定自若感染了，心情竟好了许多。

这天中午，宋紫英抱着壮壮了回家，拿了个木盆在宿舍门口搓洗一大堆衣服。她的衣服出奇地脏，都是让那苟老大在地上拖的，有几处还挂破了。天打五雷轰的流氓!

她该不该报案呢？报吧，她一个外地人，怎么斗得过这地头蛇？不报吧，实在咽不下这口气。再说让那恶棍继续逍遥法外，还不知要祸害多少人呢。

壮壮哭了，宋紫英心不在焉地擦擦沾满肥皂水的手，抱起了他，撩起衣襟就把乳头塞进他嘴里，壮壮却摇着头吐了出来，屡塞屡吐。宋紫英纳闷了，壮壮从来不这样的啊！她摸摸壮壮的脑袋，有点烫，再看看他的额角，依稀有一颗颗的疹子，不像妞妞的那么大，那么红。她想，不会又是麻疹吧？她昨天还问医生来着，医生说六个月以下的幼儿是不出麻疹的。于是她抱起孩子，把他送到医院门诊部去。

一位年轻的医生用压舌板撬开孩子的嘴巴，宋紫英看见儿子口腔两侧的黏膜上，布满了点点斑斑。医生又捋起壮壮额际的头发看看，那里确实有许多红点点。医生摇着头说："奇了怪了，半岁的婴儿是不得麻疹的，可这样子又像是麻疹啊！"宋紫英说了妞妞的病情。医生说："这就对了，和麻疹患儿接触太频繁太亲密，传染上了。"

于是又要办住院手续。幸好紫云的第二笔钱到了，宋紫英缴了费，抱着壮壮走进了503麻疹病房。现在，母子三人终于可以名正言顺地一起住院了，宋紫英反而松了一口气。

不知是壮壮身体好，还是六个月大的孩子毕竟还带有母体的免疫力，壮壮的麻疹比妞妞轻多了，当然也没有肺炎并发症。到了第三天的下午，那疹子就齐刷刷地从手心和脚心拱了出来。医生说再巩固两天，姐弟俩可以同时出院。

这是妞妞住院的最后一个凌晨，外面的天还很黑，大家睡得正香，护士例行来把体温表塞到患儿的腋下。护士来收体温表时，宋紫英睁开了惺忪的眼睛，问："不烧了吧？"护士看了看体温表说："都正常了。"

自壮壮入院以来，宋紫英一直坚持她的"麻花睡眠法"，她上身是侧着的，搂着妞妞，而双腿是平放着，把那一头的壮壮护在里边。孩子们身体都正常了，上午就可以出院了，这个战役她和孩子们胜利了，她提着的这颗心总算可以放了下来，随着身体也松懈了。护士临走时没忘了关灯，大家也重新进入梦乡。宋紫英觉得五六天来的"麻花睡姿"很累，眼看黑暗即将过去，她揉了揉扭酸了的腰肢，把两条腿收了回来侧身躺好。刚睡着，却听得咚的一声，接着是惊心动魄的一声"哇"！她拿脚"摸摸"，壮壮没了，忙打开电灯，只见壮壮四脚朝天地摔在地上，那声哇了以后，半天换不过气来。宋紫英忙把他抱了起来，壮壮的后脑上已肿了一大块。

新一天的曙光射进了病房时，"太平公主"穿着漂亮的新套裙，婷婷娉娉地来上班了。罗罗妈看着她瘦削的背影，做了个鬼脸说："好衣裳都让她糟蹋了，没屁股的东西！别说生儿育女，我看她这辈子啊，连条毛毛虫也生不出来！"宋紫英说："少说两句吧，我们就要出院了。”

把一对孩子弄妥帖之后，她开始收拾东西了，并对川妹子说：“以后我们都是朋友了，得空到泵厂宿舍玩啊。”

“太平公主”来给孩子们挂最后一次滴注。这一次的扎针非常顺当，妞妞、壮壮和罗罗都是一针见血，罗罗妈的脸上也露出了笑容。

药水不紧不慢地滴着，一切都那么的和谐，那么安宁。罗罗妈把脏东西都拿到阳台上去洗，宋紫英一人看着三个孩子的滴注。

陶三河该回来了，她得把妈祖庙的事，原原本本地告诉他。陶三河是能干的，他会想法子惩处那淫棍，他会把那个倭瓜脸砸个稀巴烂！

罗罗好像哆嗦了一下，宋紫英一惊，以为自己眼花了，睁大眼睛细看，罗罗又哆嗦了一下，而且脸色十分难看。她连忙喊：“罗罗妈，罗罗好像不大对劲，赶紧叫医生！”川妹子回到病房，看见罗罗脸色发黑，喘鸣急促，吓了一大跳，她甩着湿淋淋的手赶忙朝医生值班室跑，可那里空空的，医生们都巡视病房去了。她又跑到护士值班室，那里只有“太平公主”一人。罗罗妈急喊：“医生医生，我们罗罗好像不好，快来看看！”“太平公主”背对着她，正全神贯注地用一把小锉刀修理自己的指甲。罗罗妈急得嗓音都变了，说：“求求你医生，罗罗不行了！”“太平公主”说：“这里没有医生，你到病房找去！”罗罗妈问：“医生在哪个病房？”“太平公主”说：“腿长在他们身上，我怎么知道？一个一个病房找去！”宋紫英等不着来人，也追出来了，喊：“护士你快去看看，罗罗恐怕是青霉素过敏！”“太平公主”不紧不慢地站了起来，嘴里叨叨说：“怎么可能！天天挂青霉素都没事，怎么今天就过敏了？”

罗罗妈沿着走廊边哭边喊：“救命啊，我们孩子不行了！”被惊动的医生护士争先恐后地奔向503病房，一件件白大褂飘了起来，像被风鼓得满满的船帆。

输液的针头被拔掉了，主治医生嚷嚷着要给罗罗注射什么药，一边推过氧气瓶给罗罗吸氧，忙得汗流浃背，“太平公主”拿来一支针剂，给罗罗打了。可是一切都来不及了。几分钟后，罗罗就停止了呼吸，医生翻开孩子的眼皮，说：“瞳孔都放大了。”

罗罗再也没能醒过来。有人推来一辆雪白的平车，把罗罗抱了上去，又用一条白床单把他蒙了起来。罗罗是那样的弱小，硕大的床单几乎把他淹没了。这个猪年生的孩子才活了一岁零三个月，就离开了人世。川妹子一口气没上来，一头栽倒在地上。

这天上午十一点钟，宋紫英办好了两个孩子的出院手续，凯旋了。丈夫不在家，在这举目无亲的天涯镇，她一个人打了个大胜仗，两个出麻疹的孩子都挺过来了，都健康地活下来了。想到这里，她甚至有了些许成就感。只是罗罗的死，他妈那丧魂落魄的模样，让她心里发疼。还有那个多事的妈祖庙，让凯旋的喜悦抹上了阴影。

家里乱极了，她把孩子放在床上，手脚利索地整理起来。王大掌来了，他给姐弟俩送来了一篮子鸡蛋，还有苹果和桃子，说孩子们要好好补补。妞妞一见他就大掌叔叔大掌叔叔的叫得非常亲热。王大掌把壮壮抱了起来，一把举过头顶，妞妞嚷嚷着也要举举，于是王大掌就轮流地举着姐弟俩。一会儿，王大掌变戏法似的从口袋里掏出个小螃蟹来，一看到那个鲜红鲜红的大螯，妞妞就喊：“王大掌！”王大掌纠正说：“错了，是大脚王！”妞妞就改口叫大脚王。接着他们又开始了牧蟹游戏，小小屋子里满是嘻笑声和尖叫声。

对面的门开了，南阿娥抱着曲曲出现在他们面前。看到这副景象，就说：“亲爹都没这么亲啊，王师傅可真能心疼人，可惜我们曲曲没福气，怎么就没个人来举举他呢。”南阿娥又发现了鸡蛋和水果，夸张地说：“这么多好吃的啊，王师傅这个月的工资恐怕都贴给小宋了吧？”王大掌显然是讨厌她，头也不抬只管逗姐弟俩玩。南阿娥哼了一声。宋紫英抓了一小筐的鸡蛋和水果，说让她带回去。并说：“我们妞妞和壮壮这次出麻疹，全靠你和老师公关照。”南阿娥接了东西，笑笑说：“我们可不敢当，帮你忙的大有人在啊。”

当西边的太阳把海面染得殷红殷红时，陶三河回来了。离家整整两个星期，他想老婆孩子都想疯了。他来不及进屋，就在墙外的窗下喊道：“紫英，过来快过来！”宋紫英拢起刚刚洗过的湿淋淋的头发，看见笑容灿烂的丈夫，竟迟疑了一下。三河说：“快快，让我亲一口！”宋紫英来到窗旁，她的一只胳膊倚在写字台上，身子就倾了下去。她有太多太多的话要对丈夫讲，讲妞妞的肺炎，讲壮壮的麻疹，讲王大掌的倾力相助，讲罗罗的死，还有还有……可是陶三河现在什么也不想听，他只是猴急猴急地说：“近一点再近一点！”宋紫英把脸往铁栅边挪挪，她闻到了铁锈的味道竟然带着血的腥味，陶三河一下子咬住了她的嘴唇……

几分钟后，陶三河进了宿舍，他拥抱着妻子，抱得那么紧，以致让宋紫英觉得呼吸都困难了。她喊着放手放手，乳汁都挤得一塌糊涂了。他放下了妻子，发现自己的胸脯都被奶液濡湿了。他笑了，又抱起女儿亲亲，抱起儿子亲亲。壮壮跟他陌生了，挥着荷藕般的小手，使劲地把他推开。陶三河笑骂道：“小兔崽子，连老爸都认不得了？”

陶三河提起一网兜贝壳，哗啦哗啦地倒了一脸盆，扑鼻的海鲜味儿洋溢开来。陶三河对老婆说：“这叫‘清兵帽子’，岛上的特产。”宋紫英看那海贝，真的像极了电视剧里那种上尖下大的清兵帽子，帽盖子青绿青绿的，白色的贝肉就像人的脸面。陶三河又从另一个网兜里掏出几只捆缚得结结实实的大青蟹，不无得意地说：“绝对野生的，客户送我的！”妞妞一听说螃蟹就来了劲，说：“我看看我看看！”陶三河把青蟹送到妞妞面前来，说：“我要咬妞妞！”

哪知妞妞对大青蟹不感兴趣，她噘着嘴说：“我要王大掌！”陶三河怔了一下，问：“什么王大掌？乱七八糟的！”妞妞知道自己错了，纠正道：“我要大脚王！”陶三河把疑惑的眼睛投向了妻子。宋紫英打开个小纸盒，把拴着红线的那只小蟹交给了妞妞，还给三河讲大脚王和牧蟹的故事。妞妞又嚷起来了：“我要牧蟹！我要王大掌！我要大脚王！”

陶三河的脸色尴尬了一下，旋即恢复了平静。他给老婆讲修泵的经过，讲岛上的奇闻趣事。他还掏出一大摞他画的泵类症结草图，说这一回为厂里立了大功，老板肯定会奖励他的。宋紫英说：“得了奖金先把王大掌的钱还掉，这次多亏他，不然妞妞的小命就没了。”

宋紫英一直忙忙碌碌，不停地絮絮叨叨。她重复说：“这一回你不在家，两个孩子先后出麻，妞妞还并发了肺炎，多危险！多亏工友们帮忙。待会儿我去割二斤猪肉提几瓶啤酒，再把青蟹和清兵帽子煮了，晚上我们请客，把老师公夫妇和王大掌都请过来。”

陶三河好像感觉到了什么，却又说不上来。宋紫英把壮壮往他怀里一塞，就上街去了。等她买菜回来时，发现南阿娥正和自己的丈夫在嘀咕什么。宋紫英心里有点忐忑，却只管去外头的水龙头前择菜淘米，等她端着干干净净的一脸盆东西回来时，南阿娥把手伸了过来，抓起一只闪闪发亮的大贝壳，对着斜阳照了照，然后很夸张地说："好大的一顶绿帽子！"

宋紫英忙着做饭烧菜，又嘱咐陶三河早点去请客人，免得他们到别处吃饭。她发现陶三河心不在焉，就不断地催他。陶三河出去转了一圈，仍旧一个人回来。直到酒菜摆齐了，老师公和王大掌还没来。宋紫英就跑去敲对面的门。老师公说他犯高血压，不能喝酒。说把南阿娥叫去就行了；宋紫英又要去喊王大掌，陶三河说："别去了，他上夜班，来不了。"

那一顿晚餐就有点闷闷的，只有南阿娥一人吃得快活，吃空的"绿帽子"堆得像小山一样。

收拾好一切，夫妻俩上了床，陶三河抱住了老婆一顿乱啃。不管心里藏了什么，也不管遇到了什么，都不会妨碍他享受妻子美好胴体的热情。狠狠地做了回爱后，宋紫英紧绷了几天的身心放松了，毕竟，丈夫是山，她可以靠一靠的，丈夫一回家，这个家就稳当了。

宋紫英朦朦胧胧的正要睡去，陶三河却推了推她，说："我去请王大掌吃饭时，你知道我闻到了什么味道？"宋紫英说："机油柴油的味道呗！"陶三河说："不对，是奶味，乳汁的味道。你说，他身上的奶味哪里来的？"

宋紫英本来想告诉丈夫许多事的。他这样一问，她反而什么也不想说了。于是就说："他常抱壮壮，奶味是壮壮带给他的！"陶三河接着说："我不在家的时候，你没让人揩了油去吧？"

宋紫英伤心了。这半个月来，她受了多少委屈多少累，他都不问，却问这个。她气得扭过身子，给了他一个大背脊。

陶三河从背后抱住了她，说："我这不是开玩笑吗？说真的，就是人家告诉我你做了什么，我也不相信，打死我也不相信，你宋紫英是怎么个人，我还不清楚？好了宝贝，别生气了，是我不好，我让你打，让你拧，啊？”

宋紫英这才转过身来，嘤嘤地哭了。她哭得非常伤心。她原想让陶三河去收拾那个苟老大的，但转念一想，陶三河一拼命，那不是害了他吗？他们外来打工的，哪里斗得过地头蛇？想来想去，宋紫英决定把这事烂在肚子里，让她一个人痛着算了。

这一天宋紫英带着两个孩子上街买菜。看见一个大大的木盆里活泼着各色小蟹，有沙蟹，有青背，有棺材蟹。妞妞喊着要买大脚王。王大掌先后曾送过她两只，她喜欢极了，可它们都很鬼，你一不小心它们就溜走了。

宋紫英蹲在地上，在木盆中挑着，挑来挑去，就是找不到螯子鲜红的大脚王。忽然，她觉得屁股被人拧了一把，扭身一看，是苟老大！他嘻皮笑脸地说：“好个厉害的娘们，那晚差点要了我的命！”宋紫英咒道：“好歹有人会要你的命！”苟老大涎着倭瓜脸说：“我还真喜欢上你的泼辣劲了，俊娘们，让我仔细看看，嘿呀，白天比夜里更漂亮！”

怒火从宋紫英的心头蹿起，她一下子站直了身子，骂道：“流氓，臭不要脸的！滚开！”苟老大说：“骂得好，我是流氓我怕谁？你倒是给大家说说，我怎么流氓你了？说啊你说啊！”宋紫英气得一个劲儿哆嗦，牙齿都磕得笃笃响。她把壮壮放在地上，伸手就给倭瓜脸一巴掌。倭瓜脸嚷了起来：“小婊子，光天化日你都敢打人！”他一把抓住宋紫英的胸口，扯得她外衣扣子崩崩乱跳。妞妞和壮壮从来没见过这种阵势，他们吓坏了，一齐哭了起来。宋紫英说：“我跟你拼了！”伸手在那倭瓜脸上乱抓乱挠。围观的人越来越多，有人竟说：“干嘛呢，在这里撒泼！”也有人说：“孩子要被踩坏了，还不快走！”还有人笑道：“又是苟平阳！这骚驴子！”

苟平阳在众人面前吃了点亏，觉得挺丢面子的，他暴跳如雷，指着宋紫英喊着：“你他妈的别装什么贞节娘子了，天天半夜三更的跑来跑去，你不卖肉卖什么！”

两个市场管理人员来了，一边一个架起了苟平阳，连哄带骂地把他带走了。围观的人对宋紫英指指点点，把她的肺都要气炸了，她一手抱起儿子，一手牵着女儿，挤出了人群。

回到家里，她越想越憋闷，饭都没心思做。心想，她越是瞻前顾后，越是退让，那苟老大越不会放过她。当天夜里，她就把菜市场的遭遇对陶三河说了，并说："我们告他去。"陶三河静静地听了，问："还有呢？"宋紫英见瞒不下去了，又把妈祖庙的事说了。陶三河果然火冒三丈，他说："什么狗老大驴老大的，我要把他这骚鸡巴给剁下来喂狗！"宋紫英说："你可别乱来，我们找派出所，找公安局，正儿八经地告他去。"又说："陶三河你千万别蛮干，我们人在异乡，弄不好反而要吃亏的。"

第二天一早，陶三河就拉宋紫英上街去认人。宋紫英死活不肯认人，而要到派出所去。正僵持着，老板来电话，把陶三河给叫走了。宋紫英看着陶三河气呼呼的背影，心想这样下去定会闯大祸，就赶紧带上儿女，一路打听到镇派出所。

一位姓米的女警察接待了她。一听说是告苟平阳强奸未遂的，那警察就笑了，说："这苟平阳就是一著名流氓。他隔三差五地骚情闹事，是我们派出所的老客了。他那些破事，一大箩筐都装不下，每每拘了来，又定不了罪，教育教育就把他放了。"宋紫英着急了，说："为什么定不了罪？"米警察说："没有证据啊。"宋紫英问："要什么证据？"女警察说："要人证物证，比如谁看见他强奸谁了，他在强奸时留下什么了，比如你身上的抓痕，掐痕，还有精液，精液最重要，做一次 DNA 检验，就是铁证了。"

宋紫英差点跳起来，她嚷嚷道："我可是强奸未遂！我胆子大，身体壮，他才未遂的；身体弱一点胆子小的，早就遂了。"米警察说："可从来没有强奸既遂的受害人来报案啊。"宋紫英说："若是我被遂了，我也不报案，丢不起这个人，打落门牙吞到肚里算了。"米警察说："都这么想，所以就只能让他消遥法外了。"

宋紫英的脸红一阵白一阵，也不知是羞的还是气的。回家以后，她烦躁得很，把饭也烧煳了，一口碗掉到地上摔成两半。那天夜里睡着睡着，突然就梦魇，她大喊："抓流氓抓臭流氓！"陶三河被惊醒了，又是推她又是喊她，她醒了，满身都是冷汗。

接下来的一些晚上，陶三河总说朋友请他打扑克，让宋紫英带着孩子早早睡觉。宋紫英心想，陶三河本来不打牌，他这是心里郁闷呢！

半个月后的一个午夜，宋紫英又被噩梦惊醒了。她听得妈祖庙那边杀猪般的嗥叫："救命啊救命啊！"

又是谁遭到性侵了？可怎么是男人的声音？又是做梦吧？她掐了掐自己，挺疼。正纳闷着，陶三河悄悄地进来了。宋紫英说："你往后不要打牌了，我害怕。"掏三河一把捂住了她的嘴巴，不让她再说下去。他没开灯，只是摸上了床，在宋紫英身边静静地躺下。

第二天，整个天涯镇都传开了，说苟老大的一只眼睛没了，是昨天夜里被妈祖娘娘给挖掉的。于是有人就说："这头骚狗，竟敢在妈祖庙里撒野，娘娘发怒了。"

三天后，蒙着一只眼的苟平阳跑到派出所说："政府，我来报案。"米警察说："你的眼睛怎么回事？遭报应了是吧？"苟老大指天划地地说："不是妈祖娘娘挖的。"女警察说："我也没说是妈祖娘娘挖的啊。"苟平阳说："是被人用弹弓弹的，当即破水了，那个痛啊！"苟老大龇牙咧嘴的，样子很狰狞。接着又说："医生说不挖掉这只破眼，那只好的也保不住。我的眼睛可是医生挖的！"

苟平阳强调"医生挖的"。好像是医生挖的，就挖得理直气壮，挖得不丢人。米警察拿着笔，刷刷地记录着。苟老大继续说："我倒地后，就听到一个脚步声飞快地朝泵厂方向跑去，凶手准定是泵厂工人，你们赶快去抓吧！"警察微笑着问："证据呢？我说的是人证和物证，现在办案都要讲证据，乱抓人可是犯法的。"

但是警察们还是去泵厂勘查弹弓伤人案。工人们好像统一了口径似的，一个个都回答说："弹弓？那可是上世纪的玩意儿，现在连小孩子都不玩了，哪里还找得到？"

惶　恐

那个编织袋一压到肩上，郑守田就有了尿急的感觉。出了银行50米就有一个公共厕所，可是郑守田哪敢进去？他甚至不放心让儿子接力一下，其实郑丰年比郑守田高大结实得多。父子俩疾步走过县前东街，折向环城南路，然后出了老城区，在城乡结合部的回家路上。

正是仲春时分，往年金灿灿的菜花和绿油油的秧苗不见了，连随处摇曳的紫云英也消失得无影无踪。自撤县建市以来，乐川市像个天天泡啤酒的男人肚子，一圈一圈地往外扩展。郑家湾祖祖辈辈赖以生存的土地，被一个又一个的开发商陆续蚕食。想着竹篱矮墙里野草疯长的良田，郑守田的心就一阵阵作痛。

膀胱的压力很大。脏兮兮的矮墙旁边，本该是解手的好地方，可是郑守田还是疾走不止，任尿急的痛苦越来越厉害地折磨着自己。郑守田没法子不尿急，因为编织袋里装的不是土豆红薯，也不是小麦大米，而是整整27沓的百元大钞！他累得不住地喘气，活到57岁他才知道，原来钞票的重量不是一袋土豆或一袋红薯可比的！

他竟有点佩服起女婿屠满钵来。去年腊月初五，这王八蛋拎走了别人装有30万现金的密码箱之后，居然一点也不尿急，居然在离出事地点不远的大排档上喝酒到天亮，任老婆女儿被找上门来的失主吓得魂飞魄散。

郑守田佝着腰走着，双眼紧紧地盯着奠耳河的河堤土路。开发商不但圈走了土地，连同那条从田间笔直穿过的水泥马路也一并圈了，乡亲们一而再再而三的抗议都像凉水浇了鸭背脊。现今郑家湾人走路都得绕道，都得走这条坑坑洼洼、半边坍塌的河堤土路。郑守田小心翼翼地走着，生怕一个跟头把背上那27万给摔到河里去了。

郑丰年一步不离地跟在父亲身后，虽然也紧张，但他对父亲的做法大不以为然。不以为然也没有办法，谁叫他是他的儿子！他警惕地前顾后盼，生怕有人跟上来。如若有人对这个编织袋心怀叵测，他就会抽出腰里那把锋口厉厉的菜刀，和他决一死战。

夕阳灿烂，把奠耳河水镀得有些妖娆。周遭宁静，郑守田的心却像抽水机那样突突地泵着，连耳膜都咚咚作响。说到底，有几个农民见过成沓成沓的百元大钞？如果早些年有这么多钱，不，一半的钱、四分之一的钱的话，老婆就不会死了，赵瑞雪也不会弃儿子而去，秀葵更不用嫁给屠满钵那个混蛋了。可现在，他郑守田居然发大财了！

终于进了村，终于到了自家门前。郑守田刚跨进了门槛，反身就把大门关死了，又找了根杠子，把门牢牢顶死；父子俩继续往里屋走去，关紧了二门，才伸手去摸灯绳。

矮屋里唯一的那盏电灯亮了，受惊的苍蝇嗡地一声飞了起来，转了一圈看看没事，又重新落在灯绳上。那灯绳很旧了，密密麻麻地趴满了苍蝇，看起来像一根长长的、毛茸茸的大山药。

编织袋被打开了，郑守田长满老茧的双手颤抖着，把钞票一一捧了出来，不错，就是27沓。父子俩对望了一眼，不约而同地吁了口气，这才觉得背上的衣服都湿透了。郑守田脱了衣服，把憋了大半天的小便送到屋角的尿桶里。新鲜的尿液打击在半桶旧尿上，发出了夸张的哗哗声。像被什么蜇了一下，郑守田突然刹车了：这每沓的钱，真的有100张？也许每沓缺了一张？也许缺二张三张甚至七张八张的？

带着剩余的半截尿液，郑守田回到了小方桌旁。丰年说："爸我们先弄饭吃吧？"郑守田吼道："吃吃，光知道吃，吃死你！"丰年小时候胃口大，总也没个饱的时候。可是郑守田话一出口就后悔了。从小到大，除了番薯饭加咸菜，儿子又吃过什么？正因为没有油水，儿子才吃不够。丰年读书不错，因为穷，他上了一年高中就辍学了。母亲因肺结核肠结核长年卧病在床，丰年端尿摸屎的什么苦没吃过？

父亲就会在屋里吼，出了门连个屁都放不响了。丰年不生气，顾自做饭去。丰年觉得父亲很蠢，比如今天去扛这钱，又累又吓人，可是老爸走火入魔了，他阻止不了他。

郑守田撕开那捆扎钞票的纸箍，用唾沫蘸了蘸手指，艰难地数起钱来。数完了一沓，他嚷道："不对，只有 99 张！"郑守田又数了第二沓，这一次更少，只有 98 张了。第三沓更离谱，只有 90 张了。冷汗取代了热汗，顺着郑守田的脸颊、后背，涔涔下淌。他越数越慌，越数越乱，口水也越来越黏稠，喉咙简直像冒了火。数来数去，这 27 沓大钞，竟没有一沓是足数的！郑守田的心往下沉去，沉去，终于瘫倒在那张吱吱作响的破竹椅上。

丰年端上了刚刚做好的饭和咸菜，说："庸人自扰！"郑守田不明白什么叫庸人自扰，只是唉声叹气。丰年接着说："银行里拿出来的钱，哪会不够数的？"郑守田虽然还愣在那儿，脑子里却出现了那架沙沙作响的点钞机，他亲眼看它点了两次，每次跳出来的数字都是 100，接着营业员又用手点了一次，点完之后就用纸条拴好，还加了个小小的章，怎么拿回家就少了？儿子说："吃饭吧，完了我来数。"于是闷闷地吃饭，饭后，父子俩一直数到半夜，终于把钱数完。不多不少，整整 27 万。

刚刚松了一口气，郑守田的心又提了起来：这么多钱，藏哪儿呢？现在毛贼很多，这么个破败的家，贼从哪个方向都容易攻进来；还有劫匪，拿刀拿枪的比着你，是要命呢还是要钱呢？

现在郑守田真正后悔了，后悔不听儿子劝阻非把这么多的现金领出来！村长郑天堂发给他们的，原是大红的存折本本。对着那个打印的 270000. 00 数字，郑守田无论如何也不相信这就是白花花的银子。他执意要把现金领回来，把这一沓沓的钞票拿在手里，搂在怀里，他才觉得是真实的。

可现在这堆钱成了烫手的山芋了。郑守田的目光落在屋里唯一的那个破柜子上，柜门的下端有个杯口大的洞，那是几年前叫老鼠啃出来的。如若把钞票放在柜里，没准今晚就被耗子拖走一半！郑守田又找出个咸菜坛子，倒掉了臭烘烘的咸菜卤汁，拿破布擦擦，就把钱往里面装。这个坛子不错，坚实得连老虎也啃不动，而且不大不小，正好装得完27沓钱币。郑守田把盖子盖上，再压上一块石头，最后把坛子推进自己的床下。

刚刚合上眼睛，郑守田猛地惊醒了，心想贼一进来，抱起坛子就走，一个子儿也不会给他留！真的把钱丢了，他对不起死去的妻子，对不起三十大几还未娶亲的儿子，对不起那总是受气挨打的女儿，更对不起以后出生的孙子曾孙——田没了，这些钱就是子孙万代的命根子啊！于是他又起了身，钻到床下，把菜坛子拖了出来，把它抱上床去。

那一晚，郑守田把那个坛子拥在怀里。坛子的凉冰冰的，刺激得他一点睡意都没有。他的脑子里出现早就故去的爹妈。在自己还很小很小时，爹妈总是这样念叨着："娃，咱们分到田了，咱们有自己的田了。记住，你一定守住它们，就像守住你的命！"后来，田地入了农业合作社，再后来，合作社又变成人民公社。折腾了几十年，又分田到户了。虽说田地还是国家的，但侍候的人还是郑守田他们，他们吃田里的，花田里的，虽然穷，但心里踏实。可是现在，什么也没了，只剩下这坛里的钱。他觉得自己的名字都得改改了，改成郑守坛还差不多。他就这么胡思乱想着，直到东方发白。

第二天一早，父子俩把那笔巨款送回了银行，一颗心才算落回了肚子里。

儿子没有请示老爸，擅自提走了一千块钱。这让郑守田非常生气，但当着银行那么多人，他不好说什么。跨出银行门口，他就跟儿子说："你怎么乱花钱？"儿子说："我什么时候乱花钱了？现在咱们有这么多的钱，花千把块钱算什么？"郑守田说："吃不穷，用不穷，不会划算一世穷。"儿子顶他道："你活到现在，吃什么了用什么了，还不是一世穷？"郑守田被噎着了，但还是说："回去把小屋修修，赶紧找个老婆成家是正经。都三十出头的人了，再耽误下去，生个孩子也成歪瓜裂枣了。"

丰年有自己的主意，他说：“老爸你可千万别叫花阿彩来，花阿彩说的女孩，除非你亲自用，我是坚决不要的。”郑守田说：“放屁，越大越没个正经！”

花阿彩是个媒婆，她不仅是婚姻中介，还是房屋中介、金钱中介；方圆几十里都知道她是个能折腾的角色。听到郑家湾分钱的消息，花阿彩疯了似的往郑家湾跑，给郑家湾所有的小伙、姑娘、鳏夫、寡妇说亲，还怂恿有老婆的男人快换老婆。前天居然领了一位19岁的外地女孩，非要说给91岁的聋子九公。可人家九公的曾孙都有了女朋友了。郑家湾人都笑翻了，说：“我们都看花了眼，哪个是九公的未婚妻哪个是他的曾孙媳妇？”花阿彩说：“爱看不看！你们的田都没了，怎么还土得掉渣？革命不分先后，娶妻不分老幼，老夫少妻，时尚！”

郑守田就不要这份时尚。19岁女孩嫁给91岁的聋子老头，不是图他的钱，挖了他郑守田的眼睛当泡泡踩！

父子俩来到县前街口，丰年说要到商场去转转，就和老爸分手了。

郑守田独自回到村口。他看见老安徽挑着对箩筐，正往城里走去。老安徽跟郑守田差不多的年纪，也是种庄稼的好把式。前些年，郑家湾一些头脑活络的人外出做生意去了，家里的田地就交给老安徽来耕种。老安徽和他的寡妹安秋芳在郑家湾一住就是五年，和村里人混得相当熟了。现在土地没了，老安徽应该回老家了，还挑着对箩筐干什么？

“他们让我买吃食去。”还没等郑守田开口，老安徽就用生硬的本地话和他搭话了。郑守田笑了，说：“多大的排场，还要挑对箩筐去？”老安徽的眼里流露出了艳羡，他说：“你们都分到这么多的钱，谁不想吃好的喝好的？‘老年会’这会子可热闹了，你不想去看看？”

所谓“老年会”，是指村里给老人们腾的三间老屋。里面有一台电视机，两三张小方桌。老人们很少看电视，热衷的是打扑克搓麻将。村里拿到卖田款后，是按人头分钱的，凡去年6月30日前咽气的就取消资格了，能挨到7月1日凌晨的就都能分到一份。郑守田老伴一辈子病病歪歪的，拖累得一家人受尽苦难，这一回却很争气，硬是挺到7月2日傍晚才闭上眼睛，区区两天时间，就得了9万元钱，让整个郑家湾都觉得他们家捡了个大便宜。

郑守田走近“老人会”时，听到了汹涌如潮的洗牌声，那绝不是两三副麻将洗得出来的。踏进了老人会大门，只见里三层外三层的都是人，麻将桌从屋里一直摆到了院子里，鏖战正急的除了老光棍阿四们，其余的都是身强力壮的后生，还有几个俊俏的大姑娘小媳妇！

郑守田偷偷地骂了声“烧包”。他想，烧吧，把命根子都烧光了，看你们日后怎么活！他得当心儿子了，丰年品行没问题，但做事毛糙，十年前跟着附近一帮年轻人外出补鞋，丰年不但没赚到钱，连补鞋机也叫人给偷了。再说“学好一世，学坏一次”，若染上赌瘾，别说27万，270万也可能打了水漂！

想着儿子会把一千块钱胡乱花掉，郑守田心疼得要命。他怏怏地往家里走去，一抬头，却看见女儿秀葵抱着外孙女晶晶来了。“娘家娘家”，女儿一般和娘亲，自从老伴过世后，秀葵回娘家就少了。郑守田打量了女儿一眼，发现她的右眼角青了一块。她又挨屠满钵打了。女儿是四乡八村的顶尖美人，和电视里乔家大院那媳妇长得一模一样。这么俊俏的人儿，狗娘养的屠满钵还专拣脸蛋打！

郑守田愤怒了，腰里有了钱，他觉得自己有资格愤怒。他对女儿说：“不行，不能让人家再欺负你了，你跟那畜生离了算了！”秀葵戚戚地回答：“他们父子是什么人，你又不是不知道。说要离婚，恐怕把你这房子都给烧了。”郑守田想想也是，就不好再说什么了。

邻居的猪在闹栏，嚎得跟要它命似的，郑守田这才想起拴在屋后的牯牛。他摸了摸外孙女的小辫，说：“先回家去吧，待会儿外公给你买糖吃。”

这两天他被钱弄得太紧张了，竟完全忘了放牛。千苦万苦，做牛最苦，干的是最重的活，吃的是乱七八糟的草。猪饿了死嚎，牛饿了却一声也不吭。按它的力气，它完全可以挣断绳索跑出去的啊。郑守田怀着负疚的心情，解下了牛绳，把它牵到奠耳河边去吃鲜草。

奠耳河宽大而平静，河埠的大榕树像一个庞大的华盖，投下个富丽堂皇的浓荫。不远处是一座青石铺就的大石桥，桥栏上蹲着一头头矫健的狮子，还有些郑守田看不懂的字儿。古老的青藤从桥缝里伸了出来，飘飘荡荡把水面映得如同画儿一般。

安秋芳正在洗衣服，一根棒槌捶得水花四溅，满河湾撞来撞去的都是棒槌的回声。老安徽跟他说过，他妹子命硬，嫁了第一个男人没两年，一次上县城坐的拖拉机翻到沟里去了，一同坐的人都爬起来，唯有他妹夫躺在那里不动弹，好不容易把他弄到了医院，他在病床上哼哼了两个月，丢下年轻的安秋芳走了。三年后安秋芳嫁了第二个汉子，谁料却是个肝炎坯子，安秋芳没钱送他进医院，只弄些中草药，熬得满屋子又苦又涩。药罐子捧了五六年，男人还是没留住，倒给安秋芳留了一屁股的债。听着听着，郑守田就有了同病相怜的感觉。老安徽还说，他们当地人都说安秋芳克夫，说她是祥林嫂，从此没人再敢娶她。郑守田知道祥林嫂，这电影从前在村里放过。可祥林嫂整天哭哭歪歪的，没完没了的“我真傻我真傻”，叫人觉得晦气。安秋芳则完全不一样，她不但不哭，还整天乐乎乎的，得空还来一段黄梅戏，四十大几的人了，那嗓门儿又甜又亮，和电视里唱的一模一样。

安秋芳见了郑守田和牛，招呼说：“丰年他爸，你还放牛啊！人家都把牛卖给屠宰场杀肉吃了！”郑守田的心一沉，是啊，田都没了，留着牛干嘛？农民家家，总不能养头牯牛当宠物吧！秋芳扬了扬湿淋淋的棒槌，说：“把你身上的脏衣服脱下，俺顺手给洗了。”

这安秋芳吃苦能做，下田插秧割稻，回屋挑水做饭，一年三百六十天就没见她闲着。心眼儿也好，和左邻右舍处得都不错，郑守田见了她，总觉得心里暖暖的。他看了眼安秋芳鼓鼓的胸脯，问：“没了田，你们一家回安徽去？”安秋芳说：“俺也不知道，俺听俺哥的。”郑守田说：“你就没个自己的主意？”安秋芳反问了一句：“那你有什么主意？”

郑守田能有什么主意？他想着自己爷儿俩两条光棍，洗汰缝缀常常麻烦安秋芳，现在自己有了钱，就可以把这秋芳给娶了，只是他也怕她命硬克夫，现在正有好日子过呢，他可不想被她克死啊。

河堤上晃过来个高高瘦瘦的身影，近了，竟是女婿屠满钵。满钵好赌，长年昼伏夜出的，皮肤白得瘆人，身体高得像竹子似的。他那手是地道的赌棍手，纤细，灵敏，一沾牌，就能猜个百发百中。可赌场上并没有常胜将军，越是厉害的角色就越有人要“围他的猪”，有一次他输惨了，拎了人家装钱的密码箱就跑。因为是赌资，对方也就没敢告他，把他暴打一顿追回钱也就算了。

此刻郑守田也想把他暴打一顿，可是他不敢。他花过老屠家的钱，屠家老子干的是杀猪宰牛的营生，白刀子进去红刀子出来，郑守田惹不起。郑守田老婆每次住院，花阿彩就把他引向那血淋淋的屠宰场，郑守田惊悚之后，就能借到两三千元，前前后后加起来，有两万不到。因为一直还不上，花阿彩又劝又哄，终于让秀葵一朵鲜花，插在了屠满钵这堆牛粪上。当初郑守田并不知屠满钵嗜赌成性，更不知道他一输钱就对老婆大打出手。看着女儿伤痕累累的样子，郑守田后悔得连肠子都青了。

郑守田拦住了满钵，说：“不许你再打老婆了。”屠满钵横了他一眼，拨开他的身体，从坍塌了半边的河堤上走了过去。郑守田看着他的背影，偷偷地——他只敢偷偷地——骂道：“王八羔子，再打秀葵我就杀了你！”不知是满钵耳朵特别尖，还是能猜测出来的，他回过那阴森森的脸，对丈人说：“还不知谁杀了谁呢。”郑守田一惊，小腹就发紧。他眼睁睁地看着满钵扬长而去，消失在“老人会”的大门里。

郑丰年回家时，全身上下已经焕然一新，腰里别着个崭新的手机，崭新的上衣口袋里露出包红彤彤的中华香烟。丰年本来就帅气，这么一打扮，觉得自己完全像个城里人了。郑守田骂道：“烧包，钱是天上掉下来的吗？经得起你这样糟蹋？”丰年快乐着呢，父亲的唠叨根本当作耳边风。郑守田恨恨地说：“再也不让你碰存折了。”丰年说：“这钱又不是你一个人的，你管好自己那份就行了，我的钱我做主。”守田说：“你会做主？等我闭了眼睛你再做主！”丰年说：“依我说，干脆把钱分了。”郑守田说：“分钱？门儿都没有！”丰年说：“我不要多，就要我自己的9万块。”郑守田警惕地说：“你也要赌博去？”丰年说：“爸你真把我高看了，我连白板红中都分不清，我会那玩意儿吗？”郑守田细细想来，丰年长到这么大，真没有什么不良嗜好，只是有点愣，属那种“嘴边没毛，办事不牢”的人物，钱交给他，是万万不可以的。丰年说：“爸，我真的要钱，而且绝对用在正道上。”郑守田问：“用哪儿？”丰年说：“耐哥鞋厂的厂长兰有信是我的‘补友’，那厂里生产的仿耐克鞋，生意很火，现在扩大再生产需要资金注入。”

郑守田知道这个兰有信，当年就是他带着丰年满天下去补鞋的。郑丰年继续道：“兰有信说了，投资耐哥鞋厂10万元，年终有2万元的分红呢！”郑守田问：“他让你去鞋厂干什么活？”丰年说：“我入了股就是股东，不干活一年也有2万元的红利。”郑守田说：“天下有这么便宜的事？什么也不干一年能分到2万块？——肯定是肉包子打狗的主意，我们不上这个当！”丰年说：“跟你说不清，你把我的钱给我好了，再借给我一万，年终分红利时，也有你的一份。”郑守田说：“不行！人家补鞋补来个鞋厂，你补鞋连鞋机也补丢了，你跟他比，人家在天你在地！”丰年说：“我们找村委会评理去，我是成年人，你不能霸着我的钱不放。”郑守田说：“小狼崽子，爪子硬了想抓扰老子了？我攥着钱又不能带到棺材里去，还不都是为你这个狼心狗肺的？”他气呼呼地把门一摔，出门去了。

存折放在老爸的贴身口袋里，丰年拿不出来。他窝囊得要命，就去找郑满堂，村长眄了他一眼说：“清官难断家务事，这么点破事还找领导，丰年你臊不臊啊。”丰年没法子，回头想来想去，终于想出主意来了，他知道老爸看好安秋芳，第二天他早早地上街，斫了两斤猪肉，买一条带鱼，又提了几瓶啤酒，说要请安秋芳吃饭。老头子果然中招，他说：“这就对了，这几年我们爷儿俩没少麻烦安秋芳，早该请她吃一顿了！”

那顿中饭还是安秋芳自己下的厨，郑守田把老安徽也请来了。郑守田平时不沾酒，一杯酒下肚，浑身像着了火一样，心怦怦地乱跳。丰年又要尽嘴皮，劝他再喝两杯。客人走后，郑丰年把烂醉的父亲扶上了床，摸到了那个口袋，下了别针拿走了存折，飞快地跑到银行取了10万元，然后把存折放回父亲的口袋里，郑守田竟一点都不知道。

把钱打进鞋厂的账号后，丰年觉得自己俨然半个老板了。心里一高兴，就用他的新手机给赵瑞雪打电话。他听到赵瑞雪快活得如同小鸟的声音："丰年哥你买手机了？你怎么总不到我这里来玩啊？"郑丰年说："我高攀不起啊赵经理。"赵瑞雪啐了一口，说："丰年哥你损我呢，我还怕你不爱理我呢。"

赵瑞雪和妹妹秀葵同年，从小到大，捉蚂蚱，打猪草，上学放学，两人都是形影不离的。20岁那年赵瑞雪成了郑丰年的初恋，村里人都说他们俩是天造地设的一对。"瑞雪兆丰年"，种田人谁不盼着风调雨顺五谷丰登哪。如果不是郑丰年的母亲长期重病缠身，如果不是赵瑞雪家里拼命阻拦，喜模喜样的瑞雪肯定会成为丰年的好老婆。

瑞雪嫁不成丰年，却进了鸿运房产当售楼小姐。售楼小姐是看你售出多少房子提成利润的。几年下来，瑞雪练就了一张好嘴皮，也练就了惊人的酒量，业绩总是名列前茅，就被提升为销售部门副经理了。二十六七的女孩，从头到脚的名牌包装，恰到好处的淡妆，再加上训练有素的举手投足，真是要多漂亮有多漂亮，赵瑞雪不管走到哪里，总是吸引了齐刷刷的眼球。相比之下，秀葵就显得土气和憔悴了。

有些感情是刻骨铭心的。赵瑞雪发达了，却没有嫌弃郑丰年兄妹。回郑家湾经过他们家时，也能进来坐坐。此刻她在电话那头絮絮叨叨："丰年哥，到我家玩吧，我买了一套紫罗兰裙装，穿给你看看好不好？"丰年的心翻腾起来了，过去的痛楚烟消云散，眼前一片阳光明媚，他恨不得马上飞到瑞雪身边，一把将她拥在怀里。他正想说瑞雪我想你，却听得秀葵说："谁的电话？"瑞雪在那边嚷了起来："是秀葵吧？你快把手机给秀葵！"秀葵刚把电话放近耳边，就听见瑞雪说："秀葵我想死你了，你们到我家来啊，我还给咱闺女买了套巴布豆童装，你一定得带着晶晶来！"

放下手机，丰年兴高采烈地说："看来瑞雪对我还是很有情的，现在我条件好了，我们俩可以破镜重圆了。"秀葵想，未必。但是她不想给丰年浇冷水。丰年举起了晶晶，在屋里转了个圈，说："到瑞雪姑姑家做客去罗！"秀葵说："你去吧，我们不去。"丰年说："去吧去吧。人家不是请你了吗，再说还给晶晶买了新衣呢。"晶晶从丰年身上滑了下来，说："穿新衣服去，穿新衣服去罗！"秀葵叹了口气，终于答应了。

瑞雪在城里有套房子，二楼，前前后后花木蓊郁，很漂亮。屋里设备一应俱全。秀葵死活不愿去饭店吃饭。于是瑞雪就买了些熟食，又买了几条活鱼和四只手舞足蹈的梭子蟹，带回家里做着吃。

赵瑞雪在酒场上混精了，劝酒的本领很好，随便逮着个什么，都能说成饮酒的理由。她自己也没少喝，几杯酒下肚，人就有点疯了。她给晶晶穿上了巴布豆童装，说晶晶漂亮得就像她自己。她一会儿要晶晶唱歌，一会儿要她跳舞，口口声声叫她"我的闺女"，又搂住晶晶宝贝心肝不住地亲。秀葵从来不喝酒，这回沾了一点点，就面红耳赤，借酒盖脸，秀葵说："别眼馋别人的孩子了，赶紧嫁给我哥，自己生一个，还不比我们晶晶强?"瑞雪也不尴尬，只是瞅着丰年，眼波盈盈地说："你说是不是，丰年?"弄得丰年意马心猿的，当着秀葵的面，就把瑞雪往怀里揽。瑞雪臊了，从丰年怀里挣了出来，说："秀葵，结婚究竟有什么好的?看你嫁了个混世魔王，三天两头挨拳头!"这一下触着秀葵的痛处，她变了脸，嗔道："我哥是我哥，那流氓是那流氓，怎么能扯在一起的?"瑞雪赶忙打自己嘴巴，说："错了错了我该死，我这就罚自己一杯!"说着仰起脖子，咕咚咕咚地把一大杯啤酒都灌了下去。可秀葵还是不高兴。丰年说："秀葵，看在哥面上饶过她一回。"又抓起瑞雪白白嫩嫩的手，往她掌心里夸张地拍几下。说："秀葵，哥替你报仇了。"小时候就这样，她们俩拌嘴的时候，只要丰年一出面，什么事也没有了。

晶晶对瑞雪家的穿衣镜发生了兴趣，扯着裙摆转来转去。秀葵的眼圈一红，说："可怜见的，长得这么大，穿的全是地摊货。"郑丰年说："这老屠家有的是钱，怎么吝惜得像铁公鸡似的?"秀葵说："别提那老东西了，那天晶晶冲他要肯德基吃，老屠说：'问你妈去!'他明知我没钱，偏偏气我。幼儿园老师说晶晶有音乐天赋，应该买钢琴、学音乐的，可我们连一架电子琴也买不起！”瑞雪说：“我明天就给她买架电子琴。”丰年豪情大发，说：“电子琴我来买吧，你帮秀葵找份工作。她那个狗屁老公，尽早分手吧。”瑞雪说：“试试吧，有合适的我一定给秀葵留意着。”

那顿饭吃到夜里9点，晶晶眼皮粘粘的要睡觉，秀葵就带着女儿回家了。丰年却醉眼惺忪地瞅着瑞雪，并不想走。瑞雪说：“那我们再喝几杯？”丰年就留了下来。那一晚，谁也不知道他们喝了多少酒。第二天早晨醒来，丰年发现自己赤条条地躺在瑞雪家的席梦思上，而瑞雪则像一头小猫，毛茸茸的脑袋扎在他怀里，睡得正香。

清晨，郑守田拿了把小镰刀，去地里割韭菜。他习惯性地走着走着，猛一抬头，却被一排大篱笆挡住了，这才想起，他们的菜地也被开发商圈走了。

一种不安的感觉，从他的脚底心爬了上来，冷冷地锥着他的心。没了稻田，没了菜地。他的心悬悬的，总也落不下。从今以后，一把豆也要掏钱去买，几根葱也要掏钱去买，这日子可怎么过啊。他的钱可是箍里的柴爿，抽一根少一根啊！

他觉得恐慌，真正的恐慌。坐吃山空，金山银山也要吃光，何况是有数的卖地钱。他得去干活，去赚钱。可是他57岁了，一没有技术二没有文化，他那摸惯锄头犁耙的手，又能干什么呢？

他把一应农具搬到莫耳河里，一一擦拭着，他擦得很认真，很仔细，连缝缝隙隙里，都用小树枝剔得清清爽爽。他把牯牛也牵到河里，给他那棕红色的皮毛打上肥皂，再用刷子给它刷得干干净净。牛和家具已经完成了历史使命，到了马放南山、刀枪入库的时候了。犁耙锄头可以束之高阁，牯牛可不能收藏，它该何去何从呢？郑守田难住了。在某种意义上讲，这头牯牛比他的老婆还要亲。它出生不久就到了他家，郑守田承包这么多土地，全靠它耕过来的。18岁的牯牛应该步入中老年了，它辛勤劳苦了一辈子，从来没有给他添过乱，也从来没有偷懒趴下过，更没有像老婆那样这个病那个病的，总让他拿钱去打水漂漂。

还是拉到牲口市场上，把它给卖了吧。价钱低廉些，给它卖个好人家，但愿新主人能像他一样好好待它。

他找出过年舍不得吃的2斤黄豆，一把一把地搓到牛嘴里，牯牛咔嘣咔嘣地嚼着，它的双眼皮是那样的好看，大大的眼睛里满是温柔。郑守田的眼睛湿了，他抚摸着它，说："伙计，我这是给你送行了，你到了别人家里，好好干活，别耍牛脾气，省得人家打你……"

一连三个牲口市日，郑守田清晨把牛牵去，傍晚又把牛牵回，牛价压了又压，可就是找不到合适的买主。因为满市场都是失土农民遗弃的耕牛！买牛的都是些内地来的牛贩子，出的牛价还不如猪价。第四个集市回头的路上，他遇见了老屠父子俩，手里都拿驱牛的皮鞭。郑守田想，今天太阳从西边出来了，屠满钵居然帮着他老子干活了？老屠把皮鞭插进腰里，掏出支烟，也不让让亲家，自己抽了起来。他拍拍牯牛结实的屁股说："把它卖给我吧。"他伸出几根手指，说："给你这个数。"郑守田说："卖给你下汤锅？不干。"老屠说："你真是榆木脑袋，那么多牛，不下汤锅还把它们供起来当祖宗啊？我可是看在亲戚的份上帮你一把，别人家的我还不愿意要呢！"

郑守田愣了，不知该怎么办。老屠夺了牛绳，把牛往他的屠宰场拉去。那牛犯了倔，尽管老屠把牛绳拉得笔直，它就是钉在地上不走。满钵绕到它的后面，凶凶地说："你以为我手中的皮鞭是吃素的？"他的鞭子像蛇那样狂舞，发出呼呼的声音，然后啪啪地狠抽在牛身上。每抽一下，郑守田的心就哆嗦一次，他心疼得不行，哭着央求说："别打了别打了，它活到这么大，我都没怎么打过它！"满钵不听，咬着牙抽得更加起劲，那牛撑着四蹄，就是不动不摇。人和牛僵持着，堵了路，来往行人都有意见了。

郑守田只得帮忙去牵牛。老牛终于明白，主人不要它了。老屠身上的血腥，满钵手里的皮鞭，让它知道自己的末日到了。求生的本能告诉它不能迈步，它把四蹄撑得更稳一些，双眼却定定地看着主人，突然扑通一声，老牛朝着郑守田端端正正地跪下，无奈无望的泪水，顺着它温驯的脸颊汩汩流淌。郑守田的心像被抽了一鞭，他颤抖着，觉得尿急了。是啊，他怎么能不尿急呢？他怎么忍心让它的牛去做砧上肉盘中餐呢？卸磨杀驴他还是人吗？郑守田幡然醒悟了，他说："不卖了我不卖了。"他擦着牯牛脸上的泪，对它说："咱们回家去吧。"牯牛听懂了他的意思，立马就站了起来，朝着回家的路撒腿就跑。老屠在后面跳着脚骂："我入你娘的郑守田，你搭错神经了是不是？你他妈的供着它当老婆入吧你……"

郑守田把牛送回了牛栏，发现牛的鼻子都被拉豁了，直流血。他正想找点草药给它止血，安秋芳来了，她送来一叠弄得整整齐齐的衣服，郑守田凑近鼻子闻闻，香喷喷的，心里好受了些。安秋芳说："河那边热闹着呢，老扁买了轿车，12 万。车子进不了村，老扁在对岸跺脚骂人呢。"老扁是郑天堂的儿子，因为后脑勺特别扁平得的外号。郑守田说："他骂谁？还不是他老子把地给卖了的！"安秋芳接着说："还有墩子，也想买车。"郑守田的眼珠子都快掉出来了："墩子买车？"安秋芳忙解释说："他是想买黄包车。"

乐川人常把载人的人力三轮车叫"黄包车"，安秋芳也就入乡随俗了。郑守田说："真是叫钱烧的！老扁家有的是钱，他爱怎么玩就怎么玩，墩子这钱可是他爷儿俩的养命钱哪，他凑什么热闹！再说水泥马路叫开发商圈走了，河堤上蹬车可没那么方便了！"

安秋芳掀了掀他的锅，空的，就说："丰年不在家，你一个人弄吃的不方便，索性到俺们家来吃吧。"边说边操起把扫帚，屋里屋外地打扫起来。郑守田咕哝说，"扫地我自己会"，一边就来夺扫帚。安秋芳说："夺什么夺？这种活本来就是女人干的！"忽然回过头来，问："你——好像不高兴？"郑守田说："心里没着没落的。"安秋芳说："别想那么多了，一辈子不容易，现在有了钱，就学学城里人退休养老吧。"郑守田说："我可没有那个命。做惯了，不做浑身胀得慌。"安秋芳说："你看你还能干几年重活？"郑守田以为安秋芳小瞧他，忽然来了劲，他把筋骨弄得咔嘣咔嘣响，说："十年二十年的，不会比年轻人差！"安秋芳的脸倏地红了，眼睛却闪闪发亮，说："我倒有个主意，蹬黄包车去。我有个同乡就是在城里蹬黄包车的，一月能赚千把块呢。你有钱，自己买车自己蹬，比租车合算多了。"

郑守田觉得这主意不错。他 57 了，开汽车不想学也学不了，蹬个三轮应该没问题。再说，黄包车也就一张椅子三个轱辘，几千块钱应该拿得下来。有了黄包车，就等于有了田地，甚至比种田更好，种田一年熟两季，而蹬三轮天天有收成。他觉得安秋芳真是个聪明女人，如果不是克夫命，那该多好啊。

他马上想起墩子来。墩子是郑天庭的独子，20 年前墩子才几个月大，他妈就死了，是郑天庭一把屎一把尿把他拉扯成人的。墩子实诚，脑筋可不笨，这不，是他最先想起买黄包车的。郑守田想到墩子家问问，看看有什么经验可学习的。于是到了郑天庭家。

墩子说，他的车没有买成，因为价钱太贵了。郑守田问："要多少钱？"墩子说："要 6 万呢！"郑守田吓了一跳，说："黄包车跟自行车比，也就多张椅子多个轮子，凭什么要 6 万？"墩子说："黄包车去定做一辆，也就几千块吧。可我们买黄包车不是自己骑着玩，要拉人要赚钱是不是？那就要上牌照，要行驶证、驾驶证、营运证……这么多的证一下来，就要 6 万了。"

郑守田还不死心，第二天一早就进了城，找了个黄包车夫打听价格。车夫说："我这车是租来的。"他指指旁边的一辆车和一位络腮胡说："那一辆才是他自己的。"问起车的价格，络腮胡也一肚子的气，最后还说："这是什么世道？只有穷人才蹬黄包车，这不是明摆着欺负穷人吗？"

郑守田灰心丧气地回到了郑家湾，踏进了老安徽的出租屋。老安徽正在抽闷烟，屋子里全是呛人的劣质烟味。"老人会"的赌场叫派出所给抓了，没有人再叫老安徽去城里买好吃的，老安徽已经几天找不到活干了。安秋芳笑着说："瞧你们两个大男人，脸儿黑得都成灶王爷他爹了。"她递给郑守田一碗水，说："买车太贵，就租车嘛！我都打听好了，黄包车每月租金 600 块。你和俺哥合租一辆，一个蹬白天，一个蹬夜晚，你们累了，俺还可以搭把手。车子闲着也是白闲着，比如它是一只鸡，我们吃了它的肉，把鸡骨头熬汤喝了，再拿着鸡毛鸡肫皮去换麦芽糖……"

郑守田简直有点钦佩安秋芳了，有这个女人在，事情好像简单了许多。

郑丰年偷取了10万块钱，就不敢回郑家湾了。他去找耐哥鞋厂的兰有信，要从前的补友给他安排个官儿当当。兰厂长说：“你来厂里干活可以，至于官儿，你想当什么呢？”郑丰年说：“弄个副厂长干干。”兰有信笑着拍了拍他的肩，说：“老补友，你知道我这厂流动资金是多少？也就千把万，也就是说，像你这么入股10万元的如果要当副厂长，那么耐哥鞋厂起码得有100个副厂长了。”

郑丰年抓了抓头皮，笑了。其实他并不是真是那么想当官，他只是想自己进了领导班子，厂里的资金流向心里有数，千万不敢让他的10万元成了打狗的肉包子。还有要紧的是，头上有了个光环，他才配得上赵瑞雪的副经理。他天天想见赵瑞雪，他也在瑞雪那张弹性十足的席梦思上睡过几次。赵瑞雪的温存，赵瑞雪在床上的疯狂，让郑丰年神魂颠倒。他发誓要把这个女孩娶回家，做天底下最幸福的男人。

老补友看着他发呆的样子，说：“让你当管理科科长吧，干好了，三年两载的有可能升为副厂长。”郑丰年想想也对，一口吃不成胖子，就从科长做起吧。他收拾了几件换洗的衣服，就搬进了工厂宿舍，从此就认定自己是城里人，很少回郑家湾了。

一开始郑丰年以为管理科长就是管着工人不让偷懒，多出产品股东们才能多分钱，他想起高一时学过的“剩余价值”理论。想想有钱就可以变成剥削阶级，享受工人劳动的剩余价值，心里竟美滋滋的。

一进入车间，他就知道自己错了，生产是流水线的，工人是计件劳动多劳多得的，一个个恨不得长出两双手来，不需要谁去督促；郑丰年的管理就是看管产品，不让工人把做好的耐哥鞋带出厂去。工人大都是贫困地区来的，干得多吃得少，没有一个长啤酒肚子的，而工作服都宽大得很，在里面藏一双两双鞋子根本看不出来。郑丰年想起“人穷志短马瘦毛长”的话，看管起来特别严厉。下班时分他就站在厂门口，虎视眈眈地盯着穷工人的腰腹部，还真的让他抓住过几回。郑丰年虽然也是穷出身，可最见不得偷鸡摸狗的人，一经他抓住，立马就让那小子卷铺盖滚蛋。

工人上夜班时，郑丰年就手持警棍在厂区巡逻。那一晚他转到一堵围墙旁，忽听得墙外有重物坠地的钝响，他大喊着“有贼”就跑了出去，只见一条黑影沿着墙根飞也似的逃窜了。他追过一个工地，两条弄堂，还游过一条小河，终于把那个毛贼抓住，捡回一大包耐哥鞋。回厂的路上，他噼噼啪啪地扇贼的耳光。又拉着那贼，上下车间地游走。他的目光严厉又凶狠，追问这鞋子是谁扔出去的。工人们有的低头，有的拿异样的目光盯着他，却没有一个人承认偷过鞋子。

为了严肃厂纪杜绝漏洞，郑丰年奏准了厂长，在每个窗口加装起密密的铁栅。当崭新、结实的铁栅把车间围得像鸟笼时，郑丰年终于找到了当领导的幸福感觉。

三轮车租来了，郑守田和老安徽真的要当车夫了。郑守田起了个大早，走到屋后的牛拦旁，解下牯牛身上拴了18年的绳索。他摸着漂亮的牛角，说：“走吧老伙计，从今天起，我们都各奔前程吧。”他又拍拍牛肚子，说：“饿了山上有草，渴了河里有水，你的窝我还给你留着，外面冷你就回来睡觉，只是千万当心屠刀啊！”牯牛没了束缚，觉得很轻松，它晃晃脑袋，甩甩尾巴，走过了石桥，顺着奠耳河岸直奔翠屏山去了。

郑守田蹬第一个白天。他来到最繁华的县前街，等待第一个乘客到来。几天前，安秋芳就让他和老安徽进城认路了，他们跑遍了大街小巷，记熟了小区和主要建筑物的名字。蹬三轮没有培训班，也没有师傅，全凭自己眼观六路耳听八方。怎样过红绿灯，哪些路是单行道，哪些路是禁止非机动车行驶的。

来了个体面的老太太，说是到东门的农贸市场买菜去。老太太很胖，上车有点困难，郑守田下了车，扶了她一把。老太太显然高兴，说今天儿子女儿两家人都来，孙子“指示”要吃大闸蟹。“我们家孙子最大，当局长的爸爸和当主任的姑姑全都服从他的指挥。”老人乐呵呵地说。郑守田说：“您老好福气。”说着话就到了农贸市场门口，郑守田又下了车，扶着老太太平安着陆。老太太打开了皮夹，问，“多少车钱？”郑守田说，“您老看着给吧！”这话是安秋芳教的。她说坐三轮你是外行城里人内行，你说多了少了都不合适，就说看着给吧，人家反而不好意思给少了。

老太太笑了，看了他一眼，说："我看你也老大不小了，人也和善，坐这段路本来 3 块就够了，我给你 5 块吧。"郑守田心想，开张大吉。赶忙道了谢，把钱藏好了。他将车停在农贸市场门口，等候买菜的顾客出来。

这时候，从对面弄堂里出来一个少妇，她一手拉着个孩子，一手提了个书包，高声叫着"黄包车黄包车"！这娘儿俩一上车，那女人就说："孩子要迟到了，快点。"郑守田奋力地蹬着，可是那女人仿佛屁股冒了烟，只是嚷嚷着快快快！还说，"你什么人啊，没力气还蹬什么车？耽误孩子学习你负责？"

终于把孩子送到了学校，那女人丢下两块钱就走了。郑守田擦了把汗，拿起安秋芳给他装的水，喝了几口水，又拉了个从学校里出来的家长回家。

这一天他跑过三趟车站、四趟码头，还有几个商场和两家宾馆，还拉了个大肚子女人上产院。现在，他的贴身口袋里已经有了 50 块钱，心想刨去每天的车租金 20 元，能净落下 30 块，他心满意足了。

在县前桥的老榕树下，郑守田和老安徽交接了车子，就步行回到了郑家湾。郑守田觉得很累，尤其是腰，仿佛要断了似的，还有屁股，火辣辣的疼。耕田车水虽然也累，但没有人像鬼一样在后面催着，再说着力的部位也不一样，所以痛点也不一样。

他直接去了老安徽的出租屋。老安徽蹬夜班去了，家里只有安秋芳一人。安秋芳端上热气腾腾的馒头，说："饿了吧，快尝尝我做的馍。"郑守田指着那馒头问："你说这是什么？"安秋芳说："馍啊。"郑守田觉得安徽人真怪，好端端的馒头，却叫馍。馍就馍吧，安秋芳的馍做得好，暄暄的，又很结实，郑守田把它抓在手心里，那感觉就像是抓着女人的奶子，他慢慢地收拢五指，那馍就变成小小的一团，然后他松开手，那馍又渐渐坚挺了起来，恢复到原来的模样。咬一口，又香又有劲，他脱口说道："安秋芳，你的馍真好！"安秋芳说："好你就多吃呗，我这里有的是！"

就着骨头萝卜汤，郑守田很幸福地吃着。那痨病妻子自嫁到他家来，好像就没做过什么饭，更没有做过馒头。安秋芳给他倒了碗啤酒，督促他喝下去，又捞了一大块猪腿骨，上面的肉颤颤悠悠的。她说：“今天你很累，好好吃把力气补回来。俺给你唱段《女驸马》，听戏最能解乏。”说着，拿了块干净的毛巾，竟然边舞边唱起来：

为救李郎离家园
谁料皇榜中状元
中状元，着红袍
帽插宫花好啊好新鲜
我也曾赴过琼林宴
我也曾打马御街前
人人夸我潘安貌
原来纱帽罩婵娟
我考状元不为把名显
我考状元不为作高官
为了多情李公子
夫妻恩爱花好月儿圆

她唱得非常好，舞起来的动作迷人极了。郑守田问：“芳，你年轻时是演戏的吗?”安秋芳说：“什么呀，俺们那边，人人都唱这么好的!”郑守田说：“有这么好的地方，我都想去了。”安秋芳说：“好啊，你就让俺们安徽人招了女婿去，天天听黄梅戏!”

一碗酒下肚，郑守田就有点晕晕乎乎了。醉眼惺忪中，他看见安秋芳的两个奶子晃来晃去。安秋芳又上了几个热馍。郑守田说：“我饱了我不吃馍了，现在我只想吃你胸口的馍。”安秋芳也不忸怩，她笑着挨了上来，一把捋起自己的衣襟，两个活泼的奶子就堵在郑守田面前。郑守田浑身着了火，他一下子扑了上去。秋芳的奶子还很丰满，很结实，他使劲地揉搓着，一张嘴就叼住了一个奶头……

那一晚，他把安秋芳带回了家。两人翻云覆雨了一番，郑守田兴奋极了。他想起死去的妻子，他一碰她就咳咳，一碰她就嚷嚷这儿疼那儿疼，最后的十多年，她干脆碰都不让他碰了。跟健康女人睡觉就是好，不但快活，还能滋补呢。

完事之后，安秋芳嘱他好好休息，明天还要蹬车呢。那一晚，郑守田睡得特别酣甜，第二天早晨起来，疲倦和疼痛都烟消云散了。

郑守田是三天后发现存折出了问题的。这一天是老安徽蹬白天车。郑守田正在家里休息。安秋芳说他身上汗味重了，让他脱下衣服洗洗。他下了别针，拿出存折一看，傻眼了！

整整少了10万元！那不是丰年干的还会是谁？这真叫家贼难防！他暴跳如雷，什么难听的都骂出来了，一边要跑耐哥鞋厂去兴师问罪。安秋芳拉住他说："你找不到他的，他一见你肯定躲了。"再说，"那钱入了鞋厂的账，一时半刻也拿不出来，你去了只能白白的丢人。"郑守田去也不是，不去也不是，只是呼呼地出大气。安秋芳说："你别气坏身体，依我看，投资就让他投了，又不是干坏事，再说儿孙自有儿孙福，你操不完这些心。"郑守田还在骂骂咧咧，口气却缓和多了。

一波未平，一波又起。这时候秀葵来了，她头发凌乱，满脸泪痕，一副气急败坏的样子。郑守田问："那狗日的又打你了？"秀葵半天说不出话来，问急了，竟号啕大哭起来。

原来，屠满钵在赌桌上输得下不来了，竟写了张字据，把秀葵押给赢家了。今天上午对方来带人，说要把秀葵卖到泰国做鸡去。

秀葵浑身抖得像筛糠一般。她说："爸，我不活了，我死给他们看！屠满钵欠他们6万元，拿不到钱，他们说跑到天边也把我抓回来。"秀葵抽抽搭搭的，泪水把衣襟湿了一片。她接着说："我骗他们说筹钱去，这才跑了出来。"

郑守田说："还有没有王法了，他们还真敢抓人卖人？我找满钵这小子去！"秀葵知道父亲窝囊，只能在家里说说高话。就说："爸，这会子他躲了，你哪里找得着他？"郑守田说："跑得了和尚跑不了庙，我找他老子去！"

郑守田这回真急了，任女儿怎么叫喊都不回头。他一口气跑到屠宰场里。这里真是阎王殿哪，这一边是一堆堆血淋淋的猪皮牛皮，那一边是一架架鲜亮亮的猪肉牛肉。活着的牛在哭猪在嚎，地上的粪屎让人无处下脚，浓浓的血水像小河一样流淌。郑守田站在门口东张西望，只看见老屠手握一把二尺长的尖刀，正瞄着一头牛的心脏，狠扎过去，他扎得很深，只留下个刀把在外头，然后手腕一转抽刀出来，牛血就像飞瀑一般四处乱溅，对面的墙上红了一大片，还喷了老屠一身。

郑守田顿时毛骨悚然。老屠把双手往围裙上一抹，那围裙本来就鲜血淋淋的，抹不抹那手还是一样。他就用血淋淋的手掏出支香烟，很惬意地抽了起来。郑守田看着恶心，但还是硬着头皮迎了上去。他刚说了“老屠啊”三个字，老屠就翻了他个白眼，没好气地说：“你叫我声亲家就便宜我了，上梁不正下梁歪，怪不得女儿这样没家教。”郑守田被倒打了一耙，气得直哆嗦，半天才结结巴巴地说：“我，我没家教？你儿子把、把我女儿都卖了，你做爸的，不管？”老屠说：“儿大不由父。从来是娶个媳妇卖个儿，结了婚满钵就归他老婆管了，我倒要问你，你女儿是怎么管的？”

郑守田说不上话，只问：“满钵哪里去了？”老屠说：“腿长在他身上，他爱上哪儿就上哪儿，我怎么知道？”郑守田说：“反正这日子也没法过了，你跟满钵说说，让他们离婚算了！”老屠耸了耸鼻子，说：“我看你是老糊涂了，结婚离婚是他们小两口的事，你跟我说，莫非是我们俩打离婚？”

郑守田气得要命，嘴巴却不听使唤了：“不管怎么样，他是不能把我女儿卖到泰国做鸡去的。”他挣扎着，“我、我……”老屠朝他的脸喷了口浓烟，说：“你还是躲远点吧，别耽误了我干活！”

第二天，花阿彩扭着屁股到守田家来了。当初这门婚事就是这花阿彩撮合的，现在弄得这个样子，她又来干什么？花阿彩说：“满钵和秀葵两人啊，真是八字不合，前世无缘。现如今整天打打闹闹的，你们秀葵吃亏，他屠满钵也越来越不像话，两败俱伤哪。你们要离，老屠家想了一夜，答应了。”

听到这里，郑守田高兴起来，说：“那就把满钵寻来，把手续给办了？”花阿彩说：“只是当初你们借他老屠家的 2 万元……”郑守田跳了起来：“什么？这 2 万元不是当成彩礼了吗？”花阿彩说：“就是啊，结婚了，是彩礼，离婚了，这彩礼当然要退了。”郑守田说：“我女儿吃了这么多苦，受了这么多罪，都白受了？”花阿彩说：“是啊，这叫青春损失费，可是屠满钵娶秀葵时，也是红花儿郎啊，要说青春损失，两人一块儿损失呢。”

郑守田一时语塞。想想女儿的不幸，想想往后的日子还长，他咬咬牙，说：“好，我还他们家 2 万，明天就把这婚给离了。”花阿彩晃着满脸的肥肉，说：“老守田啊，你会不会算账啊，这钱嘛，当初借你是 2 万，可这么多年过去了，利加利利滚利的，应该有 6 万了。老屠说了，一口价，还他们 6 万，这婚就离，少一分，你女儿这辈子都休想走脱！”

郑守田简直气疯了。他想起赌棍们对秀葵的做法，就说：“敢情是你们合计好诈我来了？”花阿彩说：“我可都是为你秀葵好，你又不是没有钱，整整 27 万呐！死抱着钱让女儿活受罪，天下有你这样的老子吗？”

花阿彩扭着屁股走了。郑守田实在咽不下这口气，他想起电视讲的什么维权，维权就要打官司。可是他不识字，公堂上又没有熟人，找谁去？这该死的丰年，偷钱倒是有手段，妹子受人欺负，他鬼影子都不见一个。想来想去，他还是去找村长郑天堂。天堂听了他的哭诉，一脸深沉地说：“守田啊，老话说，勿讼。”郑守田问：“什么叫勿讼？”郑天堂说：“你连这也不懂，还打官司？实话告诉你吧，打官司就是个无底洞，你有钱只管往洞里扔，永远没个满的时候；再说老屠又是什么人？他杀猪宰牛一辈子，白道红道都有哥们，你哪里是他的对手？依我说，给他们 6 万算了，买个女儿安生。就当你老婆早两天死了没得那 9 万元，你给他 6 万还净赚 3 万呢。”郑守田心想，这郑天堂不为村民说话，反倒眼红死鬼老婆这笔钱。郑守田气极了，可又不敢和村长顶撞。

郑守田蔫儿巴叽地回了家，却看见郑满钵带着一帮人，正凶巴巴地在他院子里等他呢，门外还围着些看热闹的人。他看见来者不善，想抽身出门，让人打电话叫丰年赶快回家，可是他怎么也记不起儿子的手机号码。屠满钵一见他就跳了起来，他那细长灰白的食指，直戳着郑守田的脑袋说："老不死的你不是找我吗？我自己送上门来了。"郑守田一下子尿急得厉害，就直奔院子角落的尿桶而去。屠满钵一把抓住他的领子把他转了过来，他的尿液在空中画了半个圆圈，才勉强打住。郑守田骂了声畜生！屠满钵那张白无常般的脸直逼上来，唾沫星子乱溅："我就是畜生！我还是土匪，我还是流氓！我是流氓我怕谁？"郑守田说："我入你的祖宗！"屠满钵说："入吧，只要你给足6万，你入一百回我都没意见；不给钱，我这就把秀葵带走，我保证把她卖到泰国去你信不信？"

郑守田嚷着："兔子急了还咬人呢。"这时他的眼睛已经红成了兔子，他拿了锄头，直逼屠满钵，吼道："我跟你拼了！"屠满钵把脑袋伸了过来，不动声色地说："你挖呀，挖呀，我倒要尝尝锄头挖脑壳的滋味。"郑守田只有喘气的份儿，那柄举得高高的锄头却始终落不下来。屠满钵挥了挥手说："哥们，都愣着干嘛？给我抢人哪！"

里屋啪的一声，好像是凳子翻倒了，郑守田过去一看，只见秀葵已悬在了梁上，两只脚一晃一荡的。他呼天抢地地喊："秀葵你这是干什么啊！"又跑到屋外喊，"出人命了，救命啊！"看热闹的人冲了进来，有人扶凳子，有人搬桌子，七手八脚地把秀葵解了下来，却已经人事不省。有人忙着叫救护车，有人使劲掐秀葵的人中。屠满钵哼了哼，说："吓谁呢？死不了的！就是死了，债也不死——你们先把钱备好，我明天来拿！"于是带着人，前呼后拥地去了。

郑丰年这天晚上去看赵瑞雪。他刚刚从云南出差回来，他觉得出差是很光彩的事，坐火车，住宾馆，还有人请吃饭，真是体面到家了。他很兴奋，要和瑞雪分享快乐。他拿出一串紫色的珍珠项链，这条项链刚好是他两个月的工资，他觉得和瑞雪那套紫罗兰的裙子很般配，瑞雪一定会喜出望外。

可是瑞雪反应很冷淡，她甚至没有正眼看一下，就把那盒子放在一边。丰年问："你不喜欢？"瑞雪说："喜欢。"还笑了笑。但是郑丰年发现她笑得很勉强。就问："是不是钢铁局的售楼不顺心？"瑞雪说："不顺心又怎么着？你又帮不上忙。"丰年想想也是，出差前他听瑞雪说起近期房市低迷。造好的房子越来越多，而百姓购房能力是有限的，所以售楼的竞争越来越残酷。钢铁局是个大局，年初说好要买她的30套单元房，不知为何变卦了，可能是被人挖了墙脚了。丰年说，这真是奇了怪了，既然房子卖不掉，一个个开发商为什么还发疯般圈地？郑家湾被圈的土地上，野草疯长得比人都高了。

丰年劝她想开些。他说："生命诚可贵，爱情价更高，只要我们在一起，钱多钱少都幸福。"瑞雪看了他一眼，那眼神里有非常陌生的东西，让丰年觉得不舒服。瑞雪忽然岔开了话题，说："你知道不？秀葵上吊了！"郑丰年这一惊非同小可，忙问现在秀葵在哪里？瑞雪说："在你的郑家湾家里呢。"

他再也没心思谈情说爱了，拔腿就往郑家湾跑去。

郑秀葵虽然没死成，但喉咙被麻绳勒坏了，发炎，化脓，且身体总在发烧，有时还烧得迷迷糊糊的。她死活不肯住院，怕屠满钵把她抓走。安秋芳就把医生请到家里来，天天给她挂吊针。这一天秀葵正挂着呢，突然一把抓住了安秋芳的手，惊叫着："妈！我怕！"安秋芳愣了一下，爱怜之情油然而生。安秋芳这辈子生过一个儿子，因为陪着丈夫去城里看病，那孩子爬到了水井旁，掉下去淹死了。如今，竟有人叫她妈，这让她感到甜蜜，也感到一种责任。她抚摸着秀葵的脸，抚摸着她的头发，轻声细语地说："秀葵别怕，有俺在呢。"秀葵出了一身冷汗，睁开了眼看见了安秋芳，哭了。

安秋芳拿了把热毛巾，擦去了秀葵的冷汗。她说："秀葵你好些了吧，俺给你做点吃的。"秀葵愣愣地看着屋顶，只是流泪。安秋芳哄了一会，就去厨房了。一会儿，她端上了一碗热气腾腾的东西，说："秀葵你看过黄梅戏《打猪草》吧？俺们安徽人就爱吃炒米花鸡蛋汤，你尝尝，又香又甜呢。"她扶着秀葵坐了起来，再在她背后塞一个枕头。然后自己坐在床沿，一勺一勺地喂着秀葵，秀葵还是没精打采的。秋芳把碗一放，说："我给你唱段《对花》：

郎对花姐对花，一对对到田埂下。

丢下一粒籽，发了一颗芽。

么杆子么叶开的什么花？

结的什么籽？

磨的什么粉？

做的什么粑？

此花叫做（呀得呀得喂呀得儿喂呀得儿喂呀得儿喂的喂尚喂）叫做什么花？

安秋芳唱得动听极了，她一边唱，一边伸着兰花手指舞蹈着，竟然有了小女孩的味道。郑秀葵终于笑了。这是她寻死后的第一次露出笑容。安秋芳很高兴，说："你爱听吗？爱听俺就天天唱！"

郑丰年到达郑家湾的时候，医生正在给秀葵量体温。就着昏暗的灯光，丰年看了看体温计，38 度 5。他说："都多久了？一个星期了？怎么还不退烧啊。"他让医生给用好药。秀葵摆摆手，用嘶哑的喉咙艰难地说："已经让爸花了好多钱了……"丰年说："不要心疼钱，现在我们不是有钱吗？你也太傻了，再怎么难，也不该自杀啊。"

丰年向厂里请了假，钻天觅缝地去找屠满钵，却连个影子也见不着。那天他走过县前头，发现水果摊上有鲜艳欲滴的红樱桃，一问价，竟要 36 元 1 斤。他想，36 元 1 斤就 36 元 1 斤，钱是让人花的，秀葵长到这么大，从没吃过贵东西，吃了这樱桃兴许病就好了。捧着那樱桃回了家，还没有洗好呢，却听到门外喧哗声。透过窗户，只见屠满钵在那里指手画脚大喊大嚷："郑秀葵，你上吊装死的没有用，你活着还我 6 万元，死了我追到阎王爷那里也得要 6 万！"秀葵吓得脸都青了。郑丰年扔下樱桃，一个箭步冲了出去，说："我正找你呢，你倒送上门来了。"他当胸一把抓住屠满钵，左右开弓，啪啪就是两耳光。满钵虽瘦，却是有点功夫的，反手就给丰年一拳，打得丰年一个踉跄。丰年彻底给激怒了，他冲了上去，给满钵当胸两拳，满钵也不示弱。两人纠缠在一起，互相厮打着。满钵因为夜生活太过，体质差了，渐渐地败下阵来。安秋芳过来拖住了丰年，说："算了算了，他那灯笼壳般的胸膛不经打。"又对满钵说，"还不快滚？秀葵都被你逼成这样了，你还要什么钱！”满钵抹着嘴角的鲜血，说：“欠债还钱，天经地义！”郑丰年上去又给他两耳光，说：“你再提钱我打死你！”屠满钵喘着气，说：“打死我吧！反正没钱我也活不了。”丰年把他一推，满钵没站稳，就摔倒在大门外，他赖在地上嗷嗷乱叫。丰年追出门来踹了一脚，说：“我叫你闹，我叫你再欺负我们秀葵！”

今年的气候也怪，才过小满呢，太阳就火辣辣地要晒脱人一层皮。郑守田这天蹬的是白天班，送了两位客人上火车站后，只觉得胸口闷闷的，却不出汗，浑身上下很不得劲。他想不好，怕是要发痧了，他得回家，让安秋芳给他刮刮痧。经过一家香烟店门口，一名小老板招手叫住他。年轻人搬出了两箱香烟，说要送到郑家湾郑天堂家去。郑守田这才想起，郑天堂的儿子老扁明天娶亲，他还没有送人情呢。只听得老板娘在店堂里叮嘱儿子道：这两箱烟总共是 16000 块钱，不能赊欠给他，一定把现金拿回来，听清楚了啊。

郑守田虽然浑身不舒服，可还没有奢侈到见钱不赚的地步，再说还是顺路捎带呢。于是强打起精神，载着小老板和他的香烟，朝郑家湾前进。可是他真的很难受，蹬了一会儿，只感到太阳穴砰砰的乱跳，胸口憋闷得喘不出气来，脚下自然就慢了。偏偏那小老板是个急惊风，一路上像叱牛一样地叱着他。郑守田不敢怠慢，使出了吃奶的力气赶路。车到了奠耳河岸，路越发的难走了，只见前面的一段河沿泻了一半，郑守田心里一紧张，顿时就有了尿急的感觉。他小心翼翼地把车偏到内里，后面的一个轮子已半悬在外面了。那小老板慌了神，嚷着“你可不要把我送到河里去！”说着就想跳车，他这么一动弹，车身失重了，扑通一声，蹬车的和坐车的外带两箱香烟全翻进了奠耳河里去了。

郑守田和香烟店的老板都会点儿水。他们扑腾了几下，爬上岸来，站在那里稀里哗啦地淌水。叫凉水一激，郑守田的中暑症状反倒好多了，头脑也清醒起来。他首先想到的是 16000 元的香烟，其次就是那辆倒霉的三轮车。16000 元，他累死累活的得拉两年啊。香烟店的小老板在跳脚在咆哮，阳光把他的动作夸张了，他的影子看起来像一个鬼魂在舞蹈。

两箱香烟在河水中漂浮，渐渐远去。郑守田想起什么，发疯似的向村里跑去。安秋芳正在河边淘米，看他张皇失措的样子，问明了情况，说："我们去捞香烟啊。"她飞快地解开榕树下拴着的一条小船，两人打着两把桨，向香烟追去，不多会儿就把两个箱子捞上来了。

他们打开了湿淋淋的纸箱，把香烟一条一条地搬了出来。香烟着了水，像鱼一样滑溜，但因为有塑料薄膜包着，里面大都还干燥。郑守田拿起一条条的香烟，使劲地甩水，安秋芳又用衣襟给擦干了。看看里面不是太湿，郑守田心存侥幸，他对小老板说："这，我们这就给郑天堂送去吧？"小老板尖叫起来："开什么国际玩笑，人家大喜日子，你给他送这破烟等于送晦气啊，人家还不把你打出来！"

郑守田傻眼了，他狠狠地捶着自己的脑袋，好像只要把脑袋捶烂了，香烟就会干燥起来。安秋芳抓住他的手，安慰说："别把自己的脑袋捶坏了，等会儿再想想办法，我们先把三轮车捞起来吧。"于是进了村，叫了几个身强力壮的后生来帮忙。河滩很斜，淤泥很厚，人很难站稳。车子的坐垫吸足了水，重得像死牛一样。他们费了九牛二虎之力，才算把车子拖上了岸。

小老板在一旁直打喷嚏，他看着满地散落的香烟，悻悻地说："我记下这黄包车的车号了。这烟我也不要了，16000 元你们备好，明儿我过来拿。"说完就回家换衣服去了。

车子没怎么损坏，只是龙头歪了，郑守田把它扳正了，就把车子骑回了家。安秋芳帮他卸下了坐垫，扔在地上，用脚踩来踩去，踩出一包一包的污水，然后把坐垫放在大太阳底下晒。

这一边香烟理赔还没有谈妥，老安徽又出事了。那一晚他蹬夜车，遇到一伙打劫的，不但搜光了他身上所有的钱，还在他脖子上划了一刀。幸亏没有伤及动脉。老安徽气急败坏地跑回家里，说不干了不干了，这哪是蹬车，简直是玩命呢。

黄包车如此难蹬，奇怪的是车价不但不跌，还蹭蹭地往上涨。整天都有人找上他们，问你这车 7 万元卖不卖？郑守田告诉他们这车是租的，对方就问这租车老板家住哪里？有他的电话吗？没过两天，又有人出价8万元要买他们的车，再以后就是9万10万甚至12万了。他亲眼看见那个络腮胡子把车子卖了12万。在他哗哗数钱的时候，郑守田听他嘟哝说：“我当初为什么才买一辆而不买10辆呢，要不我已经净赚60万还他妈的蹬什么车啊。”弄得郑守田一怔一怔的，搞不清这里面到底有什么名堂。

随后的几天，他们听到黄包车被劫的消息，有一个车夫还被砍了十几刀，尸体扔在离郑家湾三里外的河塘里。老安徽惶惶地对郑守田说：“我们把车退了吧！拿老骨头去换钱，值吗？”

郑丰年很郁闷。昨晚他去敲瑞雪家的门，没有回音；打她的手机，关机了。他有点忐忑不安，哪儿也不想去，就坐在瑞雪家楼下的一条石凳上等她回家，石凳掩映在一架紫藤下，非常幽静。

他的眼睛一刻也没离开瑞雪家的窗户，远处的钟楼敲响了11点，瑞雪家的灯亮了，接着出来个男人，看不清他的脸面，郑丰年追了过去，只看到一个闪闪发光的后脑勺，很快就消失在树木的阴影里。丰年的心一下子冷到了冰点，脑袋嗡嗡作响：瑞雪今晚拒绝了他，是跟这个秃头的男人约会？

郑丰年三脚两步冲上楼去，把瑞雪家的门敲得砰砰乱响。瑞雪穿着睡衣，懒洋洋地出来应门。见了他，并不吃惊，反倒说：“这么晚了，你来干什么？”丰年看着她镇定自若的样子，倒怀疑是不是自己看走了眼？他怏怏地问：“今晚你哪儿去了？手机也不通。”瑞雪说：“我有点不舒服，关了手机早早睡下了。”说完了，她抬起眼睛看着丰年，“怎么，不可以吗？”丰年竟无言以对。他想进屋，瑞雪说：“我跟你说过了，我不舒服，你回去吧！”就在这时，丰年闻到了一股淡淡的香烟味，他故意吸了吸鼻子，盯着瑞雪。瑞雪说：“我抽烟了，不可以吗？”郑丰年又一次无言以对。

他只得回到了耐哥鞋厂。厂里和往常一样灯火通明，可他的情绪却坏到极点。那晚本不该他值班，可是他一点睡意也没有，就在厂区乱转。他把手里的电棍弄得啪啪地冒着火花，他很想找个人电他一下。这时正好中班的工人下班，几个湖北籍的年轻人嬉闹着，要一个叫楚雄的请客吃夜宵去。郑丰年没好气地说：“钱赚多了，就想烧包啦?”楚雄也不是省油的灯，说：“你管我钱多钱少，我爱请客我爱烧包，你管得着吗——整个一拿摩温!”郑丰年初中语文课里有夏衍的《包身工》，知道拿摩温不是什么好东西，一个外来的打工仔，居然欺负起本地老板来了，士可忍孰不可忍！他骂着“天上九头鸟地上湖北佬”，一拳头挥了过去。楚雄的嘴巴厉害，鼻子却脆弱，顿时血流如注，他故意用手一抹，抹成个血糊糊的大花脸。同乡们起哄了：“工头打人了！救命啊!”有人大声喊着叫救护车，有人拨打了110，顿时厂里乱成一锅粥。警察来了，问明白了事，骂了湖北帮一顿，也训了郑丰年几句，说：“你们是半斤八两，都不是什么好东西。”当着下属的面，丰年觉得自己把脸都丢尽了。

挨到了月底，郑守田和老安徽真把车给退了。出租人说他们损坏了三轮车，又赔了两千元。

没了车，好像去了半壁江山，郑守田整个儿蔫了。老安徽多少还有点活干，村里死了人，让他去搭搭丧棚，守守夜，他还学会了给尸体穿衣服。光棍老四赌博把卖房款输个精光，关起门来悄悄地抹了脖子，他的尸体是发臭了才被邻居发现的。老安徽又忙着给老四打扫满屋乱爬的蛆虫去了。

郑守田就无所事事了，他连家里都不敢待，一是怕屠满钵还不死心，那次满钵挨了丰年一顿好打之后，稍微收敛了一些，但只要探得丰年不在家，他还是要来耍无赖的。最糟糕的就是那16000元的香烟，他不是要赖债，好端端地把两箱香烟洗了冷水澡，人家是亏大了，他只是觉得香烟并没有完全进水，或者说整条的进水了，拆散后把一包包的外壳擦干，里面的烟支还是好好的。那天他和安秋芳把收拾好的香烟送回香烟店里，老板一包也不肯收回，仍要郑守田赔全价。

安秋芳也不知中了什么邪，天天起五更落半夜的，连个影子也见不着。终于到了这一天，她笑嘻嘻的出现在郑守田的面前，递上一个裹得严严实实的包。郑守田一层一层地解开了，里面竟是码得整整齐齐钞票，有百元的，有五十的，还有十元、五元的，更有硬币和毛票。郑守田问：“什么钱?”安秋芳说：“你的钱。”郑守田越发纳闷了，“我哪里有这样的钱？”安秋芳说：“香烟钱啊，我把能卖的香烟全卖掉了，14887元，你数数对不对？”郑守田一时愣在那里，他说不出话来了。

安秋芳告诉他，这阵子她玩儿失踪，都是卖香烟去了。戏院影院，车站码头，甚至连人家做寿的寿堂，停尸的灵堂，她都冲进去了。人家赶她推她骂她数落她，她不但不生气，反倒笑嘻嘻地说，“我给你们唱黄梅戏。”一开始人家骂她女疯子，她也不管，顾自唱起来了，唱着唱着，人群就安静下来了，完了，就有人来买她的烟。一包两包的她不嫌多，一支二支的也不嫌少，这么跑了半个月，终于把烟都卖光了。

郑守田一把搂紧了她，泪水涟涟地说：“好秋芳呀，你莫非就是救苦救难的观世音菩萨现世？”

那一天老安徽进了郑守田的家，说：“西山的杨梅红了。”郑守田说：“这跟我们有什么关系？”老安徽说：“有关系。俺打听过，自己去林子里摘杨梅，才5块钱一斤，可到了城里，就可以卖到8元一斤，你算算这账？”郑守田会意了，说：“那咱们卖杨梅去？”

他们借了一辆板车，大清早地拉到了西山脚下。卖杨梅的林子同时供应篾篓，每只篾篓可装5斤杨梅，收成本费1元。他们摘了一上午的杨梅，装了几十篓，小心翼翼地放在板车里，然后一人在前面拉，一人在后面推，进了城里。那天刚好是双休日，城里的中心广场上，或情侣对对，或全家老少出动，散步看景的，带着孩子放风筝的，人来人往，好不热闹。有一处最叫郑守田惊讶，下面是熙熙攘攘的人们，上头是扑棱棱的鸽群，他挤进去一看，见一位半老女人提着个布袋子，用酒盅在卖鸽食呢。城里的鸽子值钱，城里的玉米更值钱，就那么一小盅，就卖一块钱，买的人还争先恐后。郑守田算算，那群鸽子一天得吃掉几百元钱甚至几千元钱，又满天飞着既不生蛋，又不能杀吃，真叫罪过啊！

他和老安徽看中了一块平坦的草坪，就把车子停下。一辈子没做过买卖，嘴巴木木的，半天张不开，还是老安徽脸皮老：“杨梅啊，又甜又大的杨梅啊！”郑守田也跟着喊了几声，总归是底气不足。不过鲜艳欲滴的杨梅本身就是广告，游客们一瞄就迷上了，尤其是孩子们，欢呼雀跃着，一下子围过来了。

没多久就卖出去20来篓。一算，竟赚了200来元，原来做生意是这么来钱的，怪不得经商的人这么多！他们欣喜若狂，更加努力地叫卖起来。这时候过来了两个年轻人，臂上绕着个红袖圈。老安徽比郑守田多识几个字，认得那是“公园管理处”字样，就赶紧堆出笑容来招呼道：“同志，尝尝这杨梅，甜着呢！”红袖圈一人托起一只竹篓，举止潇洒地往嘴里扔杨梅，他们的腮帮子鼓鼓的，鲜红的汁液从嘴角溢出，让郑守田心疼得在心里直叫娘。吃够了，他们把竹篓一扔，打了个饱嗝，说：“你们践踏了本公园草坪，破坏绿化，罚款200元。”另一位红袖圈掏出一个小票本子，刷刷地写了几个字，撕下一张，就伸手要钱。郑守田这一惊非同小可，心想吃人的嘴短，你刚刚吃了人家这么多杨梅，怎么一翻脸就不认人了？他还想，草地就是草地，农村的草地就是牛踩羊啃的，城里的草地就算珍贵些，他们又没割没铲的，怎么就要200元？老安徽又是作揖又是打躬，检讨自己新来乍到不懂规矩，求饶过这一回下次再也不敢了。红袖圈决不松口。郑守田愤怒了，说：“你们也要得太多了！”红袖圈说：“这草坪的价钱，说出来吓死你，1万元1平方米，按高尔夫球场规格造的！”郑守田不知道什么是高尔夫，只是攥紧了口袋。红袖圈一把抓住了他的肩膀，说：“你们不掏钱，跟我们走一趟！”郑守田怕了，心想这一走，不是进派出所就是坐班房，不死也要脱层皮。于是苦歪着个脸，掏了半天，才凑齐了200元，心里骂着你们是土匪！做生意的喜悦跑得无影无踪了，剩下来的只是沮丧了。

还有一大半的杨梅还在车里呢，卖好了可能不至于亏本。老哥俩拉起了板车，灰灰地离开了这是非之地。何去何从，他们一点门路也没有，漫无目的地转啊转，转到了一家菜市场门口，看见那里已经摆着两个水果摊，心想别人卖得，他们也卖得。郑守田就把车停下，看看水果摊上的杨梅，没他们的大，也没他们的红艳。老安徽嚷开了：“卖杨梅啊！”水灵灵的杨梅立即招引了进出菜场的人。一问价钱，比水果摊上便宜多了，大家便纷纷买了起来。两旁水果摊的摊主看得眼睛发红，一个染着黄发的青年摊主就来推郑守田的车，骂骂咧咧地赶他们走。老安徽说：“老弟老弟，大家混口饭吃……”黄毛吼道：“谁是你的老弟？乡下猪头！”说时迟那时快，抄起车把就要把他们的杨梅倒掉，老安徽急了，就去拽黄毛，黄毛腾出一只手，一拳就打在老安徽的眼眶上，打得他金星乱冒。老安徽一屁股跌坐在地上，眼角渗出血来，郑守田吓坏了，不知如何是好。旁边有人嚷着打人了打人了！这时来了两个大盖帽，郑守田指着黄毛说：“警察同志，他，他打人！”

大盖帽看了看郑守田，又看了看老安徽，问：“证件？”郑守田问什么证件，大盖帽说：“小贩有小贩证，摊点有摊点证，一个也不能少。”郑守田又傻眼了。大盖帽说：“没有证，把杨梅拉走！”说着又来了几个人，如狼似虎地扑了上来。老安徽和郑守田死死攥住车把子不放，一边说：“我们下次不来了，下次不来了还不行吗？”

他们毕竟老了，哪里弄得过这么些年轻力壮的，他们的双手被掰了开来，身体也被摔出去老远。望着远去的车子，他们喊道：“你们把杨梅拿去，还我板车，这板车还是借来的呢……”

可是并没有人理睬。他们瘫倒在地上，绝望地哭了起来。

赵瑞雪对郑丰年忽冷忽热的，弄得丰年心里乱乱的十分尴尬。有一个午休的时间，丰年又打不通瑞雪的电话了，就来到她家的楼下徘徊着。两点光景，他发现上次见过的那个秃头从楼上下来，为了看清他的模样，丰年就迎了上去。中午的光照很好，他看清了这人的短头短脸，小鼻子小眼，还有脸上的每一道皱纹和贲张的毛孔。他忽然找回了自信，瑞雪再怎么也看不上这个家伙的。接着就自解自嘲地想，中华人民共和国的公民有居住的自由，你能阻止人家住在瑞雪楼上吗？

秃头身材矮小，腿脚却快捷，他飞快地走着，稀有的几根头发在风中恣意飘扬，刺激着丰年跟踪的欲望。丰年瞄着这个闪闪发亮的目标，不紧不慢地跟着。后来秃子拐了一个弯，穿过一条弄堂，丰年一直跟上去，他看见前面一座大楼，上面有“鸿运房产”的大牌子。秃头跨上了台阶，门口有人赶忙站了起来，毕恭毕敬地管他叫“洪总”。怎么，他就是大名鼎鼎的鸿运房产老总洪云霄？丰年恍然大悟了，原来瑞雪家的房子，就是公司的房子啊；或者说，这楼上也有老总的一套房子，房地产老板的房子，还不像狡兔三窟那样遍地开花？猛然，他觉得洪云霄的名字太搞笑了，此人个子这么矮小，为什么偏偏叫云霄？

这个星期天，瑞雪打电话约郑丰年，说翠屏山发现一个溶洞，非常大非常神秘，问丰年要不要去看看。只要是瑞雪说的，哪怕是魔鬼洞妖精洞，丰年都愿意欣然前往。他们俩打了辆出租车，顺着奠耳河，一直开到了翠屏山的脚下。

翠屏山海拔 1500 米。从山顶往下看，密密的峰峦像重重的花瓣，缀着连着，一直延绵到东海里面。白居易的“忽闻海上有仙山，山在虚无缥缈间”恐怕就是指这里。翠屏山之所以叫“翠屏”，就因为它长松似海，香樟蓊郁，一年四季，都有奇花异草散发的清香，更兼流水潺潺，让下游的奠耳河永远水分丰沛。

溶洞还处于自然状况，上山的路还没有开通，他们就下了出租，手牵着手，沿着崎岖的山道，逶迤而上。崖缝里时不时地伸出一枝枝野蔷薇，摇曳着，挑逗着，向他们送来扑鼻的芳香。瑞雪要采，却够不着，就要丰年抱起她来。丰年就把她驮到肩上。瑞雪采得几枝后，就编成花环，要丰年给她戴在头上。丰年高兴地照办了，他觉得瑞雪美极了，就叫她“翠屏仙子”。瑞雪又是跳又是笑的，两人都觉得幸福极了。

忽然，树林里传来了霍霍霍的声音，像什么在摩擦，又像什么野兽在喘气。瑞雪吓得扑在丰年怀里，丰年紧紧地搂着她，说：“没事，有我呢。”但是他也觉得这声音很怪。一般来说，野兽都躲在深山密林里，不会下到这浅处来。他想要看个究竟，就放开了瑞雪，循着声源找去。在林子深处一块光洁的大石头旁，一头黄牛正歪着脑袋，在磨它的角呢。丰年觉得这黄牛似曾相识，就喊了声：“黄牯——”那牛看见丰年，又是点头又是摆尾，欢天喜地地跑了过来，亲切地舔着丰年的手掌，好像遇到了久别的亲人。丰年摸摸黄牯牛的角，感觉非常锋厉。心想，现在它独自在山里生活，需要加强自我保护意识。丰年扭头喊道："瑞雪，快来，是我们家的牯牛呢。"瑞雪这才战战兢兢地出来，问："真是你家的牯牛？"丰年说："那还有假？我是在它背上长大的，它头上、背上有几个旋，我一清二楚；哪一个向左旋哪一个向右旋，我都了如指掌。"说着一把抱起瑞雪，说："让你也骑骑！"瑞雪尖叫着，要丰年抱她下来，但牯牛很温驯，一点也没有反抗的意思，丰年一纵也上去了，他搂住瑞雪的腰，瑞雪也偎在丰年怀里。瑞雪说："牛郎织女大概就我们这个样子了。"丰年说："让老牛带着我们，飞到天上去吧！"

老牛当然不会飞到天上，而是带着他们，慢慢地向那个溶洞走去。

安秋芳看见她哥和郑守田鼻青眼肿的样子，吓了一大跳。一边问是谁给打的，一边去屋后采了些草药，捣烂了给他们敷上。说起杨梅和板车都被拉走了，安秋芳急得直骂人。

正热闹着，只见一辆漂亮的轿车，停在了对岸。从车上下来一位非常洋气的女人，高跟鞋笃笃笃地过了大石桥，朝村子走来。近了才发现，原来是赵瑞雪。赵瑞雪都坐上小轿车了，这让郑守田有了点说不清的味道。瑞雪从他们身边过去时，忽然停住了脚步，说："守田叔，鸿运房产总部缺个打杂的，你想不想干——每月工资 600 元。"郑守田想，这瑞雪挺有本事的，能给乡亲找活儿了。于是就问："都干些什么呢？"瑞雪说："也就送送开水，拖拖地板，再还有，就是把厕所洗刷干净。"郑守田想，这活不要文化，他干得了。就答应了下来。瑞雪说："我们公司做事讲究文明，可不能像在郑家湾那样粗手大脚。"

第二天，郑守田就寻到了鸿运房产总部。总部很大，里面有白楼红楼，还有喷泉游泳池球场什么的，被一圈围墙严严实实地围着。郑守田想，这该要多少亩土地啊，怪不得他们都没地可耕了。他仰头数那座白楼，怎么也数不过来。又想，亏得他没戴箬帽，不然头仰成这样，那箬帽肯定会啪的一声掉在地上，让城里人笑话。

他坐不来电梯，却一口气爬到了七楼瑞雪的营销科。瑞雪带了他，到三楼老总办公室去见老总。老总个子矮小，人却气派，脑门和头顶都闪闪发亮。他正在跟人打电话，瑞雪和守田就在一边站着。老总终于说完了，放下了电话。瑞雪迎上一步说：“洪总，打杂的老田前天把腿给摔断了，打着石膏在医院躺着呢，洗手间没了人管，臭得要命。这老郑头是我邻居，以后就让他干成吗？”

只听得洪总说：“这是办公室的事，怎么问起我来了？”瑞雪笑眯眯地说：“这不是帮我邻居一把吗？人家的田没了，在家闲得难受。”洪总看了她一眼，挥挥手说：“好好，去吧。”

瑞雪带了郑守田，指着一排各位领导的办公室，叮嘱他如何送水，如何拖地，还有就是怎样洗刷五个楼层的走廊和厕所。郑守田觉得这工作不错，就尽心尽职地干了起来。一天，他给一位女副经理送水，那女人正背对着他在涂口红呢，他蹑手蹑脚地进去，蹑手蹑脚地把水瓶放下。女人猛一回头，斥道：“你鬼鬼祟祟的，想干什么？”郑守田被吓了一大跳。他又尴尬又委屈，不是说城里人讲文明吗？他一文明，人家怎么反而不高兴了？

他不知自己错在哪儿，心里怏怏的。过了半个小时他到洪总办公室送报纸时，洪总的门虚掩着，他听到那女经理嗲嗲的声音：“你弄了这么个土包子干什么？整天贼头贼脑的，吓得我差点晕过去了。”洪总嘻嘻地说：“你忍忍吧，他是我一朋友的叔叔，看在朋友的分上，就当是每月送他 600 元吧。”郑守田觉得受了侮辱，他是来干活的，不是来讨饭的，他有不少钱在银行里存着呢，你这女人还未必有！可是他并不想离开这个地方，每月 600 元，不要白不要。

那天他站在七楼的后窗，望着对面美丽的红楼。瑞雪说过，红楼是宾馆，但不对外营业，专门招待重要客人的。郑守田觉得这红楼跟电视里的外国宫殿一样，圆顶，金光闪闪的，还站着些带翅膀的洋娃娃——虽说是假的，但做得和真人一模一样。

一天，楼层的洗手间要换牌子，原来那牌子上光写中文，现在要在中文上再加洋文。不管中文洋文，郑守田一律不识。人家让他去钉牌子，他就老老实实地钉了。钉好牌子还不到一刻钟，女经理提着裤子，鬼哭狼嚎地从厕所里冲了出来，大喊有人非礼！一查“非礼”的男人，却是洪总的贵客，刚刚从老远的地方来的老战友。洪总说该朋友道德高尚，绝对没有那方面的毛病，怎么就对女经理非礼了？原来是郑守田钉反了男女厕所牌子，女经理轻车熟路，进的是正确的女厕所，而客人按图索骥，也跑到女厕所去了。

郑守田的文盲身份真是糟糕，他还经常把报纸、文件送个张冠李戴，这就是耽误工作了。洪总看在赵瑞雪的面子上没有炒他的鱿鱼，只把他换到公司后门，让他看停车场去。调度车辆他又不会，只叫他随处转转，别让坏小子在那些高级轿车上划道道儿。干了一阵子，划道道的坏小子一个也没逮着，倒让他发现很多来历不明的女人，她们穿着很露的衣装，总是香气扑鼻，嘴唇抹得跟血瓤子一样，一来就往红楼里钻。郑守田想到了一个新词儿：卖淫。他很愤怒，这么干净的红楼，怎能让这种女人干这么肮脏的事儿？于是他很负责地跑到了经理办公室，把这事儿告诉了洪总。洪总的脸黑了，斥道："胡说！咱们红楼根本就没这样的事！"郑守田说："我活了一大把年纪了，红口白舌的从不扯谎！我亲眼见……"洪总的脸更黑了，说："去去去，你到财务室结一下账，回家去吧！"

郑守田被打了一闷棍，心想这就失业了？他还想说我这是为公司好你怎么不识好歹啊！隔壁的女副经理跑了进来，推着他说滚滚还不快滚！郑守田没办法了，只得离开这个才干了半个月的鸿运公司。

刚踏进了郑家湾村口，就听见呼天抢地的哭嚎声。又见老安徽在搬运竹竿和篷布，知道他又要搭丧棚了，就问："谁没了？"老安徽说："墩子。昨晚喝了农药……"

墩子是郑天庭的独子，不满周岁就没了妈，郑天庭好不容易把他拉扯大，现在也就 20 出头，怎么说没就没了呢。墩子从小就老实，他很少说话，做事却实在，几个孩子一起去打猪草，分量最足的那捆准是他的，一起去放牛，牛肚子最圆的也是他的。他从来不跟人呕气，更不生事，就是前阵子"老人会"里都赌疯了，他也从不插手。他是村里最乖顺的男孩子啊。郑守田的心沉甸甸的，他挪到了郑天庭家，只见一帮女人围坐在门口，念经的念经，叠元宝的叠元宝，抽抽搭搭地没有一个不掉泪。

墩子一直想买辆黄包车，可因为价钱太贵下不了决心。他天天在街上转悠，三轮车不但没有因为他的盼望而降价，反而一天天向上攀升。上星期，竟涨到了12万了。然而买车的人却越来越多，老实的墩子不知道，有人在恶意炒作黄包车！他们扬言说，再过一个星期，黄包车保准会涨到18万！

那天在县前桥头，墩子亲眼看见一辆桑塔纳轿车和一辆黄包车刮擦了一下。桑塔纳司机探出个脑袋，正要骂人。一般这样的情况，挨骂的肯定是黄包车夫，弄不好还得吃两拳头——车子的贵贱决定车夫的地位。可这回却奇了怪了，只见那穿着橙色背心的黄包车夫凑到了轿车司机的窗口，吹胡子瞪眼地说："仔细着看好了啊，碰坏了我的车，我让你吃不了兜着走！我的车价可是天天涨价夜夜升值，你这臭普桑，还不滚一边去！"那轿车司机居然什么也不说，开着自己的桑塔纳，灰溜溜地走了。

于是墩子咬了咬牙，掏了12万买下了七成新的黄包车，盼望它很快地涨到18万。一个星期后，墩子盼来了个可怕的消息，他那辆车，已经跌到5万了。墩了受不了了，就喝了满满一瓶的甲胺磷……

郑天庭懵了，他没有哭号，也没有眼泪，只是嘟哝着："墩子，墩子，你带上我，为什么不带上我呢……"

耐哥鞋厂出事了！这事儿得从赵瑞雪的结婚说起。

赵瑞雪要结婚了，新郎却不是郑丰年，而是那个秃头的鸿运房产老总洪云霄。听到这个消息，丰年简直疯了，他拼命地找赵瑞雪，问问她到底是怎么回事。可是赵瑞雪躲进洪老板的新别墅，连手机都更换了。郁闷之极的丰年回到了耐哥鞋厂宿舍，关起门来喝下了一瓶白酒，就呼呼大睡了。睡到半夜，渴极了，拿过水瓶摇摇，空的，就将电水壶插上，继续鼾声如雷。水开了，郑丰年却没有醒，一任水沸腾再沸腾，终于烧干了，烧着了地板，烧着了房子。郑丰年被火弄醒了，惊叫着拿水桶去救火。宿舍隔壁就是车间，当班的工人发现火情，有报警的，有救火的，更多的却一窝蜂地各自逃命。人多，挤在一起反而走不了，有人想跳窗，可窗户叫钢条钉得死死的。119也来了，对着窗口只管浇水，却无法把里面的人营救出来。

听到警笛声，郑丰年的酒算是彻底醒了，他知道自己闯下大祸，就扔了水桶，趁乱跑了。

警察们跑到了郑家湾来抓人。郑守田听到儿子闯祸的消息，差点没背过气去。但他的脑子是清楚的：丰年这小子没事，不然怎么跑得动？但是投资的10万元肉包子打狗了，说不定还要让他赔钱。郑守田一急就病倒了。

郑丰年一跑，屠满钵可来劲了，他三天两头往郑家湾跑，如果不是躲进老安徽的出租屋里，秀葵早被抓走了。郑守田躺在床上，屠满钵每闹一次，郑守田便哼一声："屠满钵，我杀了你！"那天夜深人静时，秀葵由安秋芳陪着回到了家，跟病床上的郑守田说："爸，我们弄不过他，还是给他钱吧。要不我们爷儿俩都要被他折腾死。"安秋芳也说："给吧给吧！钱是身外之物，你们的性命要紧，留得青山在，不怕没柴烧。"郑守田叹了一口气，说："好吧，让他拿这钱买棺材去吧。"

那一晚，郑守田捧着存折，流了半宿的泪。第二天他让安秋芳陪着，到银行取出了6万元，看着存折上为数不多的存款，他弄不清这到底是真的，还是做了一场噩梦？

就在郑守田等着屠满钵来取钱时，那位宝贝女婿却无影无踪了。一连数天，老天爷兴奋地下着大雨，奠耳河水高涨了许多，郑家湾却显得异常的平静。上一天，城里油炸食品店漏水了，老板拿了泡了水的蚕豆让郑家湾人剥壳。转天清晨，起早的安秋芳发现河湾里浮着一具男尸，他趴在水面上，很悠闲很舒适的样子。村子里并没有少了谁，估计这尸体是从奠耳河上游漂下来的。于是就叫老安徽去捞。老安徽划着小船，把那尸身翻了过来，一看竟是屠满钵！满钵的肚子上有一个杯口大小的洞，一群白眼鱼正盯在洞的周围，热情洋溢地分享满钵的白肉。许多人都跑到河边去看热闹，郑守田也去了，站了一刻钟的功夫，他终于长长地吁了口气。

得到噩耗的老屠也赶来了，他的脸涨得像一副刚刚挖出来的猪肝。他怒吼着，发誓要把杀害他儿子的凶手找出来。刑警们也来了，围着尸体又是查看又是拍照的。法医把屠满钵肚子上的那个洞用尺子横量竖量，嘴里不住地念叨着："怪，这洞不像刀子捅的，也不像镢头挖的。”纳闷了一会儿，只得用一条袋子把满钵装了，拉回去再做道理。

这天下午，法医们虽然不知道杀害屠满钵的凶器是什么，却弄清屠满钵遇害的时间是上一天的上午 8 时至 11 时。公安们找到了郑守田问：“屠满钵是怎么死的?”郑守田答：“老天爷开眼了。”再问，郑守田还是说老天爷开眼了。刑警们看他傻傻的，就去走访群众，群众都说郑守田老实，说借他三个胆子也不敢杀人。又查了郑守田昨天在不在现场。郑家湾有二十多人出来作证，说郑守田和老安徽兄妹仨一整天围在门口的大木桶旁剥豆瓣，因为他们接了一百斤泡水蚕豆，必须在一天之内剥好。

有人怀疑屠满钵是被郑丰年杀的。可是郑丰年在逃，只能等抓到他时再去审理。警察们找到了耐哥鞋厂了解情况。兰有信说：“郑丰年的潜逃是因为鞋的火灾，跟杀人有什么关系?其实丰年不必跑，这得感谢那个跟他打过架的湖北佬楚雄，那天楚雄表现了非凡的指挥才能，他一边指挥灭火，一边指挥人员疏散，所以耐哥鞋厂的损失不大，工人们也只受了点轻伤，并没有一个死亡的。”

两天后，人们在翠屏山里发现了一条奄奄一息的牯牛，牛的喉咙里还插着一把屠刀。听到这个消息，郑守田尿急得要命，他赶忙跑到了出事地点。那牯牛见了他，挣扎着却站不起来，只是伸出了血糊糊的舌头。郑守田知道它要舔他，就把手掌伸到它的嘴边。牯牛费力地舔了一下，流出了两行浊泪，就闭上了眼睛。跟着看热闹的老扁把它喉咙里的刀拔了出来，血淋淋的刀把上，一个“屠”字清晰可辨。老扁下结论说，老屠想偷走这头牛。这个论断却遭到别人的坚决反对，他们说老屠才不屑偷鸡摸狗，肯定是输急了的屠满钵做的好事。

警察们也来了，他们关心的不是牯牛的死，而是牛角上干了的血迹，他们采了血样，做了 DNA，一比对，那血竟就是屠满钵的。

屠满钵火化之后，郑秀葵的身体很快地好了起来。这一天，鸿运房产新任老板娘赵瑞雪派了手下的人来说，他们食堂缺一个卖饭菜票的，问秀葵愿不愿去。

满钵的死因明确之后，公公老屠又哭又骂，说就是老郑家害死了屠满钵。在老屠看来，牯牛是郑家的牯牛，牯牛杀人也就是老郑家杀人，说不定就是老郑家教唆它挑死他的儿子。可是警察们不支持老屠的说法，所以此事也就不了了之。

秀葵彻底搬出了屠家。她一个人拉扯着晶晶，吃着父亲的花着父亲的实在是心里不安。秀葵虽然责怪瑞雪无情无义欺贫爱富，但这份卖饭菜票的工作还是接受了。

老安徽和妹子要回老家了。家乡来电话说，年轻人都外出打工去了，家里的田地荒芜了，与其在外头没田种，还是回家收拾自己的田园去。再说，现在农业税免掉了，合作医疗也正在办理，日子比过去是好过多了。

郑守田想想自己几个月来的不顺，对着安家兄妹，说出了一句很有水平的话：“吃遍五味，盐好；走遍天下，田好。”安秋芳抢白他说：“你吃过什么？还不是一日三餐咸菜粗饭；你走过哪儿？连乐川市都没出去过。”郑守田认真地说：“我要出远门了，我也到安徽去，和你们一块儿种田。”

安秋芳笑了，他们把犁耙锄头装在一辆板车里，咣当咣当地向长途车站拉去。这天的天气很好，白云在天空悠闲地待着，鸟儿在竹篱上啁啾跳跃。郑守走着走着，又有点惴惴不安了：到了人生地不熟的安徽，过不过得惯？当地人会不会捉弄他？安秋芳靠了过来，趴在他的耳朵边说：“我们很快就要见到丰年了。”郑守田一惊，忙问怎么回事？安秋芳却不说了，只是扯开了嗓子唱道：“树上的鸟儿成双对，绿水青山带笑颜……”

苦竹飘摇

入冬以来，苗凤竹的心总是忐忐忑忑的，她预感到要出点什么事，但又不敢想会出什么事。九重仙宫 314 足浴房的窗户面北而开，干活的空隙里，苗凤竹常常会掀开厚厚的窗帘，望着墙外苍翠的竹丛发一会儿呆。

苗凤竹原本是应该高兴的，因为她即将回家，回家和高二晃举办婚礼，他们俩的马拉松恋爱，已经整整十二年了。

可事故就发生在腊月十五的夜里。这是腊月里难得的一个无风之夜，月亮虽然冷峻，却依然皎洁明媚。据一对在九重仙宫围墙外漫步的年轻人说，他们曾发现不远处的竹丛一阵乱晃。无风的竹枝乱晃就叫人生疑。女孩眼尖，她看见一个黑影顺着竹竿蹭蹭蹭地上去，然后翻进九重仙宫围墙，又像蜘蛛一样沿着大楼北墙的排水管哧溜溜地上去，最后停留在三楼的一间窗户外面。女孩吃惊不已，她推了推男友，指着那根排水管悄声说："有贼！"男孩看看清一色的桃色灯光，不以为然地说："早着呢，这时候偷谁去？"女孩问："那他爬水管干吗？"男孩自作聪明地说："恶作剧吧。"

这对恋人一会儿在竹林旁的竹椅上坐坐，一会儿又沿着干净的卵石甬道甜甜蜜蜜地走来走去。沉醉在爱情中的人是不计时间的，也不知过了多久，围墙里突然一声闷响，似有重物坠地；接着，一个凄厉的女高音划破了宁静的夜空："救命啊！有人坠楼了！"然后是一阵极为嘈杂的脚步声，大概是九重仙宫里所有的人都奔出事地点去了。

温江市的人都知道“九重仙宫”从事的是什么营生。大厅除外，这座楼房上面还有九层。下三层，是正正经经的足浴房间，服务小姐们除了给客人洗脚修剪趾甲外，还在腿脚的每个穴位上掐捏，以达到舒筋活血、减压排毒的效果；四、五、六层呢，则是“半套”服务了，按摩女们半裸着，敲打捏拿着客人的肩背手足，当然也不忘给他们腰部以下做适当的揉搓；不安分的顾客，会反过来“按摩”女孩的敏感部位，而女孩们是不得声张的，不声张的报酬是数十元小费；上到七八九层，则是全套的“推油”了，推油小姐个个亮丽妖媚，她们工作的最后一道工序，是在洗得干干净净的客人身上涂满了橄榄油，然后把自己也剥得精光，用充满弹性的年轻胴体和嘴唇，给客人从头到脚每个部位做细细的推摩……

苗凤竹初来乍到九重仙宫时，老板问她愿做全套还是半套。苗凤竹反问道：“什么叫全套什么叫半套?”听完老板的“服务指南”，苗凤竹的脸一下子红到了脖子根，她气急咻咻地说：“我决不干那些!”老板倒也开明，说：“那你就做纯粹的足浴吧，只是工资比她们可差远了。”苗凤竹警惕地追问说：“纯粹的足浴是真纯粹还是假纯粹?”老板说：“真纯粹，除非你们自己要留人。”当时苗凤竹正无路可走，就咬咬牙留了下来。她跟着一名足浴师傅上了三楼，学了一天的手艺后，领了一个写着314的塑料牌子和一件宽松的套头短裙，第二天就正式上岗了。

苗凤竹来自外省的一个叫苦竹崖的山区，苦竹崖出产苦竹也出产毛竹。有风的日子，竹林会发出如泣如诉的声音，叫人心悸。苦竹崖还出产穷汉子，十多年来，山旮里能蹦达的年轻人都蹦达到城里打工去了。有本事的男孩子不多，一年下来租了房子喂了肚子，还把寥寥的余钱扔进了网吧——穷极无聊，到网络里寻求点刺激是必须的；女孩们就另当别论了，苦竹崖人并不在意姐妹们在城里干什么，因为哥哥娶亲弟弟读书，再就是给日渐老去的爹妈造两间钢筋水泥房子，就全指望这些奋不顾身的女孩了。

可是苗凤竹和她们不一样。她在苦竹崖上过中学，虽然疲惫得常在课堂上打盹，但“廉耻”两字是读明白了的。当年她母亲患有严重的肝病，肚子胀得像面大鼓，把一个家庭主妇应该挑的担子全压在女儿稚嫩的肩上。少小的苗凤竹每天得早早起来，烧一大锅番薯，然后趁着微曦出门打好一天的猪草，再一路小跑赶到十里外的学校去上课。

母亲死的那年苗凤竹十六岁，埋了亲娘，她就辍学跟着堂姐到温江市来了。堂姐带她在医院里干过几个月的重症陪护，又介绍她给一位瘫痪老人当过半年保姆，继而又在那臭得呛肺的鞋厂里粘了一年的鞋帮，最后，才在这九重仙宫“定居”下来。

在九重仙宫，工作的房号就是服务小姐的代号，所以人人都喊苗凤竹“三要发”。“三要发”正正经经地给人搓洗臭脚掐捏穴位，并不敢越雷池一步。

单纯来足浴的大都是老年人，人老腿脚先衰，他们不是腿肚子抽筋就是脚踝酸痛，再就是膝盖僵硬嘎嘎作响；只有通过苗凤竹们的拿捏揉搓和药水浸泡，才能活络起来。这些人都持有九重仙宫的消费卡，这些消费卡或是单位发的，或是有点权势的儿女们孝敬的，他们都属于有钱有闲阶层的爹妈；没有一个正经的工人大伯、农民大妈会舍得掏百十元钱，让自己的脚丫这么奢侈一回的。

十年来，苗凤竹家里的债务还得差不多了，弟弟的亲事也订下了。现在苗凤竹一门心思只想着回家，回家踏踏实实地跟高二晃结婚，生一男半女——苦竹崖像她这般年纪的女人们，都已儿女成群了。

高二晃在城西的建筑工地做泥水工，每天在几十层的脚手架上腾挪上下。穷人不得恐高症，精瘦的高二晃尤其如此。他提着泥浆桶走在吱吱呀呀的脚手架上，潇洒得好像走平地。但是越到年底越接近婚期，苗凤竹就越提心吊胆，万一脚手架没扎紧，万一高二晃踩了空，万一……高二晃却总是在电话那头笑着，笑得没心没肺，并大大咧咧地说：“我是谁啊？——苦竹崖的飞竿猴王，活脱脱一个孙大圣转世啊！”

苦竹崖高大的毛竹林，练就高二晃蹭蹭蹭的爬竿本事。爬竿不算什么，苦竹崖的男孩都会，如果把附近的竹梢挽起打了个大结，他们就躺在这“高空吊床”上优哉游哉地晃荡聊天。高二晃的特技是“横向飞竿”，他能像猴子一样轻松自如地从这竿毛竹飞到另一竿毛竹上。凡他到处，竹林晃作一片，竹叶沙沙声如筛米如急雨。小时候，苗凤竹最喜欢看高二晃的横向飞竿了，有一次，他竟从溪流的这边飞到溪流那边，引得村里的大人孩子一片狂呼乱叫。当苗凤竹把蹦到嗓子眼的心捺回了胸腔之后，“飞竿猴王”就装进了她的心里，再也抠不出来了。

人是不能空怀绝技的。高二晃虽然远离了苦竹崖，虽然总是被水泥尘埃搞得灰头土脸的，但只要瞅准机会，他就会借着九重仙宫后墙外的竹竿，飞进墙里。

九重仙宫的大门向全世界敞开着。里三道外三道站着衣冠楚楚的侍应男生和裙袂飘飘的礼仪小姐。他们对所有的客人都鞠九十度的大躬，满嘴蹦着让人发腻的欢迎词儿。可如果没有钱，对不起，你就是化作一只蠓虫，不但飞越不了重重屏障，还立马一掌把你拍死；所以一般的情况下，高二晃只能在九重仙宫的围墙外，对着大楼上的暧昧灯光望梅止渴。

常常是这样，苗凤竹正忙碌着，滴的一声，手机响了。苗凤竹把短信提示弄得只响一下，怕的是打扰客人。“顾客就是上帝”，老板曾再三地训导过她们。真正的上帝离苗凤竹太远，她看不见也摸不着，可洗完客人的脚，百分之二十的真金白银就算是她的了。

“想死你了！”高二晃的信息一般只有四个字。苗凤竹有时会回应说：“谁不想呢？”一年里总有那么几次，高二晃说自己都要熬干了熬疯了，就翻墙沿着排水管上来，贴在厚厚的玻璃窗外感受女友的气息。直到下半夜客人走光了灯都熄完了，他就轻轻地敲 314 的窗。苗凤竹先是插死了 314 的房门，然后打开北窗让他进来，两人手忙脚乱地亲热了一会，高二晃又从窗户出去——当然不能被人发现，否则苗凤竹全年的工资和押金就全泡汤了——她们的工资可是年终才结算的啊。

年年腊月年年冬，每年这个时候，姐妹们都陆续回家了，尤其像苗凤竹这类准备回家结婚的女孩；只有最恋战的还留着，腊月是她们的黄金季节。她们拼命地加班加点，多赚一个是一个。

苗凤竹今年还留着的缘由，是因为她和高二晃吵架了，不是一般意义上的拌嘴，而是高二晃出了问题，出了大问题！前些日子，堂姐打电话告诉苗凤竹说，她看见高二晃在码头瞎逛，还和站街女“五找二、五找三”地讨价还价，然后两人一起钻进那些肮脏的出租屋里去了。

苗凤竹当时并不相信，对于高二晃，苗凤竹有足够的自信，她模样比高二晃好，赚钱比高二晃多，结婚的必备物件也都是她置买的。所以高二晃说她是天底下最好、最乖、最叫人心疼的好女孩。说到底，苗凤竹不相信高二晃会去找那些污七八糟的女人。堂姐在电话那边狠狠地说："你爱信不信！十个男人九个花，等染上脏病你哭鬼去吧！"

那天苗凤竹收了手机，心却乱了。她早就听说过码头有这么些贱女人，长相不佳，年纪不小，又不想凭力气吃饭，就做起这廉价的皮肉生意来了。她们接待的一般是外来渔船上的渔工，也有高二晃这样的苦力，干一次，一张50面值的票子，要找还男方二三十元，所以也有一定的市场。

这么说，高二晃是熬不住，真的找脏女人去了？可是苗凤竹立即给否定了：不会，她跟二晃一块儿长大，二晃是什么样的人她还不知道？转念又想，堂姐也不是个拨弄是非的人啊。于是苗凤竹给高二晃打了个电话，试探说："二晃，你晚上在码头瞎逛什么？"当时高二晃正站在高高的脚手架上，西北风裹挟着他那满不在乎的嘻笑声让手机嗡嗡作响："晚上我没事，逛哪儿不是逛啊？"苗凤竹来气了，说："告诉你二晃，可别长什么花花肠子！"二晃说："我动什么花花心思？想动也没钱啊！"苗凤竹干脆挑明了，说："有人看见你跟站街女拉拉扯扯！"高二晃笑了，说："你听人瞎嚼舌头！——有人还说你跟客人玩推油呢！"噎得苗凤竹直翻白眼，气都喘不匀了。

之后，她等着高二晃来解释，来认错，等着他爬上水管来敲314的玻璃窗。可左等右等，高二晃就是不来。进入腊月，高二晃好像格外的忙，连短信也发得少了，这让苗凤竹的心越发纠结，越发怀疑他是做下见不得人的龌龊事了。

在这个无风的腊月十五夜里，苗凤竹刚刚送走了一位客人，她把放干水的洗脚桶一扔，恨恨地咕哝说："这婚，我不结了！"

"不结了正好！"一位客人出现在314房门口。他显然一直在留意着苗凤竹，连她一句怨怼话都偷听得清清楚楚。这家伙五十出头了，黑皮，小眼，下唇比上唇长，脖子通红，像一个刚刚剁下来的猪鱼头。

“猪鱼头”是码头帮的一员。温江是个沿海城市，长长的海岸线滋养着数万渔民。现今的渔船吨位庞大，满载而归时拢不了岸，只能抛锚在海港中间。于是一条条霸道的机动舢板开到大船旁，将鱼货低价趸进，再驳到岸上卖给渔贩子。这行当就叫“接鲜”，“接鲜”这一进一出，赚头可不少。使刀弄棒的码头帮垄断了这个市场，而渔民自家兄弟和一般善良的小贩一点办法都没有。

见到这嘻皮笑脸的“猪鱼头”，苗凤竹赶紧扭过头去。“猪鱼头”是个讨厌的顾客，他的身上永远散发着浓烈的烧酒味和令人作呕的鱼腥味。一年前的一晚，喝得醉醺醺的他来到314房间，仰八朝天地往床上一躺，把一双臭脚直直地戳到她的脸上。苗凤竹察看他的脚，脚趾缝，脚底心，密密麻麻的全是脚气疙瘩，有的都化脓了。苗凤竹把那双脚泡在中药汤水里，洗了一会儿，然后捞起来，揩干，放在自己的膝上。按顾客的要求，苗凤竹得用自己的两个拇指指甲把脚气疙瘩一个个挤掉——单纯的足浴就是什么臭脚烂脚都得伺候着。那挤出来的脏水四处乱射，有的还溅到苗凤竹的脸上，令她作呕；而每挤掉一个疙瘩，“猪鱼头”就咧着嘴惬意地哼哼着。哼着哼着，那臭脚就不安分起来，有意无意地碰着苗凤竹的胸脯。苗凤竹把那脚一撂，说：“别认错了地方，要那样你到上面去！”那男人坐了起来，涎着脸说：“上面的太贵，你这儿实惠——来，好好伺候哥们，哥们照样给小费！”说着摸出张20元纸币，按在苗凤竹膝上。

苗凤竹拂掉那钱，骂了声臭流氓！把那双脚扔回到足浴桶里。猪鱼头火了，他蹦了起来，在苗凤竹的胸口抓了一把，道：“还臭流氓香流氓呢——装什么装！不卖肉你上这里干吗？”说着就伸手去掀苗凤竹的工作套裙，说，“我看看里面有没有穿裤衩！”

苗凤竹气极了。她抬起湿淋淋的右手，啪的一掌扇在那张丑脸上。长到二十八岁，她这是第一次打人，而且是重重地扇人耳光！手上的药水像火星迸溅，她觉得脸上和耳根都被烧着了。

“猪鱼头”的脸胀得黑紫黑紫的，他吼道：“臭婊子你敢打我，老子今晚还非睡了你不行！”他抱起苗凤竹一把扔在床上，臭烘烘的身子直压下来。

厮打声惊动了外头，领班赶了过来，先骂了苗凤竹一顿，然后息事宁人地要给这闹事的客人换了一位小姐。猪鱼头偏不干，非吃死了苗凤竹不行。领班的就拉下脸，对苗凤竹说："你脑子灵活点好不好？别影响咱们九重仙宫的生意！"苗凤竹说："我脑子灵活了就到上面挣大钱去了！"领班说："不伺候好客人就卷铺盖走人！"猪鱼头更是有了底气，抱住苗凤竹乱啃，气得苗凤竹发疯般地又抓又踢。

正在这纷纷扰扰之际，一位高个子的英武小伙子进了314房，他揪住"猪鱼头"，把他往外推去。猪鱼头挣扎着，嚎着要找码头帮来跟他拼命。年轻人干脆拎起了他，一把扔在走廊上。猪鱼头摔痛了，仰头看着这一米八几的壮硕后生，又不知他什么来头，有点懵。年轻人冲着猪鱼头吼道："滚远点，这里可是正经的足浴正经的人，再胡来我可要报警了！"领班看着这位俊朗的熟客，赔着笑退了出去，顺手把门带上。也不知她在外面怎么哄的猪鱼头，走廊上竟然安静了。

年轻人是苗凤竹的熟客。他很帅，在苗凤竹有限的阅历中，好像没有谁比他更帅的了。他的身体还特别的棒，在当今众多的亚健康城市青年中，他的健壮就让他显得鹤立鸡群。

两年前的一个傍晚，他第一次跨进314房门时，样子很腼腆。苗凤竹以为他是来找风流的，就提醒说："先生，这里是单纯的足浴。"客人却用标准的普通话回答说："我找的就是单纯的足浴。"他没有打酒嗝，也没有剔牙齿，他谦谦君子的模样让苗凤竹感到格外舒服。

他问苗凤竹："你会修鸡眼吗？"

苗凤竹明白了，这是位鸡眼患者。苗凤竹听人说过，温江市从前有修鸡眼行当，后来因为收益不高，就逐渐消亡了。

苗凤竹家乡的一位堂叔长过鸡眼，婶婶给他挖钉子时，苗凤竹在旁打过几次下手，把那技法学个八九不离十了。进了九重仙宫后，也试着为客人挖过鸡眼，效果不错。于是她回答说："试试看吧。"

那客人脱了鞋袜。他的脚干干净净的，一点也不臭。鸡眼就长在左脚中趾根部。苗凤竹搬来足浴桶，放上热水，先把他的脚底泡软了，捞出来用一条大毛巾裹着，擦干，放在自己膝上；再拿出一把自备的小刀，仔细地削去厚厚的死皮，然后小心翼翼地把鸡眼钉子挖了出来。

正当她专心致志地工作时，客人的电话铃骤然响起。他打开他的苹果手机，一个女高音像一阵飓风般灌进了苗凤竹的耳膜：“死哪儿去了？到现在还不回家？”

用这种口气说话的，必定是他的老婆无疑了。他结婚了？老婆还那么凶？不知怎的，苗凤竹竟觉得有几分失落，几分难过。客人回答对方说：“我在九重仙宫挖鸡眼呢，你过来吗？”又听得那个女人说：“你想恶心死我啊？本小姐才不想去闻你们的臭脚丫味呢。”

过几天他又来了，他的左脚外侧又长了鸡眼。一个月后他又来了，因为鸡眼又长到右脚上了；苗凤竹就暗暗地喊他“鸡眼哥”。再后来他还自带来鸡眼膏，让苗凤竹涂在那个刚刚挖空的窟窿里。

有一回，苗凤竹花了三倍的时间，才把一个坚韧不拔的鸡眼给弄了出来。完事后她忍不住多说了一句：“你的皮鞋是不是太紧了？”“鸡眼哥”皱起了眉头，说：“谁说不是呢！”苗凤竹说：“换双宽松的啊，老这么着你的脚要弄坏的啊。”客人叹了口气说：“人家不让！说鞋子宽松了，脚就要长大，脚大了难看！”苗凤竹想，这个“人家”必定是那位女高音了。但是苗凤竹很是疑惑，老婆管钱、管房、管老公的花心，却从未听说要管脚的，管得男人尽长鸡眼她就舒坦了？

那一回，“鸡眼哥”取出一张九重仙宫的消费金卡，拍在苗凤竹的手心，说：“放你这里了，省得我带来带去的麻烦。”

可是他却把外衣落她这儿了，等她发现了追出去，他已经走远了。苗凤竹抓起那件质地很好的西装，啪的一声，一个钱夹子掉了出来。好奇心让她打开了这个钱夹子，她看到他的身份证和工作证，记住了“沈岭东”这个名字，还记住了他是本市最大、最有名的腾达房产公司的白领员工。

交还钱包之后，沈岭东来的次数就越发多了，长鸡眼来，不长鸡眼也来。苗凤竹善解人意地说：“你总是来，不心疼钱吗？”沈岭东说：“这种消费卡，我们老板整摞整摞的孝敬人，我拿两张算什么？”

不知从什么时候开始，苗凤竹见了他就心跳。但是她很有自知之明，明白自己是什么身份，也明白自己只属于高二晃，对这位帅哥并没有半点非分之想。

今年清明节前夕，洗完脚的沈岭东竟对苗凤竹说：“明天，你能陪我去西山走走吗？——我想家了。”苗凤竹纳闷了，他回老家，应该带上他的老婆呀，怎么会要一个足浴女作陪？又想，他的家在西山？莫非那是一个破败得不能见人的村庄？他的阔太太不愿去感受那份荒凉？

那天沈岭东的情绪有些沮丧，有些黯然，苗凤竹不忍了，于是就答应下来。第二天一早，她破天荒地向老板请了几个小时的假，反正上午的客人稀少，耽误不了多大生意。

坐在沈岭东的摩托车后面，走完市区长长的街道，就折向西边的一条马路，然后又拐进一条沙石小道。他们沿着逶迤的小道上山。山不算高，也不算太大，并没有废弃的村庄，却有一片非常豪华的墓葬群。沈岭东把摩托车停在路边，带着她走进了墓地。那些坟茔都相当有历史了，但因为当初建得讲究，如今看来仍然气派壮观。坟区里的香樟、柏树，浓荫如盖，坟区旁的山坡上，绿草成茵，繁花如锦。这里与其说是墓葬群，倒不如说是死去富豪们的别墅区。

每一座坟茔都有独立的围墙包着，围墙有尺多厚，后高前低，颇像老式沙发后面的大靠背和前面的大扶手。越到前面，“扶手”就越矮，“扶手”上既可坐人，也可以堆放东西。

每座墓前都蹲着两个“护院”的青石狮子。墓园三进三退，第一进像一个院子，方大平整，可供孩子们跳绳踢毽子翻跟头；二进像座小楼，或两间并立，或三四间相连，每间都有刻着死者姓名的青石墓碑镶嵌在墓砖里；墓后是一个较小的“后院”，因为有“小楼”遮挡，一些登山热了的女眷就躲在“后院”里脱换衣服。

每个坟墓上下至少有八对楹联，还有梅、兰、竹、菊和鲤鱼跳龙门等青石浮雕，十分豪华。一些扫墓人搬来折叠桌椅，撑开，摆上酒菜点上香烛，对着祖宗的寝陵叩头祭拜；烧完了可观的纸钱和纸糊的手机、电视机后，年轻的满山疯跑着趟溪水、采野花去了，年长的就把祭品移到一旁，在桌子上打起扑克、搓起麻将，待到踏青累了的孩子们回来，全家一起把酒肉海鲜和糕点吃到肚子里，然后收拾好桌椅回家。

有的坟墓并没有人祭扫，他们的子孙或许远在异国他乡，或许已经没有了。沈岭东带着苗凤竹，在那些荒坟上转悠着。苗凤竹已经明白沈岭东的“回老家”的意思。她不想这么消磨时间，她有些着急的问：“你祖宗先人的坟墓在哪里？”沈岭东苦笑着说：“我的祖宗先人？——他们哪有这般福气，他们被埋在家乡的土丘里了！”

苗凤竹这才知道，沈岭东也是外省人。那天沈岭东带着她，找到了一个杂草丛生的大墓，那坟墓显然很久没人照看了，墓体下陷，一条裂缝成了老鼠们恣意进出的快乐通道。

沈岭东踢着坟上的枯枝败叶，一块庄严的墓碑显露出来。上面刻着：郑公光耀。然后自左向右依次排序的是：元配叶氏、继室陈氏、妾柳氏。沈岭东说：“就在这里了。”苗凤竹茫然了，问：“什么就在这里了？”沈岭东说：“我曾经的家。”苗凤竹诧异地睁大了眼睛，她根本不懂，沈岭东的家怎么“曾在这里”？难道说沈岭东一家活人曾和死人同住在这个墓地里？

沈岭东遥望着远处，目光涣散，远处有杂乱无序的老城建筑，有码头和码头外面的灰色海洋。沈岭东缓缓地说：“小学毕业那个暑假，我和妹妹坐了两天两夜的车子，到温江市来了，我们的爹妈在这个城市打工，四年未曾回家，我们想他们都想疯了。

“爹用一辆破自行车从车站接了我们，嘎吱嘎吱地到了这个山脚下。上山了，爹骑不动了，我们就下了车。爹推着自行车在前面走，我们颠儿颠儿地在后面跟，转啊转的，不多会儿就转到了这片墓地里。我那患风湿病的娘从一大堆垃圾后面探出身来，又哭又笑地喊我们，如果不是那熟悉的声音，我们已认不出娘了，她佝偻着个腰，驼着个背，瘦骨伶仃的像一个墓地里的幽灵……”

沈岭东折了两根枫树枝，递了根给苗凤竹说：“咱们给郑光耀老爷和他的女人们扫扫墓吧，感谢他多年来免费提供我家这么个住处……”

两人忙了一阵，把墓地打扫得干干净净。沈岭东回到他的摩托车旁，从后备箱里取出了香烛冥币堆放在墓前，点着。看香烟袅袅，那袅袅的青烟又被风撕破，然后消失得无影无踪。

沈岭东在坟墙“扶手”上坐了下来，同时示意苗凤竹也坐下。苗凤竹有些忐忑，可又担心自己的违拗会触痛沈岭东，只得乖乖地挨着他坐下了。

坟旁的野草摇曳着，烛火一跳一跳的，仿佛随时都会熄灭。沈岭东继续说：“那些年，我爹妈在这个城里，靠捡垃圾卖钱。他们和另一些垃圾虫们，用破油毛毡、破塑料布，在坟头上搭了个“家”。我们第一晚睡在这“家”里，听松风呜咽，听怪鸟长鸣，听昆虫唧唧……”

苗凤竹叹了口气，说：“你爹娘为多攒几个钱供你们兄妹读书，连最廉价的屋子都舍不得租！”沈岭东说：“是，但也不完全是。你想想，哪个房东愿意把屋子租给垃圾虫，从而把房子也变成垃圾场呢？”

“只有这些不会开口的墓主愿意！”沈岭东说。苗凤竹的心痛了一下。她想，都以为自己家乡穷，想不到还有比她们更穷的。受了潮的纸钱烧得压抑，她捡起一根小树枝扒拉着，蜡炬却在风的鼓舞下，红泪飞坠。沈岭东一把搂过苗凤竹，把她的脑袋按在自己胸前。他哭了，大滴大滴的泪水砸在苗凤竹的头上。苗凤竹的心突突地跳着，推开他不是，任他抱着更不是。一种被信任的感觉却油然而生，于是她像羊羔般偎在他怀里一动不动。然后，慢慢地抽出一只手，在沈岭东背上轻轻地拍了几下。

她终于把身子抽了出来，问：“现在在哪里呢，我说的是你爹娘？”沈岭东说：“回家了。”苗凤竹吁了口气，说：“无论外面的世界多么精彩，多么富有，可家总归是最温暖的啊。”

苗凤竹想起那个在电话里颐指气使的女人，她觉得沈岭东今天的异常举动和那个女人有关。她还觉得，人和人之间是有屏障的，甚至是有天堑的，有的天堑就是神仙也无法逾越。但是她并不知道沈岭东更多的情况。她在静静地等待下文。可是沈岭东站了起来，踩灭了冥币和香烛的余烬，又捡起掉她肩上的一丝草屑，说：“我们回去吧。”

回来的路上，沈岭东没再说过一句话。

有些话，不是对谁都可以说的，有些话，是永远难以启齿的，对于苗凤竹这个善解人意的姑娘也一样。

沈岭东上大四时，父母就离开温江市回到了家乡。回家的原因既不是母亲的身体坚持不了——她们那辈人的坚忍总是让人难以想象，也不是因为他们厌弃了垃圾生涯——垃圾虽脏，但能供两个孩子好好上学，父母回家的原因一般人猜测不到。那是一位好心又好事的记者，这位记者在踏春时发现了墓群中的居民，大惊小怪的又是拍照又是不厌其烦地问来问去。于是，垃圾虫们的生活被搬上了媒体。温江市有关部门觉得这个群体有损他们的城市形象，几个气势汹汹的人冲到山上，把他们的窝棚捣毁，强迫他们将垃圾搬离，于是，这些特殊人群只得离开这个特殊的窝儿，无可奈何地各走天涯了。

幸亏沈岭东已经毕业实习了。他在电话里对哭歪歪的父母说：“不怕，我马上要分配工作了，我来养活你们和妹妹！”

拿到了毕业证书后，沈岭东到处找工作。他一开始就报考了公务员。可通往公务员的独木桥太窄了，他冲锋陷阵了几次，回回都挤得头破血流败下阵来。然后他又南下到珠海深圳，奔那些大型外企去。岂知到了南方，才懂得什么叫“人满为患”，什么叫工资奇低。他不甘心也不死心，于是不住地跳槽，却越跳越糟，最后弄得连养活自己都困难了。想起正在上大一的妹妹，想到母亲弯曲成鸡爪子似的双手，他要崩溃了。

一个炎热的午后，喝了几杯酒的他踉踉跄跄地到酒吧东侧的草地上去呕吐，痛苦使他拿脑袋去撞酒吧的外墙，撞得满眼金星乱飞。在他躺在地上喘息的时候，天上的云彩却忽然变幻出那些久违了的、阔绰的墓葬群的模样。他想起温江籍的一位外号“老猫”的同学，就给他打了个电话。老猫听说了他的窘况，说：“活人还能叫尿憋死？到温江来吧，这里的房产公司如雨后春笋，安排几个大学生应该没问题。”于是他冒着炎炎赤日，奔这个十几年前待过一个暑假的城市来了，并顺利地进入腾达房产公司。

没多久，他在腾达公司站稳了脚跟，并升任了信息部主任。他的升迁跟一个叫吴娜娜的女孩有关。到腾达公司的第一天，沈岭东的口袋里只剩下23块钱。午饭时分，他在盘算着应该和同事们一起去喂肚子，还是该留在办公室里享受空调？他最后做出的决断是，留在办公室里眯会儿，把中饭和晚饭合并起来享受比较科学。

正想着，一位穿着太阳裙的女孩经过他办公室门口。她“喂”了一声，说：“新来的，怎么不吃饭啊？”沈岭东的脸倏地红了，说不清是因为囊中羞涩，还是因为这女孩长得太抢眼了？

女孩的作派像走惯T台的模特。她昂着头，迈着猫步，款款地进了他的办公室。沈岭东礼貌地站了起来。女孩伸出一条保养得很好的玉臂，说：“认识一下，本姑娘叫吴娜娜。”他慌忙伸出手，和女孩那涂成紫罗兰色的指甲碰了碰。吴娜娜两个大大的耳环活泼泼地摆动，好闻的香水味儿让他本能地向后闪了闪。女孩修得细细的眉毛吊了起来，说：“躲什么躲，难道我不够可爱吗？”

沈岭东虽然穷，但因为长得帅，向他示好的女孩也不少。吴娜娜的五官不算难看，一米七几的身材，天鹅般修长的脖子，尤其是那双咄咄逼人的眼睛，让他心慌。吴娜娜又把手掌平举过头顶，在自己和沈岭东之间比划了一下，问：“有一米八三吗？”沈岭东点了点头。吴娜娜夸张地一声叹息，说：“这世上，高个子的男孩比大熊猫都稀罕了！”接着又问了他的手机号，然后娇憨地摆了摆手，说了声拜拜，一转身消失在办公室门外。

那天傍晚，沈岭东就收到了吴娜娜的短信：今晚六点，到两岸咖啡222包房吃饭。

刚上班第一天，就有女孩子约吃饭，这让沈岭东觉得几分兴奋，几分不安。所谓人穷志短，他再看了看短信，吴娜娜可没说谁请谁啊。如果她习惯于别人请她，双手空空的他将如何应对？正想着，第二条短信又来了：别跟我说没空，本小姐请客，没人敢拒绝的！

他的脸有些发烫，为自己的小家子气，也为第一次见面不是他请女孩反让女孩请他。但是他还是决定赴约。可是两岸咖啡在哪里？又不好意思直接问吴娜娜。下班后出了公司的门，他就向一位候客的出租车司机打听，司机殷勤地指了个方向说，不远，起步价就到。他捏了捏口袋里的23块钱，对司机摆了摆手，然后迈开长腿，快步流星地奔目的地去了。

在那间装修得十分浪漫的包厢里，他生平第一次尝到了鱼翅和花螺。吴娜娜在殷勤地给他夹菜的同时，还告诉他，自己是腾达公司的售楼部经理，而她的老爸就是公司的董事长吴腾达。

天哪，不费吹灰之力，他就入了董事长千金的青眼！那以后，吴娜娜就对他展开了猛烈的爱情攻势。沈岭东不知是祸是福，畏葸得很，但他明确地告诉吴娜娜说，自己是个穷光蛋。吴娜娜倒是爽快，她说："我什么都不缺，缺的就是一个带得出去的男生！"沈岭东说："比我优秀的男生多得是啊，为什么要找穷光蛋呢？"吴娜娜说："优秀的男人都是别人的老公！剩下的呢，不是啤酒肚就是克隆的武大郎，本小姐如何忍受得了！"

沈岭东去找老猫商量。老猫打了他一拳，说："你这小子好福气啊，财来运来老婆带胎来！"沈岭东警惕起来，问："什么叫老婆带胎来？"老猫连连打自己的嘴巴，说："温江的俗语，用在你身上并不合适。总而言之言而总之你小子是桃花运和财运结伴找你来了！"沈岭东说："我身无分文，她这个白富美会真的看上我？"老猫涎着脸说："不敢要？要不，你把她让给我？"沈岭东打了老猫一拳，说："那么，我就和她处着试试？"

懵懵然的，沈岭东都还没弄清楚是怎么回事，就被吴娜娜牵着，走进了婚姻殿堂。

警车呼啸着，停在了九重仙宫的门口。

几名警察上了电梯，跑步进入肇事的314房间。他们看到地上水波横流——慌乱的苗凤竹把足浴桶打翻了，屋里却空无一人。一名警察大喊："目击证人，有目击证人吗？"足浴女们聚集在走廊里，集体噤声。只有三楼的领班上前，语无伦次地解释着什么。

警察们下了楼，在九重仙宫的围墙内绕了半圈，来到出事地点。半明半暗的灯光下，躺着一长一短的两个身影。长的那个上身光裸，下面只穿了条三角裤衩。他摊着双手，脑袋下是一摊酽酽的红色液体，这红色液体还在缓缓地向外扩展。他就那么躺着，声息全无；短的那一个衣着厚实，神志却是清醒的，他像离了水的鱼儿一样大口大口地喘气，正在挣扎着想坐起来，试图逃离那个尴尬的境地。

看着这两个呈45度夹角躺着的年轻男子，苗凤竹身心俱焚，脑袋一片空白。警察对着她呵问："他们是谁？"苗凤竹只是牙齿打架，什么也说不出来。领班来了，她手中的电筒晃着那个肌肉结实而光裸上身的身影说："他是老顾客，好像姓沈。"警察又指着那个短的身体问："他呢？"领班又用手电筒晃了晃，说："不知道，从来没见过。"警察问苗凤竹："他是谁？"苗凤竹总算挤出几个字来，说："高、高二晃，我，我男朋友。"警察又问："你男朋友和你的嫖客大打出手了？"苗凤竹答："不，不是……"警察又问："那怎么会一块儿坠地呢？"苗凤竹哇地一声哭了出来，上气不接下气地说："我，我也不知道哇！"

高二晃顽强地要坐起来，苗凤竹像寒风中的苦竹那么哆嗦着，想去搀扶一把。警察对她做了个制止的手势，说："保护现场！"一位警花手拿相机，换着角度不停地拍照，仿佛这个境况有多么美妙似的。高二晃只得孤军奋战，他咬紧牙关，双肘着地，背对着墙根向后挪动，然后又将手掌反撑在墙脚，慢慢地撑起半个身子，他的背和头都挤挨在墙上，算是勉强坐住了。

一辆救护车凄厉地叫着，停在了九重仙宫门口，两副空空的担架匆匆地抬到了后院。一位白大褂指了指高二晃，对抬担架的说："放到担架上去。"又看了看躺在血泊中的沈岭东，试了试鼻息和脉搏，摇了摇头，也吩咐抬到担架上。

苗凤竹想跟救护车走，可是双脚哆嗦得太厉害了，迈不动步。一位警花拽住了她的一条胳膊，说："你，跟我们到刑警队走一趟。"

沈岭东在担架上摇晃着，他的感觉是在飞翔。可翅膀是多么的沉重啊，所以他飞得很慢，飞得很低。他紧缩着双腿，担心长着鸡眼的脚板会碰着地上的荆棘丛，那可是很疼很疼的啊。他像一个微微漏气的气球，慢悠悠地从绿油油的苜蓿地上飘过，从金灿灿的油菜花上晃过，他看到植物的汁液在茎叶里汹涌澎湃，似乎想突奔出去。沈岭东觉得自己滚热的汁液，也在身体里汹涌澎湃，渐渐地从缺口里流失殆尽。失重的他飞着，时快，时慢，时而凝住不动，时而又决心前进。他终于飘到一片熟悉的墓群上面，他看见星星点点的鬼火在闪烁，在欢呼，似乎在欢迎他的到来。沈岭东选择了那个熟悉的坟头，降落，他的脚先在坟墓沙发状的扶手墙上碰了一下，然后落到小时候翻过跟斗的坟地上。

终于可以舒口气了。他仰面朝天躺下，舒展开手脚。这里很幽静，很偏僻，吴娜娜不会找到这里，“猪鱼头”也不会找到这里，他终于可以美美地睡一觉了。

他已经多久没睡过安稳觉了？在他的记忆里，吴娜娜从来不让他好好睡觉。她爱折腾，一开始，沈岭东对她的折腾充满了好奇和兴趣，可渐渐地，就有点招架不住了。吴娜娜精力太过旺盛，她追求“性福”的热情让他觉得惶恐。她不断地翻新着花样，不折腾个你死我活决不罢休。沈岭东又不想让吴娜娜扫兴，更不愿让她骂他无能，所以就有点疲于应付。吴娜娜曾对他说，“本姑娘这亿万富姐的身份，这惹人喷血的身段，追我的人可装得一艘航空母舰了，让你一个赤手空拳的家伙得到了，占有了，你感恩吧。”吴娜娜常常拍着他身上的键子肉，拍得重而响亮，她眼里燃烧的荧荧绿光，常常让沈岭东忍不住要打冷战。

吴娜娜其实不坏。她秉性直率，敢爱敢恨。她喜欢沈岭东，喜欢到骨头缝里去了。他们俩交往的过程中，她从不玩小女人把戏，不哭不闹也没有设置些小阴谋来不断地考验他。总之，和吴娜娜交往不累。工作上，吴娜娜更有一套。达腾房产的几块好地皮，全是娜娜出面拿到的。地球人都知道，地皮的地理位置、朝向、风水好坏就是房产的命脉。在今年全国房地产低迷的状况下，腾达的楼盘却照样卖得红红火火。吴腾达在女儿的生日宴会上举着酒杯，对所有的客人说：“为娜娜干杯吧，娜娜真是个聚宝盆！腾达公司一半的业绩是她创造的！”

吴娜娜唯一的毛病是太强势太任性了些，吴腾达惯出来的独生女儿强势任性是必然的，问题是，她从来不懂得顾忌别人的感受，也从来不考虑人前人后给沈岭东留一点点面子。

多年前，吴腾达夫妇是想在政府要害部门找个乘龙快婿的，不少前途看好的公务员也十分乐意有个亿万富翁的泰山，吴董事长甚至看好市城建局的一位年轻的姓倪的博士生副局长了。

那一次见面安排在一家茶室里，吴娜娜穿了条雪白的吊带裙，炎夏里，女孩穿吊带裙不稀奇，问题是她把裙摆弄得像个刚刚出浴的天鹅一般，屁股都露出半截了，配上她优美的长颈和一双格外修长的美腿，另类得叫人喷鼻血。在温江市，只有吴娜娜敢这么穿，也只有吴娜娜配这么穿！

她昂着闪闪发亮的脑门，走进了那间雅座，让等候她的倪副局长错愕地掉了下巴，半天也没能收回去。吴娜娜却视而不见，她一脸天真地对倪副局长说："你，站起来让我瞧瞧！"倪副局长不知她要什么花招，兴奋地说："美女要我站起来我就站起来！让我飞起来也行！"哪知吴娜娜平伸出手掌，在倪副局长吹得蓬松、打着发胶的头发上一碰，立即又拉回到自己染成亚麻色美发的头顶上，说："你好像还没我高吧?"然后她的目光落在对方的肚子上，嗨了一声，说："倪局真是"前途（肚）远（圆）大"呀!"（温江方言"肚""途"同音）倪副局长工作雷厉风行，可在吴娜娜面前却有些举止失措。吴娜娜继续说："看你这一身黑西服，活脱脱就是只企鹅嘛！"弄得倪副局长尴尬不已。这还不算，吴娜娜继续着自己的相亲独白："可我偏偏像只天鹅，企鹅和天鹅虽然只差一个字，可是这两只品种不同的鹅怎么能走到一起，又怎么能'飞'得出去?"

倪副局长终于忍无可忍，他骂了声"什么东西"，拔腿就跑了。

为了安抚这位被奚落的副局长，吴腾达特地安排他们全家到美国旅游了一次作为谢罪。

眼看女儿的岁数越拖越大，吴腾达心里那个急啊，他把他的房地产事业都让位给了"找女婿事业"，门当户对的男生张罗了几大箩筐，吴娜娜则是相一个吹一个，不是说癞蛤蟆想吃天鹅肉，就是骂天下的高个子帅男都死光了。弄得老爸大人头疼不已。东方红，太阳升，温江来了个沈岭东。第一眼见到这位大帅哥，吴娜娜双眼倏地一亮，直觉得是老天爷给她送最最好的礼物来了。通过几次接触，娜娜发现沈岭东不仅高帅，学问和球艺也都不低。于是就对父亲说："你们别瞎忙乎了，沈岭东是你女婿的唯一人选。"可吴腾达夫妇对这个穷打工仔嗤之以鼻。老吴说："一个外地人，不知根不知底的，万一是个骗子，我倒是人财两空了。"娜娜说："他能骗我？我把他给卖了让他来帮我数钱还差不多！"老吴老婆说："卖他能值几个钱？日后他天天变着法子跟你要钱！"娜娜说："那要看本小姐高不高兴。"吴董事长说："再跑来一大帮穷亲戚穷朋友，都是要冲你揩点便宜的，弄得你满屋子臭脚丫味！"娜娜烦了，一边尖叫一边顿足，说："你们也太低估你女儿的智商了！"

吴董事长两口子拗不过宝贝女儿，只得说："娜娜你别急，要不你先和这个沈岭东处个一年半载，看看他是不是适合你。"吴小姐说："老爸老妈你们老糊涂了，你知不知道现今剩女泛滥成灾，而男孩全成了抢不到手的香饽饽！——一年半载？沈岭东早被别人抢跑了！"

吴娜娜是真心真意的喜欢沈岭东，自从有了沈岭东后，她几乎和以前所有的男友们都断了联系，只一味地黏着小沈。她的宝马车也成了沈岭东的专座，她则成了沈岭东的专职司机。吴娜娜发誓，两个月把沈岭东搞定，下季度就把他"娶"回家。

沈岭东却被吴娜娜的火辣给吓着了，那么有钱有势的女孩，日后能好好相处吗？男人一般都不喜欢太强势的女人，沈岭东心目中的爱人应该是温柔的，小鸟依人的，甚至可以是傻傻的。可是吴娜娜太厉害太叱咤风云了，她进攻的炮火猛烈无比，轰得他无路可逃。

可是他真的能拒绝娜娜吗？赤贫的乡村，病贫交迫的家庭，供出一个大学生谈何容易！有一个成语叫"含辛茹苦"，可这个成语用在他爹妈身上，着实是太轻描淡写太不够分量了。风湿病让母亲的身体变得畸形，上大学的妹妹正需要花钱，想起老爸身上永远也洗不掉的垃圾气味，他会沉重得喘不过气来。

把儿子培养到大学毕业，父母总以为大功告成了，人前背后脸上有了光彩，母亲的腰也似乎挺直了些。沈岭东在深圳打工的那些日子里，父母亲老打电话，追问他找到了对象没有，说找到了就赶快结婚，生个大胖孙子，他们就过去帮他带，三代人从此可以和和美美、团团圆圆了。

老爸老妈太天真，以为大学毕业就成了城里人，就可以轻轻松松地端上金饭碗。就业太难，一个穷光蛋找老婆更是难上加难。现在的女孩都很现实，房子、车子、票子，一样都不能少。从这点来讲，吴娜娜真是可敬可佩，她不但不要他半分钱，还时不时地往他身上贴钱。可要命的是他感觉这样的爱情很虚幻，虚幻得像美丽的海市蜃楼，他怎么也走不进去！

当吴娜娜第一次挽着他，踩着她家弹性十足的玛尼拉草坪，再踩着提花的新疆羊毛地毯，把他领进她那富丽堂皇的卧室时，他恍恍惚惚地像是在做梦。

他们俩终于滚到了床上。事后，吴娜娜坦率地告诉沈岭东说："我不是第一次，你不介意吧？"

对于吴娜娜是不是处女，沈岭东倒不是太在乎。读大学时，偷吃禁果是很寻常的事，不少同学都成双结对地在外面租房同居了，沈岭东自己也和一位女生幽会过，他又有什么理由来要求在商场打拼多年的吴娜娜守身如玉？

吴娜娜说沈岭东哪儿都好，就是有点土气。沈岭东立即检讨说："我本来就是农村来的，泥腿子还没洗干净。"吴娜娜说："我要让你脱胎换骨，把你打造成一个贵族。"沈岭东想，贵族是那么容易打造的？你们家也就是有钱，离贵族可还差十万八千里！可是他不说出来，他明白在这样的家庭里他没有多少话语权。然后吴娜娜要他上哪儿，他就乖乖地上哪儿，要他干什么，他就乖乖地干什么。娜娜把他从头到脚、从里到外全换成名牌，沈岭东只当自己是个称职的衣服架子就行了。试衣的时候，几乎所有的人都对沈岭东投以惊艳的目光，这让吴娜娜的虚荣心得到了极大的满足。

试皮鞋的时候，他们俩产生了分歧。沈岭东嫌鞋子卡脚，要换大一码的，吴娜娜说他哪儿都好，唯独脚板太宽，想必是小时候总打赤脚的缘故，说必须要约束，否则还会往大里长。沈岭东说："我都多大岁数了，这脚还能长？”吴娜娜说：“你不约束它，到五十岁还要长！”那售鞋小姐瞄了眼沈岭东，说：“先生有二十七八了吧？这脚肯定是不会长了！——”又转脸对吴娜娜说：“皮鞋可不能紧，紧了脚会受伤的。”吴娜娜瞪了眼那女孩，抢白说：“谁要你多嘴来着？一双狐媚子眼睛净往人家老公身上勾！”气得售鞋小姐脸都白了。最后沈岭东还是屈服于吴小姐，拿了两双比平日小一码的皮鞋。

婚后，沈岭东理所当然地搬进吴腾达的别墅里去了。吴家有一位温州厨师——他们全家都喜欢温州菜；还有花匠、保姆和专职清洁工，沈岭东过上了乘龙快婿的好日子。吴娜娜待他不错，老公长老公短地喊得甜腻。可没几天，娜娜的小姐脾气也暴露无余。她颐指气使惯了，对沈岭东也不例外。比如一家人围坐吃饭时，她会突然把筷子一撂，喊：“沈岭东，别像狗一样啃肉骨头了！难道我们家的山珍海味还不够你吃的？”

沈岭东酷爱骨头边的筋筋巴巴，他宁可不吃成块成块的瘦肉，也不想放弃肉骨头。在吴娜娜的严密监视下，沈岭东依依不舍地把肉骨头放下，然后找机会到外面的小摊上买一堆肉骨头过瘾。

吴娜娜因为喜欢沈岭东，就希望他无时无刻都待在她身边，只要沈岭东一离开她的视线范围，她就一个电话接一个电话地催问。有一次沈岭东被派往省城学习，半夜三更，吴娜娜就把电话打进宾馆来了，吵得同房间的人不得安生。知道他们底细的小伙伴们就笑，他们把吴经理的电话叫做“检查工作”。只要沈岭东的手机铃声响起，他们就说咱们的吴经理“检查工作”来了。这让沈岭东的自尊心很是受伤。

沈岭东受囿的双脚终于长鸡眼了。鸡眼不算正经的病，但像一枚钉子一样楔在脚底，让他举步维艰。沈岭东去医院，医院说鸡眼不归他们管，应该找修脚师傅。沈岭东找修脚师傅，却被告知现今的人极少得鸡眼的，从前的鸡眼师傅也改行干别的去了。最后，有人提醒他到九重仙宫试试，说那里有一位会修鸡眼的足浴小姐。他就这样认识了苗凤竹。初见苗凤竹，这个温柔沉静、举止得体的女孩竟让他有了他乡遇故知的感觉，仿佛苗凤竹就是他们村里的一位邻居，一位姐妹，一个曾经一起在墓群里上窜下跳的伙伴。

吴娜娜不到九重仙宫来，首先是她特别恶心洗脚味儿，其次是她早已勘察好了，九重仙宫只有 314 会修鸡眼，而 314 是个正经足浴女，她相貌平平素面朝天，身上没有劣质香水味只有淡淡的中药味儿，这样的人不会有野心有花心。吴娜娜打拼房产业十余年，阅人多矣，她的火眼金睛看清了苗凤竹是个死心塌地、卖力卖艺不卖身的主儿。

她再也想不到，沈岭东偏偏出事在这个足浴女的房间里！

听到高二晃摔伤的消息，穷兄弟们都不敢相信。他们跑到医院，但是重症监护病房不允许探视，灰扑扑的他们只能灰溜溜地堵在走廊里，遭受往来人们的白眼。

他们七嘴八舌的，说高二晃在二三十层楼的脚手架上如何轻松淡定，同村的人则说他怎么爬上陡峭的百丈崖，和凶恶的老鹰打架，并把它们的蛋抢到手里。“他比猴子还机灵啊，他怎么可能从三楼水管上掉下来摔得这么惨呢？”

高二晃的意识非常清醒。只是腰部以下没有知觉了。医生拿着一枚锥子大的针头，狠狠地扎他的肚皮，扎他的大腿，扎他的腿肚子和脚背，他平静地躺着，仿佛扎的是跟他毫不相干的棉花堆。医生摇着脑袋，嘀咕说：“你这个倒霉蛋，恐怕下辈子都站不起来了！”

高二晃认为，医生就会吓唬人，他小时候得了回肺炎，医生就说他要死，害得他娘哭得死去活来，可后来还不是活得好好的？他甚至还没心没肺地朝这位医生笑笑说：“站不起来？不可能！说不定过个一年半载，我又能爬竹竿翻墙了。”

一年三百六十天，高二晃天天都想苗凤竹，他常常哼着那几句永远也哼不全的歌：“我想你想你想得昏天黑地！”可是苗凤竹像嫦娥一样被锁在广寒宫里，想亲近一回谈何容易？

腊月十五这个夜里，他非去找苗凤竹不行了。一是解释他在码头“五找二五找三”的原因，二是告诉她一个他守候了一冬的秘密和一个惊喜。

事情的起因跟苗凤竹的堂姐有关。在一个黄叶纷飞的傍晚，下班的堂姐刚好遇上下班的高二晃。堂姐对苗凤竹这位男友并不看好，她觉得苗凤竹嫁高二晃是亏大了。“粥家嫁饭家”，“糠箩跳米箩”，这是女孩嫁人的千古规律。可高二晃家有什么呀！所以堂姐见了高二晃劈头就问：“春节结婚啊？”高二晃说：“是，正月初二，到时候请姐过来喝喜酒，姐可一定要来的啊。”堂姐说：“别姐长姐短地卖弄嘴甜，你给咱妹子拿出点干货来！”高二晃傻傻地问：“什么干货？”堂姐来气了，嚷嚷道：“高二晃你臊不臊啊，一辈子结一回婚，咱凤竹又是千里挑一的好女孩，你双手空空的好意思吗？——吃软饭也不是这样吃的！”

高二晃虽然头脑简单，但堂姐的态度无疑是有杀伤力的。他灰溜溜地走了，想了一晚，他下定决心要置办一件重要东西，他应该、也必须送苗凤竹一件像样的礼物。

高二晃跟许多打工仔一样，在这个繁华的城市中常常感到落寞。他们想家想女人时，网吧的灯光就会热情地招呼他们。上网并不难，穷打工的也不笨，一般都能很快掌握。进入了虚拟世界，高二晃和素昧平生的人胡吹海聊，每当视频里出现一张张陌生面孔时，他就想，要是能看到苗凤竹多好！苗凤竹也和他说过，她们九重仙宫有无线网线，顾客们常抱着手提电脑来，一边洗脚一边和外面的人聊天。有一次苗凤竹还说，一位年近六旬的客人特别爱显摆，他把山里的树啊草啊岩石山洞都拍了照，通通放在电脑里，洗脚时一张一张地拉出来炫耀，还不住地问苗凤竹见没见过这样的景色。苗凤竹对高二晃说：“我们苦竹崖的竹子比什么都好看，你横向跳竿的样子更绝，如果能放进网上，该多好啊。”高二晃就想，如果苗凤竹也有一台手提电脑，那他们也可以把苦竹崖的风景和他们俩的活动照片也放进去，那他们不是每晚都可以互相“见面”了吗？

听说，好的手机也能上网。可在高二晃看来，手机毕竟是小儿科，图像那么小，眼神不济的看也看不清，远不如膝上放一台笔记本电脑来得有范，来得有派。试想他们结婚那天，新娘抱一台手提电脑进入高家的柴门，那是多么的时尚，多么的气派啊。所以，高二晃决定赚一笔钱，给苗凤竹送上他认为最理想、最高档的礼物。

可是，他基本上是个“月光族”，他到哪儿能弄到额外的钱呢？

人一旦有了目标，就能找到挺进到目标的途径。初冬的一个傍晚，他们一帮穷哥们在码头的一家排挡打牙祭——那儿的小海鲜比市内的便宜多了。码头小街是二十世纪七十年代的灰色建筑，都是旧旧窄窄的、像火柴壳叠起般的四层楼房，下面开店，上面住人。

饭后，高二晃他们正待回家，却发现一个胖胖的女人在路灯下向他们招手。穷哥们嘻闹着，互相推搡着说：“喊你呢，赶快‘五找二五找三’去吧。”那女人显然听见了，她快步走到他们面前，拿手指着他们说：“去你妈的五找二五找三！这条破街的名声都被你们和那帮破鞋给搞臭了！”接着又吆喝着说，“谁会擦玻璃？一到四层楼的玻璃都擦，擦一扇大窗子给五块！”高二晃怔了一下，立马想到这活儿非他莫属，就赶紧回答说：“我会，我给你擦！”

擦玻璃不算技术活，只要愿意拿起抹布的人都会，难以对付的是玻璃窗的外面，想要把外面的角角落落弄干净，就需要把整个身体悬在毫无防范的空中。沾满清洁剂的双手又很容易打滑，西北风更让人身手发僵，所以擦玻璃是高危行业，能胜任的人极少。

胖女人领着高二晃回家，一边絮絮叨叨地说：“老公去年车祸伤了腿，我要守着他没法出去打工，亏得公公留下这四层旧楼，上面两层我们和儿子住，楼下的两层出租弄点租金，不然全家都要喝西北风了！”

高二晃打了桶水，放进肥皂粉搅了搅，就干起来了。胖女人再三叮嘱说：“你小心着，出了事我们可负责不起，去年这条街的东头就摔死过一个擦玻璃的！”

高二晃吓了一跳，心想这女人真够乌鸦嘴的。碎嘴女人继续唠叨着：市里面有专职的玻璃清洁工，他们有专业的升降机，坐在里面安全多了。可他们服务在高档住宅区，对码头旧楼不屑一顾。女人忿忿地说：“连这也要看人下菜碟！富人的玻璃要清爽，咱穷人的玻璃难道不要明净透亮？”

高二晃觉得这女人虽然嘴碎，可最后两句话倒说得蛮对劲的。

高二晃干得很卖力，一个晚上，就把这间楼房上下前后的玻璃擦得一尘不染。当他第二晚又来到这条小街时，请他打工的人就过来不少，站街女更是一把拽了他就走。高二晃在去她们的出租屋时把胖女人的话偷偷篡改了一下：“良家妇女的玻璃要清爽，咱卖笑女子的玻璃难道不要明净透亮吗？”想着想着他就笑。只是站街女讨价还价惯了，每每拉住高二晃，总要五找二五找三地纠缠一番。

赚了码头贫民的钱，高二晃又走进一些高档住宅区，他要的价比那些坐在升降机里的人便宜多了，所以生意不错。这个冬天，不管白天有多累，晚上他总是将自己像蜘蛛般悬在萧瑟的寒风里。他不告诉苗凤竹这个秘密，是担心苗凤竹担惊受怕，悬在无依无傍、光溜溜的玻璃窗外，确实比站在建筑工地的脚手架上危险百倍！

一冬的冒险忙碌，高二晃赚足了一台电脑的钱。腊月十五的傍晚，高二晃跑到电器商场，终于抱回了一台他心仪已久的手提电脑。出了那大厦的门，他抬眼就看到饱满的月亮正在冉冉升起，他心中的幸福感也随着那一轮明月冉冉地升上了这个城市并不明净的天空。

这个夜晚，他徘徊在九重仙宫后墙外面，盼望着 314 的灯光熄灭。他急不可耐地、一次又一次地给苗凤竹发短信，苗凤竹却没理他。苗凤竹深深地误会他了，以为他真的去找码头的烂女人去了。他爬上了后窗的排水管，窗帘太厚，除了一片粉红，他看不见屋里的一点动静。天那么冷，悬在高高的水管上滋味实在太糟，尤其是光光的双手，冻得都要粘在水管上了。于是他又下来，过了一会儿，他又忍不住地上去。那个晚上，他已经上下三次了。就在他第四次上去时，314 房的窗户毫无征兆地打开，一个身体砸了下来，他僵硬的双手再也抓不住保命的水管，两个倒霉的身体叠加在一起，重重地摔在地上……

沈岭东在晃悠着。他不知道此刻的自己是在担架上，还是在吴娜娜的肚皮上。

吴娜娜对性爱的追求是无穷无尽的。她曾经咄咄逼人问他：“我追求性福有错吗？我跟老公要求爱爱有错吗？”这让沈岭东无言以对。有几次，沈岭东觉得自己像拉了一辆满载货物的板车在爬一个陡坡，越往上，板车越重，脚下也越沉，他拉得大汗淋漓筋疲力尽，人都要虚脱了。可是他不能歇下，因为一歇下，吴娜娜就会大发雷霆，那情那景就像板车卷着他一起骨碌碌地滚下坡去，后果不堪设想。

有一晚他特别累，早早躺下睡了。半夜里，他被吴娜娜的梦呓弄醒。起初，他听不清她嘀咕什么，也不想听她嘀咕什么，只觉得她急急地，好像在呼唤一个人的名字。沈岭东太困了，他不想去研究无聊的梦呓。过了一阵子，他又听到了她的喊叫，这一下，沈岭东清楚地听到“马大壮”三个字，吴娜娜喊得很激动，很忘情，那绝对不是工作上、日常生活里的呼叫，那分明是……是在叫床！她为一个叫马大壮的人叫床！沈岭东的心像被狠狠地戳了一刀。

第二天，沈岭东赌气嚼了两块隔夜的年糕头，便觉得那年糕头硬硬地梗在胃里，横竖不舒服。他又喝了一瓶冰凉的矿泉水，心也随之变得冰冷冰冷。和吴娜娜一起到腾达公司的路上，他终于鼓起勇气，问吴娜娜说：“马大壮是谁？”吴娜娜怔了一下，却说，“你身子有点亏了，回头叫温州厨师把海狗和人参一并炖了补补。”沈岭东说：“别打岔，告诉我马大壮是谁？”吴娜娜双手把着方向盘，目不斜视地反问道：“你在查我的私生活？”沈岭东拽住她一只手，执拗地问：“马大壮是谁？”车子一偏，差点撞上对面的一辆出租车，出租车司机伸出脑袋，骂道：“找死啊？你们不想活我还得赚钱养老婆儿子呢！”吴娜娜气急败坏地冲沈岭东嚷嚷道：“拽什么拽，想撞死我啊！”过了一会儿，吴娜娜安静了下来，反问道：“谁告诉你马大壮的？”沈岭东说：“谁也没告诉，你自己梦中喊的。”吴娜娜笑了，说：“瞧你这小心眼，他就是我过去一男友呗。”沈岭东问：“你们……那方面很得意？”吴娜娜爽快地答：“当然。”

沈岭东的自尊心大大地伤着了，他直冲冲地责问老婆道：“那你为什么要找我？为什么不和他走到一起？”吴娜娜说：“谁说那方面得意的就要走到一起？干脆都告诉你吧，他是有老婆的！他离不成婚！”

下班后，沈岭东没坐老婆的宝马回别墅。他在一家大排档里喝了一瓶啤酒，然后漫无目的地在大街上晃悠着。吴娜娜不断地打他的电话，他很烦，干脆把手机关了。晃着晃着，不知怎地又来到了九重仙宫楼下，于是干脆上了楼，来到了苗凤竹的足浴房。314已有客人，领班赶忙过来，说给安排另一位小姐。沈岭东摆了摆手，说："我出去逛逛，等会儿再来。"

沈岭东在街上晃悠着，绕着温江市兜了一个大大的圈，还在一家排档上喝了几两二锅头，当他疲累不堪地再次来到九重仙宫时，已经快11点了。苗凤竹一见他就说："你呀真是，谁洗不是洗，偏等我，弄得这么迟，看你回去怎么向老婆交代！"沈岭东说："去他妈的老婆，我要跟她离婚！"苗凤竹知道他心情不好，没再多说什么。洗完了脚，沈岭东竟疲惫地睡着了。苗凤竹给他盖上条浴巾，自己悄悄地退了出来。她跟领班说："客人睡着了，我到哪个空房间里眯一会儿。"九重仙宫的规矩，不准赶走睡着的顾客，任他们睡到几时算几时。耽误了的生意，顾客自会拿钱补上。

沈岭东原本想把这气一直赌下去的，可是他第二天就泄气了。因为妹妹来了电话。妹妹哭了，要他赶紧回家一趟，说母亲吐血了，医生说她的风湿病已经累及心脏，若不赶紧住院治疗，可能就没命了。

他不能眼睁睁地看着母亲死去。母亲才四十八岁，而比母亲大上好几岁的岳母大人却健康鲜润得像熟透的水蜜桃。同样是女人，同样是做母亲的，有的人尽享着人间奢华，凭什么他的母亲却要被病痛早早夺走生命？

母亲到底是什么时候患上风湿病的？他不知道。他只知道父亲和母亲原本就是同一村子的人。父亲曾对他们兄妹念叨过，母亲下水田时才一点点大，泥浆没到她的屁股，她踩一脚拔出一脚都常常摔倒，幼小的母亲顺着那拉得直直的麻绳插"绳边秧"。人虽小，却极有韧劲，大人们干到几点上垟，她也捱到几点上垟。她的十个手指，生生被充斥着农药、化肥的泥浆泡烂了。稍大些，不管是来了月事，也不管是感冒发烧，母亲更是风雨无阻地做，婚后生下他们兄妹，连月子都没坐满，就执意下水田去了，任父亲怎么拦都拦不住！

沈岭东要回家，立刻回家，他要把母亲送去住院治疗！

于是他对吴娜娜说："我妈病了，我要回家！"

也许是为了修补夫妻间的缝隙，也许吴娜娜本来就是个热心人，她说："好，我和你一起去！"

当那辆宝马车长途跋涉了两天半，风尘仆仆地来到沈岭东老家的村头时，当吴娜娜拎着大包小包、昂着天鹅般的脖子、迈着T台模特步踏进那家破旧的农家小院时，全村的男女老少都围了过来，一个个错愕地张大了嘴巴。吴娜娜用宝马车接了婆婆，直接送进了县城最好的医院，并付了一笔可观的住院费。她像一个正经的儿媳一样在婆婆的病床前端茶喂饭伺候了三天，弄得一家人感慨万千唏嘘不已。临走时，母亲紧紧地拉住儿子的手，道："真想不到富家小姐有这么懂事的！儿子，你可要一辈子待她好！"

此刻，沈岭东又在墓群里跳跃了。他脚底的鸡眼不痛了，一点也不痛。他还淘气地去踩坟地上的蒺藜，蒺刺扎进了他的肉，他试着把它挖出来，就像苗凤竹替他挖鸡眼钉子一样。

他的脑袋却轰隆轰隆的响，像是在过火车。他听到吴娜娜的尖叫，仿佛还有许多人陪着她一起尖叫。周遭太嘈杂，他分不清他们在叫些什么，也分不清吴娜娜到底是在叫他，还是在叫马大壮。

他觉得头痛，痛得像要爆炸一样。

吴娜娜曾说过，只有这样的尖叫她才快活，才能达到高潮。她又提起那个叫人恶心的马大壮。说："其实有了你以后我就和他断了，我虽然喊的是他的名字，可做爱的人却是你，你应该觉得幸运是不是？你总不希望我喊的是你的名字，做爱的却是他？"

吴娜娜白嫩的脸蛋在他面前晃着，时而清晰，时而模糊。那天，他听完了这番话，就瘫了，瘫在吴娜娜的肚皮上。他本想对那张保养得很好的脸一记耳光，可是胳膊软软地抬不起来。他也想一骨碌弹跳起来，从此离开吴家，永远不再回去。

他的疲软让吴娜娜扫兴了，扫兴无比。她说："你怎么越来越没用了？海狗和人参都白吃了？"

一会儿。她又说："是因为我提马大壮了吗？——这又有什么呢？我可一点也不自私，你有相好的你也喊呀，只要能达到最高的'性福'，形式无所谓！"

不行，他非得离开那座别墅，离开那豪华的席梦思。可说到底，他又能到哪里去呢？他可是尝够了找工作的艰难和辛酸；就是能找到别的工作，想拿腾达这么高的薪水，做梦去吧。再说，离开吴娜娜他住在哪里，吃在哪里？那点儿工资恐怕还不够他自己花的！

他发现自己已经回不到原来那一无所有的日子了。

腊月十五的中午，小两口背对背地躺在床上休息。外面已经飘起年糕的香味，温州厨师做的熏鹅更是芳香四溢。沈岭东想起自己的家，想起父亲包的白菜馅饺子，他赌气地想，温江市可没有这么正宗的白菜饺子！"天好地好，不如自己的穷家好。"他已经三年没在老家过年了。于是动了动身子，对吴娜娜说："这个春节我要回家。"吴娜娜说："刚看过你母亲才多久？你还是小屁孩吗，总想叼在你娘的奶头上？"话不投机半句多，沈岭东又扭过脸去。吴娜娜扳着他的身子，说："这里不就是你的家吗？老说回家回家的，也不嫌生分！"沈岭东说："这里是你的家，哪是我的家！"吴娜娜说："你怎么就改不了乡巴佬的脾气？什么你的我的，连我这个人都是你的！"

她一翻身趴在沈岭东身上，问："你妈的病好多了，你非要回去就没道理！再说跑那么远的长途，你想累死本小姐啊？"沈岭东说："谁说非得要自驾？咱们坐长途汽车去！"吴娜娜说："我可坐不来那破车，挤满了人，那味儿熏也把我熏死了。"沈岭东说："那我一个人走！我可不想让人家说娶个媳妇卖个儿，我把自己卖给你有好几年了！"

吴娜娜拍了拍他的脸，说："这样好不好？腾达房产空房子有的是，过了年，我让他们收拾一套出来，把你爸妈接过来住，从此大家在一个城市里，你爱什么时候见他们就什么时候见——这个春节咱们就不回家了，啊？"

这倒是个不错的主意！沈岭东想。于是就问："你说的是真的？"吴娜娜说："本小姐什么时候说过假话？"沈岭东是个容易满足的人，于是心里的阴霾一扫而光。他想象着父母住进高档住宅楼的样子，想到他们一家再也不要天南地北地牵肠挂肚，想着母亲的病能得到较好的治疗，忽然很感激妻子，觉得吴娜娜真是个不错的女人。

于是就有了要她的冲动。他一翻身上了吴娜娜的身子。几个月来，他一直疲软着，这一次是他主动要。吴娜娜很兴奋，两人就生龙活虎般地进行起来。正在兴头上，吴娜娜又像汽笛一样拉响了："马大壮！马大壮！我要死了要死了马大壮！"她喊得那么亢奋，那么忘情，那么底气十足，那么无耻无畏！

沈岭东一下子瘫了，像一条生龙活虎的蛇忽然就变成了一根烂草绳。吴娜娜失望极了，她一把推开他，恨恨地说："你呀你，空长了一副好身坯，却是个银样镴枪头，废物！"

沈岭东什么也不说，只是咬着牙，他想，也许有一天，他会一刀将吴娜娜捅死。

好久，他才坐了起来，穿好了衣服，悻悻地离开了吴家。那个下午他没有去上班，而是到了同学"老猫"那里。老猫一见他就说："怎么了，脸色这么难看？"他无语。难道可以告诉他，吴娜娜骂他是废物！或者检讨说自己就是个废物？难道能告诉他，吴娜娜在做爱的时候，忘情欢呼着的是另一个男人的名字？难道能告诉他，自己仅仅是一位叫马大壮的替身——不，连替身的资格都不够！

腊月十五的晚上，沈岭东真的喝醉了。他待在苗凤竹的 314 房里。苗凤竹把他的脚泡在热水里，细细地揉搓着。他哭了，夜深人静，他的泪水掉在足浴桶里，啪啪有声。洗完了，苗凤竹把他的脚揩干了放在膝盖上，掐捏着穴位，敲打着脚底，希望他把有毒的情绪释放出来。沈岭东更是哭得像一个委屈的孩子。苗凤竹呆呆地捧着那双伤痕累累的脚，觉得自己是黔驴技穷了。

其实苗凤竹比他更想哭！前天晚上她又一次拨通了高二晃的电话，这一回，她清清楚楚听到了高二晃身边一个嗲得发腻的声音："大哥大哥，你好意思跟我们计较这点钱啊？来来，五找三，就五找三行了！"

苗凤竹当时就崩溃了！她再也不想听高二晃后来的解释，所谓解释，就是谎话，就是骗人，为了拒绝高二晃的自欺欺人，她索性关了手机。

此刻，绝望的苗凤竹不知怎么安慰绝望的沈岭东。她只能把这个男人的双脚紧紧地抱在怀里，像抱着一个受了委屈的婴儿。她的胸怀是那样的柔软，那样的温暖。沈岭东渐渐地平静下来了，突然，他站了起来，光着脚踩在地板上，把苗凤竹紧紧地抱了起来，非常自然的，两人的嘴唇就吸在一起。他们就这么相拥着，相吻着，慢慢地移到了 314 的门后，苗凤竹腾出一只手，按灭了电灯开关，又把门锁插死。然后两人又相拥着回到床边，一下子翻倒……

走道里忽然骚动起来，有嚷嚷声，有嘈杂的脚步声。苗凤竹想，可能是某人的老婆寻衅来了。上一回，几个女人装作来足浴，越过了道道关口，成功地抓获了正在九楼享受全套服务的老公；这之后，派出所也来扫黄打非了两次，让几对赤条条的男女出乖露丑。后来，老板不知用了什么方法把事情摆平了，凡有风吹草动，足浴女们的房里都能及时亮起红灯，从而大家摆出正经的姿态来，让警察抓不到现行。

可是，正经足浴的房间里是不需要装红灯的！

警察来了！走廊里一声吼叫，犹如晴天霹雳。沈岭东像是被狂抽了一鞭的小狗，哇地一声跳了起来，他抓起自己的裤衩往身上套。苗凤竹也赶紧套上工作裙装，却一边安慰沈岭东说，警察不可能上三楼。话未落音，就听得猛烈的打门声，分明是冲 314 房来的！沈岭东脸色煞白，他一脚跨上窗台，掀起窗帘推开窗子，苗凤竹说，危险！一边伸手想拉住他，可是沈岭东已经消失在窗外的黑暗里。窗帘悄无声息地落下了，314 房门也被砸开了。墙外轰的一声，不，不是一声，是跟得很近的两声，紧张之极的她竟没明白那是什么声音！

沈岭东是想沿着窗外的水管下到地面的。只是他绝对没想到，水管上还趴着另一个人，他的腿蹬着了一个软乎乎的身体，这一惊并不亚于那声“警察来了”，他一哆嗦，就从水管上摔了下去，更糟糕的是，他把高二晃也撞击下去了。

进屋的并不是警察，而是猪鱼头和他的码头帮兄弟们。猪鱼头睁大猪一样的嵌眼，邪邪地四处乱望，还拉开衣柜和洗手间的门，一边冲苗凤竹嚷嚷道：“臭婊子，把嫖客藏哪儿了？快给我交出来！让哥们瞧瞧他的家伙是银打的还是金镶的！”

苗凤竹一屁股跌坐在床上，她完全傻了。好一会儿，她突然跳了起来，推开码头帮的围堵，哭喊着朝楼下跑去……

苗凤竹和吴娜娜在医院里相遇了。吴娜娜哭得稀里哗啦的，她一边捶胸顿足，一边愤怒地打苗凤竹的耳光，她完全有理由愤怒，也完全有理由打苗凤竹的耳光；只是她的愤怒表现得不够贵族，她骂足浴女全是婊子，骂苗凤竹这个臭婊子毁了她幸福的家，又骂沈岭东是流氓是畜生，沈岭东的命悬一线也不能稍稍减轻她的愤怒。

尽管已经是第二天的凌晨二三点钟了，看热闹的人还是络绎不绝，来一帮去一帮的人把医院的走道都堵塞了，记者们的照相机、摄像机不住地闪烁着。吴腾达一边用手挡着镜头，一边着急地带着女儿突围，腾达夫人用一个 LV 包遮住自己的脸，一边在女儿的耳边恨恨地嘟囔说："当初若听我们一句，也不会有今天的境地了。血的教训，血的教训啊！姓沈的是混蛋，是狗屎，扶不上墙的臭狗屎！为这样的狗屎哭坏了身体太不值了！"

苗凤竹像一枝被狂风摧断的苦竹，在腊月凛冽的寒风中飘摇。出了这样的事，那就是天崩，就是地裂，她一会儿掉进一个深不见底的冰窟窿里，一会儿又被地震的余波给甩了出来。警察对她的训斥已无所谓了，刀剑般剜她的目光她没感觉了，连吴娜娜凶狠的掌掴她都没有痛楚了。

腊月十六凌晨 3 点 14 分，沈岭东的心电图拉成一根直线。苗凤竹的心再一次跌到绝望的深渊中。沈岭东的遗体被推进了冰冷的太平间。苗凤竹不知该怎样把这个噩耗告诉沈家，也不知吴家是不是已经通知了沈家。苗凤竹翻阅着沈岭东的手机——这部手机在沈岭东失魂落魄跳窗时落在了 314 房。她看到了"老猫"的字样，沈岭东曾不止一次跟她提起过这位大学同学。于是苗凤竹把电话拨了出去……

第三天，沈岭东的父亲来了，他胡子拉碴的，脸上的皱褶像岩石的皱褶那么硬，那张脸已经完全丧失了表情功能，让人看不出他的喜怒哀乐。派出所的民警把老人和苗凤竹一块儿叫了去，对老人说明了事情真相，问老人要不要九重仙宫和足浴女的经济赔偿。老人好像听不明白，只是一个劲地念叨："完了，完了……"

吴腾达怕女儿伤心过度，更讨厌媒体的纠缠不休，于是就带着吴娜娜出国散心去了。苗凤竹、老猫和沈岭东的父亲一起，把沈岭东的遗体送进了温江市殡仪馆。焚烧遗体的时候，苗凤竹坚持要进入烧炉间，这本来是不允许的，可烧炉工被苗凤竹的样子吓着了，就破格让她进了那个叫一般人毛骨悚然的场所。沈岭东被推进了四号炉子，苗凤竹觉得自己也一并给推进去了。啪的一声，电闸合上了，透过炉门那小小的圆孔，苗凤竹看到沈岭东被点着了，火苗轻而易举地舔光了他的衣服，他痉挛了一下，好像要坐起来，可又无力地瘫了下去。他燃烧着，熊熊地燃烧着，苗凤竹感到自己的皮肉和心脏也被烧烤得滋滋作响。她的眼睛通红通红的，炉火把她的泪水全烤干了。

沈岭东的父亲抱起那装在盒子里的儿子，喃喃地说回家回家。望着那个不算精致的骨灰盒，老猫说："兄弟你走好，可别再摔着了！"老人苍凉的背影渐行渐远，苗凤竹突然喊了一声："爸！"她双膝着地，然后昏死了过去。

在一个天气晴朗的上午，高二晃出院了，他不是自己走出来的，而是被苗凤竹用轮椅推出来的。高二晃的膝上，搁着一台手提电脑，这是他一个冬季冒着被摔死的危险，夜夜给人家擦玻璃挣来的。苗凤竹推着轮椅到了九重仙宫，收拾了自己的东西，又推着高二晃到了他的工棚，拿了他的换洗衣服，然后把轮椅推向温江市长途汽车站。一路上她俯着身子不断地对高二晃说："咱们回家，回家过年，回家结婚。"

他们路遇一位熟悉的记者，记者发现了高二晃膝上的电脑，问："你一个穷打工的，为什么执意要买一台手提电脑？"高二晃没有回答，他的手指并没有伤，它们在键盘上敲出一行让人摸不着头脑的字来：富人的玻璃要清爽，咱穷人的玻璃难道不要明净透亮吗？

离夜班车发车时间尚早，苗凤竹把轮椅推进了路边的一个公园的夕阳里。公园不大，却挂着一个不小的、总也不播放节目的电视屏幕。他们和许多刚来温江市的打工者一样，都曾在屏幕下的长椅上歇过脚。

小北风贴着地面飒飒地蹿，苗凤竹把高二晃的衣服紧了紧，推着轮椅继续行走，夕阳将他们的影子拖得很长很长……